Peter Heim

La clinique de la Forêt-Noire

d'après l'œuvre télévisée de
Herbert LICHTENFELD

traduit de l'allemand par Dominique PETERS

Éditions J'ai lu

Ce roman a paru sous le titre original :

DIE SCHWARZWALDKLINIK

Un monde au-dessus duquel il ferait bon planer ! Confortablement installé sur son siège de cuir souple, les doigts jouant avec le volant, il roulait par monts et par vaux. Montée, descente, un virage, un autre – si serrés que Brinkmann dut quand même appuyer le pied sur le frein.

Comme cet univers lui était familier ! Le matin divise le soleil en mille rayons d'or et allume des reflets rouges aux troncs des sapins. Ils sont bien là, toujours vaillants, et font comme s'il ne leur était rien arrivé. Il pense à jadis : l'odeur de résine, les ruisseaux. La pêche à la truite. Les renoncules jaunes dans les prairies. L'envol d'une buse – mais peut-être n'était-ce qu'une corneille. Les vélos cassés et les genoux écorchés.

– Es-tu vraiment obligé de siffler sans arrêt ?

– Tout à fait. Des objections ?

Brinkmann tourna la tête vers la vieille dame. Si elle se tenait si extraordinairement droite, c'était à cause de l'appuie-dos qu'elle adaptait avec beaucoup de soin au siège de la Mercedes avant chaque trajet un peu long. Brinkmann trouvait cela superflu. La colonne vertébrale de Käte Marek avait incroyablement bien résisté à soixante-dix années d'existence. Il avait essayé de l'en convaincre grâce à des radiographies. En vain, évidemment.

Elle était donc assise comme une vraie lady, ombre

et lumière jouant sur son visage, le jabot de dentelle montant haut sous le menton parce que sa coquetterie ne lui permettait pas d'exposer à la vue les plis de sa peau.

Depuis qu'il est en âge de penser, Klaus Brinkmann connaît ce visage et l'aime.

– Change au moins de répertoire ! Ces rengaines à la mode sont un peu fastidieuses...

– C'est toujours mieux que le baratin de la radio. (Obligeant, il essaya « Le Postillon », puis « Le Moulin au bord du ruisseau », qui fut un échec complet. Il leva le bras :) Regarde, là en bas, le champ de maïs ! Tu te rappelles le vieux Schaufele ? C'est là que son tracteur s'est renversé, et il en a gardé le genou raide.

– Le genou raide ? Mais pas du tout ! Ton père y a mis bon ordre. Il l'a envoyé à Fribourg, à la clinique de l'Université, où ils l'ont complètement esquinté. Ensuite, ton père l'a récupéré, il lui a fait une splendide prothèse. Et il lui a bien vidé son escarcelle. Comme à tous les autres. Vraiment, il les saignait à blanc...

– Käte ! Quelle mémoire tu as ! Tu sais, au flanc de la colline, juste derrière la cabane...

– Oui.

– Oui quoi ?

Maintenant, la Mercedes roulait tout doucement. Longeait la cabane de rondins des cantonniers. Les bosquets. Le fossé. Les salamandres ! Qu'est-ce qu'il y avait comme salamandres !... pensa-t-il. Puis le chemin menant au vivier.

– Le vivier, dit Käte. Juste après le prochain tournant. Vous y jouiez toujours... Pan ! Pan ! Pan ! (Elle posa la main sur l'épaule de Brinkmann.) Et les bouteilles de bière, vous les voliez à la clinique.

– Mais le carbure, je n'y étais pour rien... C'est le fils du vieux Schaufele qui l'avait apporté.

Pan ! Pan ! Pan ! En effet : voilà le chemin qui disparaît derrière un rideau de roseaux vert tendre. Dans le ciel de ses souvenirs, les pensées de Brinkmann décrivent des arabesques d'argent...

A distance, déjà, il reconnut la vieille terrasse dominant le paysage, et il tourna sur le parking. Grains de sable et graviers crépitèrent sur les ailes de la voiture.

– Vas-y donc.

– Si tu m'accompagnes.

– Bon, alors aide-moi à descendre.

Ce n'était pas loin. Derrière les bosquets, le plateau s'inclinait en une pente qui, avec les montagnes dominant la vallée, formait une cuvette semblable à une main ouverte indiquant l'ouest. La ville était nichée au creux de cette dépression.

Dans ses souvenirs, elle n'était pas si petite. Les vieux toits. Son centre, avec les deux églises. Le boulevard circulaire, dernière trace des murs d'enceinte. Au-delà, une façade rouge : la fabrique de lits et, tout près, échelonnés à flanc de coteau, les bungalows neufs d'un lotissement. Tout paraissait minuscule. Rues et routes, vues d'en haut, ressemblaient à une toile d'araignée. C'était un paysage idyllique en modèle réduit comme emprunté à un jeu de construction, d'un romantisme émouvant.

– Eh bien, qu'en dis-tu ?

Qu'était-il censé dire ? Il se sentit sourire, bien que son humeur ne fût guère joyeuse.

La clinique était bâtie sur le versant sud, en bordure de la route qui descendait vers la plaine, vers le Rhin. Il pouvait apercevoir la maison où il avait grandi, son large toit de tuiles foncées flanqué de deux tours pointues. Le jardin. A côté, le bâtiment plat de la lingerie. Un peu à l'écart, la clinique elle-même, avec les chambres des patients, l'administration et les salles d'opération. Les fenêtres étincelaient. La clinique comme la maison avaient été construites par son père.

Käte lui posa la main sur le bras, et il tourna enfin la tête vers elle.

– Allons, Käte...

Une larme roula le long du nez de la vieille dame, puis une autre.

Käte Marek, de Pforzheim, n'avait que dix-huit ans quand elle s'était présentée à la maîtresse de cette maison en lui déclarant :

– Je suis très adroite de mes mains, madame. Et je sais aussi cuisiner. Les escalopes, la tourte aux cerises...

Elle avait raconté à Brinkmann cette première rencontre avec sa mère. Maintenant, il essayait de s'imaginer concrètement la scène. Il n'y parvint pas tout à fait. Il fouilla dans sa poche à la recherche du petit paquet de mouchoirs en papier.

– Dis-moi, Klaus, comment te sens-tu ? Sincèrement ?

– Je ne sais pas.

– Tu devrais pourtant le savoir.

Elle avait raison, mais il ne savait vraiment pas. Il n'était pas revenu à Offingen depuis l'enterrement de son père. C'était par un mois de mars glacial et le brouillard noyait la vallée. Comme ils sortaient du cimetière, la pluie s'était mise à tomber. Et quelle pluie ! Un furieux orage, qui retournait les parapluies et mettait les gens en fuite.

Trempé jusqu'aux os, il avait enfin atteint la Feldbergstrasse. Rittmaier, qui dirigeait alors la clinique, l'attendait et avait préparé un repas.

– Si tragiques que soient les circonstances, professeur Brinkmann, je crois cependant que votre père aurait jugé bon que nous nous rencontrions pour discuter de la situation.

Il s'était dérobé en s'excusant. Qu'avait-il donc à voir avec la clinique ? Tout cela lui semblait une farce.

Et à présent ? A présent, il était pourtant de retour. Et là-bas, derrière l'une de ces nombreuses fenêtres, l'attendait un autre Brinkmann.

Son fils.

La voiture descendait la route en lacet. Cinq minutes. Il te reste cinq minutes. Jusqu'ici, tu as refoulé tes souvenirs. Mais maintenant...

Maintenant, ils dépassaient sur leur droite le pavillon de la société de tir, qui arborait son nom en lettres de fer forgé : WALDESRUH... Pourquoi cette sensation de malaise ? Père et fils – c'est pourtant le plus prévisible des conflits. Les mythes grecs, comme la Bible, en font état. Freud en a tiré toute une théorie.

Un homme épouse une femme. Ils ont un fils. Puis l'homme reste seul avec son fils. A qui la faute ? A Dieu, peut-être ? Qui est responsable quand la mort vous arrache les cartes des mains ? Oui : qui est coupable ? La vie n'avait pas été facile pour le jeune homme, et il ne se l'était pas simplifiée. Peut-être avait-il voulu leur montrer de quoi il était capable. Devenir médecin ! Le numerus clausus ! Une chance sur mille de réussir. Cravacher ! Montre-leur, montre à ton père, à ton grand-père, à tout le monde !

– Qu'y a-t-il ? Tu roulais à fond de train, et maintenant tu te traînes comme si tu avais peur d'arriver.

– C'est un peu le cas.

Käte Marek sourit. Mais le regard de ses yeux bleus très pâles, comme des myosotis, est attentif.

– Tu penses à Udo, n'est-ce pas ?

– C'est vrai.

– Tu n'as jamais été d'accord avec sa candidature à la clinique ?

– Allons, n'exagère pas. Tu connais nos problèmes. Il ne m'a vraiment pas facilité...

– Et toi ? Tu ne lui as pas non plus facilité les choses. Après tout, de vous deux, c'est toi le Bélier. Lequel a le crâne le plus dur ? C'est quand même ta faute !

– Ah ! cesse donc...

Faute ? Bélier ? Astrologie ? Si à présent des influences cosmiques se mettaient de la partie ! Et le manque de caractère d'Udo ? Ses manières de play-boy ? Son maudit égoïsme... Evidemment, un veuf, médecin de surcroît, qui prétend élever son fils... Comment voulez-vous que ça marche ? Mais quand même...

Brinkmann était sur le point de dire : « Il faut qu'il

devienne adulte », mais il lança un juron. Il vit les deux camions qui montaient face à lui, sortant lentement du virage et obstruant l'autre voie : un jaune, un rouge – énormes. Plusieurs voitures les suivaient. Derrière la Mercedes, un conducteur lança un appel de phares. Pas possible ! Est-ce que ce cinglé s'apprêtait à doubler ?

– Le crétin ! grinça Brinkmann. Regarde-moi cet imbécile irresponsable !

– Serre un peu à droite, laisse-le passer, et ne t'énerve pas.

– Moi ? Pas question !

Et puis quoi encore ? Brinkmann maintint obstinément sa position et sa vitesse – cinquante à l'heure – dans le virage et dans la courte ligne droite qui suivit. Cet idiot, dans sa ridicule voiture de sport... il allait voir... Une longue file de voitures s'était formée derrière les deux camions.

– Regarde-moi ça ! Il est vraiment dingue !

Le capot rouge bondissait nerveusement de droite et de gauche, tel le mufle hargneux d'un bouledogue prêt à l'attaque. A trois reprises, le conducteur sembla vouloir se faufiler, puis dut renoncer. Bombardé d'appels de phares éblouissants, Brinkmann ferma un instant les yeux. Bélier ! Et comment ! Eh bien, il allait s'arrêter ! Maintenant. Et dire son fait à cet abruti.

Mais l'Alfa rouge ne lui en laissa pas le temps. Elle déboîta, accéléra, profita d'un court espace dans la file des voitures venant en sens inverse et le dépassa en klaxonnant. Dans cet instant de panique, Brinkmann aperçut le profil du conducteur, son cou de taureau, son menton proéminent, ses cheveux flottant au vent. Crissement de pneus. Une vieille Opel qui arrivait en face freina d'un coup et ses roues laissèrent échapper des nuages de fumée blanche.

L'Alfa rouge avait disparu.

– Il est soûl, dit Käte d'un ton convaincu. On devrait lui retirer son permis de conduire. (Elle secoua la tête d'un air indigné, puis ajouta :) Mais nous sommes presque arrivés à la maison.

Brinkmann entendait battre ses artères.

« A la maison ? C'est vrai, se dit-il. Mais ça commence bien ! »

Les pieds laqués de noir du piano étaient marqués de coups, les flancs du meuble éraflés et les touches jaunies comme les dents d'un fumeur invétéré. Le vieux Bechstein avait connu des jours meilleurs.

– Peut-être un de ces messieurs a-t-il une idée ?

Udo Brinkmann, les pouces glissés dans la ceinture de son jean, était hors de lui.

– On ne pouvait pas savoir que ça ne rentrerait pas.

– Comment ça ? Bon sang, vous auriez quand même pu prendre les mesures des portes ! Vous prétendez être des spécialistes, non ? C'est pour ça qu'on vous paie !

– Spécialistes, docteur, il faudrait voir ce que c'est qu'un spécialiste...

– C'est quelqu'un qui connaît son boulot, voilà. Et c'est valable pour vous comme pour moi.

Furieux, Udo Brinkmann écarta la mèche bouclée qui lui retombait sans cesse devant les yeux.

Les déménageurs se regardaient sans un mot.

Faire entrer ce piano en ruine dans cette baraque antique, sans une seule porte correcte ? Et juste avant la pause de midi, en plus !

– On retourne chercher la vaisselle d'un coup de camion. On revient tout à l'heure.

– Tout à l'heure ? Vous avez l'intention de laisser le piano sur la pelouse ? Mon père peut arriver d'une minute à l'autre.

Une ombre tomba sur le piano, sur la pelouse. Une main se posa sur l'épaule d'Udo Brinkmann.

Il se retourna. Il vit la veste de cuir brun, maculée, qu'il connaissait si bien. Et les yeux gris-bleu. Et les cheveux grisonnants. Et ce sourire.

Udo laissa retomber ses bras.

– Dis-moi, pourquoi est-ce que tu hurles comme ça ?

– Toi ! Déjà ?

– Nous avons bien failli ne pas arriver. Il y a une espèce d'abruti qui voulait absolument nous passer par-dessus.

Udo hocha la tête. C'est tout ce qu'il pouvait faire. Son beau visage fin était déconcerté, sa bouche sèche, tout son corps tendu sous l'effet de la surprise.

– Mais c'est...

– Oui, papa, ton piano. Tu comprends pourquoi je hurle ?

– Ne t'en fais pas pour ça.

Ils se serrèrent la main. Käte eut d'abord droit à quelques baisers, puis Udo l'étreignit. Ils restèrent longtemps embrassés et Brinkmann trouva très émouvant de les voir ainsi. Les déménageurs s'étaient esquivés.

Brinkmann sourit à son fils. Drôlement bloqué, ce garçon. Mais toi aussi. Les inhibitions sont le symptôme d'un manque d'assurance ? Bien sûr... Mais combien de temps cela fait-il que nous ne nous sommes pas vus ? Longtemps. Terriblement longtemps.

Udo avait de la peine à supporter ce regard.

– Tu seras surpris de ce que la clinique...

– Plus tard. L'essentiel, c'est que nous soyons de nouveau ensemble.

Il avait dit cela d'un ton léger, presque incidemment. Le front du jeune homme se teinta d'une légère rougeur. Son père le remarqua et se détourna. Il se dirigea vers le piano, releva le couvercle noir, essaya les touches : deux, trois notes, puis un court arpège.

– Epouvantable, non ? Il est complètement désaccordé.

Udo hocha la tête.

– S'ils n'arrivent pas à le monter, il faudra l'abriter dans la grange. Il risque de pleuvoir, ce serait dommage...

Käte toussota. Brinkmann lui jeta un regard méfiant.

– Il y a quelque chose qui ne va pas ?

– Non, rien, mais pourquoi restez-vous plantés là comme dans une réunion mondaine ? Tu as une mine merveilleuse, Udo, vraiment.

Ce fut comme si une barrière s'était levée. Le visage du jeune homme se détendit, se fit presque tendre.

– Ah ! Käte, quel bonheur que tu sois là ! Mais dans la maison, tout est sens dessus dessous.

– Le contraire m'aurait surprise. Je te connais ! Allons, ça n'est pas si grave !

Il se mordilla la lèvre inférieure, sourit, hésita, visiblement désireux de dire quelque chose, mais ne sachant pas si l'instant était bien choisi. Finalement, il se décida :

– Ne m'en veuillez pas, mais on m'attend à la clinique. Je devrais être parti depuis longtemps.

Le père se contenta d'acquiescer d'un signe de tête, mais l'attitude du jeune homme inquiéta Käte.

Et ils se retrouvèrent seuls.

Seuls avec le piano à queue, la maison, les bruits du jardin, les abeilles bourdonnant autour des lilas, une cloche dans le lointain, avec les aboiements des chiens et les klaxons des voitures et un vol de moineaux s'élançant en piaillant vers la gouttière.

Brinkmann avait trouvé le tabouret du Bechstein. Avec l'enthousiasme d'un enfant à qui l'on a rendu son jouet préféré, il régla le siège, se mit au piano, essaya quelques accords, puis une première mélodie que le vent emporta vers la vieille maison, et dont les accents firent surgir de douces images devant ses yeux.

– Brigitte l'aimait tant... Tu te rappelles comme elle jouait bien ?

– Oui, professeur. Mais tu aurais peut-être mieux fait de laisser cette ruine où elle était.

– Sais-tu que tu es impossible ?

– Oui, tout à fait impossible. (Elle vint vers lui,

écarta doucement sa main des touches, le fit se lever.) Viens, Klaus, allons un peu voir à quoi ça ressemble, là-dedans.

Dans les débris des deux véhicules, les montres de bord étaient arrêtées, ce qui permettait de déterminer avec précision l'heure de l'accident, que les agents de la voiture de patrouille consignèrent dans leur procès-verbal : 13 h 50.

Des éclats de verre, fins comme des grêlons, parsemaient la chaussée dans la légère courbe de la voie d'accès à l'autoroute. Flaques d'huile. Morceaux de métal déchiquetés. Une banquette défoncée. Et du sang.

L'arrière du lourd break Ford gris avait été comme cisaillé. Les flancs et le toit cabossés, il gisait sur le côté dans un champ de colza. Le capot de l'Alfa rouge était écrasé comme s'il avait percuté un mur. De sourdes plaintes s'échappaient de cet amalgame de tôles tordues et de garnitures déchirées. Dans la Ford, tout était silencieux.

– Laissez l'Alfa, j'ai déjà regardé à l'intérieur. Ce n'est pas si grave. Mais là-bas...

Le chef de patrouille, l'officier de police Albert Ott, retint son chauffeur par la manche.

– Non, c'est inutile, il n'y a rien à faire, on ne peut qu'attendre.

Le jeune Riedl était blême. Il y avait deux personnes dans la Ford, un homme et une femme, la bouche ouverte et les yeux clos, le sang dessinant sur leur visage un terrifiant delta sombre.

– Les voilà.

Ott hocha la tête, soulagé. Il avait entendu, lui aussi, les hurlements aigus de la sirène. Des lumières bleues jaillirent, intermittentes, à l'orée de la forêt : les deux ambulances arrivaient en trombe.

– Et où les emmènent-ils ?

– Ils n'étaient pas encore sur l'autoroute, hein ? Alors c'est pour Offingen.

– A la clinique de la Forêt-Noire ?

– Evidemment ! Tu connais un autre endroit ?

– Espérons qu'ils s'en sortiront.

Albert Ott regarda le jeune homme en silence. Il n'allait pas en plus se ronger les sangs pour ça. Il faisait ce métier depuis neuf ans, et ses réserves de compassion n'étaient pas inépuisables.

– Allez, pour nous, c'est terminé.

Les ambulances blanches s'arrêtèrent devant eux, les infirmiers en descendirent d'un bond, sortirent les brancards et coururent vers ce qui restait des voitures.

Une clinique est un monde en soi. Elle a ses horaires, sa hiérarchie, ses prescriptions et ses propres lois. La vie, derrière ses murs, est réglée selon un rythme qui n'a que peu ou pas de rapports avec celui du monde extérieur, et son cours n'est modifié que lorsque se produit, dehors, un événement qui expose d'autres êtres à un risque de mort. Alors, c'est l'alarme. Et, la plupart du temps, c'est au chirurgien d'intervenir.

A la clinique de la Forêt-Noire, une lampe rouge s'était mise à clignoter au tableau de la cantine du personnel. Ce vieux système était depuis longtemps périmé, tous les membres de l'équipe des urgences portaient dans leur poche un récepteur d'appel, appareil d'alarme sonore. Pourtant, l'effet dramatique de cette lumière rouge restait tel que toutes les conversations s'interrompirent sur-le-champ.

A la table du coin, derrière le bar, le Dr Walter Renz repoussa son assiette et, roulant les yeux, se résigna.

– Bof, de toute façon, je ne raffole pas des ravioli. Et ceux-là datent d'hier.

Près de la fenêtre, long et maigre, le visage impassible, comme toujours, le médecin-chef, le Dr Schäfer, s'était déjà levé et lui fit signe de la main.

– Oui, oui, j'arrive.

Le Dr Renz n'était pas le seul dont on eût besoin. Un

troisième médecin, deux infirmières et un infirmier se hâtèrent eux aussi vers la porte.

– Espérons que ce n'est pas trop grave, dit quelqu'un.

Grave ou non, qu'est-ce que cela change ? En fin de compte, c'est toujours le travail habituel, bien rodé. Mais on n'oublie jamais que c'est justement cette expérience qui décide de la vie et de la mort des autres.

Renz se sentait fourbu. La veille, il avait rendu visite à ses parents, dans les Vosges, et puis, naturellement, il était passé voir une ancienne amie. Ils étaient restés des heures à discuter en buvant, ils avaient parlé d'autrefois, quand ils étaient ensemble au lycée, et aussi des récentes amours malheureuses, des manifestations pacifistes auxquelles Helga participait, de l'Appel des médecins contre la mort atomique, que Renz avait signé récemment. Cette longue conversation épuisante les avait conduits au lit pour un bref moment et, quand Renz avait regagné sa voiture, il était presque 4 heures du matin.

De la table voisine, Liesel Wieland, une des assistantes médico-techniques, lui cria :

– Bon courage !

Bien que le ton se voulût léger, Renz y décela une indéniable gravité.

Oui, bon courage ! se dit-il en arrivant aux admissions. Bon Dieu, ils ont été salement touchés ! Un couple, apparemment. Elle, dans les cinquante ans, lui, sans doute plus vieux.

Ils étaient allongés sur les chariots, pâles comme des mannequins de cire, le goutte-à-goutte au bras. Selon le premier diagnostic : éclatement de la rate, hémorragie interne, fracture des côtes pour la femme ; le plus préoccupant, c'étaient les vertèbres cervicales de l'homme.

Les chariots franchirent la porte d'acier menant à la salle d'opération. Udo Brinkmann en sortit et adressa à Renz un signe de la main.

– Reste là, Walter, il y en a un autre qui arrive.

– Qu'est-ce qu'il a ?

Udo jeta un bref regard à la fiche où était consigné l'appel radio de la police, et qu'une infirmière lui avait remise.

– Rien de très grave. Ils ont juste eu un peu de mal à l'extraire. Quelques fractures des membres. Eh bien...

Le policier assis sur le banc dans la salle d'attente leva sa tête aux cheveux gris.

– Seulement quelques fractures. Et ce sont les autres qui ont tout pris... C'est toujours pareil !

– Que voulez-vous dire ?

– Ce que je veux dire ? On n'y peut rien, mais on est forcé d'y croire, docteur. Vieille expérience. J'ai vu comment c'est arrivé. Ce gars-là a si bien pris son virage à la corde que les autres n'avaient pas la moindre chance de l'éviter ! Et à toute allure ! Quand il sortira de la clinique, on devrait le coffrer. Le boucler jusqu'à la fin de ses jours, c'est moi qui vous le dis !

Renz l'écoutait à peine. Il connaissait ce genre de discours. Maintenant, il avait mieux à faire que de s'en encombrer l'esprit. Il devait s'occuper de son travail en salle d'opération, et de rien d'autre...

Les vieux papiers peints étaient toujours là, avec leurs rayures jaunes et roses sur fond gris. Dans le salon-fumoir non plus, le Dr Rittmaier, le dernier occupant de la maison, n'avait pratiquement rien changé.

Brinkmann en éprouva de la gratitude, il en fut même ému. Les vieux papiers peints... Le parquet de noyer foncé, qui craquait parfois, lui parut veiller sur des souvenirs. Et cette odeur ! Et la vue sur les deux hêtres et le saule pleureur, là-bas, près du petit étang dont la bordure de pierre datait de l'époque de son père. Le temps écoulé s'était immobilisé, se réduisant à une image figée.

– On pourrait repeindre tout ça pour éclairer la pièce. Qu'en dis-tu, Klaus ?

Repeindre ? Et comment ! Peut-être faire restaurer ? Mais on ne restaure pas les papiers peints. Donc : repeindre. A moins que je ne retrouve le même genre de papier à Fribourg ? En tout cas, il est vrai que c'est un peu délabré...

Il reprit le mètre pliant et s'agenouilla. Ces abrutis de déménageurs avaient entassé les meubles dans le hall comme des sacs de pommes de terre. Ici, face à la cheminée, ce serait l'endroit idéal pour le bahut bourguignon. A condition qu'il ne soit pas trop grand...

Il feuilleta son carnet : trois sur deux quatre-vingts. Le mur ne mesure que deux mètres soixante. Encore la guigne. Il avait pourtant fait un beau croquis.

Entendant une respiration lourde et haletante, il se retourna. Käte portait une énorme pile de linge.

– Où vas-tu donc ? La commode reste en bas !

– Je me suis dit que j'allais déjà monter ça pour le mettre en sûreté. (Elle posa son fardeau et regarda la pièce autour d'elle.) Quel souk ! On se croirait chez les Sarrasins !

– Il y a longtemps qu'ils n'existent plus, les Sarrasins. Mais, sérieusement, je crois que je me suis encore trompé dans mes calculs.

– Est-ce que ça t'étonne ? A propos de la commode, Klaus, elle n'est pas si lourde, tu sais. Nous pourrions la porter dans ta chambre d'enfant.

– Oui. Un instant...

– Je peux aussi le faire toute seule.

– Toi ? Tu es folle ! Dans mon ancienne chambre, dis-tu ?

Il se redressa, la suivit, considéra la commode et en saisit le dessus verni. Une douleur aussi vive que brève lui fit retirer la main. « Bon Dieu ! » Il regarda, effaré, l'entaille profonde dans la pulpe de son pouce. Käte s'approcha.

– Voilà ce que ça te rapporte ! Tu es chirurgien, pas déménageur. Montre-moi ça !

Il leva le pouce pour arrêter l'écoulement du sang, mais sans grand succès.

– J'aurais dû assurer cette sacrée main un million de dollars. Maintenant, nous serions tranquilles.

Elle ne dit rien. Ce n'était d'ailleurs pas la peine. Ils savaient l'un comme l'autre ce que signifiait cette blessure.

– Va donc chercher la boîte de pansements.

– La boite de pansements ? Nous allons à la clinique. Ta clinique !

Brinkmann grimaça.

– Ma clinique ? Ce serait trop beau ! Le plus dur reste à faire...

Tandis qu'il gravissait en courant la rampe d'accès, levant son pouce pansé à la hâte et qui saignait toujours, Brinkmann remarqua que la porte menant aux urgences était grande ouverte. Käte le suivait, le souffle court.

A l'intérieur régnait l'atmosphère habituelle des salles de soins : pansements souillés, aiguilles usagées, flacons de perfusion vides. Et, dans ce décor, deux personnages apparemment épuisés : une toute jeune fille derrière le bureau, sans doute une élève infirmière, et un jeune homme pâle, pas rasé, qui se frottait le nez de ses deux index. Un médecin, visiblement. « Bien, allons-y », se dit Brinkmann. Il leva son pouce.

– Bonjour. Pourriez-vous y jeter un coup d'œil ? Je me le suis ouvert avec un clou rouillé.

Le médecin ne semblait pas pressé. Il se laissa glisser du bord du bureau où il était à demi assis, esquissa une grimace et ôta le pansement sans beaucoup de ménagements.

– Aïe ! protesta Brinkmann. Bon Dieu, vous pourriez quand même...

– Allons, vous y survivrez bien... (Le front plissé, il le toisait d'un regard sévère et doctoral. Puis il dit par-dessus son épaule :) Elke ! Prépare un sérum antitétanique.

– Joyeuse boutique, dit Brinkmann.
– Pardon ?
– Je trouve que vous pourriez faire un peu plus attention, docteur.
– Oh, ne faites pas tant de manières ! Nous venons d'avoir d'autres urgences...
– Et vous pensez ?...
– Je pense qu'il ne nous manquait plus qu'un casse-pieds dans votre genre.
Brinkmann resta sans voix. Ces derniers jours, il s'était imaginé à maintes reprises son arrivée à la clinique. Cette scène n'était pas prévue. « Il y va fort », pensa-t-il, cherchant encore une réponse. Mais il n'eut guère le temps de la trouver. Le médecin l'apostropha de nouveau :
– Vous communiquerez votre identité à l'infirmière.
– Si vous voulez.
Au moins, il avait bien fait la piqûre. C'est avec la même adresse et la même rapidité qu'il désinfecta la blessure et la pansa.
– Eh bien, quel est votre nom ? intervint la jeune fille.
– Brinkmann, Klaus Brinkmann.
– Profession ?
– Médecin.
Elle reposa son stylo.
Le jeune homme laissa échapper l'agrafe à pansement qu'il allait mettre en place. Silence. Tous deux le dévisageaient fixement.
Le médecin fut le premier à rouvrir la bouche. Son visage pâle avait rougi, il écarquillait les yeux.
– Oh, non...
Brinkmann se baissa pour ramasser l'agrafe, la posa lui-même et, portant à sa tempe son pouce bandé, salua ironiquement.
– Eh bien, sur ce...
Walter Renz demeura planté là, comme frappé par la foudre. Son regard faisait la navette entre Udo, qui

venait d'ouvrir la porte, et la vieille femme qui, dans la salle d'attente, clignait de l'œil d'un air moqueur.

La porte claqua.

Renz se laissa choir dans un fauteuil, étendit les jambes et se pressa les poings sur les tempes.

– Bon Dieu, Udo ! Tu n'aurais pas pu au moins me faire signe pour me prévenir ?...

– Te faire signe ? Quand je suis arrivé à la porte et que je t'ai entendu dire : « Il ne nous manquait plus qu'un casse-pieds dans votre genre », il était de toute façon trop tard !

Walter Renz hocha la tête, l'air sombre.

– Peut-être pourras-tu au moins lui expliquer ?... Je veux dire... Que je ne suis pas comme ça d'habitude...

– Lui expliquer ? (Compatissant, Udo lui posa la main sur l'épaule.) Mieux vaut y renoncer. Tu sais, Walter, je n'ai pas beaucoup d'influence sur mon père. Et, dans des situations pareilles, je fais plus de mal que de bien.

Le Dr Renz soupira. Udo sourit.

Mais la voix fluette de la jeune Elke se fit entendre derrière le bureau :

– N'empêche qu'il faisait vraiment des manières...

Né dans cette maison, il se sentait comme revêtu par elle d'une seconde peau. Chaque mur, chaque objet était imprégné de souvenirs qui suscitaient en lui une succession ininterrompue d'images. Brinkmann en avait été ému, troublé. Maintenant, il fallait en finir et se ressaisir.

« On ne te demande pas de faire la preuve de ton talent prononcé pour la sentimentalité romantique, se dit-il, mais de montrer que tu es capable d'imposer des décisions efficaces. »

Reprendre en main la clinique. La tâche était claire et nette, comme dans tous les autres établissements qu'il avait dirigés. Clinique de la Forêt-Noire ou non, les objectifs restaient les mêmes. En premier lieu : créer la confiance. Avec les médecins, avec le personnel – et avec Udo. Mais cela exigeait avant tout de la patience. Et si ton fils te complique le travail, dis-toi bien que la patience, justement, n'a jamais été ta principale vertu !

Indulgence et patience ! Et surtout cette « intuition aimante sans laquelle les relations entre les êtres sont vouées à l'échec ». Son ancien maître, le vieux Keurer, s'efforçait d'inculquer ce principe à tous ses étudiants.

Keurer parlait des rapports entre le médecin et son patient. Mais il s'agissait ici d'un jeune homme qui se protégeait d'une cuirasse sous laquelle il se dérobait en souriant à toute tentative d'approche.

La patience exige du temps. Brinkmann laisserait le temps travailler pour lui. A quoi bon s'en rendre malade ? Dieu sait qu'il lui fallait d'abord faire face à des questions plus urgentes. Et c'était justement le moment de s'y attaquer. Le soleil brillait. Devant les fenêtres grandes ouvertes, la table était dressée pour le petit déjeuner.

Plein d'allant, pressant contre son nez son pouce bandé, Brinkmann gagna son bureau d'un pas décidé.

Käte lui tendit un journal. En première page de l'*Offinger Anzeiger*, elle avait entouré un article au stylo à bille rouge : « Le Pr Brinkmann prend la direction de la clinique. »

Le café était plus important. Les petits pains aussi. Et surtout les œufs.

Käte intervint.

– Avec ton pouce, tu n'y arriveras pas.

– A quoi ? Mon pouce va très bien, tu vas voir.

Comme il écalait son premier œuf, il entendit qu'on jouait du piano quelque part. Quelque part ? Le Bechstein était resté dans le jardin...

Brinkmann voyait ainsi mise à l'épreuve chez lui une des qualités professionnelles les plus indispensables à un chirurgien : sa capacité à ne jamais se laisser ébranler par rien ni personne.

– C'est incroyable !

Mais c'était vrai.

Ce qui lui sauta d'abord aux yeux, ce fut un short de soie bleue, le plus court et le plus serré qu'il eût jamais vu. Avec des jambes comme les siennes, la jeune fille blonde qui s'affairait au piano en bas, sur la pelouse, devant la maison, pouvait se permettre une telle tenue. Ses dons pour la musique étaient moins évidents. Apparemment, elle essayait de jouer un air à la mode, mais elle ne parvenait guère qu'à torturer l'instrument et à massacrer la mélodie.

– Qu'est-ce que c'est que ça ? soupira Käte, qui l'avait rejoint à la fenêtre.

– Je me le demande, grommela Brinkmann.

– Sans doute une de ces demoiselles...

– Quelles demoiselles ?

– Tu sais bien... Les petites camarades d'Udo...

Une fois de plus, elle avait raison. Udo arrivait, grand, dégingandé, les mains dans les poches, le pull de tennis jeté sur les épaules. La blonde se vit gratifier sans délai de quelques petits baisers, sur la nuque d'abord, puis dans le cou, puis sur le menton. « Un peu lourdaud, mais il ne manque pas de savoir-faire », songea Brinkmann, qui suivait la scène avec une admiration mêlée de scepticisme.

Udo les aperçut. Embarrassant. Très embarrassant. Il leur fit signe de la main.

– Bonjour !

– Monte donc ! cria Brinkmann. Nous prenons le petit déjeuner. Et prie cette demoiselle de se joindre à nous.

Udo monta, seul. Rayonnant, comme toujours, il entra dans la pièce, embrassa Käte, serra la main de son père. Non, merci, il avait déjà déjeuné. Maintenant, il allait s'allonger un peu au soleil avec Yvonne. Pour le reste, l'existence est compliquée et le travail terriblement absorbant. Quant aux repas et à la vie de famille, mieux valait se laisser un peu de champ. Käte se fâcha.

– Un peu de champ ? Nous sommes quand même une famille, non ?

Udo sourit.

– Mais bien sûr. Comment va le pouce ?

– J'y survivrai, fit Brinkmann.

– Walter Renz a peur, lui, de ne pas y survivre. Tu sais, le jeune assistant qui...

– Je sais.

En bas, le carnage en do dièse majeur continuait, toujours sur les mêmes notes.

– Allez, va prendre le soleil, dit Brinkmann.

La danse jaune des forsythias sur le versant, l'herbe inondée de soleil, la lumière qui se coule entre les branches et s'insinue entre les paupières, le soleil aussi sur la peau... Oh, cette peau soyeuse et chaude sous la main d'Udo ! Yvonne, petite Yvonne, sous sa main qui maintenant la caresse.

– Arrête ! Qu'est-ce que tu fais ?

– Yvonne ! Tu as de ces questions...

– Pas ici, tout de même !

– Pas ici ?

Les bouleaux de la colline, et, dominant les couronnes des deux hêtres rouges, les tourelles de la maison paternelle. La maison paternelle...

Peut-être Yvonne avait-elle raison.

Mais il était allongé là, près d'une femme vêtue en tout et pour tout d'un slip d'ailleurs si transparent que, sous le triangle de nylon, on distinguait le renflement sombre. Et ces jambes brunes et scintillantes, cette chevelure éclatante, cette poitrine... Pas ici ? C'est ce qu'on allait voir. Il jeta sa cigarette et se redressa pour prendre Yvonne dans ses bras. Mais il s'interrompit dans son mouvement. Ses yeux s'écarquillèrent, fixant une tache claire là-bas, près de l'escalier. Une robe.

Est-ce que ce serait ?... Oui ! Udo fit basculer le poste de radio en cherchant la commande pour arrêter la musique. Mais, dans sa hâte, il tourna dans le mauvais sens, et le maudit appareil se mit à hurler.

Christa ! Comment avait-il pu oublier qu'elle devait

venir ? A présent, elle restait pétrifiée en haut de l'escalier, comme sous l'effet d'un choc électrique.

– Que se passe-t-il ?

Yvonne se redressa à son tour et s'assit.

– Reste couchée !

Trop tard ! Trop tard, de toute façon... Christa l'avait vu, avait vu Yvonne. Elle pivota sur ses talons et redescendit les marches en courant, puis traversa la cour dallée de travertin, retournant vers la maison... Udo se leva d'un bond et se lança à ses trousses.

– Attends ! Christa, écoute-moi donc ! (Elle ne voulait rien entendre.) Christa ! Sois raisonnable !

Il était maintenant arrivé à l'escalier. Il haletait. Raisonnable ? Quel mot stupide ! Il vit qu'elle atteignait déjà la pelouse, passait devant la porte de la maison. Et il vit aussi son père, là-haut, les mains posées sur la balustrade de grès.

Christa, elle, ne s'aperçut même pas de cette présence. Les yeux baissés, elle se hâtait vers le portail du jardin. Le battant de fer claqua, et ce fracas sonna comme un juron aux oreilles d'Udo.

Quand il remonta vers Yvonne, elle avait enfilé son chemisier. Un peu tard. Trop tard ! Elle jouait avec ses cheveux.

– Qui était-ce ?

– Une infirmière. Hier, je lui avais dit : Passe donc à la maison. Et elle est venue.

– Mais elle n'a fait que passer... Et tu as meuglé comme un taureau.

– N'exagérons pas. Meuglé comme un taureau... C'est seulement que je suis quelqu'un de spontané. Le plus beau, c'est que mon père était là, en bas, aux premières loges.

– Comment est-il, en fait ?

– Mon père ? Comme un père. Il sait tout, peut tout, te réduit à zéro. Et il a aussi le talent de faire prendre aux autres ses défaites pour des victoires. Une sacrée personnalité, en un mot.

– Et il sera ton patron.

– Oui. Réjouissante perspective, n'est-ce pas ? Il était furieux.

Debout devant le clavier, Brinkmann regardait le piano. Il ne lui avait pas encore trouvé la place qui lui convenait, mais le treuil avait du moins permis de hisser l'instrument à l'intérieur de la maison, et la photo qui y était maintenant posée lui donnait un air un peu plus familier.

Un portrait de femme dans un cadre d'argent. La mère d'Udo. Brinkmann connaissait ce visage aussi bien que le sien pour l'avoir contemplé des milliers de fois, attentivement, avec aussi, de temps à autre, le sentiment d'être lui-même observé. Mais jamais auparavant il n'avait remarqué que le sourire de Brigitte recelait aussi une pointe d'ironie. Ce n'est peut-être qu'un effet de ton imagination, pensa-t-il. Peut-être ce malaise oppressant n'est-il dû qu'à ta ceinture et à ton col de chemise.

Une passation de pouvoirs. Quelle horreur ! Et si en plus ta chemise te serre... Il aimait beaucoup ce costume. Laine peignée, fines rayures. Gilet et cravate grise. Brinkmann s'impatientait.

– Es-tu prêt ?

– Je crois.

Le Pr Schiermann, qui abandonnait la direction de la clinique, l'accueillit avec son sourire mélancolique.

– L'épreuve sera bientôt terminée pour nous deux.

Mühlmann, le directeur administratif, lui serra également la main. Puis la cérémonie commença, ennuyeuse, comme toujours. Un pupitre, occupé par le conseiller provincial. Une foule de lunettes d'écaille et de cravates, et les propos ronflants et retentissants des notables.

– Je crois pouvoir dire qu'au cours des dernières années cette clinique a, comme par le passé, constamment satisfait aux exigences élevées qu'elle s'est assignées. C'est pourquoi, cher professeur Schiermann, j'ai l'honneur, en tant que conseiller provincial, de vous adresser les remerciements du district et de la commune, auxquels je voudrais ajouter...

La suite fut inaudible. Le conseiller Funke eut beau enfler la voix et prendre son ton de tribun, le hurlement d'une turbine, dominant tous les autres bruits, l'emporta sur ses efforts.

Le visage du conseiller laissa transparaître son irritation.

Schäfer, le médecin-chef, s'était déjà levé. Il haussa les épaules, regarda d'abord Schiermann, puis le nouveau patron, et se dirigea vers la sortie.

L'hélicoptère ? En tout cas, Schäfer semblait savoir ce qu'il devait faire.

Le battement des rotors se tut.

A la tribune, le conseiller s'était ressaisi.

– Ces adieux, mesdames et messieurs, seraient plus difficiles encore si nous ne pouvions saluer, dans le successeur du Pr Schiermann, un homme aux capacités si éminentes : le Pr Brinkmann...

Applaudissements. Le contraire eût été surprenant. Brinkmann se roidit et sourit, l'air étonné, attentif, amical et curieux. Il sourit à l'assistance qui applaudissait. Il sourit aux trois rangées de visages du côté des fenêtres : le personnel de la clinique. En place pour la cérémonie. Un mur blanc, une masse compacte de méfiance contenue.

– ... Le Pr Brinkmann, qu'il nous est permis de considérer comme un enfant de notre cité, lié depuis sa prime jeunesse à la Forêt-Noire, à ses habitants, à leurs joies et à leurs peines...

Il n'en finira donc jamais !

– Je ne puis m'abstenir d'évoquer votre grande expérience de médecin. Cette expérience, cher professeur, que vous avez eu l'occasion d'acquérir à Zurich, à Paris, et en dernier lieu à Karlsruhe...

Le haut-parleur émit quelques craquements, puis la voix calme de la standardiste appela :

– Docteur Schäfer. On demande le Dr Schäfer en salle d'opération.

– Le Dr Schäfer y est déjà, dit Brinkmann, résolu à ne plus laisser sa chance à l'orateur professionnel qui occupait la tribune. Je vous remercie, monsieur le conseiller. Merci à vous tous, mesdames et messieurs, qui m'avez fait l'honneur et le plaisir de vous déplacer. Pour ma part, je n'ai qu'une phrase à ajouter : je crois qu'il nous faut aller travailler.

Comme les événements se répètent ! La lumière vive et bleuâtre du Scialytique sur la peau ruisselante de sueur. Le coup d'œil angoissé jeté au monitoring : le cœur tiendra-t-il ? Les mêmes questions : Bon Dieu, que se passe-t-il ? Pourquoi l'adrénaline n'agit-elle pas ?

L'infirmière annonce :

– Le pouls reste irrégulier.

Elle aussi a du mal à garder son calme.

Il faut que tu trouves une solution ! Oui, c'est facile à dire, pensait Schäfer, les deux mains posées sur la cage thoracique du patient. Il est exclu d'inciser. Et si tu presses à trois ou quatre centimètres du sternum, comme l'exigerait un massage cardiaque, tu cours le risque de léser davantage encore, à chaque pression, la vertèbre fracturée.

– Anoxémie aiguë.

Comme s'il ne s'en rendait pas compte par lui-même ! La trachéotomie, elle non plus, n'a pas suffi. Non. Quoi que tu entreprennes face à ce cas, tout se retourne contre toi.

Il leva les yeux vers le visage vigilant et concentré de Renz. Les yeux clairs de l'infirmière se rétrécirent. Elle secoua la tête.

Bon sang, n'y avait-il donc vraiment rien à faire ?

Il décida de jouer sa dernière carte et, risquant le tout pour le tout, il commença de pratiquer un massage cardiaque. En se redressant entre deux pressions, il aperçut l'écran rectangulaire du monitoring : un soubresaut. Une dernière oscillation, infime, puis le long tracé, si terriblement plat, qui indiquait la défaite.

Fini !

Hermann Schäfer se redressa. Le grand Renz se mordait la lèvre inférieure. Personne ne fit de commentaires. Il n'y avait plus rien à dire.

L'infirmière recouvrit d'un drap le visage bleui de l'homme étendu sur la table d'opération.

Schäfer fit la moue.

– On a gaspillé de l'essence, cher collègue. C'est bien vous qui avez demandé qu'on envoie l'hélicoptère, n'est-ce pas, docteur Renz ?

– Excusez-moi, monsieur. Mais avec un tel diagnostic, la seule solution, c'était le service de neurologie de Fribourg. Et je pensais que le patient tiendrait jusque-là.

– Qu'il tiendrait ? Il n'était absolument pas transportable.

– Peut-être aurait-il...

– Aurait, aurait !... Il aurait mieux valu me faire appeler plus tôt. Moi ou le patron.

– Je ne voulais pas vous déranger pendant la cérémonie...

Schäfer se contenta de lancer à l'assistant un regard las. Puis, avant de pénétrer dans le sas de la salle d'opération, il se retourna.

– Appelez la police, docteur Renz. Elle voulait l'interroger. Il aura au moins échappé à ça.

L'expérience avait enseigné à Udo Brinkmann qu'il était préférable, lorsqu'il devait présenter des excuses, de se fier à l'inspiration du moment. Tous les discours préparés d'avance semblaient secs et empruntés, et par conséquent sonnaient faux. Quand il était au pied du mur, il trouvait ce qu'il fallait dire.

Cette fois, ce don l'abandonnait.

En passant devant la porte de la pharmacie, il constata qu'elle était ouverte. Il aperçut le dos mince de Christa, occupée à répartir pilules et comprimés dans des coupelles de porcelaine. Il vit la lumière brillant sur ses cheveux blonds, sa nuque courbée, son visage concentré.

Il s'arrêta, ressentit ce petit pincement au cœur qui lui était familier, respira profondément. Il faut régler ça ! Ce moment en vaut un autre.

Elle ne l'avait pas entendu et continuait à compter. Il lui posa la main sur l'épaule.

– Je suis désolé, O.K. ?

Une pilule tomba sur le plateau.

Christa, très droite, tête haute, le regarda dans les yeux.

– Qu'est-ce que ça signifie, O.K. ?

– Ecoute... Je voulais juste te dire que ce n'est rien de sérieux, seulement une copine d'autrefois. Tu vois, c'était juste un accident. Et... (Elle lui opposait un visage glacé, et Udo se sentit mal à l'aise. Bon Dieu, cette fois, ça n'allait vraiment pas !) Ce n'est pas une rivale, se hâta-t-il d'assurer. Elle est arrivée sans crier gare...

– Toute nue ?

– Ça ne veut rien dire, toute nue ! Nous prenions le soleil. Ecoute, ce serait vraiment stupide de ne plus se parler à cause de ça.

– Je n'y songeais pas. Pour les questions de service, je te parlerai quand il faudra.

– Christa, je t'en prie !

– C'est inutile.

Il se gratta la nuque. Ah, quel sac d'embrouilles ! Des pas résonnèrent dans le couloir, une blouse blanche passa. Le visage de son père. Il ne manquait plus que ça.

– De toute manière, cela vaut mieux, dit Christa. Quel est donc ce dicton ? Les médecins avec les médecins, les infirmières avec les infirmières. Une loi d'airain...

Udo sourit.

– Oui. Du siècle dernier.

Elle secoua la tête.

– L'amour-propre est de tous les temps, mon cher.
– Christa ! Je te prie de me pardonner. Que veux-tu que je fasse de plus ?
– Me laisser tranquille, désormais.

13 h 30.
Le service des repas terminé, la vaisselle entassée sur les chariots avait depuis longtemps regagné les cuisines. Dans tout le bâtiment régnait un calme cotonneux et assoupi, auquel se mêlait, pour beaucoup de patients, l'attente d'une visite. Un visage, une voix, dont on se réjouit d'avance. Les autres écoutaient le temps s'écouler.
Les six portes-fenêtres de la division des hommes donnaient sur une terrasse. Chacun pouvait voir tout ce qui s'y passait. La terrasse était devenue une passerelle vers la vie. Rien n'échappait aux patients. Surtout pas les aboiements.
Et quels aboiements ! La boule de poils brune tachée de blanc qui se déchaînait parmi les chaises longues poussait un glapissement perçant.
– C'est Molli ! Elle a encore sa crise !
Dans la chambre 26, Armin Echsle, qui occupait un des trois lits, essaya sans grand succès de se redresser. Mischa, le jeune aide-soignant, le repoussa énergiquement pour qu'il se recouche.
– Tiens-toi donc tranquille ! (Mischa préparait Echsle pour l'opération qui devait lui rendre l'usage de sa hanche bloquée par l'arthrose.) Bon sang ! Fais attention, ou je vais te couper autre chose que les poils !
– Ecoutez-moi un peu ce blanc-bec ! C'est que ça sert encore, tu sais.
– A soixante ans, tu peux bien...
Mais Mischa garda la suite pour lui. L'infirmière, Christa, venait d'entrer.
Friedhelm Hensle, qui occupait le lit près de la fenêtre, posa son livre sur le rebord, et tourna la tête vers elle. Il avait déjà bien souvent proclamé – en vain jusqu'ici – que cette cambuse et tout ce qui s'y rap-

portait lui déplaisaient, à commencer par ses compagnons de chambre.

– Alors, est-ce qu'on s'est enfin occupé de ma demande de chambre individuelle ?

Cette fois encore, Christa se contenta de répondre à sa question par un haussement d'épaules fatigué.

Elle administra sa piqûre à Armin Echsle. Mais à peine eut-elle réglé ce problème qu'un autre l'attendait : le chien. C'était bien le petit corniaud du vieux monsieur mort la semaine dernière. Comment s'appelait-il, déjà ? Bärwald.

Comme si sa jambe n'avait pas été plâtrée, un jeune garçon aux cheveux bruns se glissa à l'extérieur, et rampa sur le sol carrelé de la terrasse. Il avait les yeux d'un vert éclatant, et le visage couvert de taches de rousseur, le petit Werner Schick. Il saisit le chien par le collier, et l'animal lui lécha le visage.

Werner était la vedette du service. Tout le monde l'aimait. Cette fois, pourtant, il exagérait !

Christa avisa la grosse dame assise dans un des fauteuils de la terrasse.

– Madame Schick, je vous ai pourtant déjà dit que Werner ne peut pas garder ce chien ici !

– S'il vous plaît, mademoiselle, écoutez...

Christa n'écouta pas. Il lui restait des piqûres à faire. Et surtout, elle n'avait aucune envie de discuter d'une question aussi explosive. Un chien à la clinique... Si le nouveau patron l'apprenait ! Mieux valait ne pas y penser !

Dans la chambre 26, Friedhelm Hensle enrageait de devoir exposer ses doléances à ce jeune morveux d'aide-soignant. Un objecteur de conscience affecté là pour son service civil. On connaît ce genre de types ! Mais, pour sortir de cette sacrée boutique, Hensle aurait été prêt à s'allier avec le diable.

– Vous connaissez la maison, Mischa. Il doit quand même bien y avoir un moyen d'obtenir une chambre individuelle, non ? Il existe forcément une solution !

– Hé non !

– Tiens, et pourquoi donc ?

Le visage du petit aide-soignant était difficile à oublier, avec ses lunettes cerclées de métal nickelé, sa barbe claisemée taillée en bouc, et surtout le sourire qu'il arborait parfois – un rictus détestable, impardonnable.

– Pourquoi ? Si vous vous êtes brisé les os, c'est que vous l'avez bien cherché, non ?

– Qu'est-ce que ça signifie ?

– Eh bien, monsieur Hensle, si vous y tenez vraiment, je vais peut-être vous trouver une salle de bains. Mais le lit d'élongation n'y entrera pas. On pourrait vous installer dans la baignoire. Mais dans une baignoire, les os se recollent mal.

– Ecoutez ! Si vous vous imaginez que vous pouvez vous foutre de moi, j'ai un bon conseil à vous donner. J'ai bien l'intention...

Mais Friedhelm Hensle n'eut pas le temps d'exposer ses projets.

La porte de la chambre 26 s'ouvrit à nouveau. L'homme qui entra occupait toute l'embrasure. La casquette sous le bras, en uniforme vert, il arborait ce sourire amical, cette affabilité vigilante qui vont parfois de pair avec la tenue réglementaire des agents de police.

– Excusez-moi de vous déranger. Mon nom est Stengelmaier. Je cherche M. Hensle.

Hensle ne dit rien ; il se contenta de lever la main, puis entreprit de se redresser. L'effort contracta son visage pâle. Il avait une mine de papier mâché.

Le policier tira un tabouret au chevet du lit et sourit à l'infirmière-chef qui entrait en coup de vent. Hildegard menait le service d'une main de fer.

– Mischa, tu peux terminer le travail en bas, n'est-ce pas ? Monsieur Echsle, je suis sûre que vous ne verrez pas d'inconvénient à ce qu'on vous descende en salle préopératoire.

C'était clair et net. Depuis des années qu'elle devait venir à bout des problèmes les plus divers, elle avait pris l'habitude de formuler ses instructions de façon à rendre toute question superflue. Les questions font perdre du temps.

– Monsieur Hensle, voici l'officier de police Stengelmaier. Le Dr Schäfer lui a permis de vous rendre visite.

La porte claqua.

– Une cigarette ? proposa Hensle, aimable.

– Merci, je ne fume pas. Monsieur Hensle, entrons tout de suite dans le vif du sujet : je suis ici en premier lieu pour vous retirer votre permis de conduire.

Hensle plissa le front et regarda de ses yeux gris fumée le policier qui dépliait cérémonieusement un papier officiel.

– Voici la décision du tribunal d'instance.

– Et pour quel motif, si je puis me permettre ?

– Vous pouvez. La réponse est ici, noir sur blanc : un virgule huit gramme d'alcool par litre, monsieur.

– Dois-je comprendre que l'on m'a fait une prise de sang pendant que j'étais évanoui dans ma voiture ? Une prise de sang contre ma volonté ?

– Contre votre volonté ou non, cette mesure n'est pas illégale, monsieur.

– C'est vous qui le dites ! Je suis d'un autre avis. Je proteste contre cette décision. Je n'ai pas commis d'infraction. Ce cinglé qui m'a foncé dessus...

– Il est mort. En outre, monsieur Hensle, la reconstitution sur les lieux de l'accident et les dépositions des témoins suggèrent une tout autre version des faits.

Plus de sourire, plus d'amabilité. Deux yeux noirs, durs, tournés vers Hensle. Celui-ci inspira profondément.

– Que dites-vous ? Il est mort ?

– Oui, il est mort. Mais vous étiez en train de me raconter l'accident. Continuez, je vous en prie. Comment cela s'est-il passé, selon vous ?

– Pardon ? Ah oui ! selon moi... Eh bien, j'ai dû faire un écart. A cause d'un cycliste. Il s'est brusquement déporté vers la gauche. Pourquoi me regardez-vous ainsi ? Naturellement, aucun témoin ne l'a vu, ce cycliste ?

Stengelmaier tourna la tête vers la terrasse, d'où parvenaient les jappements joyeux d'un chien. Puis il regarda de nouveau Hensle et secoua la tête.

– Non, personne ne l'a vu.

Brinkmann contemplait mélancoliquement la pile de dossiers posée sur son bureau : paperasses administratives, plans d'architectes, dossiers médicaux, comptes rendus d'opérations. Sur le dessus de la pile, un feuillet manuscrit était agrafé. *Cher collègue, je me permets à nouveau d'attirer votre attention sur les points suivants...* C'était une analyse sans concessions et – ce qui la rendait plus précieuse encore – en partie autocritique des faiblesses de la clinique. Signé : Schiermann.

C'était quelqu'un de bien, ce Schiermann ! Pas seulement un excellent médecin, mais aussi un homme qui savait réfléchir – sans hésiter à se remettre en cause. Un sage. Peut-être pas un bâtisseur comme mon père, pensa Brinkmann, mais plus intelligent, plus distancié. Deux types de médecins. Le philosophe et l'homme d'action. Il leva rapidement les yeux vers le mur. Autrefois, c'est là qu'était accrochée la photo. Le Dr Karl Brinkmann, en blouse blanche, avec son lorgnon, son stéthoscope et sa moustache à la mode, soigneusement taillée. Et ce crâne carré de Prussien obstiné.

Mais Schiermann... Qu'avait-il dit exactement ? Une phrase qui méritait d'être retenue :

– Vous savez, cher docteur Brinkmann, pour un médecin, la seule chance d'avoir bonne conscience, c'est de jeter sa blouse blanche aux orties. Il n'y a pas d'autre moyen d'échapper au risque de commettre une erreur.

Klaus Brinkmann hocha la tête et prit un des dossiers médicaux que Schiermann avait cochés d'une croix au feutre vert : Gerda Beck. Il avait oublié le nom de la patiente, mais se remémora instantanément ce cas dramatique que Schiermann lui avait déjà signalé. Cancer de l'utérus. Stade quatre. La tumeur s'était étendue du col aux ovaires, à l'intestin, à la vessie. Diagnostic trop tardif, naturellement ; le médecin n'avait pas été consulté à temps. Même une radiothérapie associée ne pourrait plus rien changer : inopérable.

Gerda Beck et cet accidenté mort la veille sur la table d'opération malgré l'intervention de Schäfer avaient été les deux cas désespérés de la clinique. Maintenant, il n'en restait plus qu'un...

Ne pas commettre d'erreur ? Abandonner ?

Ou continuer à faire l'équilibriste ?

Il y en a qui s'habituent facilement à danser sur la corde raide. Pour la bonne raison, déjà, qu'un faux pas compromettrait non leur santé et leur vie, mais celles des autres.

Schiermann avait bien dételé. Il s'était acheté un de ces énormes camping-cars américains dernier cri et, dans quatre ou cinq semaines, il réaliserait le rêve de sa vie : partir en Sicile et en Apulie sur les traces de l'homme qu'il vénérait depuis son enfance : Frédéric II Barberousse, l'empereur légendaire du Moyen Age allemand.

Etre toi-même, ne serait-ce qu'une fois ! se disait Brinkmann en compulsant les dossiers. Quand as-tu seulement essayé, ces dernières années, de t'approcher si peu que ce soit de toi-même ? Le temps qui te reste t'en laissera-t-il l'opportunité ? Sauras-tu la saisir ? Les autres te la donneront-ils, ou te fais-tu des illusions ? Peut-être y a-t-il aussi en toi quelque chose d'indéfinissable qui te pousse à continuer, comme tant de médecins ? Une sorte de force mystérieuse. La vocation. Dieu. Le destin ? Ne dis pas de bêtises !

L'enveloppe au nom de Beck laissa échapper les résultats des derniers examens histologiques : leur verdict était sans appel.

Brinkmann repoussa doucement le dossier et se

leva. Il parlerait à Gerda Beck. Peut-être Schiermann aurait-il dû être très explicite. Toute vie va à sa fin. S'ouvrir à cette vérité banale et sainte, y faire face et l'accepter, c'est un des fardeaux que l'on doit porter pour exercer cette profession.

Il regardait le jardin à travers le réseau vert et or des branches. Il entendit japper un chien et cela lui fit du bien. Assez de délectation morose. De l'action, si tu n'y vois pas d'inconvénient !

Il tourna les yeux une dernière fois vers le mur vide de tout portrait. Là, tu es quand même un vrai Brinkmann...

« Centre de convalescence », c'est ainsi qu'on appelait le parc dans le jargon de la clinique. Cet après-midi-là, Molli, qui courait en rond, déchaînée, bondissant et haletant, y avait trouvé un terrain de jeu idéal.

Le spectacle avait cependant de quoi laisser un peu pantois le chef de la clinique. Un museau aplati, des oreilles tombantes, un pelage blanc et brun. Pas de doute : c'est bien un chien ! Mais, si l'on en juge par ses rebonds désordonnés, on aurait pu, sans grand effort d'imagination, le prendre pour un ballon de football.

Un chien dans le parc de la clinique !

Brinkmann se dirigea vers le chien, ou plutôt vers un trio composé de l'animal, d'une femme boulotte et d'un jeune garçon qui avait une jambe dans le plâtre.

La boule de poils, comme ivre d'enthousiasme, dansait toujours autour d'eux. Mais elle s'arrêta soudain, puis, aboyant à perdre haleine, fila comme une flèche vers Brinkmann.

– Du calme ! Tiens-toi tranquille ! Ma blouse vient d'être lavée.

Mais Molli ne s'en souciait pas le moins du monde. Ses pattes constellèrent d'empreintes brunes le coton blanc fraîchement empesé. Ses dents avaient déjà arraché un triangle du tissu.

– Molli !

Dieu merci, la grosse dame était là. La propriétaire,

visiblement. Elle saisit le petit monstre et entreprit de le faire disparaître dans un sac à provisions.

– Ecoutez, madame...

– Madame Schick. Je m'appelle Schick.

– Madame Schick ! Comment avez-vous introduit cet animal ici ?

– Eh bien, dans le sac ! Parce que... mon garçon, Werner, il l'aime tellement, ce chien ! Et comme le monsieur est mort, bien sûr, il n'a plus personne...

– Qui est mort ?

– M. Bärwald. Vous savez, le retraité... Le chien était à lui et, avec Werner, ils avaient la même chambre. Alors bien sûr, Werner s'est occupé de lui. Du chien, je veux dire.

– Mais il est interdit d'amener des chiens ici. C'est une clinique. Vous devez pourtant bien comprendre : les risques de contagion...

– Tiens-toi tranquille, Molli, sois sage !

Molli se tenait tranquille, Molli était sage. Molli regardait par l'ouverture du sac à provisions. Et Brinkmann dut très vite détourner les yeux. Ce n'était vraiment pas le moment de sourire.

– Si on pique Molli, docteur, mon garçon ne s'en remettra pas. Werner a promis au vieux monsieur de prendre soin d'elle, vous comprenez ? Et mon mari ne la supporte pas. Il est allergique, mon mari. Il ne peut plus respirer.

– Une allergie aux poils de chien ? Avec les poils de chat, je connais, mais ça, c'est original. Est-ce qu'on s'en occupe ?

– Eh bien, comme je disais, Werner...

– Non, votre mari. Est-ce qu'il suit un traitement pour son allergie ?

– Non, justement. Vraiment, je ne sais plus quoi faire. Et en plus, nous déménageons. Nous allons à Fribourg, dans un appartement, et ils disent dans le contrat que les animaux sont interdits. Ah ! c'est bien terrible, tout ça...

– Terrible, acquiesça Brinkmann.

Les yeux bleus reprirent espoir.

– C'est juste qu'il n'aime pas les blouses blanches, vous savez. Mon mari est peintre. C'est pour ça aussi qu'il est furieux contre lui. Je veux dire, contre le chien... Ah, la la ! Vous voyez... Ah, mon Dieu !

Brinkmann tapotait le tissu pour en faire tomber la terre.

– Pour la blouse, ça n'est pas grave. Cela partira au lavage. Calmez-vous, madame Schick, je vous en prie.

Elle tourna la tête vers le garçon qui ne les quittait pas des yeux, raide comme un piquet.

– Werner aime tellement Molli ! Il dit que, si on la pique, il ne voudra plus vivre.

– La piquer ! Pourquoi parlez-vous sans arrêt de la piquer ?

Brinkmann ôta sa blouse pour ne pas provoquer de nouveau la fureur de Molli. Le regard, dans le sac, c'était trop ! Il s'accroupit et caressa la tête hirsute. Aussitôt, le chien pressa son museau contre sa main. Visiblement, Molli vouait un amour débordant à l'humanité sans blouse blanche.

– Bon, dit Brinkmann, conciliant, en ébouriffant des deux mains le pelage souple de l'animal. Je vais en parler avec Werner, d'accord ? Nous trouverons bien une solution...

Idylle plutôt inhabituelle !

Udo pressa son front contre la fenêtre de la salle de garde : maintenant, voilà que son père enlevait sa blouse et caressait le corniaud. Inhabituel, vraiment ? Il avait toujours aimé les chiens. Surtout les corniauds. Les chiens, Käte – naturellement – et ses femmes. Ce qui lui restait de capacité de s'émouvoir, il le répartissait opportunément en fonction de ses objectifs – mais toi, tu étais toujours oublié dans la distribution. Allons, pourquoi t'énerves-tu ? Tout cela, c'est de l'histoire ancienne, tu t'en es sorti.

Empêtré dans ce réseau de sentiments où la jalousie

le disputait à la volonté de maîtriser ces emportements puérils, Udo n'entendit pas que l'on frappait à la porte.

– Bonjour !

Il s'écarta de la fenêtre et son visage s'éclaira.

– Tiens ! Qui voilà de si bon matin ? Le soleil se lève. Bonjour !

Christa Meurer ne tint pas compte de cette exubérance. Elle répondit d'une voix sobre et impersonnelle, détachant les mots.

– Je voulais juste te signaler que la patiente Mélanie Wieck collectionne ses médicaments dans son placard.

– Qui ?

– Mlle Wieck, chambre 9. Dans la même chambre que Mme Kirsch. C'est elle qui s'en est aperçue et m'en a parlé.

– Et alors ? Tu n'as qu'à les lui reprendre, répliqua Udo d'un ton léger.

– Ah oui ? A mon avis, ça ne réglerait pas le problème. Ce qu'elle stocke, c'est du Valium.

– Elle ferait mieux d'avaler ce qu'on lui donne. Autre chose : dimanche, je vais au Titisee. Qu'est-ce que tu en dis, tu m'accompagnes ?

Il connaissait si bien cette expression : le petit sillon entre les sourcils, les yeux rétrécis...

– Je pensais que nous avions fait un sort une fois pour toutes à ce genre de propositions. Ni au Titisee ni ailleurs. C'est pourtant clair.

Ni au Titisee ni ailleurs ? Elle est là, près de la porte, et elle te regarde comme il ne devrait pas être permis de regarder quelqu'un. Non, pas ces yeux !

Udo ne céda pas. Il traversa la pièce à grands pas et saisit Christa aux poignets.

– Cesse ces bêtises !

– Aïe ! Lâche-moi ! Ce ne sont pas des bêtises.

Il n'était plus capable de l'entendre.

– Ecoute, Christa, ça n'a pas de sens...

– A chacun son point de vue...

– Christa ! Essaie donc de réfléchir calmement.

Elle s'essoufflait, son visage s'empourpra.

– Christa ! Quand on change de partenaire, ça ne se passe pas toujours sans accroc. Une telle transition entraîne très souvent des frictions. Mais ce ne sont que des mots. L'important, écoute-moi, l'important, c'est que nous y voyions clair.

– Je t'ai dit de me lâcher !

Udo ne l'écoutait pas, ne la lâchait pas. Bon Dieu ! Si elle ne veut pas comprendre cela dans sa tête, il faut qu'elle l'éprouve dans son corps. « Il faut. » Cette idée s'était emparée de lui au point d'éliminer toute autre pensée, tout contrôle. Christa ne parvenait pas à se libérer. Pressant ses coudes contre la poitrine d'Udo, elle cherchait à le repousser. En vain. Il la maintenait encore d'une poigne d'acier, quand la porte s'ouvrit sur le médecin-chef.

Pour Christa, le choc ne dura qu'une seconde, le temps qu'il lui fallut pour quitter la pièce.

Udo enfouit les mains dans ses poches. Le visage écarlate, il avait du mal à reprendre son souffle et, cette fois, il ne réussissait pas à sourire.

Le Dr Schäfer semblait ne s'être aperçu de rien. Il passa simplement devant Udo sans le regarder, comme si le jeune homme n'était pas là. Les épaules un peu relevées, comme toujours, il traversa la pièce et s'assit à son bureau.

Bon, c'était aussi une réaction possible... Dans d'autres circonstances, Udo aurait peut-être exprimé une sorte d'admiration. Mais maintenant, c'en était trop !

Udo contempla le crâne étroit de son supérieur, qui lui tournait le dos, et lança soudain la première bêtise qui lui passa par la tête.

– Ne vous gênez surtout pas, monsieur. Mon père est toujours disposé à prêter l'oreille au récit de ce genre de scènes !

Le médecin-chef se retourna. La tête légèrement de côté, il se contenta de lever le sourcil droit.

– Vraiment, monsieur. Si vous faites état de cet

incident, vous n'avez pas à craindre qu'il vous en veuille.

– Vraiment pas ?

Udo avait déjà eu quelquefois l'occasion de constater que ce glaçon de Schäfer pouvait être par moments terriblement ironique. Qu'à cela ne tienne ! Il en rajouta.

– Vous n'avez qu'à essayer.

Le médecin-chef resta impassible. Rien ne troublait le regard clair de ses yeux couleur d'ambre.

– Ecoutez, cher confrère, je suis désolé de décevoir votre ardeur belliqueuse mais, que vous le croyiez ou non, il existe des problèmes plus importants.

– Je voulais simplement vous signaler que vous pouviez vous épargner un cas de conscience, monsieur. Agissez donc simplement comme si je n'étais pas le fils du patron.

– Eh bien ! Les relations privées entre médecins et personnel soignant sont autorisées à l'extérieur de la clinique.

– C'est exact ! Mais nous étions à l'intérieur !

– Bon. Vous êtes-vous suffisamment exprimé pour vous calmer ? Etes-vous en état de reprendre normalement votre service ? Il semble. Alors je vous inflige un blâme. Dans les formes. Maintenant foutez-moi la paix avec vos conneries, et faites votre travail !

Pendant quelques secondes, Udo, le souffle coupé, crut avoir mal entendu. Puis il s'entendit bredouiller :

– Excusez-moi. Pardon ! Oui, monsieur...

C'est le front brûlant qu'il referma doucement la porte derrière lui.

On ne veut pas le croire, on s'en défend, on se ferme à cette pensée, on cherche à sauver sa vie – et pourtant, cela arrive.

A présent, c'était sans recours. Elle le savait. Cette certitude vivait et se renforçait en elle comme la maladie même, et elle l'opposait au visage réconfortant de Gerhard, à son :

– Allons, Gerda, ne t'en fais pas, ça va passer.

Cela ne passe pas. Cela reste jusqu'à ce que tout soit fini.

C'était le cœur même de sa certitude. Et, bien curieusement, Gerda se sentait libérée. Au début, elle s'était cuirassée contre cette idée. Maintenant, elle était capable de sourire.

– Madame Beck ! Tant que nous n'avons pas les résultats des examens, il n'y a pas lieu...

– Madame Beck ! Ne vous montez pas la tête ! « Je ne sortirai plus jamais d'ici. » Qu'est-ce que ça veut dire ?

– Madame Beck, vous n'allez pas encore pleurer ! Regardez comme il fait beau, aujourd'hui...

Elles ont le visage rond ou allongé, joyeux ou amical, les jeunes femmes qui viennent dans sa chambre. Elles remontent l'édredon, la soutiennent quand elle marche. Elles l'aident à se laver – ah, cela lui est si pénible ! Elles tâtent son corps enflé, qui lui devient de plus en plus étranger. Elles lui tiennent le miroir quand elle se peigne. Et elle voit alors un visage qui lui appartient encore moins que le reste de son corps.

Tout ce qui est elle-même, ce sont ces douleurs qui la dévorent en se frayant leur chemin dans les veines et dans le ventre, en remontant le long du dos, en descendant vers ses pieds, en rayonnant parfois jusque dans son crâne. Ces douleurs que les jeunes femmes chassent avec leurs piqûres et leurs comprimés...

– Vous voyez, madame Beck, maintenant, on va bien dormir, tout tranquillement.

Oui, tout tranquillement. Elles lui parlaient si aimablement, souriaient si gentiment. Elles étaient vraiment aimables et gentilles. Et serviables, habiles... comme leurs mensonges. Devait-elle les décevoir ? Elles attendaient de leur malade qu'elle sourît courageusement. C'est pourquoi Gerda jouerait le rôle qu'on lui assignait.

– Mais oui, docteur, ce matin, je me sens déjà mieux.

Ne pas décevoir, c'était après tout une sorte de devoir, le moins qu'elle pût faire. Et le dernier devoir qu'elle remplirait.

C'est seulement quand Gerhard venait la voir que les choses étaient plus difficiles. Non pas à cause de ce visage qu'elle connaissait si bien, ni à cause de sa voix.

– Allons, Gerda ! Tu vas voir. Dans cette clinique, ils ont tout ce qu'il faut, les appareils les plus modernes... Qu'est-ce que tu dis ? Ils ne t'opèrent pas encore ?

Comme si c'était sa faute à elle ! Le ton rappelait à Gerda celui que Gerhard prenait volontiers à la maison. Elle y percevait comme un écho des reproches qui l'avaient poursuivie pendant toute son existence.

– Comment, Gerda ? Tu n'as toujours pas demandé le remboursement ?... Comment, Gerda ? Ils ne veulent pas te donner ce travail à mi-temps ? Comment, les enfants ont encore besoin d'argent pour leurs vêtements d'école ?

Gerhard restait assis là à son chevet, mi-malheureux, mi-furieux, répétant sa conviction que tout finirait par s'arranger comme il se l'imaginait. Assis, le sac à provisions contenant les bananes, les fruits et le chocolat posé entre ses genoux. Elle ne pouvait rien manger de ce qu'il apportait. Mais elle ne s'exposerait pas à sa réaction indignée :

– Comment ? Tu as pourtant toujours aimé ça !

Elle s'exclamait donc :

– Oh, des bananes ! Oh ! mes chocolats préférés !

Ensuite, elle trouverait quelqu'un à qui les offrir. Mais maintenant, elle souriait à ce visage qui n'avait jamais compris, ne voulait jamais comprendre et qu'elle aimait justement parce qu'il exprimait un tel désarroi quand « ça ne s'arrangeait pas ».

– Je suis désolée, Gerhard. Ils ne veulent pas opérer ; ils disent que je suis trop faible.

Elle savait d'avance ce qu'il répondrait.

– A quoi servent-ils, ces médecins ? Pourquoi est-ce qu'on t'a amenée ici ? C'est une clinique ! Ils doivent t'opérer, te sortir de là, bon sang ! Je vais leur parler. Il y a bien un nouveau, le chef de la clinique ?

– Je t'en prie, Gerhard, ne crie pas comme ça.

– Qu'est-ce que c'est que cette boîte ? Je vais lui dire ce que j'en pense !

– Gerhard !

Rien à faire. Il se précipitait déjà vers la porte.

Elle secoua la tête. C'est cela qui était bien : avant, elle aurait été terriblement émue, elle aurait même eu peur. Aujourd'hui, elle pouvait reposer sa tête sur son oreiller et regarder par la fenêtre. Cela ne l'affectait plus. Les choses passaient, glissaient. Elles arrivaient, tout simplement. Et Gerda se laissait porter par le flot des événements.

Elle pouvait sourire. Les piqûres produisaient l'effet souhaité. Elles l'emportaient dans un sommeil auquel il faisait bon s'abandonner.

Le pauvre ! Il ne comprendrait jamais que...

Brinkmann s'était levé de son fauteuil avant même que la porte de son bureau ne s'ouvrît à la volée. La voix indignée de sa secrétaire avait suffi à l'alerter.

– Mais enfin, monsieur Beck, qu'est-ce que vous croyez ? Vous ne pouvez quand même pas entrer sans...

Brinkmann ne comprit pas la réponse, mais le ton lui était familier, il avait déjà eu l'occasion de l'entendre dans des situations analogues. Expérience de la vie hospitalière et de ses désespoirs. De la colère des patients, de leurs parents, de leurs proches...

L'homme s'arrêta sur le seuil : un véritable bloc. Bronzé, le crâne blond, un corps d'athlète, la cravate de travers. Dans ses yeux étincelants, la gêne et le désarroi le disputaient à la fureur.

– Vous êtes bien le nouveau professeur ? Je viens au sujet de ma femme.

Derrière lui, la secrétaire expliqua :

– C'est M. Beck, professeur. Excusez-moi, je n'ai pas pu...

– Ce n'est pas grave, madame Meis.

Brinkmann indiqua à l'homme le fauteuil, face à son bureau.

– Je vous en prie, prenez place. Ainsi, vous êtes le mari de Gerda Beck ?

Le nom avait été prononcé, la situation était claire. Aussi terriblement et irrévocablement claire que les clichés des tissus rongés par les métastases qui détruisaient la vie comme une grêle de plombs. Brinkmann pensait maintenant à ces images, et aux paroles de Schiermann.

– C'est une pitié de voir cette malheureuse. Deux enfants. Et si courageuse !

Deux enfants ? Il faudrait que cet homme les élève. Seul. Cette pensée fit monter en Brinkmann une vague de sympathie. Peut-être à cause du cadre, avec tous ces livres, ou à cause du visage amical et compatissant du médecin, peut-être aussi parce que toute sa force concentrée dans sa fureur et sa révolte s'était à présent épuisée, Gerhard Beck, embarrassé, s'assit au bord du fauteuil.

– Professeur... (Il lui fallut inspirer profondément pour reprendre son souffle.) Professeur, qu'est-ce que tout cela signifie ? Il y a maintenant plus d'une semaine que ma femme est ici. Et l'on ne fait rien, absolument rien. Votre prédécesseur, Schiermann – pardon, le Pr Schiermann... avait pourtant dit que ce serait pour cette semaine, qu'on l'opérerait. Et vous...

– Et nous n'opérons pas.

Gerhard Beck hocha la tête.

Silence.

Brinkmann fouilla ses poches, cherchant machinalement ses cigarettes. Par chance, il avait jeté le matin même son paquet encore à moitié plein. Voilà déjà que l'envie le reprenait. Stress ? Non, faiblesse. Ou nervosité. Ça ne faisait que commencer, et il avait déjà les nerfs à plat.

– Voyez-vous, monsieur Beck, mon collègue Schiermann avait raison. Mais moi aussi j'ai raison. Je veux dire que le Pr Schiermann avait envisagé une opération. Mais il ne l'avait pas entreprise avant de disposer de tous les résultats des examens. Entre-temps, nous les avons reçus. Et je peux vous assurer que le Pr Schiermann n'opérerait pas, lui non plus.

Le regard de l'homme, de l'autre côté du bureau, exprimait la plus totale incompréhension.

– Mais pourquoi ?

Pourquoi ? Brinkmann s'appuya contre le dossier de son fauteuil avant d'expliquer, aussi calmement que s'il parlait à un enfant :

– Monsieur Beck, votre femme a un cancer.

– Mais elle n'est pas la seule...

– Non. Mais elle en est à un stade où une opération ne servirait plus à rien. Les métastases, les foyers que la tumeur primaire a disséminés, ont attaqué depuis longtemps les organes vitaux.

De nouveau cette pause. Comme Brinkmann connaissait bien ces moments ! L'homme était très volontaire, mais aussi hypertendu, pas du genre à accepter ce qu'on lui disait sans discuter. Il n'était pas bâti pour ça. Et de fait :

– Qu'est-ce que ça signifie ? Vous ne pouvez quand même pas laisser Gerda ainsi... Ah non, alors !

– Monsieur Beck ! Nous pouvons empêcher que votre femme souffre. Mais pour le reste...

– Le reste... L'empêcher de souffrir. C'est comme ça que vous voyez les choses ! Gerda a trente-neuf ans, professeur ! Nous avons deux enfants. Elle n'a jamais été malade. Et quelle santé ! Elle travaille jusqu'à ce qu'elle ne tienne plus debout. On aurait bien remarqué quelque chose.

– Peut-être qu'elle a remarqué quelque chose, monsieur Beck. Peut-être qu'elle a été trop courageuse. Peut-être qu'elle voulait que vous ne remarquiez rien. Peut-être que vous auriez dû faire plus attention à elle.

Ai-je parlé trop durement ? se demanda Brinkmann. Face à ces situations, on n'a jamais fini d'apprendre.

Seigneur ! Combien de conversations semblables avait-il menées ? Combien d'interlocuteurs lui avaient arraché de tels propos ? Et pourtant, comme les réactions étaient différentes ! Il connaissait ce genre d'hommes. Maintenant, il va se remettre à crier.

Mais Gerhard Beck ne cria pas. Ses épaules s'affaissèrent, ses lourdes mains se nouèrent.

– C'est renversant... (Sa voix était à peine audible.) Plus rien n'a de sens, si c'est vrai... On ne peut plus croire à rien, professeur. Gerda n'est jamais allée chez le médecin, jamais ! Sauf il y a quinze jours...

– Justement, monsieur Beck, c'est ce que je disais à l'instant. Elle aurait dû consulter plus tôt.

De nouveau ce silence lourd, oppressant. Pourquoi ne te lèves-tu pas pour aller vers lui ? se dit Brinkmann. Probablement parce que cette conversation appartient déjà à cet apprentissage qu'il devra faire seul. Deux enfants ? Mon Dieu...

– Alors elle va... mourir ?

– Oui. Nous n'y pouvons rien. La vie, la mort, l'une est la condition de l'autre.

Il se tut. Ni les dictons ni la vérité ne te mèneront bien loin.

– Ramenez-la donc chez vous, monsieur Beck, dit-il doucement.

– A la maison ? Mais bien sûr ! Vous pensez que nous avons une villa, sans doute ? Pleine de domestiques ? Seigneur, non... A la maison ? Et c'est moi qui la soignerai ? Avec ce que je gagne à la scierie... J'ai fait construire. J'ai des dettes. Je travaille comme une bête. Gerda ne peut pas nous laisser comme ça, professeur. Il ne faut pas qu'elle meure, voilà. C'est impossible. Nous n'avons rien fait de mal.

Il s'essuya le visage de sa manche. Puis il demanda, la voix déformée, gonflée de sanglots :

– Est-ce qu'elle sait ?

– Oui, monsieur Beck. Depuis une heure.

– Et comment est-ce qu'elle prend ça ?

– Je vous l'ai dit : elle est très courageuse. Si elle a

peur, c'est seulement pour vous. Elle a peur que vous ne soyez complètement perdu, que vous ne sachiez plus quoi faire. Et elle a peur aussi pour les enfants.

– Mon Dieu !

– Il faut que vous la délivriez de cette peur. Vous lui devez bien cela.

Gerhard Beck releva la tête. Il avait les yeux baignés de larmes. Brinkmann chercha à répondre à ce regard.

– Avez-vous le sentiment que vous y parviendrez ?

– Je ne sais pas.

– Il le faut pourtant. Elle n'a pas mérité de vivre ses derniers moments face à cette peur, n'est-ce pas ?

Beck hocha la tête.

– Autre chose, monsieur Beck : venez la voir aussi souvent que possible. Car elle vous aime. Et vous l'avez dit vous-même : elle a tout fait pour vous. Si vous ne pouvez pas la ramener chez vous, vous devriez l'entourer au maximum.

Gerhard Beck hocha de nouveau la tête et se leva. Il s'appuya au dossier du fauteuil et murmura quelques mots que Brinkmann ne comprit pas. Puis il dit, lentement, d'une voix claire :

– Merci. Pour votre franchise, aussi.

Brinkmann contourna son bureau pour aller ouvrir la porte, mais Beck le devança et le médecin le vit s'éloigner, traverser le secrétariat sans un regard aux bureaux devant lesquels il passait, comme si toute perception avait été abolie en lui...

Mercredi. Un mercredi de liberté. Elle avait vingt-quatre heures devant elle.

Christa n'avait pas la moindre intention de les gaspiller en restant dans son petit appartement, à laver la vaisselle, repasser, repriser, passer l'aspirateur et rempoter des fleurs. Il faisait trop beau. Vingt-quatre heures de « quartier libre ». Loin des couloirs de la clinique, des piqûres, des plaintes, des patients...

Au-dessus des montagnes, le ciel était bleu foncé. Des cirrus s'étiraient vers le sud en longs filaments.

Dans le petit bassin de la piscine découverte, des enfants s'éclaboussaient, criaient et riaient. Une odeur de café parvenait du kiosque tout proche et se mêlait aux senteurs d'huile solaire et de sueur.

Christa mit ses lunettes de soleil. Elle sentit le bois chaud sous la plante de ses pieds nus et jeta un dernier regard hésitant au grand miroir des cabines. Plutôt osé, ce minuscule bikini vert émeraude. La vendeuse était enthousiaste :

– Sur une femme comme vous, il sera adorable ! La forme tanga, c'est exactement ce qu'il faut quand on a un corps comme le vôtre.

Peut-être. Mais était-ce exactement ce qu'il fallait pour la piscine d'Offingen ? Et « une femme comme vous », qu'était-ce donc ? Un corps élancé, une peau de satin, une cascade de cheveux qui attire irrésistiblement le regard des hommes ?

Elle descendit lentement la pente, tête haute et lèvres serrées, aussi arrogante que possible, mais sans pouvoir se départir du sentiment qu'il lui faudrait bientôt se mettre à courir pour échapper à tous ces yeux rivés sur elle. Elle se surprit le doigt nerveusement sur l'élastique du slip pour le rajuster. Cette haie de regards était un vrai supplice. Son vieux maillot aurait bien fait l'affaire... Un de ces types à gourmette d'or et à l'air conquérant s'avançait déjà.

– Dites-moi, mademoiselle, de quelle étoile êtes-vous tombée ?

Christa secoua la tête en posant sur sa serviette son sac de raphia. Oui, de quelle étoile ? Où allaient-ils donc chercher cette certitude d'être irrésistibles ? Où un Udo Brinkmann allait-il chercher cette assurance ? Voilà qu'elle en revenait à lui. Soit. Mais il se pourrait que le problème ne soit pas du côté d'Udo ou de ces bellâtres à chaîne d'or et Rolex, mais du sien, avec sa nervosité et sa volonté de s'isoler de tout et de tous.

Non. Cette histoire avec Udo n'avait pas d'importance. Aucune. Udo était ainsi fait. Elle n'avait jamais entretenu d'illusions à ce sujet. Mais la solitude était parfois plus difficile à supporter que l'idée qu'une relation porte d'emblée en elle-même sa propre fin. Udo ? Au fond, ce n'était que le plus récent épisode d'une longue série.

Elle avait tiré de son sac un stylo à bille et un bloc de papier à lettres, qu'elle posa près d'elle. Puis elle s'étendit à plat ventre. Le soleil lui caressait le dos, elle suivait des yeux un minuscule insecte brillant, doré, qui se frayait péniblement un chemin dans l'herbe, juste sous son nez. Voilà qu'il basculait sur le côté, se redressait, s'attaquait bravement à un nouvel obstacle, dressait ses antennes, tâtait précautionneusement autour de lui et se décidait à poursuivre opiniâtrement sa route, rampant vers la prochaine difficulté.

C'est toi, se dit-elle. C'est la Christa Meurer de ces dernières années... Christa sur la piste où il faudrait courir... Elle voyait bien où conduisaient de telles comparaisons.

Elle s'assit donc, et prit une cigarette. Le mince voile de fumée estompa les jeux d'ombres et de lumières de la pelouse, et les corps dénudés qui la parsemaient, bruns, roses, blancs...

Elle se réjouissait de s'être installée si loin à l'écart, près de la clôture. Mais se renfermer ainsi ne menait à rien. Tu es devenue irritable, franchement impossible, à vrai dire. Et te voilà déjà en train de gâcher cette belle grande journée avec ces horribles petites pensées qui t'assaillent de partout et tendent toutes vers la même conclusion : Abandonne ! Ne te fais pas d'illusions. Le mieux est de boucler tes valises et de donner ta démission ! Bien sûr, ce patelin est un trou et la clinique une clinique, mais ici, l'appartement est joli et bon marché, l'air sain, Bâle et Strasbourg tout près...

Non, elle était injuste : à la clinique, l'atmosphère était plus familière que dans d'autres établissements, et les collègues très gentils – si l'on exceptait Hildegard et Udo.

Le problème était en elle : Christa Meurer se fuyant elle-même...

Si elle percevait les choses ainsi, sans doute était-ce parce qu'elle avait sans cesse en tête le point de départ de cette fuite : Marbourg. Les examens de troisième année. Elle en a pratiquement terminé quand la catastrophe se produit... Pourquoi a-t-il fallu, ce soir-là, qu'Ulli insiste pour la ramener chez elle en moto au sortir de la taverne ? Pourquoi se laisse-t-elle convaincre, alors qu'elle déteste tellement la moto ? Pourquoi ne remarque-t-elle pas qu'Ulli est ivre ? Et pourquoi Ulli ne voit-il pas la plaque de verglas ?

– Hé ! Christa, qu'est-ce que tu fais là ?

Elle écrasa sa cigarette dans l'herbe et leva les yeux vers la jeune fille petite et potelée qui lui faisait signe de la main. Même ici, on n'était pas à l'abri des élèves infirmières.

– J'écris quelques lettres.

– Nous sommes près du grand bassin.

Qu'elles y restent ! Pourquoi ?... Et pourquoi se tourmentait-elle soir après soir à ressasser les mêmes questions au lieu d'accepter enfin la seule réponse possible : « Cesse de rêver. Le film est fini. Tu as maintenant vingt-neuf ans. Les dernières années auraient pourtant bien dû te montrer que tu n'as plus la force de mener de front le travail et les études. Plus la force, et peut-être plus le courage ? »

Oui, la réponse était aussi simple.

Seulement, elle présentait un gros inconvénient. Pour Christa, cela équivalait à renoncer à elle-même. Pis encore : à sombrer complètement dans la mélancolie. Et ensuite ? Se constituer un stock de somnifères comme Mélanie Wieck ? Non, pas ça !...

Mais se réfugier dans un lieu comme la clinique de la Forêt-Noire n'avait plus de sens pour elle. Son travail avait beau lui plaire, il lui fallait payer cher ce plaisir. Tu es sur le point de perdre toute joie de vivre.

Le soleil passait derrière un des bouleaux. Il n'éblouissait plus. Christa regarda les feuilles qui scintillaient.

Bon Dieu ! Tout pourrait être si beau, pourtant !

Elle se leva. « Nous sommes près du grand bassin », avait dit Ulrike. Eh bien, elle pourrait discuter avec elle de Mélanie Wieck. L'image de la jeune femme ne la laissait pas en paix. Retranchée du monde, loin de tout, assise, immobile, comme sous une cloche de verre, c'est ainsi qu'elle était apparue à Christa la dernière fois qu'elle l'avait vue.

Au bord du bassin, elle se doucha, puis plongea. Pendant que son corps se mouvait dans la clarté verdoyante et cristalline des eaux, son intelligence se remit à travailler, claire, nette, tandis que sa mémoire récapitulait une fois encore tout ce qu'elle savait de Mélanie Wieck : accident de voiture. Fractures aux deux jambes. Processus de guérison très long... Et ce regard fixe, dans le vide, cette lenteur à réagir quand on lui parlait, ces curieuses absences, alternant avec des phases d'activité fébrile. Autant de symptômes permettant de conclure à une dépression.

Lorsque Christa avait tenté de lui reparler de ce cas, Udo s'était débarrassé d'elle en quelques mots.

– Est-ce que je suis psychiatre ? Nous sommes là pour lui remettre les jambes en état.

Elle remonta, surgit à la surface, s'ébroua, respira profondément, nagea d'un crawl décidé vers le bord de la piscine et sortit de l'eau.

Elle avait découvert vingt-quatre comprimés de Valium cachés dans l'armoire de Mélanie Wieck. Cela ne suffisait pas tout à fait pour se tuer, mais si elle continuait à les amasser comme un écureuil les noisettes... Ce problème était écarté. Maintenant, sous la pile de chemisiers de la patiente, vingt-quatre comprimés de placebo avaient remplacé le Valium auquel ils ressemblaient à s'y méprendre, tout en étant parfaitement inoffensifs.

Mais pourquoi ? S'agissait-il vraiment d'une dépression ? Et si oui, quelle en était l'origine ?

– Pourquoi ? Il n'est pas bien sorcier de deviner pourquoi elle collectionne ces trucs-là.

Assise au bord du bassin en compagnie de trois

autres élèves infirmières et de Mischa, l'aide-soignant, Ulrike mangeait une glace à la fraise.

– Tu n'en veux pas un peu, Christa ? Je t'assure, la fraise, c'est vraiment ce que je préfère. Tu devrais goûter.

– Explique-toi plutôt ! Pourquoi fait-elle ça ?

– Quand ils l'ont amenée à la clinique, elle était en état de choc.

La glace était finie, le reste du cornet atterrit dans les buissons. Puis Ulrike s'essuya soigneusement la bouche.

– Oui, et elle ne cessait pas de répéter la même chose. C'était curieux... Elle disait : « Ça ne sert à rien ; qu'est-ce que vous me voulez ? Ça ne sert à rien. » Je me suis dit tout de suite : elle déménage. N'empêche qu'elle est chouette, hein, quand elle se fait belle ?

Christa acquiesça.

– Oui. Et ensuite ?

– Ah, oui, ensuite... Ça ensuite, c'était bizarre : le jour où le vieux Schiermann l'a opérée, j'étais de service auprès d'elle. Donc, elle se réveille – et là, tu sais, quand ils émergent, ils racontent généralement des histoires tout à fait personnelles. On apprend beaucoup de choses. Et on découvre souvent ce qui les préoccupe, non ?

– C'est vrai.

– On nous en a parlé en cours, d'ailleurs. Dans ces moments-là, il faut être particulièrement gentil avec eux.

Christa sourit. La petite lui plaisait.

– Quand elle s'est réveillée, elle m'a regardée... Un regard perçant, tu sais, les yeux grands ouverts, sans pleurer, mais elle tremblait.

– Et après ?

– Eh bien, elle a dit un nom. Le nom d'un homme. Mais elle l'a dit comme si c'était moi, l'homme. Peut-être qu'elle ne m'a même pas vue ? Ou juste comme une ombre ? Et elle a dit : « Tu vois ? Maintenant, tu me croiras... »

– Et puis ?
– C'est tout. « Maintenant, tu me croiras... »
– Rien d'autre ?
– Rien. Mais c'était déjà plutôt bizarre. Un petit peu mystérieux, tu ne trouves pas ?
Christa se taisait. Mystérieux ? La situation suggérait une interprétation : la fin d'une histoire d'amour malheureuse. L'accident était en réalité une tentative de suicide. Et quand Mélanie Wieck s'était réveillée à la clinique, la peur de ne pas être prise au sérieux s'était de nouveau emparée d'elle. Et pourquoi ? Parce qu'elle aimait un homme, bien sûr ! La logique de certaines femmes, de leur chantage, de leur effrayant extrémisme : Si tu ne veux pas de moi, je ne veux plus vivre... Phrases si souvent pensées, si souvent criées comme une menace, si souvent murmurées sur un oreiller trempé de larmes, aux heures où l'univers se rétrécit, où toutes les perceptions se concentrent sur un seul être...
C'était donc cela ? Demain, Christa en parlerait au patron. Ulrike se dressa d'un bond.
– Tu viens jouer au ping-pong ?
Christa acquiesça et se leva. Maïs Ulrike lui saisit soudain le bras.
– Oh ! Regarde, là-bas !
Là-bas ? Elle regarda et détourna immédiatement la tête. Il ne manquait plus que ça. Quel après-midi ! Udo était assis, raide comme un piquet, avec une mine de dieu offensé.
Ulrike pouffa.
– Dis donc, qu'est-ce qui lui prend ? Avant, il serait arrivé au galop. Toute la clinique en parlait.
– Avant, dit Christa.
Elle ne rougit même pas. Son cœur battait calmement. Elle savait qu'il avait pris la pose et qu'il l'observait, les paupières mi-closes, les genoux ramenés vers la poitrine, la cigarette au coin des lèvres.
Christa n'en éprouvait pas de désagrément, ce regard fixé sur elle la laissait indifférente. Les autres non

plus ne firent pas attention à lui. Seul Mischa ne put retenir sa mauvaise langue.

– Maintenant, on va en prendre un moule, on y coulera de l'or, et on offrira ça à Christa, en pendentif.

Ils rirent, et Christa avec eux.

– Il aurait quand même pu nous offrir une glace, au moins, non ? dit Ulrike.

– Aimez-vous skier, mademoiselle Wieck ? Parce qu'il n'en sera pas question cette année. Mais quant au reste, nous pouvons nous estimer heureux. L'articulation aussi s'améliore peu à peu. Après, quand vous serez sortie, il faudra prendre de l'exercice. Beaucoup d'exercice, c'est l'essentiel !

Après... Quand vous serez sortie...

Mélanie Wieck regardait la clinique, au-delà des pelouses, des bordures de tulipes, des buissons de roses. Chaque fois qu'elle le pouvait, elle montait se réfugier sur ce banc caché entre deux cytises, et qui semblait l'attendre. Même l'après-midi, au moment des visites. De temps en temps aussi pour éviter les conversations avec sa voisine de chambre. Evidemment, Mme Kirsch ne lui voulait que du bien. Tous ne lui voulaient que du bien – et tous lui tapaient sur les nerfs.

C'était le nouveau chef de la clinique, mais toujours la même vieille méthode paternaliste. « Aimez-vous skier, mademoiselle Wieck ? » Pourquoi ne renonçaient-ils pas à ce jeu ? « Nous pouvons nous estimer heureux », qu'est-ce que cela signifiait ? Qui était ce « nous » ?

– Oui, professeur, j'aime skier. Et cette année, nous allons à Kitzbühel. Pas à Kitzbühel même, professeur, non, dans le Brixental. Parce qu'il y connaît une petite pension. L'endroit idéal pour deux ou trois jours tranquilles en amoureux, si vous voyez ce que je veux dire. Chez lui, il annoncera : « Mes collègues autrichiens organisent un congrès à Innsbruck... »

Annoncera ? C'est ce qu'il aurait dit, professeur.

Après tout, il faut bien songer à mettre sa petite amie de bonne humeur, n'est-ce pas ? Surtout quand elle est si jeune. Mais la petite amie n'est plus de bonne humeur. Et maintenant, elle ne se sent même plus si jeune. Usée, plutôt, brisée, mise au rebut. Morte... « Après », il n'y aura pas d'après, professeur. C'est bien regrettable, mais c'est ainsi.

Mélanie ne poussa pas plus loin ses réflexions, elle se les était faites trop souvent déjà. Et elle savait de toute façon à quoi elles aboutiraient. Non, il n'y avait plus rien à quoi elle dût réfléchir. Le soleil lui fit fermer les yeux, elle en sentit la chaleur sur son front. Une chaleur qui pourtant ne la réchauffait pas, ne l'atteignait pas vraiment.

– Pardon...

Cette voix, elle aussi, venait d'ailleurs, d'un monde qui n'était pas celui de Mélanie Wieck.

– Excusez-moi ! Je vous ai vue, et je me suis dit que j'allais m'asseoir près de vous, si cela ne vous dérange pas.

Si cela ne vous dérange pas ? Bien sûr, que ça la dérangeait ! Bon Dieu, pourquoi ne lui fichaient-ils pas la paix ? Quand la laisserait-on enfin tranquille ?

Elle connaissait ce visage. Rond, amical, vraiment joli. Un peu gonflé, simplement, à cause de la grossesse. Cette bouche lui avait déjà souri plusieurs fois. Dans l'escalier, au jardin, dans la salle de télévision. Là, elles avaient même échangé quelques mots.

Un gentil visage, donc. Et le ventre, proéminent sous l'ample robe verte la rendait aussi émouvante. Bon, d'accord. Mais pourquoi ne continuait-elle pas son chemin ? Elle avait tout, pourtant : enfant, mari, avenir.

– Vos jambes vont-elles mieux ? demanda-t-elle. (Puis elle ajouta, passant le doigt sur les cannes anglaises de Mélanie :) Bientôt, vous pourrez vous en passer, n'est-ce pas ?

– Peut-être.

– Pourquoi dites-vous : « Peut-être » ?

Mélanie haussa les épaules. Elle fixa son regard sur la clinique et le miroitement de ses fenêtres. Elle voyait, avec leurs deux niveaux, les terrasses sur lesquelles des gens, assis, se parlaient. Un mince panache de fumée blanche montait de la cheminée de la laverie et se perdait dans les arbres. Elle entendit quelqu'un rire, et cela lui fit mal. Une jolie clinique, de braves gens, une bonne nourriture... Tout était si paisible. Et chacun si terriblement seul avec lui-même.

– Il y a longtemps que je voulais vous dire... Ne le prenez pas en mauvaise part, mais voyez-vous, il y a quelque chose qui me frappe : vous êtes toujours si... – comment dire ? – si seule. Vous ne recevez jamais de visites ?

– Pourquoi ?

– Oh, c'était juste une question.

– Je ne reçois pas de visites.

– Et cela vous manque, sans doute ? J'ai l'impression que vous êtes... un peu triste. C'est vrai ?

– Et alors ?

– Pardon ?

Mélanie reprit ses cannes, les planta dans le fin gravier de l'allée et se tourna vers la jeune femme qui la regardait de ses yeux gris, lumineux et attentifs.

– Est-ce que ça vous gêne ?

– Cela ne me regarde pas. Peut-être que je me fais trop d'idées. Et peut-être que je vous tape sur les nerfs ?

– Peut-être, répondit sèchement Mélanie.

L'autre rougit légèrement. Mais elle ne se laissa pas désarçonner.

– Bien. Je pensais simplement que si vous aviez un jour besoin de quelqu'un... Je trouve que pouvoir parler, cela aide, parfois.

– Que voulez-vous donc savoir ?

– Moi ? Rien.

– Cela vaut mieux, parce que vous seriez déçue.

Un silence s'ensuivit. Mélanie était sur le point de

prendre congé, mais cela ne fut pas nécessaire. La jeune femme en robe verte s'était levée.

– Excusez-moi, voilà mon mari. Il est certainement impatient de savoir comment les choses se présentent.

Elle leva le bras et fit un grand signe de la main, puis s'éloigna d'un pas rapide.

« Mon mari » ! pensait Mélanie en suivant du regard les courbes que les hirondelles décrivaient dans le ciel, plongeant et remontant au-dessus du toit de la clinique. Maintenant, elles volaient vers le jardin, au ras du toit de la laverie.

Mélanie chercha à se lever. La douleur qui lui déchira la jambe et la cheville la rejeta sur le banc. Elle se sentait comme prise dans un étau, figée par une onde glacée qui, remontant de ses jambes par toutes ses veines, paralysait ses nerfs, pétrifiait ses pensées. Dans ses rêves, dans ses cauchemars, Mélanie avait mille fois vécu cette situation, mais jamais elle ne se l'était représentée ainsi. Pas aussi ridicule, non, ni aussi épouvantable.

Il portait la même veste à carreaux noirs et blancs que lors de leur dernière rencontre. Et le même pull à col roulé rouge brique. Et il souriait en allant au-devant de sa femme.

« Mon mari » !...

Les mains de l'homme se posèrent sur les épaules de la femme, et il attira à lui ce corps informe.

Non ! se disait Mélanie. C'est donc elle ? Et je suis censée croire que c'est un hasard ?

Un enfant ? Oui, il en avait parlé. Mais sa femme ? Peut-être savait-elle... Non, c'était certain : elle savait tout. Et elle lui avait joué cette comédie.

Mélanie ferma les yeux. Mais elle voyait toujours cette image, comme imprimée sur sa rétine ; elle la vit aussi longemps qu'elle resta assise sur ce banc.

La chaleur s'accumulait, étouffante, sous le ciel bas et lourd comme une chape de plomb. Les feuilles des arbres immobiles pendaient mollement et les maisons semblaient avoir été découpées dans du papier.

Klaus Brinkmann remua son café en soupirant. Combien de tasses, aujourd'hui ? Il le porta à ses lèvres. Et tiédasse, en plus !

Changement de temps. Encore une cochonnerie d'anticyclone qui se traîne depuis l'Atlantique. Non, ça n'est pas un bon jour. Les opérations prévues étaient terminées. Deux vésicules biliaires, une hernie inguinale sans complications, une série d'interventions mineures, rien de bien difficile, donc. Pourtant, le travail avait durement éprouvé l'équipe, et lui-même, plus qu'il ne voulait se l'avouer.

Les changements de temps ne sont pas seulement pénibles pour les patients, ils sont aussi la terreur de beaucoup de chirurgiens. En tout cas, ils font partie du fardeau qu'il te faut porter, pensa Brinkmann. N'avais-tu pas l'intention de consacrer un article à ce sujet ? Qui se soucie des effets biologiques du climat, de cette mystérieuse alchimie d'électrostatique et d'ionisation, de l'influence des phénomènes météorologiques sur les cellules et leurs échanges ? Ce domaine, qui reste à peu près inexploré, touche en dernière analyse aux plus profonds secrets de la vie. Et cette réalité donne du fil à retordre, à toi, comme à tous les médecins des villes et des champs. Mais à toi plus qu'à tout autre. Par exemple en t'infligeant un mal de tête sourd et lancinant, qui transforme ton crâne en autocuiseur sous pression.

Bon sang, réagis donc ! Déjà 2 heures...

Klaus Brinkmann feuilletait le courrier classé que sa secrétaire avait déposé sur son bureau. Requêtes, factures, comptes rendus, rapports... Il revint à la section « Privé » et, du bout des doigts, mit de côté une mince enveloppe d'aspect très officiel, où était imprimé le nom de l'expéditeur : « Dr Eléna Bach, hôpitaux de la ville de Stuttgart. » Le contenu en était certainement moins professionnel que l'apparence. Il la tourna et la retourna entre ses mains. Fallait-il y répondre ? Téléphoner ?

Non. A quoi bon ? Que lui aurait-il dit ?

Quand il avait trouvé la lettre, le matin, Brinkmann s'était même demandé s'il ne devrait pas simplement la renvoyer sans l'ouvrir. Théoriquement, cela aurait été conforme aux règles du jeu. Eléna et lui ne s'étaient-ils pas imposé volontairement six mois sans contacts ? Théoriquement... Mais il connaissait Eléna. En outre, n'importe quelle femme aurait considéré un tel geste non seulement comme impoli, mais aussi comme brutal.

Il tira la lettre de l'enveloppe, et les premières lignes lui arrachèrent un sourire de gratitude. « Cher Rossi, y lisait-il, je sais... Mais ne t'inquiète pas : il ne s'agit que d'une petite question pratique. »

La question pratique : ferait-il une apparition au congrès d'oncologie de Heidelberg ? « J'espère t'y revoir, avec toute la vieille équipe... »

La « vieille équipe » ? Elle n'existait plus. Sa seule équipe, maintenant, c'était celle de la clinique, ici. Et ce congrès d'oncologie ? Un prétexte, évidemment. Ils étaient pourtant convenus de s'accorder un semestre de repos, ces six mois qui, d'après la théorie de l'anesthésiste Eléna Bach, étaient nécessaires pour transformer « une catastrophe psychologique diffuse et voilée en une amitié aux contours clairement tracés ».

Il rangea la lettre dans l'enveloppe et écarta de son esprit le souvenir du visage douloureux et interrogateur d'Eléna. Mais il n'arrivait pas à venir à bout de son sentiment d'oppression, fait de désarroi plutôt que de malaise. Un point était clair : pas question d'aller à Heidelberg ! S'il craignait quelque chose, c'était bien le bref réveil de souvenirs et d'émotions que provoquerait cette nouvelle séparation à la fin du congrès.

C'était fini ! Ils étaient d'accord. Alors ? Le problème n'était pas de savoir à qui la faute, mais bien de commencer un jour ou l'autre à se montrer conséquent. Et puis, à Karlsruhe, n'avait-il pas obtenu que le poste de première anesthésiste fût confié à Eléna quand il se libérerait ? Avec ce travail et les nouvelles responsabilités qu'il comportait, elle se construirait un nouvel univers, et acquerrait ainsi la confiance en soi nécessaire pour se représenter une vie sans Klaus Brinkmann.

Il le fallait.

Il finit quand même sa tasse de café, ferma les yeux et refréna son désir d'une cigarette en tordant et détordant un trombone. Qu'avait donc dit Käte ?

– Ah, vous deux ! On dirait vraiment deux écureuils dans leur tournette. Vous courez, vous courez, sans avancer d'un pas.

Käte avait raison. Mais quant à lui, il s'était enfui de la cage, d'un bond.

Il gagna la fenêtre et jeta un coup d'œil dans la cour de la clinique. Ses maux de tête le reprenaient. Mais tu la connais, cette BMW bleue... Et la conductrice aussi. C'est bien elle : Angelika Grossmann, le trench-coat sur les épaules, un ruban turquoise retenant ses cheveux roux, les mains sur les hanches et le regard tourné vers Hensle, dont on pousse le fauteuil roulant dans la rampe conduisant au parking.

Cette chipie arrogante !

En pensant à elle en ces termes, Brinkmann n'éprouvait aucune émotion particulière. Simplement, il lui semblait impossible de la définir autrement.

« Une chipie arrogante »... Telle avait été sa première impression quand, la veille au soir, elle était arrivée à l'improviste à la villa. Même Käte n'avait pu l'arrêter.

– Bonsoir, professeur. Excusez-moi de vous déranger, vous ne pouvez savoir à quel point j'en suis désolée. Mais il aurait peut-être été possible de l'éviter.

– Je ne comprends pas...

– Eh bien, par exemple, si vous vous étiez occupé un peu plus intensément de mon fiancé. J'ai pourtant demandé à plusieurs reprises un rendez-vous. En vain, malheureusement.

Dès cet instant, il aurait dû la mettre à la porte sans plus de formalités. Mais cette entrée en matière l'avait décontenancé.

– Votre fiancé ? Qui est-ce ?

– M. Hensle. Friedhelm Hensle.

Evidemment ! Brinkmann se força à sourire. Il était curieux d'entendre la suite.

– C'est le Dr Schäfer qui s'occupe de son cas.

– Oui, oui, je sais. Est-ce que je pourrais m'asseoir ?

– Je vous en prie...

Elle saisit son sac à main, l'ouvrit, prit une cigarette, et regarda Brinkmann, les jambes croisées, attendant qu'il lui offrît du feu. Tout le cinéma ! Il était encore furieux quand il songeait à la façon dont elle avait enfumé son salon.

– Professeur, cette affaire présente aussi un caractère un peu délicat.

– Ah bon ?

– Voyez-vous, mon fiancé éprouve quelques réserves en ce qui vous concerne, eu égard au fait que...

– Il est tout à fait inutile de vous exprimer de façon si compliquée, mademoiselle Grossmann. J'ai vu M. Hensle avant l'accident, et j'ai pu apprécier ses talents de conducteur. Il m'a doublé en se tapotant la tempe de l'index, sans doute pour indiquer qu'il conduisait comme un fou – ainsi que l'a bien prouvé cette terrible catastrophe.

– Professeur ! La question des responsabilités dans cet accident n'est pas tranchée, si je puis me permettre. Et s'il s'est tapoté la tempe, eh bien, c'est peut-être qu'il s'est senti en quelque sorte provoqué tellement vous rouliez lentement. Psychologiquement, cela peut quand même se comprendre.

– Bien sûr. Chez certaines personnes. Venez-en donc au fait.

– Volontiers. Pour commencer, Friedhelm voudrait savoir si vous avez porté plainte contre lui, ou si vous envisagez de le faire. Voyez-vous, ce regrettable accident est encore objet de litige pour les assurances, et si en plus...

– Je comprends. Si c'est ce qui vous inquiète, je n'ai pas porté plainte. Est-ce tout ?

Elle avait souri. Souriant toujours, elle contemplait sa cigarette. Il fallait lui reconnaître une qualité : elle avait les nerfs solides.

– Non, il y a autre chose.

– Oui ?

– Friedhelm ne parvient pas à se défaire de l'impression qu'à la clinique on est mal disposé à son égard. Et il est d'avis que si on le traite si mal, c'est parce que l'autre conducteur est mort.

– On le traite mal ? Peut-il donner des exemples ?

– Bien sûr. On lui refuse une chambre individuelle. On ne lui donne pas assez de médicaments, et ses douleurs sont parfois insupportables. Et puis il y a ce jeune aide-soignant, ce Mischa, je crois, qui s'occupe de l'appareil à extension continue et qui...

– Oui ?

– Eh bien, en un mot : il n'est pas exclu, selon lui, qu'on le fasse souffrir inutilement.

Brinkmann sentit ce léger picotement à la nuque qu'il connaissait bien et qui lui indiquait toujours que le moment était venu où il fallait se contrôler.

– Alors, mademoiselle Grossmann, la solution est très simple : M. Hensle n'a qu'à changer de clinique. Pourquoi ne le faites-vous pas transférer au service d'orthopédie de Fribourg ?

– Nous y avons déjà pensé, naturellement. Mais nous nous demandions si vous ne considéreriez pas un tel transfert comme une marque de défiance et si, par conséquent, vous n'en viendriez pas à...

– Porter plainte quand même, finalement ? C'est bien cela ?

Angelika s'était contentée d'acquiescer de la tête. Un long silence s'ensuivit. Puis elle dit :

– Je ne sais pas quelle importance vous pouvez

accorder au fait que mon père dirige la société Grossmann...

On y était donc... Brinkmann se leva. Après un dernier regard à ce concentré d'outrecuidance enveloppé de soie vert réséda, il s'était dirigé vers la porte, l'avait ouverte et avait appelé :

– Käte ! Cette demoiselle voudrait s'en aller. Veux-tu bien la reconduire ?

Elle était partie.

Maintenant, elle venait chercher son Friedhelm.

Brinkmann, à la fenêtre, maudissait cet étau qui lui enserrait les tempes et observait la BMW qui décrivait dans la cour une élégante courbe, évitait une ambulance qui arrivait, franchissait la sortie et disparaissait derrière la première rangée de maisons.

Il ne se sentait pas furieux. Plutôt ébahi et soulagé. Il but un dernier reste de café et sortit.

Dans la chambre 210, au même instant, Christa changeait les serviettes de toilette, réparant ainsi un oubli de la femme de service, et retrouvait au fond d'un tiroir vide un sèche-cheveux que Mme Kirsch, malgré toute sa gentillesse, réclamait depuis des semaines en se plaignant qu'on le lui eût égaré. Ensuite, Christa inscrivit sur sa liste un nouveau médicament pour Mélanie Wieck : un tranquillisant inoffensif à base de plantes.

Pendant qu'elle s'affairait ainsi, elle réfléchissait sans trêve à la façon dont elle pourrait engager la conversation avec cette femme muette allongée sur le lit. Mélanie Wieck avait fermé les yeux. Ses paupières dessinaient des demi-cercles sombres sur son visage blême. Une autruche, se dit Christa. Ou plutôt : Si je n'existe pas, les autres n'existent pas non plus... Que devait-elle dire ? Comment lui adresser la parole ? Elle ne pouvait surmonter la gêne qui l'empêchait de briser ces barrières grâce auxquelles Mélanie Wieck, rejetant les autres et s'apitoyant sur elle-même, se mettait à l'écart du monde.

On frappa. Quand la porte s'ouvrit, Christa se sentit si soulagée qu'elle en éprouva de la gratitude : c'était la vie même qui entrait, littéralement. Une femme enceinte, la ceinture de sa robe de chambre rose bonbon nouée sur son ventre rebondi. Mme Fitz. Son joli visage rond esquissait un sourire hésitant.

– Bonjour, mademoiselle, je voulais juste...

– Bonjour, madame Fitz. Entrez donc !

Elle entra et montra la pile de revues qu'elle portait sous le bras.

– Je pensais que Mlle Wieck aimerait peut-être... Mais elle dort ? (Elle baissa la voix.) Est-ce que je dérange ?

– Je ne crois pas. Je suis sûre que tous ces journaux lui feront...

– Si ! dit une voix derrière Christa.

Elle se retourna. Mélanie Wieck était assise dans son lit, s'appuyant sur ses deux bras tendus, les yeux grands ouverts, le regard fixe.

– Oh oui, vous gênez ! reprit-elle d'une voix claire, lentement et très calme. Que me voulez-vous ? Vous me gênez toutes les deux... Toutes les deux ! Tout le monde me gêne...

Maria Fitz et Christa se regardèrent, et cela leur suffit pour se comprendre. Dehors, dans le couloir vide, Maria Fitz secoua la tête, l'air soucieux.

– Voyez-vous, avec moi, c'est comme ça. Cela me fait tellement de peine, de la voir ainsi !

– Est-ce que vous la connaissez bien ?

– Qui connaît son semblable, en réalité ? J'ai tenté quelquefois d'engager la conversation. Je voulais la dérider un peu. Mais c'est si difficile, avec elle. Ses fractures la font sans doute beaucoup souffrir ? C'est peut-être ça ?

– Non. Guère. Du moins, je ne crois pas que ce soit la raison.

– Dépression ?

Christa haussa les épaules, ne sachant que répondre. Puis elle hocha la tête.

– Comme vous venez de le dire : Qui connaît son semblable, madame Fitz ?

Que répondre d'autre ? « Dépression. » Bien sûr, c'est toujours ce qu'on avance quand on ne trouve pas d'explication. « Dépression » ? Tous ceux qui entraient à la clinique et y souffraient n'étaient pas atteints que dans leur corps, mais aussi dans leur âme.

– Allons, au revoir, madame Fitz, dit Christa en prenant son plateau.

Elle n'alla pas loin.

– Mademoiselle, un moment, je vous prie !

Udo Brinkmann ! La blouse blanche ouverte, comme toujours, le stéthoscope pendant sur son polo, les sourcils bruns levés, il venait du bout du couloir à grandes enjambées. Il trouva quand même le temps de saluer Mme Fitz d'un bref signe de tête avant de s'en prendre à Christa.

– Qu'est-ce que vous fabriquez, à traîner ainsi dans les couloirs ?

– Je ne traîne pas, docteur, je travaille ! Je viens de...

Elle sentit le rouge lui monter au front.

– « Je viens de... » Ça ne m'intéresse pas, je m'en fiche complètement ! Une seule chose m'intéresse : il y a un quart d'heure que je vous ai demandé de changer les pansements du 24. Et alors ? Est-ce que vous l'avez fait ? Je vous pose une question !

Udo ne faisait pas son petit cinéma de chef de service courroucé, comme cela lui arrivait parfois. Il était vraiment hors de lui. Maria Fitz s'éloigna, interdite, tandis qu'Udo continuait à crier, le visage écarlate.

– Je vous demande, mademoiselle, si vous ne vous sentez pas tenue d'exécuter mes instructions. Je vous demande où en sont ces pansements. Et je vous demande en plus...

Mais Christa devait ignorer de quoi Udo Brinkmann voulait l'accuser « en plus ». Udo fixa soudain son regard sur le couloir, par-dessus l'épaule gauche de la jeune femme qui se retourna.

Le patron !

Le Pr Brinkmann paraissait très détendu. Sa voix aussi était calme. Calme et précise.

– Au cas où cela n'aurait pas encore été dit, j'aimerais saisir l'occasion pour préciser tout de suite que dans ma clinique on ne règle pas ses comptes en public. Surtout pas dans les couloirs où les malades sont aux premières loges. Ce n'est pas seulement une question de style : il s'agit aussi des égards que nous devons à nos patients.

– Excuse-moi. Je pensais que c'était moi qui décidais de qui fait quoi dans mon service.

– J'ai peur que tu ne m'aies pas compris. Il se peut que des réprimandes soient nécessaires. Mais ce n'est pas ici qu'elles doivent être faites. Quant à tes instructions, une élève infirmière peut aussi changer des pansements. J'avais chargé Mlle Meurer d'une autre tâche.

L'expression du visage d'Udo était devenue difficile à supporter. Son regard, surtout, qui errait de l'un à l'autre, désorienté.

– Eh bien, je ne voudrais pas vous déranger plus longtemps.

Klaus Brinkmann ne se départit pas de son calme et conclut d'une voix douce et neutre :

– Il faut aussi que je te parle, Udo. Disons dans dix minutes, dans mon bureau. Venez, mademoiselle...

Il indiqua à la jeune femme le fauteuil des visiteurs, s'assit et posa les mains à plat sur son bureau. Le visage qui lui faisait face était lisse. Le front bombé, le nez court et droit, la bouche large, les yeux gris pleins d'espoir et d'attention polie. Les paupières délicatement dessinées. Les yeux lui avaient plu d'emblée, sans doute parce qu'ils regardaient si facilement au loin, ou parce qu'ils étaient beaux. Mieux : intelligents, vifs. Klaus Brinkmann y lisait quelque chose qui l'émouvait étrangement.

– Eh bien, mademoiselle, il a fallu que je monte un

bateau au pauvre Udo pour vous offrir une porte de sortie.

– Merci, professeur.

Sa voix était presque inaudible.

– Dites-moi, que s'est-il passé ?

– Vous l'avez entendu, professeur.

– Oui, j'ai entendu. Je vous fais une proposition : oublions tout cela. Dans une clinique, il arrive toujours que l'on s'énerve, vous le savez bien. Partout où des gens travaillent ensemble, il se forme des nœuds – disons, des engorgements. Ils se créent quand trop de malentendus, de mécontentements ou d'énergie en excès n'ont pu être évacués. Mais je voudrais encore une fois vous exprimer toute ma reconnaissance pour avoir attiré mon attention sur le cas de Mlle Wieck. J'ai essayé de parler avec la patiente. Vous avez tout à fait raison, Christa : Mlle Wieck présente tous les symptômes d'un profond choc psychique. Est-ce qu'entre-temps il s'est produit du nouveau ?

Christa secoua la tête.

– Et qu'en pensez-vous ?

– C'est difficile à dire. Je ne crois pas à une dépression proprement dite. Peut-être s'agit-il d'un état d'épuisement dépressif. Ou encore d'un très banal chagrin d'amour qui aurait déclenché sa crise.

Elle répéta ce qu'Ulrike lui avait raconté à la piscine.

Brinkmann jouait avec son stylo à bille. Il le reposa dans une coupe et leva la tête.

– Vous êtes très calée, Christa. Où avez-vous appris tout cela ?

– J'ai étudié la médecine pendant trois ans.

– C'est donc cela... Eh bien ! Ça se voit. Et pourquoi avez-vous abandonné vos études ?

– Je n'aime guère en parler, professeur.

Il sourit.

– Excusez-moi. Je respecte tout à fait ce sentiment. En tout cas, je ferai part de ma reconnaissance à l'infirmière en chef.

– Puis-je vous prier de ne rien lui en dire, professeur ?

Brinkmann ne se donna pas la peine de cacher sa surprise. Mais il ne chercha pas à en savoir davantage.

– Bien. Comme vous voudrez. (Il hésita, en quête d'une transition, puis, n'en trouvant pas, se jeta à l'eau :) Une question très personnelle, mademoiselle : êtes-vous une amie de mon fils ?

– Non.

Il remarqua la rougeur fugitive au front de Christa, le tressaillement nerveux de ses longs cils. Il attendit.

– Non, dit-elle. Il est vrai que nous avons éprouvé un intérêt mutuel, peut-être même davantage. De l'intérêt et de la sympathie. Mais c'est fini.

Brinkmann se pencha sur son bureau.

– Comprenez-moi bien, Christa : je ne veux pour rien au monde m'immiscer dans votre vie privée. Si je vous ai posé cette question, c'est seulement parce que je pensais que mon fils et vous auriez pu – disons – discuter un peu plus en détail du cas de Mlle Wieck. Ne trouvez-vous pas ?

Elle se tut.

Bon ! se dit Brinkmann.

– Maintenant, que faisons-nous ? Demander à un psychiatre d'intervenir sans l'accord de la malade, cela pose quelques problèmes. Pensez-vous vraiment qu'elle courre un danger ?

Christa elle aussi s'était ressaisie. Son regard était ouvert et direct.

– Excusez-moi, professeur : cet accident sur une ligne droite, sans voiture en face, sans verglas, alors qu'apparemment elle n'était pas excessivement fatiguée... Cela permet vraiment de supposer que Mlle Wieck s'est jetée volontairement contre un arbre.

Il hocha la tête.

– Mais comment savez-vous tout cela ? Comment se fait-il qu'il n'en soit pas question dans son dossier ?

– Je l'ai lu dans le journal. Peut-être mon raisonnement n'est-il pas si solide que je le crois, mais à présent, si l'on ajoute cette histoire de comprimés...

– Je comprends. Vous avez tout à fait raison. (Il leva la main droite.) Merci beaucoup, Christa. Vraiment, de tout cœur. Nous verrons ce que nous pouvons faire.

Brinkmann la suivit des yeux tandis qu'elle s'en allait, le corps droit, la tête haute, d'un pas assuré. Trois ans de médecine, pensait-il. Mais pourquoi a-t-elle arrêté ses études ? Une femme remarquable, vraiment remarquable.

Klaus Fitz avait horreur des hôpitaux, des visites à la clinique et de tous les souvenirs qui s'y rattachaient. D'ordinaire, il lui suffisait d'y penser pour en avoir le frisson.

Mais une chambre de maternité, c'était un délice. C'était comme une île. Une si belle chambre, avec ses rideaux blancs, sa tapisserie pimpante, les fleurs partout, et la musique à la radio, à pleine puissance. Musique classique. Du Tchaïkovski, s'il ne se trompait pas. Et le plus beau de tout, près de la fenêtre : Maria ! Il la trouvait plus jolie que jamais. Rose, le teint frais, les cheveux frisés le matin même, les mains posées sur son ventre rebondi.

Klaus Fitz ajouta ses fleurs aux autres et posa le paquet de petits gâteaux sur l'accoudoir du fauteuil.

– Des biscuits vitaminés ! Qu'est-ce que tu en dis ? La santé en grignotant, quoi de mieux ?

Il lui lança un sourire radieux, lui prit la main, posa la sienne sur la robe de grossesse bleue, sentit la douce chaleur qui en émanait, comme par vagues, et pensa un court instant à ce que sa secrétaire lui avait crié un moment auparavant, comme il quittait son bureau :

– Monsieur ! Maintenant, je suis sûre que ce sera une fille. Les hommes qui portent un pull rose ont toujours des filles.

Il allait le raconter à l'instant même à Maria. C'était vraiment trop drôle.

Mais l'expression de sa femme le fit hésiter. Elle paraissait préoccupée.

– Qu'as-tu ? Qu'est-ce qui se passe ?

– Rien, pourquoi ?

– Tu as l'air bizarre. Est-ce qu'il y a eu un problème ?

Elle secoua la tête.

Il baissa la radio. C'était bien du Tchaïkovski. D'habitude, Maria écoutait toujours Luxembourg ou une autre station de variétés. Pourquoi cette musique classique, maintenant ?

– A quoi penses-tu ? Est-ce que ça a quelque chose à voir avec l'enfant ?

– Non, non. Pas avec l'enfant. Avec une patiente.

– Qu'est-ce qui lui arrive ?

Elle soupira.

– Je voudrais bien le savoir. C'est une femme très mignonne, tu sais. Une toute jeune femme. Elle s'est cassé les deux jambes dans un accident. Je l'aime bien. Elle est si seule ! J'ai essayé de m'occuper d'elle, mais elle refuse tout.

Klaus Fitz hocha la tête, compatissant : une amitié entre patientes, la solitude de la clinique – il connaissait cela.

Maria ouvrait le cadeau qu'il lui avait apporté.

– Tu sais, Klaus, quand j'étais enfant, j'avais deux perruches. Comme j'adorais Wilhelm Busch, je les avais appelées Max et Moritz. Et puis on s'est aperçu que Max était une fille, et je l'ai baptisée Maxine. Le pauvre Moritz est tombé malade, et il est mort. Maxine s'est retrouvée toute seule dans sa cage, elle regardait dans le vide, ne mangeait plus, elle ne voulait même plus de graines. Elle restait dans son coin, toute déplumée, et puis elle est morte, elle aussi.

Il lui caressa la main.

– Tu as les idées bien noires, aujourd'hui ! Je te comprends, va. Peut-être que cette femme n'arrive pas à se remettre du choc de l'accident. Qu'en penses-tu ?

– Je ne crois pas.

Il lui offrit un biscuit, mais elle refusa. En la voyant ainsi, il se sentit submergé par une vague de tendresse. Quel bonheur qu'ils se soient retrouvés ! Elle avait toujours été une femme très maternelle – et lui trop naïf ou trop idiot pour se rendre compte de ce que cela signifiait. Mais maintenant, elle exagérait ! L'enfant ne suffisait pas à la combler, il lui fallait encore trouver une malheureuse aux jambes cassées dont elle puisse s'occuper.

Il prit la main de Maria, la porta à ses lèvres et lui baisa doucement le bout des doigts.

– Tu arriveras bien à la remettre d'aplomb, la pauvre. Je n'en doute pas une seconde.

– C'est ce que je m'imaginais. Mais je n'y crois plus.

– Elle est d'ici ?

– L'infirmière m'a dit qu'elle travaillait dans un bureau... Oui, elle est d'ici. Elle s'appelle Mélanie.

Il avait toujours le regard posé sur ses ongles fins, soigneusement manucurés. Il tentait de réfléchir, mais ne trouvait plus en lui-même qu'un vide effrayant dans lequel toute pensée s'éteignait. Mélanie !... « Elle s'est cassé les deux jambes dans un accident. »

Un accident !

La chambre était très calme. En bas, dans le tournant de la route surélevée, des pneus crissèrent. Le sifflement d'un avion à réaction déchira le ciel. « Mélanie Wieck. » Pensant tout haut, il avait prononcé son nom. Il sentit le regard de Maria posé sur lui.

– Tu la connais ?

Il lâcha la main de sa femme, se leva, gagna la fenêtre et regarda le jardin paisible, les lilas, la pelouse, les bancs.

TU LA CONNAIS ?

Il s'était si souvent posé cette question, au cours des derniers mois ! Mais jamais jusque-là elle n'avait provoqué en lui une telle peur, une panique qui faisait voler en éclats toutes ses idées et menaçait son cerveau de paralysie. Comment les choses avaient-elles pu en arriver là ? Comment avait-il pu ignorer que

Mélanie Wieck avait été transportée à la clinique de la Forêt-Noire ? C'était bien là qu'arrivaient toutes les urgences, pourtant. Il aurait dû s'attendre à ce qu'elles se rencontrent. Seulement, il n'avait pas perdu une seconde à se demander ce qu'était devenue Mélanie après son accident. Il avait tout refoulé. Rayé, oublié.

L'architecte en chef Klaus Fitz avait toute sa vie attaché un grand prix à la clarté de son intelligence. « Mon travail est affaire de logique. » C'est par cette formule consacrée qu'il ouvrait les réunions de travail au Service de l'urbanisme : « L'architecture, c'est la clarté. » Cette clarté ne s'appliquait pas à sa vie privée ; il n'y avait pas eu seulement Mélanie, mais aussi d'autres périodes d'illusions débridées et d'éclatement. Klaus Fitz avait toujours considéré cela comme un contrepoids nécessaire à une pensée trop harassante et trop guidée par la raison. Après tout, un architecte est aussi un artiste.

– Tu voulais me dire quelque chose, non ?

– Pardon ?

– Je t'ai demandé si tu la connaissais.

Il réagissait moins à la voix de Maria qu'à son regard, qu'il sentait toujours posé entre ses omoplates. Il n'était pas seulement désorienté, il n'avait pas seulement mauvaise conscience. Il n'avait pas seulement peur de toute nouvelle question, de toute nouvelle parole. Il avait aussi peur de tout nouveau mensonge.

Non, il n'y avait pas d'échappatoire. La seule issue, c'était la fuite en avant. La vérité ! Mélanie dans la même clinique, sous le même toit... Quelle situation ! Il se retourna.

– Oui, je la connais.

Un mince sillon vertical se creusa entre les sourcils de Maria.

– Tu dis cela comme si tu allais à un enterrement.

– C'est un peu cela.

Il s'approcha d'elle. Elle ne paraissait pas étonnée, ses yeux n'étaient pas interrogateurs. Klaus pouvait y lire un vague pressentiment, et il avait de la peine à les regarder.

– Je connais Mélanie. (Il s'accroupit près de sa femme.) Pendant un moment, elle a été mon assistante.

– Ah, c'est cela ?

– Oui, Maria, c'est cela. Et elle était ma maîtresse... S'il te plaît, laisse-moi parler. Je vais t'expliquer. Du moins, je vais essayer.

22 heures. Anna Kirsch avait depuis longtemps reposé l'écouteur de la radio. Seule sa lampe de chevet était encore allumée. Elle ne pouvait s'endormir sans lecture : c'était une habitude du temps où ce disque intervertébral écrasé la faisait tant souffrir qu'elle passait ses nuits entières à lire des livres et des revues. La flaque de lumière, sur la page de son magazine, détachait de l'obscurité le visage sévère et un peu joufflu d'une jeune femme coiffée d'un diadème : la reine Béatrix de Hollande. La légende apprit à Anna Kirsch que si le mari de Béatrix, Claus von Amsberg, était atteint d'une grave dépression, c'était parce que depuis son enfance il avait manqué d'attention et de chaleur humaine dans son entourage. Anna Kirsch referma son illustré et tourna les yeux vers l'autre lit. De l'attention, de la chaleur humaine... Etait-ce cela ? Mélanie en avait-elle manqué, elle aussi ?

Anna ne l'entendait même pas respirer. Mélanie avait éteint sa lampe depuis longtemps. Elle gisait là, figée, dans l'obscurité. « Comme une momie », pensa Anna avant d'éteindre à son tour.

Dehors, dans le couloir, elle distingua les pas légers de l'infirmière de nuit. Qui est de garde, aujourd'hui ? La petite Elke ? Non, Christa.

De l'attention, de la chaleur humaine... Il y avait au moins une chose dont Mélanie ne pouvait se plaindre : ici, à la clinique, chacun s'occupait de son problème.

Les minutes s'écoulaient. Anna ferma les yeux. Elle

revoyait la mer immense, telle qu'elle l'avait découverte deux ans plus tôt, à Majorque.

– Pensez à la mer, lui avait conseillé le professeur, à son immensité, à son calme. Essayez de vous imaginer que la mer respire quand elle lance ses vagues vers la plage.

Elle essayait. Son corps s'alourdissait, elle sentait venir le sommeil. Mais la mer disparut soudain, et le cœur d'Anna Kirsch se mit à battre plus fort.

Elle ne s'était même pas rendu compte que Mélanie se levait. Elle avait dû être aussi silencieuse qu'une petite souris. A présent elle ouvrait l'armoire. La porte grinça.

Dans la vague lueur grisâtre qui filtrait à travers les rideaux, Mélanie ressemblait à une sombre statue de pierre.

Anna Kirsch retint son souffle. Elle savait ce qui allait arriver : Mélanie glisserait la main dans l'armoire, prendrait les comprimés sans savoir qu'ils étaient inoffensifs.

Anna eut comme une bouffée de chaleur. Elle avait juste entrouvert les yeux, mais elle avait beaucoup de mal à maîtriser sa respiration.

Comme dans un film policier, se dit-elle. Mélanie prit la bouteille d'eau minérale posée sur sa table de chevet. Evidemment, elle a besoin d'eau pour avaler tous ces médicaments. Et maintenant ? Elle enfilait son peignoir, mettait la bouteille dans une poche, gagnait la porte-fenêtre donnant sur la terrasse, l'ouvrait.

Anna avait grand-peine à rester calme. Ne pas bouger. Faire le mort. Laisse-la sortir !

Et Mélanie sortit.

Alors Anna Kirsch pressa le bouton de la sonnette d'appel jusqu'à ce que la porte s'ouvrît brusquement.

– Qu'est-ce qui se passe, madame Kirsch ? Vous ne vous sentez pas bien ?

– N'allumez pas la lumière, mademoiselle !

– Pourquoi ? Qu'y a-t-il ?

– Là, regardez !

Le lit vide, un drap par terre, la porte de l'armoire grande ouverte.

– Vous voyez ? Si nous allumons, Mélanie comprendra que nous avons tout découvert.

– Elle est dans le jardin ?

– Oui, elle vient de sortir.

Christa saisit le téléphone.

– Udo, descends vite ! Mlle Wieck est partie dans le jardin en emportant ses placebos. Prends une lampe de poche et appelle aussi Johannsen !

Comme elle reste calme ! se dit Anna Kirsch, remplie d'admiration. Et elle pense à tout. Elle connaît son affaire, cette Christa.

Puis une autre idée lui vint. Elle gagna la terrasse. L'air était encore doux. Dehors, des lampes de poche trouaient la pénombre, des voix chuchotaient.

Sans plus se soucier qu'on puisse l'entendre de loin, elle cria :

– Christa ! Le banc ! En haut, près des bouleaux !

Dieu merci, elle venait de se rappeler que c'était là le refuge préféré de Mélanie.

– Mélanie !

Pendant quelques secondes, Christa avait été éblouie par la lampe de poche. Maintenant, ses yeux s'étaient réaccoutumés à l'obscurité. Le chemin était là. Elle connaissait chaque mur, chaque escalier. Elle pressa le pas en montant vers les lilas, puis ralentit. Bientôt, elle s'arrêta, s'agenouilla et appela tout bas :

– Mélanie ! Mélanie, qu'y a-t-il ? Je vous en prie...

Les branches retombaient sur le haut du corps de Mélanie. Sa chemise de nuit était en lambeaux sous son peignoir ouvert. Une bouteille d'eau minérale était renversée près d'elle.

– Udo ! Viens vite !

Il arriva en courant, cala sa lampe dans l'herbe, écarta les feuilles et les branches, posa la main sur une épaule frêle, qu'il secoua.

– Mademoiselle Wieck ! Vous allez me faire le plaisir de vous lever !

– Pas si fort, Udo, je t'en prie !

– Et comment, alors ?

Christa était à présent près de lui. Mélanie Wieck, étendue de tout son long, les bras pressés de part et d'autre du corps comme ceux d'une poupée, avait les yeux fermés. Sa bouche laissait échapper un léger râle.

– Eteins la lampe.

Christa s'accroupit. Une branche lui arracha son bonnet, mais elle n'y prêta pas attention. Elle saisit le poignet de Mélanie et chercha le pouls. Il battait aussi rapidement qu'un cœur d'oiseau, mais les muscles du bras étaient durs et crispés, comme pétrifiés.

– Mélanie ! Est-ce que vous m'entendez ? C'est moi, Christa ! Mélanie ?

Aucune réaction.

Il y avait quelque chose de bizarre. Ce pouls accéléré, cette peau glacée indiquaient une forte chute de tension, un trouble circulatoire sévère. Aucun doute. Mais le placebo ne pouvait avoir produit un tel effet. Que s'était-il passé ? Qu'est-ce qui avait pu la mettre dans un tel état ?

– Elle va mal, chuchota Christa. Je crois même qu'elle a perdu conscience.

– Comment cela ? C'est tout à fait exclu. Pure hypocondrie. C'est du cinéma !

Il avait tort. C'était plutôt là une nouvelle forme de l'enfer où Mélanie Wieck semblait enfermée depuis son arrivée à la clinique. Peut-être était-ce un trouble de la conscience, une poussée psychotique qui avait bouleversé son corps et l'avait conduite à l'effondrement. Un tableau très fréquent en psychologie clinique, et que l'on peut observer chez tous les hystériques. Mais pas seulement chez les hystériques. Chez tous les êtres hypersensibles, en fait.

Dépression par épuisement. N'avait-elle pas elle-même émis ce diagnostic face au patron ? N'était-il pas possible que la fuite hors d'une réalité devenue insupportable l'ait réduite à cet état ?

– Touche-la donc, Udo !

Il tendit la main, tâta les épaules et les bras de Mélanie.

– Rigidité musculaire presque catatonique. Le syndrome hystérique ne fait aucun doute. Que veux-tu que ce soit d'autre ? Tu vas voir : maintenant, je la réveille.

Il levait déjà la main, mais Christa était bien résolue à ne pas lui permettre de « réveiller » Mélanie par des claques sur les joues. Elle retint le poignet d'Udo.

– Laisse ! Nous pouvons aussi bien la redescendre ainsi.

– Si tu veux, soupira-t-il. D'ailleurs, voilà Johannsen.

De fait, il arrivait : large d'épaules, taciturne et, comme d'habitude, ne se laissant ébranler par rien.

– Monsieur Johannsen, la patiente n'est pas bien lourde. Pouvez-vous la porter jusqu'à sa chambre ?

– Mais bien sûr !

Le concierge se penchait déjà sur Mélanie. Quand il glissa un bras sous ses épaules et l'autre sous ses genoux, la jeune femme émit un léger gémissement. Mais elle n'opposa pas de résistance. Elle se laissa soulever. Sa tête aux longs cheveux retomba en arrière.

– La puissance de l'autosuggestion... (Debout à côté de Christa, Udo chercha des cigarettes dans sa poche et en alluma une.) Il faut le voir pour le croire : elle avale l'équivalent d'une poignée de sucre en poudre, et elle se croit morte. Comme au cinéma. Inconcevable, non ?

Christa ne répondit pas. Inconcevable ? Peut-être...

Käte Marek avait déjà téléphoné à deux reprises pour l'avertir que le repas refroidissait. Il était un peu plus d'1 heure. Ce matin-là, Brinkmann s'était promis d'expédier les paperasses administratives les plus importantes, et il y était presque parvenu. Il pouvait remettre au lendemain le travail sur les modifications du programme des écoles d'infirmières. Ou, mieux, emporter les documents à la maison. Quoi d'autre ? Le dernier point qu'il lui restait à examiner, c'était le cas Mélanie Wieck, cette étonnante histoire, mi-comique, mi-tragique, d'un suicide raté.

Mme Meis l'appela par l'interphone.

– Je me permets de vous rappeler que M. Fitz attend toujours, professeur.

– Merci. Je vous fais signe dans une minute.

Brinkmann compulsa le bloc-notes sur lequel Udo avait consigné les points essentiels en style télégraphique : *Patiente retrouvée en état de choc psychique. Administration de sédatifs et d'hypertensine. L'état mental de la patiente paraît maintenant stabilisé.* Il avait dramatiquement souligné « semble » d'un trait de feutre rouge. Depuis l'épisode du jardin, Brinkmann avait lui-même discuté pendant des heures avec Mélanie Wieck. Cette longue conversation avait mis au jour ce qui se dissimulait derrière cette indifférence dépressive qui avait si longtemps retardé sa guérison : une très banale histoire d'amour, comme Christa l'avait supposé d'emblée. Le triangle classique : le patron, la femme, la maîtresse. Banal ? Ce qui, vu de l'extérieur, a l'air banal peut devenir pour ceux qui en sont les acteurs un drame où ils jouent leur vie. Peut-être aussi pour ce Klaus Fitz, l'architecte en chef de la ville.

Un moment ! se dit Brinkmann. Il me semble que je connais ce nom.

On frappa.

– Entrez !

Ce n'était pas Fitz, mais le Dr Schäfer, un dossier à la main. Il apportait les comptes rendus d'opérations de la veille.

– Posez-les là. Je les signerai cet après-midi. Je dois encore recevoir quelqu'un. Et Käte va me tordre le cou si je ne me décide pas tout doucement à décoller.

Schäfer se contenta d'acquiescer. A moins d'un tremblement de terre de force huit sur l'échelle de Richter, inutile d'escompter une réaction de sa part, se dit Brinkmann. Moyennant quoi, en salle d'opération, il était le calme et la circonspection faits homme : inaccessible à la panique. Peut-être un peu lent, comme chirurgien, mais son efficacité froide et tranquille compensait largement ce menu défaut.

– Il y a là dans la salle d'attente un homme que nous connaissons sans doute tous les deux.

Le léger mouvement des commissures des lèvres que s'était permis le Dr Schäfer était probablement censé figurer l'ébauche d'un sourire.

– Oui. L'architecte en chef de la ville, Klaus Fitz... Il y a un moment que je me demande où le situer... Je crois que nous avons été à l'école ensemble. (Brinkmann se laissa aller contre le dossier de son fauteuil et joua avec son coupe-papier.) Voyez-vous, Schäfer, il y a des choses qui m'étonneront toujours. Voilà une femme de trente-neuf ans, mère de deux enfants – tout le monde a besoin d'elle, elle veut vivre, et elle va mourir. Et une autre femme : vingt-six ans, jolie, libre, sans problèmes sociaux notables. Elle pourrait vivre, et elle veut mourir. Pourquoi ? A cause d'un homme marié, qui pourrait être son père, et dont la femme, en plus, attend un enfant.

– Hé oui...

Schäfer écarta les mains en un geste d'impuissance qui signifiait aussi : Vous savez, j'ai opéré toute la matinée, alors laissez-moi tranquille avec ces histoires. Brinkmann comprit.

– Allons, à plus tard, Schäfer. (Il pressa la touche de l'interphone.) Faites entrer M. Fitz, s'il vous plaît.

Tandis qu'il parlait, il se souvint soudain : Fitz ? Mais bien sûr ! Le père était déjà architecte, je pense... Fitz. Un garçon dans la classe en dessous de la sienne. Grand, mince, brun, toujours un peu trop bruyant, un peu trop sûr de lui. Architecte en chef ? Il est donc resté ici, et il a fait carrière.

Brinkmann se leva quand on frappa à la porte.

Fitz entra. Il avait toujours les cheveux bruns, mais réduits à une couronne soigneusement bouclée entourant une calvitie brillante comme un miroir. Il n'était plus mince, mais son pantalon blanc et son pull d'été du dernier chic devaient probablement faire oublier ses quelques kilos superflus. C'était donc l'homme pour lequel une jeune femme avait voulu renoncer à la vie ? A peine croyable ! Il est vrai que dans les petites villes, se dit Brinkmann, il se passe sans doute bien des choses qu'on a du mal à comprendre.

– Bonjour, monsieur Fitz !

Il saisit la main large et douce qu'on lui tendait, et rencontra le regard mi-embarrassé, mi-quémandeur de deux yeux brun clair.

– Klaus !

– Pardon ?

– Ecoute, je m'appelle Klaus ! Klaus et Klaus : ça n'est vraiment pas difficile à retenir.

– Ah oui, excuse-moi. Nous étions ensemble à l'école. (Il lui indiqua le fauteuil.) Installe-toi, Klaus... Pour être tout de suite très clair : si je t'ai demandé de passer, ce n'est pas que j'aie le moins du monde l'intention de m'immiscer dans tes affaires, c'est parce que nous devons mettre au point une thérapie pour une patiente.

Klaus Fitz resta coi. Il tournait la chevalière au chaton gravé d'un sceau qu'il portait à la main droite.

– Pour reconstituer les antécédents, nous aurions naturellement besoin de quelques informations.

– Les antécédents ? Qu'entend-on par là ? Ce genre de choses doit pouvoir se régler discrètement, n'est-ce pas ?

– Je ne comprends pas bien ce que tu veux dire par « ce genre de choses ». Mais je suis médecin, et non juge. Voilà le problème, Klaus : il faut que nous sachions ce qui est arrivé. C'est important pour l'anamnèse, mais avant tout pour que nous puissions décider si nous envoyons Mlle Wieck en psychiatrie ou non.

– En psychiatrie ? Mon Dieu, Klaus, ce n'est quand même pas parce que quelqu'un perd la tête qu'on doit tout de suite décider qu'il est fou ! Ce qui est fou, c'est que ma femme et mon ex-maîtresse se rencontrent parce qu'elles sont toutes deux hospitalisées ici !

– Peut-être. Peut-être devrais-tu aussi t'en prendre à toi-même ? Tu y es bien pour quelque chose, tout de même.

Klaus Fitz acquiesça. Ses épaules se voûtèrent. Il porta la main droite à sa gorge, comme s'il avait du mal à respirer. Son visage avait perdu son air assuré ; il était plutôt pitoyable, à présent.

– J'ignore si tu es au courant de la position que j'occupe. Je suis architecte en chef de la ville, directeur du Service de l'urbanisme. Tu as vécu loin d'ici pendant longtemps, Klaus, mais je peux te dire que dans une ville comme celle-ci, un scandale est mortel. Et il a toujours des conséquences politiques pour la municipalité.

– Tu n'as pas de soucis à te faire sur ce point. Dans cette maison, nous respectons le secret médical.

– Ce genre d'histoires finit quand même par s'ébruiter, il y a des bavardages. Mais ça n'est pas ton problème, évidemment...

– Là, tu as raison.

Fitz lui lança un regard désespéré.

– C'est vraiment lamentable. Surtout pour notre couple. Nous avons connu des crises, bien sûr, mais aujourd'hui, avec l'enfant, nous sommes vraiment heureux. Et puis voilà que... Maria est une femme si merveilleuse, c'est incroyable ! Sais-tu ce qu'elle m'a dit, ce matin ? « Je ne lui en veux pas. La pauvre ! Maintenant, je vais m'occuper d'elle, je vais l'aider. »

Brinkmann se taisait. A quel commentaire aurait-il pu se livrer ? Tiraillé entre les remords et l'apitoiement sur soi, Klaus Fitz poursuivit :

– Veux-tu que je te dise ? Je pense parfois que les femmes sont beaucoup plus fortes que nous. Et qu'il y a bien des femmes dont nous ne sommes pas dignes. Tu ne crois pas ?

Brinkmann sourit.

Käte Marek avait un problème : les fillettes ont besoin de cartables, même quand ces fillettes ne sont que des poupées. Mais les cartables sont en cuir. Sapristi ! Elle était sûre d'avoir rangé ce cuir quelque part, mais où ? Dans le grand carton jaune de chez Schering – « Nexona, pour en finir avec l'eczéma » ? Dans le petit de chez Pfizer ? Ou dans la vieille boîte de chocolats ?

C'est cela qui n'allait pas : rien n'était en ordre. Pas assez de cartons, trop de chutes de velours, de coton, de soie. Un vrai fouillis. Elle avait pourtant essayé de ranger cette chambre sous les combles, mais les matériaux qu'elle utilisait pour confectionner ses vêtements de poupées finissaient toujours par se mélanger. Les têtes, elles, étaient sagement disposées sur leur étagère, d'où elles la contemplaient avec leur sourire figé. Mais le cuir, où diable était-il passé ? Elle se redressa en soupirant.

Dimanche matin, après le petit déjeuner. Aussi loin qu'elle se rappelle, c'est le moment qu'elle a toujours préféré. Même le tic-tac de l'horloge n'est pas celui des autres jours. Tintement de cloches dans le lointain. L'escalier de la maison qui craque. Et le silence, un silence tel que l'on entendait même le bruit du papier quand Klaus feuilletait le journal en bas sur la terrasse.

Käte Marek reposa ses ciseaux et se dirigea vers la fenêtre. Heureuse idée : sur le rebord, elle trouva quatre bandes de cuir noir, jaune et rose. Mais oui, le rose plaira à la petite Anni, hospitalisée pour une otite purulente. Käte pourrait même y broder « Anni »...

Mais le sourire de Käte s'effaça soudain, en même temps que l'image de la petite Anni dans son lit, à la clinique. Käte avait entendu une voiture. Ce n'était pas

Udo. La sienne faisait toujours un boucan épouvantable. Mais celle-là...

La voiture était blanche. Blanche, décapotable et conduite par une dame portant un chapeau, des gants, des lunettes de soleil, un élégant ensemble d'été brun. On pouvait s'attendre à ce qu'elle débarque, évidemment, mais pas aujourd'hui, pas maintenant, pas un dimanche matin !

Il la vit descendre de voiture, regarder autour d'elle, hésiter, prendre son sac à main et claquer la portière.

C'est le chapeau qui tempéra la fureur de Klaus. Sa fureur ? Non, son irritation. Ainsi, elle avait interrompu leur quarantaine, unilatéralement... Cette espèce de roue ceinte d'un ruban rose dont elle était coiffée, et qui évoquait vaguement un chapeau de gondolier, où Eléna l'avait-elle achetée ? Ah oui ! A Paris, avenue George-V. Ils venaient de boire un verre de chablis et leur univers semblait en ordre. De nouveau en ordre. Et il avait découvert le chapeau.

– Tu as vu ça ? Viens, il faut que je te l'offre. Aujourd'hui, je me sens comme à Venise.

Aujourd'hui ? Combien d'années s'était-il écoulé depuis ?

Il s'appuya à la balustrade de la terrasse, fit un signe de la main à Eléna qui s'approchait, très droite, très mince, et il la vit lever vers lui son visage ombragé par le chapeau.

– La porte est ouverte, Eléna !

Il entendit dans la maison le pas pressé et énergique qu'il connaissait si bien, et elle le rejoignit sur la terrasse. Elle avait ôté son chapeau et ses cheveux bruns étaient un peu décoiffés.

– Eh bien, Eléna... tu es en beauté !

Que dire d'autre ? Il lui posa les mains sur les épaules et l'embrassa sur les joues. Que faire d'autre ? Comment avait-il jamais pu croire qu'elle s'en tiendrait à leur accord ? Non, pas Eléna Bach.

– Tu m'en veux, Klaus ? Tu peux l'avouer franchement.

Plissant un peu les paupières, elle le scrutait.

– Que veux-tu que je réponde ?

– La vérité. Et ne me dis pas que j'ai l'air en grande forme. J'ai l'air épuisée. Et toi aussi.

– Vraiment... (De nouveau cet embarras.) Veux-tu un café ?

– Non, merci. N'aurais-tu pas plutôt une boisson gazeuse quelconque ? Conduire donne soif.

– Tout de suite.

Brinkmann fila vers la cuisine. Cela lui donnait un délai de grâce bienvenu. Mais après ? Où était encore passée Käte ? Elle trouvait toujours ce qu'il fallait faire. Pourquoi ne se montrait-elle pas ?

– Et tu as pris du poids, dit Eléna en l'examinant de la tête aux pieds tandis qu'il revenait sur la terrasse, rapportant les verres sur un plateau. Mais c'est une maison fantastique ! Un peu décrépie et pleine de style, comme je les aime.

– Tu veux dire que tu n'étais jamais venue ?

– Moi ? Et quand ? Ah, Rossi, ta mémoire flanche !

Des mots, rien que des mots... Comme les barreaux d'une échelle au-dessus d'un abîme de gêne. Et le sourire d'Eléna quand il lui donna du feu.

– C'est drôle. Nous passions pourtant assez souvent dans le coin, finalement, quand nous allions à Zurich.

– Et aussi quand nous allions à Paris.

– Oui. Et Karlsruhe non plus n'est pas si loin.

Oui, des mots ! Et chacun d'eux comme armé de petits hameçons.

Elle sourit.

– C'est curieux. Klaus Brinkmann et son mal du pays. Sa névrose régionaliste. Excuse-moi, l'expression n'est pas de moi. Mais maintenant, tu parais avoir trouvé la thérapie idéale.

– Est-ce que cela te gêne ?

– Non, pourquoi cela me gênerait-il ? (Son sourire disparut.) Pour être tout à fait franche, je me suis demandé pendant des jours et des jours si c'était une bonne idée de venir te voir.

Elle écarta du bout des doigts la mèche de cheveux qui lui retombait sur l'œil gauche. Comme ce geste était familier à Klaus Brinkmann ! Le regard d'Eléna était clair et confiant.

– J'ai même pensé à te dire que je passais juste par là. Et j'avais encore toute une série de prétextes en réserve. Par exemple te demander pourquoi tu ne veux pas venir à Heidelberg.

– Tu le sais.

– Oui.

– Et c'est bien parce que tu le sais que tu es venue, n'est-ce pas ?

Une rougeur délicate et transparente lui monta aux joues, puis s'effaça. Elle se contenta de hausser les épaules, traduisant ainsi son désarroi, que son silence même et son regard exprimaient mieux encore.

Il chercha à lui rendre les choses plus faciles.

– Quoi de neuf, chez vous ? Comment marche la boutique, à Karlsruhe ?

– Très bien. Mais peut-être que tu seras fâché d'apprendre que cela puisse fonctionner sans toi ? Tu sais, je ne suis pas seule en cause, Rossi.

Une pause, de nouveau. « Rossi. » D'où venait ce surnom ? Ah, oui ! Du temps où il avait glissé un petit mot dans une poche de la blouse de la jeune anesthésiste Eléna Bach : *Docteur, le grand cheval que je suis a bien peur d'être amoureux de toi. Signé : Rossinante.* Eléna avait abrégé « Rossinante » en « Rossi ».

– Henninger aussi trouve un peu bizarre que tu n'aies jamais donné signe de vie.

– Crois-moi, Eléna, les débuts ici ont été sacrément durs. Rarement moins de douze heures par jour. Je n'avais vraiment...

Le hurlement de sirène de Molli jaillit des profondeurs de la maison, et Brinkmann ressentit cette interruption comme une délivrance. Déjà, une boule de fourrure brune surgissait sur la terrasse, s'arrêtait net, se transformait en chien, poussait résolument du museau le sac à main d'Eléna. Le sac tomba, et son contenu se répandit sur le sol.

– Qu'est-ce que c'est ?

– Avec un peu d'imagination, on pourrait appeler ça un chien.

Brinkmann sourit et chercha à soustraire sa main aux coups de langue passionnés de Molli, dont la queue, battant l'air, menaçait dans le même temps d'une catastrophe l'ensemble des verres. Pourtant, jamais il ne s'était autant réjoui de la présence de Molli. Käte s'était enfin décidée à apparaître, elle aussi, et son arrivée acheva de soulager Brinkmann.

La vieille dame remonta ses lunettes sur son nez et, avec une lueur indulgente dans ses yeux bleu clair, s'exclama :

– Mais qui voilà ! Le docteur Bach ! Et comme je connais le docteur Bach, je suis bien sûre qu'elle reste déjeuner.

– Je ne crois pas.

– Mais si ! (Käte tapota l'épaule d'Eléna.) Si je vous annonce que j'ai un gigot au four ? Et pour finir, un sabayon. Qu'en dites-vous ?

– Le docteur n'en dit rien du tout. (Brinkmann était décidé à reprendre la situation en main, en s'inspirant du principe qu'il avait pu mettre si souvent à l'épreuve au cours de ses onze années de relations avec Eléna Bach : Si tu ne saisis pas le taureau par les cornes, tu te fais piétiner.) Nous déjeunons ensemble, soit, mais pas ici. D'accord, Eléna ? Il y a longtemps que j'ai envie de monter faire un tour à la Hornisgrinde. Je t'emmène ?

Eléna hésita.

– Et que ferons-nous, là-haut ?

– Un stock d'oxygène, par exemple. Nous nous calmerons les nerfs.

– Tu en as besoin ? Au fait, comment va Udo ?

Brinkmann sourit mélancoliquement.

– Oh ! c'est un autre aspect des difficultés que j'ai rencontrées à mes débuts ici...

Elle rit, et Brinkmann la retrouva bien telle qu'il la connaissait : sûre d'elle-même et de ce qu'elle voulait. Ravissante, aussi – mais pas pour lui.

Quand ils furent partis, Käte Marek éteignit le four électrique. Ce n'est pas pour son rôti qu'elle se faisait le plus de soucis. Elle se demandait plutôt : Seigneur, ça ne va quand même pas recommencer ?

Avant de quitter Karlsruhe, Eléna Bach avait éprouvé de tels doutes que son départ avait bel et bien ressemblé à une fuite en avant. Maintenant, elle savait qu'elle avait bien fait.

Bien fait de lever les barrières et d'oser cette visite. Et c'était une bonne chose, aussi, qu'ils se fussent sauvés sur cette montagne, comme les rescapés d'un naufrage, d'une catastrophe qui, pour Brinkmann, n'avait pas seulement perdu son caractère effroyable, mais appartenait visiblement déjà au passé, tandis qu'elle continuait à déterminer toute la vie d'Eléna.

Elle ne renoncerait pas à lui en faire prendre conscience. Il s'agissait seulement d'arriver à provoquer en lui le retour des souvenirs.

Autour d'eux, c'était l'animation habituelle des dimanches après-midi. La tour panoramique, le café rustique, le kiosque, le parking, les longues tables, des couples, de joyeuses bandes riant aux éclats et buvant à grandes rasades, des mères soucieuses, des enfants criards, de braves citoyens savourant le bonheur de l'excursion dominicale.

Par-dessus son verre de limonade, Eléna Bach observait son ancien amant qui suçotait sa pipe d'un air béat.

– Klaus, je ne voudrais pour rien au monde que tu te méprennes sur mes intentions. Naturellement, cela ne me regarde pas. Et ce serait encore pire si, comme tu l'as toujours fait, tu me reprochais d'avoir la tête dure. Mais en un certain sens – et après tant d'années, c'est probablement inévitable –, je me sens toujours un peu responsable de ta position professionnelle et, disons, de ton attitude vis-à-vis de tes confrères.

Il se décida quand même à poser sa pipe.

– holà ! Ça, c'est une entrée en matière ! Sur qui ai-je encore trébuché ?

Ce ton amusé irrita Eléna. Et comme elle ne pouvait manifester son agacement, cela ne lui facilitait pas la tâche. Elle s'était promis de peser soigneusement le moindre mot, et elle s'y tiendrait. Elle connaissait trop bien Klaus.

– Rossi ! Que tu l'acceptes ou non, je dois te dire que te mettre complètement à l'écart de ton milieu scientifique équivaut à un suicide professionnel. Ou, du moins, au sacrifice de ta carrière.

– Ah, c'est donc cela ! Le congrès de Heidelberg. Nous y revoilà... Et d'après toi, que dois-je faire, Eléna ? Je ne peux pas laisser tomber la clinique. Pas dans cette phase de réorganisation.

– Le congrès ne dure que deux jours. Il faut absolument que tu te montres de temps en temps.

– Je ne suis pas une star du show-business, Eléna. Me montrer... Pour quoi faire ?

Il vit tressauter les paupières d'Eléna. Elle lui faisait presque de la peine. Ses intentions étaient si transparentes ! Heidelberg... L'affectation empressée de l'illustre assemblée dans le grand auditorium ; une petite flânerie dans la vieille ville, la Brunnengasse, Handschuhsheim ; force verres de bon vin dans une taverne enfumée, aux boiseries sombres ; un bel hôtel de congrès, peut-être une pension dans l'Odenwald... Il était si facile de deviner comment elle s'était représenté ce week-end ! La naïveté avec laquelle elle posait ses pièges était presque émouvante. Mais indépendamment même de ces considérations, quel est l'intérêt d'un tel congrès ? « Position professionnelle... Milieu scientifique... » Bêtises que tout cela ! Une fois la poudre aux yeux retombée et les brouillards rhétoriques dissipés, que reste-t-il, au fond, des rapports et des travaux des commissions ? Des connaissances nouvelles ? Non. Plutôt des acrobaties théoriques. « ... Et nous espérons donc lors de notre prochaine rencontre pouvoir présenter un corpus statistique pertinent, qui sera en mesure de confirmer la valeur de nos hypothèses. » La prochaine rencontre, ce serait Amsterdam ou Lugano, Hambourg ou Copenhague.

Les congrès ! Depuis des années, il se tenait au courant de l'état des connaissances et des discussions sur le cancer en dépouillant toutes les publications nationales et internationales, à la recherche de nouvelles méthodes. Quant à sa propre technique, c'étaient seulement la pratique, la visite d'autres cliniques, les rencontres de travail avec des spécialistes, dans leurs salles d'opération, qui lui permettaient de la perfectionner. Observer la démarche des autres, s'en inspirer pour corriger la sienne si nécessaire ; c'est ainsi que l'on progresse. Tous étaient d'accord sur ce point ; Eléna le savait bien ; il le lui avait expliqué cent fois. Et voilà qu'elle venait encore lui parler de son « milieu scientifique » !

– Ecoute, Eléna, qu'est-ce que tu me racontes là ? Il s'agit de tout autre chose. Tu veux que nous nous retrouvions encore une fois dans une taverne d'étudiants, avec une bougie et une bonne bouteille de vin du Palatinat sur la table, et puis...

Il n'acheva pas. Il l'avait touchée plus cruellement qu'il n'en avait l'intention. Le visage d'Eléna s'était vidé de toute expression.

– C'est tout ce qui te vient à l'idée quand tu penses à moi, n'est-ce pas ?

Maintenant, elle souriait, mais comme à travers la visière d'une armure.

– Allons, Eléna.

Il chassa du revers de la main une des guêpes qui bourdonnaient autour de la table. Eléna, observant ce geste nonchalant, en éprouva une douleur poignante. C'est exactement pareil avec toi : il t'écarte comme un insecte importun. Elle ferma les yeux. Que restait-il à dire ? Crier peut-être ? Oui : elle était plutôt d'humeur à lui crier : Sais-tu seulement ce que ça veut dire, aimer ? Tout est donc fini ?

Mais le temps avait usé jusqu'au verbe « aimer ». A bien considérer les choses, se dit-elle en allumant une nouvelle cigarette, c'est presque toujours la même histoire : l'euphorie des débuts, l'envie d'attraper les étoiles, la passion, l'oubli de soi, puis les discussions scientifiques et professionnelles, l'entente mêlée d'ennui, les soirées de bricolage pour lui et de réunions de parents d'élèves pour elle, les vols vers Ténériffe ou les consultations du conseiller fiscal pour préparer la ou les déclarations d'impôts... Eux, c'était un peu différent. Il en restait quand même quelque chose : au moins, un drame...

Mais cette journée, au milieu de cette foule, ne se prêtait guère à une grande explication. Brinkmann était assis là, souriant mais vieilli, le visage marqué. Les dernières semaines avaient sans aucun doute été éprouvantes : ses rides s'étaient creusées, il avait les yeux cernés – mais il était toujours aussi content de lui !

Elle suivit le regard de Brinkmann. Là-bas, près du parking, deux jeunes femmes les saluèrent d'un signe de la main. L'une était blonde et mince, l'autre blonde et potelée.

– Qui est-ce ?

– Oh, deux infirmières de la clinique. (Il se pencha, voulut prendre la main d'Eléna, mais elle la retira.) Il faut que tu me comprennes, Eléna.

Elle secoua la tête.

– Rien ne m'y force, et je ne crois pas que j'y arriverai ! Viens, partons. Ramène-moi à ma voiture. J'aimerais rentrer à Karlsruhe.

Il se tut. Tout était dit, sauf ceci : elle devait apprendre à voir le monde par ses propres yeux, à chercher sa voie, et à croire à ce qu'elle faisait. « Couper le cordon ombilical », comme on dit. Une expression idiote, mais une image très précise. Quelle dérision, pour une femme qui avait toujours attaché tant de prix à son émancipation et parlait constamment de liberté !

Cinq minutes plus tard, tandis qu'il conduisait la Mercedes vers la sortie du parking, il éprouva ce malaise mêlé de remords qu'il connaissait de longue date : As-tu été discourtois ? D'un point de vue thérapeutique, non, jugea-t-il. C'était nécessaire. Dès que l'occasion s'en présentera, tu lui parleras. Et tu peux être tranquille : Eléna veillera à ce que l'occasion ne se fasse guère attendre.

Il freina brusquement. Là, à moins de dix mètres devant lui, une silhouette lui tournait le dos. Ces cheveux clairs, ces longues jambes minces dans leur jean... Quelles jambes incomparables ! C'était... Il baissa la vitre et se pencha à l'extérieur.

– Christa !

Elle se retourna, retira ses lunettes de soleil et s'approcha à grands pas légers, tout à fait détendue. Comme une coiffe d'infirmière et une blouse blanche peuvent transformer un visage, un corps ! Tout en se faisant cette remarque, Brinkmann se demanda pourquoi il éprouvait justement aujourd'hui une telle joie à la voir, et s'il ne fallait pas attribuer à cette rencontre une valeur symbolique. Mais si oui, laquelle ?

– Vous étiez deux, il y a un instant, non ?

– Oui. Elke est juste allée...

Brinkmann sourit.

– Mon amie également... C'est un bel endroit, n'est-ce pas ?

– Oh oui ! Très...

Embarras des visages, propos conventionnels. Tant pis.

– Est-ce que je vous ramène ?

– Volontiers. Mais Elke doit aussi...

– Naturellement. Les voilà.

Elles arrivaient : Elke et Eléna. Brinkmann fit les présentations, et Eléna salua les deux jeunes femmes avec l'amabilité un peu distante qui lui était habituelle.

La voiture roulait. Assise à côté du conducteur, Eléna se taisait. De temps à autre, Brinkmann rencontrait dans le rétroviseur le regard de Christa. Mais elle se hâtait de détourner les yeux.

La trousse de toilette de cuir rouge venait de la boutique de l'établissement thermal de Baden-Baden. Sur ce fond de carrelage d'un blanc éclatant, elle semblait presque exotique. Mélanie Wieck se souvenait très précisément du jour où on la lui avait offerte. Ne pas y penser. Ne pas penser à Baden-Baden – et surtout pas à lui.

Elle poussa du bout des doigts les îles de mousse rose qui flottaient sur l'eau. Etre allongée dans la baignoire, fermer les yeux, respirer la vapeur parfumée du bain, sentir la douceur de sa peau et la chaleur de son corps... Comme c'est bon !

Elle se redressa, considéra ses ongles et décida qu'aujourd'hui elle les vernirait. Tout reprendre de zéro. C'est si facile à dire, et si pathétique à la fois. On ne peut pas se débarrasser de son passé comme on prend un bain ou comme on laisse un jour ses béquilles dans un coin. Néanmoins, la décision de rayer purement et simplement les derniers mois du « livre de sa vie » l'aidait, même si ces paroles qui lui revenaient sans cesse à l'esprit n'étaient pas d'elle :

– Croyez-moi : mes rides ne me sont pas venues sans raison, avait dit le professeur. Mais c'est ainsi : la plupart des défaites dont nous pensons sur le moment que nous n'y survivrons pas nous font simplement sourire après quelques années. Vous verrez, Mélanie, ce sera pareil pour vous. Dans la vie, Dieu merci, il n'y a que peu de vraies tragédies.

Elle entendait encore la voix du professeur, revoyait son visage pensif. De vraies tragédies ? Au fond, cela n'avait été qu'une comédie idiote, comme l'idée de se suicider en avalant une poignée de comprimés inoffensifs. Et pourtant, n'avait-elle pas eu le sentiment d'être vraiment morte ? Non, ce n'était pas une comédie, mais une farce, et toi un personnage clownesque.

Oublié, rayé !

Elle se leva. La pièce tournait un peu, mais ses jambes tinrent bon. Et finalement, c'était l'essentiel. Elle n'allait pas seulement se faire belle. Elle relirait aussi la lettre de Stéfan. Il arrive que l'impertinence soit bienfaisante. *Ecoute, ma puce,* écrivait-il, *ne t'ai-je pas dit dès le début : Tu es majeure et vaccinée, mais prends garde aux vieux messieurs ? Et voilà le travail ! Mais je vais quand même te sortir de là. La semaine prochaine, j'ai deux jours de libres, et si tu es encore à la clinique, je fais sauter le mur pour t'enlever.*

Stéfan tel qu'en lui-même, toujours aussi impudent, même dans ses lettres ! Mais cela faisait du bien.

Elle noua la ceinture de son peignoir, jeta un dernier coup d'œil au miroir. Il y avait eu des jours où elle ne se reconnaissait pas, mais c'était bien elle : Mélanie, la suicidaire maladroite, l'empotée incapable de réussir ne serait-ce qu'un accident de voiture !

Elle se tira la langue, gagna la porte, l'ouvrit, et faillit percuter une autre patiente : un visage rond et clair, une robe de chambre rose à fleurs, deux yeux bleus qui semblèrent un très court instant exprimer un léger désarroi, mais étincelèrent bientôt au milieu d'un sourire amical.

– Ah, mademoiselle Wieck, comme je suis contente de vous trouver !

La voix était douce et chaleureuse, comme le sourire. Mélanie eut pourtant l'impression que son cœur allait cesser de battre. Elle s'appuya contre l'embrasure de la porte. Elle était trop déroutée pour articuler un seul mot.

– Voilà vos béquilles. Ça va mieux ainsi, n'est-ce pas ?

Elle me donne même mes béquilles ! pensa Mélanie, sans bien savoir quel sens elle donnait à ce « même ».

– J'espère que je ne vous ai pas fait peur, Mélanie.

Et je ne voudrais pas que vous vous mépreniez, mais j'aurais beaucoup aimé vous parler.

Mélanie acquiesça d'un faible hochement de tête. Elle était hors d'état d'en faire plus.

– Mon service est certainement un peu trop loin pour vous. Allons donc nous asseoir au jardin d'hiver. C'est là que travaille cette gentille petite Italienne, Pépina, et je suis sûre qu'elle acceptera de nous apporter à boire.

Elles se retrouvèrent donc assises dans les fauteuils de rotin, parmi les papyrus de plastique et les vrais philodendrons, devant deux verres de vin d'Offenburg aux reflets de rubis. La tête de Mélanie était toujours en effervescence. Un tumulte d'explications, de questions, de bribes de phrases se bousculaient dans son cerveau. Elle était incapable de parler.

Maria Fitz, cependant, les mains croisées sur le ventre, la contemplait en souriant, et ce regard finit par mettre Mélanie dans une telle rage qu'elle parvint à articuler :

– Trouvez-vous bon que nous soyons assises là toutes les deux ? Est-ce vraiment indispensable ?

– Indispensable, non, bien sûr. Mais je crois que c'est une bonne chose.

– Ainsi, vous n'étiez pas au courant, pour moi et Klaus ?

– Non.

– Et maintenant, qu'attendez-vous de cette conversation ?

– Que nous devenions amies, ou quelque chose comme ça, au moins. Voyez-vous, avant, déjà, j'ai recherché votre amitié. C'était réellement un hasard, Mélanie. Je voulais m'occuper de vous, parce que je vous trouvais sympathique. Et vous sembliez si seule ! Mais à présent, je crois que nous avons toutes les deux besoin de compréhension, n'est-ce pas ?

Comme si les mots permettaient d'analyser ce qui s'est passé, de le mettre à plat pour le reconstruire ensuite, pensa Mélanie. Et comme si l'on pouvait comparer deux histoires, deux cas. Autant d'amours, autant de morts – elle avait lu cela quelque part. Et c'était vrai. C'était partout la même chose. D'abord l'enthousiasme, qui ne demande rien en échange. Puis la désillusion, la monotonie, qui peut être pire que la mort. Et les enfants, tiraillés dans cette histoire d'un bord à l'autre, traités comme des meubles, comme elle-même quand ses parents avaient divorcé. Qu'est-ce qu'une Maria Fitz pouvait bien attendre ? Pourquoi ne tirait-elle pas les conséquences de ce qu'elle savait ? Naturellement, il faut songer à Klaus et à sa « position ». Que diront ses supérieurs ? Et la belle villa de la Heuss-Strasse. Comme on ne peut pas se permettre un scandale, on reste obstinément ensemble.

Mélanie s'entendit demander :

– C'est bien votre premier enfant, n'est-ce pas ?

Le sourire de Maria Fitz détendait son visage légèrement gonflé et le rendait presque beau.

– Oui, c'est le premier. Et c'est aussi cela qui est décisif. Vous comprenez ?

Mélanie secoua la tête.

– Nous avons fait beaucoup de chemin ensemble, Klaus et moi. Je le connais, je n'ai pas besoin que vous me disiez comment il est. Mais ce qu'il y a de nouveau, c'est l'enfant.

Mélanie but une gorgée de vin. « Beaucoup de chemin ensemble »... Ces mots ne la faisaient même pas souffrir.

– Et quand un homme marche si longtemps avec une femme, il a parfois besoin d'un peu de changement, pour souffler. C'est ce que vous pensez ?

– Peut-être. Peut-être que l'on peut vraiment le formuler ainsi. Mais il ne faut pas que vous vous sentiez blessée.

– Plus maintenant.

– J'en suis heureuse, sincèrement. C'est ainsi, voyez-vous... De telles histoires se reproduiront.

– Alors, pourquoi restez-vous avec lui ? Seulement à cause de l'enfant ?

Le sourire de Maria Fitz s'effaça.

– A franchement parler, pas uniquement. Croyez-moi, Mélanie : il peut aussi être très différent. Vous êtes d'ailleurs bien placée pour le savoir. Il peut être tel que même une belle jeune femme comme vous tombe amoureuse de lui.

– Aujourd'hui, j'ai du mal à m'imaginer que ce soit possible...

– C'est assez normal... Quand on est mariée depuis longtemps, on n'aime jamais son mari « parce que », mais « bien que ». Moi aussi, j'ai mes défauts. Mais Klaus les accepte. Alors, tout compte fait, notre bilan est positif. Surtout maintenant. Maintenant, nous avons en commun quelque chose dont nous pouvons nous réjouir. Et qui restera. C'est l'enfant qui va naître. Voilà.

Mélanie se taisait. Le temps de quelques battements de cœur, elle sentit monter en elle ce vieux découragement désespéré, elle retrouva cette sensation si souvent éprouvée qu'elle la connaissait à fond : c'était comme si une vague immense était prête à l'engloutir. « Je vais te sortir de là... Je fais sauter le mur. » La lettre de Stéfan. Hier, ces plaisanteries impertinentes l'avaient seulement amusée. Maintenant, elle se sentait comme libérée. Elle pouvait de nouveau sourire. Elle regarda son verre. Ses yeux se mirent à sourire, eux aussi.

– Savez-vous que je vous admire, Maria ? Quant à ce que vous disiez... l'amitié... Eh bien, je serais fière d'être votre amie. Vous êtes une femme merveilleuse.

Aïe, aïe, aïe, ouille !

La graisse de l'énorme cuisse rose tremblait. Au-dessus du ventre proéminent apparaissait un visage crispé qui suait à grosses gouttes. Udo reposa l'aiguille dans la coupelle. Encore trois points de suture, et c'était fini. Et que faisait cette espèce de bébé hippopotame ? Il gémissait et criait, alors qu'il ne pouvait rien sentir ! Avant de recoudre la coupure au pied, Udo l'avait inondée d'anesthésique.

– Maintenant, un petit entracte, on cesse de hurler pendant un moment. D'accord ? Faites bien attention.

Udo saisit une seringue et pressa le piston contre la cheville du patient.

– Rond ou pointu ?

– Quoi ? Pardon ?

– Est-ce que vous sentez quelque chose ? Maintenant, comment est-ce, d'après vous ? (Il retourna la seringue et planta légèrement le bout de l'aiguille.) Rond ou pointu ?

– Je ne sais pas.

Le Dr Renz, adossé au mur de la salle de soins, les mains enfouies dans les poches de sa blouse, grimaça un sourire. Mais Udo n'était pas d'humeur à sourire.

– Alors, bon Dieu, pourquoi couinez-vous ainsi, si vous ne sentez rien ?

– Je ne sais pas. J'ai toujours été très délicat, vous savez.

– Ah bon ! Vous êtes délicat ?

Il reprit son aiguille et poursuivit son travail. Combien en avait-il vu, aujourd'hui ? Les vacances avaient commencé. Ce que les hôteliers appellent *la* saison apportait son flot de victimes : les vacanciers glissaient dans un chemin forestier et se cassaient un bras, se fracassaient le nez sur le bord de la piscine, se fendaient l'arcade sourcilière en se battant dans les discothèques. Le matin, une retraitée s'était brisé le tibia d'un coup de hache en jardinant. Et, pour finir, cette espèce de cornemuse piaillante ! A moitié soûl, il avait trouvé le moyen de s'ouvrir le pied, dans la rivière, en marchant sur les tessons de ses propres bouteilles de bière.

Udo posa les derniers points, les badigeonna d'antiseptique et se redressa. Il avait le dos endolori.

Arrivé à la porte, il se retourna et lança :

– Vous donnerez votre identité à l'infirmière. Par

précaution, pour que j'aie le temps de m'éclipser avant votre arrivée, la prochaine fois qu'on vous amènera ici.

4 heures. Le soleil était encore éblouissant. Dans deux heures, Udo aurait fini son tour de garde. Il aurait eu d'ores et déjà besoin d'une bonne douche, mais il avait à peine le temps de fumer une cigarette, et Renz réapparut.

– Que dirais-tu d'une bière ?

– Pour moi, ce serait l'anesthésie totale. Je ne peux pas me le permettre, vraiment pas.

Ils s'assirent sur le petit banc adossé au mur couvert de lierre de la maison du jardinier. De là, on dominait la voie d'accès des ambulances, et Udo serait paré pour répondre à une urgence éventuelle avant même que la radio du service de garde ne l'annonce. Avec un soupir, il étendit les jambes, croisa les mains derrière la tête et ferma les yeux.

Walter Renz tira de sa poche sa blague à tabac, et se mit avec recueillement à rouler une cigarette.

– Tu en veux une ?

– Oh oui, laisse-moi essayer.

Les brins de tabac foncés s'émiettèrent entre ses doigts. Il froissa la feuille rectangulaire et la jeta. Walter lui tendit la cigarette qu'il venait de terminer, et recommença l'opération.

– Il y a des moments où j'en ai marre ! Tu ne peux pas t'imaginer.

– Ce n'était pas le boulot qui manquait, aujourd'hui.

– Le problème n'est pas là, Walter. Au contraire...

– Alors, qu'est-ce qui ne va pas ?

– Tu le demandes ? Toute cette boutique. L'ambiance depuis que...

– Depuis que ton vieux a repris la maison ?

Walter Renz lécha le bord du papier, le colla et alluma sa cigarette. Il semblait préoccupé.

– Oui. Walter, tu as de nouveau les yeux en face des trous. Mais sérieusement : je n'en peux plus. Je fiche le camp. Vraiment, Walter. Ce n'est pas tenable, de toute façon.

– Le complexe d'Œdipe. Ça n'a rien d'original.

– Appelle ça comme tu veux, psychologue à la manque.

– Et où iras-tu, si je puis me permettre ? Tu as peut-être déjà entendu parler du chômage des jeunes médecins en Allemagne ?

– Je trouverai bien quelque chose.

– Ah tiens ! D'après toi, combien de talents aussi prometteurs que toi jouent-ils les chauffeurs de taxi au lieu de se spécialiser ? Veux-tu connaître les dernières statistiques ? Vingt-deux pour cent ! Redescends un peu sur terre ! Tu as ici un excellent poste, tout se passe très bien. Seulement vous êtes vraiment comme chien et chat, ton père et toi. D'où cela vient-il ? Tu peux m'expliquer ?

Expliquer ? Udo tira sur sa cigarette.

Oui, un excellent poste. L'air pur de la Forêt-Noire, des gens sympathiques et une clinique qui marche bien. Comment expliquer ce qui n'allait pas à Walter Renz, toujours si gentil, toujours prêt à rendre service et tellement plein de gratitude ? Que pouvait-il y comprendre ?

– Réfléchis un peu, Udo : peut-être que toi aussi, tu commets des erreurs. Avec vous deux...

– Nous deux ? Le seul qui pose des problèmes, c'est lui !

– Après tout, il est le patron.

Udo se tut un long moment avant de reprendre :

– Si tu avais connu ma mère, tu me comprendrais peut-être.

– D'accord. Mais elle est morte. Et depuis longtemps. Ce qui voudrait dire qu'il s'agit en fait d'une espèce de névrose infantile, non ?

– C'est possible, Walter. A bien y réfléchir, tu as peut-être raison. Tu connais notre vieille Käte. Elle s'est vraiment donné toutes les peines du monde pour remplacer ma mère. Sans Käte, j'aurais redoublé à l'école... Redoublé ! J'aurais plutôt tout laissé tomber et fichu le camp.

– Bon : si Käte n'avait pas été là. Mais si elle était là, c'est grâce à ton père, après tout.

– C'est vrai. Je m'efforce aussi d'être équitable. Ou au moins objectif. Il avait toujours énormément de travail. En plus, la chirurgie, c'est très particulier. Les chirurgiens...

Renz sourit.

– Les chirurgiens sont une race à part. Il n'y a qu'à nous voir...

Udo l'entendait à peine.

– Le stress constant, les opérations, la formation permanente, l'université, les congrès... Et puis on lui a demandé d'aller enseigner à Paris, à Zurich...

– Mais à l'époque, tu étais déjà étudiant.

– Oui. Mais avant... Tu ne peux pas t'imaginer ce que ça signifie, quand tu es enfant, d'attendre sans arrêt pour voir finalement un monsieur qui ne fait que passer, qui est toujours bousculé, qui n'a jamais le temps. Toi aussi, tu voudrais avoir un père, ne serait-ce que pour le montrer aux autres. Seulement voilà : il n'a jamais le temps. Parfois, très tard le soir, quand il rentre, il ouvre la porte de ta chambre. Mais toi, tu fermes les yeux, et tu fais semblant de dormir. Il te pose un baiser sur le front, ou il te glisse dix marks sous l'oreiller, parce qu'il t'avait promis de t'emmener au cirque le lendemain, mais qu'il a naturellement un empêchement, une opération imprévue.

– Tu n'es pas le seul à avoir connu ça. Et c'est parfois bien pis. Mes parents passaient leur temps à se disputer. Tu crois que c'est mieux ?

Udo hocha la tête, chercha à comprendre. Mais finalement, ce que l'on a vécu permet-il d'expliquer ce qu'ont vécu les autres ?

– En tout cas, mon père était toujours occupé ailleurs. Et pas seulement en salle d'opération.

– Les femmes ?

– Bien sûr. Qu'est-ce que tu crois ? La dernière en date était encore là dimanche dernier.

– Cette anesthésiste de Karlsruhe ?

– La croix qu'il a portée pendant onze ans. J'imagine le genre d'annonce qu'elle aurait pu passer dans la presse médicale : « Brillante et (encore) jeune spécialiste, sans attaches, cherche en vue remariage l'homme de très haut niveau auquel sa propre valeur lui permet de prétendre. »

– Tu y vas fort !

Udo ne répondit pas. Il suivait des yeux les infirmières qui, venant du bâtiment principal, se dirigeaient vers la cantine, plaisantant et riant. Il pouvait reconnaître Elke, qui jonglait avec une balle de tennis.

Il se sentait fatigué et déprimé. Ces jeunes femmes, ce bâtiment, cette jolie clinique de la Forêt-Noire, propre et bien menée, tout cela était un peu comme une carte postale que l'on regarde un instant, et puis qu'on repose avec mélancolie.

Mais ce que dit ensuite Walter le tira soudain de sa rêverie.

– D'ailleurs, tu ne devrais pas non plus te figurer qu'un professeur de chirurgie en est réduit, comme tu dis, à porter ce genre de croix...

– De quoi veux-tu parler ?

Walter Renz secoua la tête en grimaçant.

– Eh bien, va jusqu'au bout !

– O.K. ! Tu y survivras... Après tout, il y a apparemment longtemps que c'est fini, Christa et toi.

Le visage d'Udo se crispa.

– Mais qu'est-ce que tu racontes ?

– Ne me regarde pas comme ça. D'ailleurs, il n'y a rien de sûr.

– Rien de sûr à quoi ? Bon Dieu ! Tu ne pourrais pas essayer d'être un peu plus clair ?

– Comme tu voudras... Dimanche, je suis monté à la Hornisgrinde. Je t'avais proposé de venir, d'ailleurs, mais tu n'as pas voulu...

– Et alors ?

– Là-haut, sur le parking, il y avait une magnifique Mercedes gris métallisé. Le conducteur, un bel homme aux tempes argentées, était très absorbé par sa conversation avec une jeune dame blonde. Il a ouvert la portière, et la jeune dame blonde est montée dans la voiture. Tu devines qui c'était ? Tu as droit à trois réponses.

Le visage d'Udo se figea un instant, puis ses yeux bruns semblèrent lancer des éclairs. L'intensité de ce regard effraya Walter Renz.

– Ecoute, ça ne signifie peut-être rien. Je ne sais même pas si ton père était venu seul. Je crois que, là-haut, j'ai vu non seulement Christa, mais aussi Elke.

Mais Udo n'entendit pas ce que disait Walter. D'abord, une douleur sourde et lancinante paralysa sa pensée, puis, dans la furieuse révolte que déclenchaient en lui les images et les réflexions qui tourbillonnaient tumultueusement, ce fut comme une révélation : c'était donc cela ! Cette attitude de rejet, cette maladresse, cette froideur de son père ne faisaient que traduire son embarras. S'il lui avait fait cette scène dans le couloir, l'autre jour, en prenant la défense de Christa, puis tout ce cinéma, dans son bureau, en lui reprochant de ne pas avoir compris ce qui se passait avec Mélanie Wieck, c'était pour cela. Et les refus hautains de Christa à chaque tentative de réconciliation... Les infirmières et les médecins ne sont pas faits pour s'entendre. Mais l'infirmière et le chef de la clinique... Un homme qui pourrait être son père ! Etaient-ils faits pour s'entendre ?

Christa ! Il aurait pu s'y attendre de la part de toute autre, mais elle !... Si introvertie, enfermée dans son propre univers. Mais de quoi était-il fait, cet univers, depuis qu'elle avait interrompu ses études, sinon d'orgueil et de rêves secrets ? Compterait-elle maintenant sur le vieux pour les réaliser ? Peut-être croyait-elle en Lui, le Dieu qui décidait du bien et du mal, du vrai et du faux, et qui prenait ce qui lui plaisait comme si le monde était sa propriété, un libre-service réservé à son usage exclusif.

C'était toujours la même scène qu'elle regardait de la cabine vitrée où elle avait son bureau. Quatre hommes en costume noir dans l'escalier latéral conduisant au sous-sol. Un fourgon aux portes arrière ouvertes, garé juste en haut des marches. Puis le cercueil posé sur son chariot montait la rampe, ils le soulevaient, le poussaient sur les glissières, claquaient les portes, et le corbillard démarrait : en route vers l'église.

Waltraut Stamer relut les indications figurant sur les imprimés : Beck, Gerda, née le 22.02.1946, décédée le 07.07.1985 à 12 h 30. Elle poussa un léger soupir et tapa les données sur le clavier de l'ordinateur. Gerda Beck. C'était bien elle dont le mari travaillait à la scierie ? Un blond, toujours furieux, très énervé.

Un nouvel imprimé. La maternité. Ah, Dieu merci !

Fitz, Maria. Naissance à 10 h 20. Sexe : F. Prénoms de l'enfant : Ursula Maria. Complications : néant.

C'est la vie, pensa Waltraut Stamer : l'une arrive, l'autre s'en va. Mais quand les nouvelles se suivent de si près, cela donne un peu le tournis.

Pauvre Mme Beck...

– Qui veut comprendre la mort doit être profondément sûr de l'amour de Dieu, avait dit le prêtre.

Sans doute, mais c'est parfois un peu difficile.

Le téléphone sonna. Elle décrocha : c'était le Dr Renz.

– Avez-vous vu le professeur ?

– Non.

– Mais est-il passé par le hall ?

– Avez-vous essayé de le joindre par radio ?

– Oui, bien sûr.

– Et alors ?

– Quelle poisse ! cria rageusement Renz en raccrochant brusquement.

Il devait y avoir un gros problème là-haut, en salle

d'opération. Le professeur... Pourquoi avaient-ils besoin de lui ? Et où avait-il bien pu passer ?

Comme Brinkmann descendait de voiture, la chienne Molli se mit à pousser les aboiements de plus en plus furieux qui annonçaient qu'elle avait vu un chat, ou du moins se l'imaginait.

– Allez, viens ! Les gens vont te croire idiote !

Brinkmann tira le bâtard haletant, à moitié étranglé, jusqu'au magasin agréablement climatisé *Schipfel frères – librairie, journaux, tabac et articles pour fumeurs.* Il contempla derrière les vitres miroitantes les pipes soigneusement alignées, dans toutes les nuances de brun, de rouge et de jaune, veinées ou unies, en terre, en écume, en bruyère, de toutes formes et de toutes origines, et dut s'avouer qu'il fallait considérer comme un échec sa dernière tentative pour s'arrêter de fumer.

– Voyez-vous, j'aime les pipes, dit-il avec un faible sourire à l'un des frères Schipfel, un petit homme tout rond aux lèvres de nourrisson. J'ai déjà fumé la pipe, j'avais commencé pour me déshabituer de la cigarette, et puis voilà que je reviens à la cigarette ! C'est peut-être le travail... (Il tira énergiquement sur la laisse de Molli.) Veux-tu bien te tenir tranquille !

– Laissez donc, professeur, laissez donc...

– Vous savez, dans mon métier... Non, vous ne pouvez pas savoir... Allons, montrez-moi ce que vous avez.

Alors que Brinkmann levait la première pipe devant ses yeux et en caressait délicatement le fourneau, il entendit une voix joyeuse derrière son dos :

– Bonjour, professeur !

Il se retourna.

Le sourire de deux yeux gris-vert, très clairs, et d'une bouche délicatement dessinée : Christa, la jeune femme qui lui faisait se poser bien des questions depuis quelque temps, sans qu'il sût pourquoi.

– Me voilà pris !

– Pardon ?

– Voyez-vous, Christa, j'espérais pouvoir régler cette affaire incognito. Je me rachète une pipe, je retombe dans le piège de la nicotine. Et un homme comme moi, orgueilleux jusqu'aux os, préfère subir ses défaites sans témoins.

Elle rit.

– Si c'est ainsi, professeur, je vous jure de ne le dire à personne. (Elle allait se détourner quand elle s'arrêta soudain, leva la main et tapota la poche de poitrine de Brinkmann.) Excusez-moi...

– Oui ?

– Je crois qu'on vous appelle, professeur. Vous n'entendez pas le sifflement ? On a besoin de vous à la clinique.

C'était vrai. Qu'est-ce qui l'avait distrait à ce point ? Les aboiements de Molli, ou bien plutôt cette jeune femme, ses yeux, son sourire ?

– Eh bien, Molli n'est pas la seule qu'on tienne toujours en laisse : je connais le même sort. Monsieur Schipfel, pourrais-je téléphoner ? Je crains de devoir remettre cet achat à plus tard.

– Bien sûr, professeur. Par ici, je vous prie. (Brinkmann composa le numéro. Quelques secondes plus tard, il ne souriait plus. Il paraissait concentré et préoccupé.) Bien. J'arrive. Dans cinq minutes tout au plus.

Le Dr Schäfer tournait le dos à la vaste vitre de verre dépoli de la salle d'opération n° 2. Il avait retiré son masque et cherchait à se détendre en respirant calmement, régulièrement. Il n'y réussissait guère. Il lui semblait qu'il entendait toujours les cris de douleur de la petite, il ne cessait de penser à son ventre gonflé, à ses yeux affolés dans son visage blême, décomposé. « Cinq minutes », avait dit Brinkmann. Bon Dieu, où était-il passé ?

Une infection abdominale aiguë est un cauchemar pour les jeunes chirurgiens, à qui elle donne des envies de fuite, et reste, même pour les plus expérimentés, un défi qui les mène parfois jusqu'aux limites de leurs capacités. Mais pour Hermann Schäfer...

Quelle horrible plaisanterie le destin s'était permise !

Pauvre petite Monika...

Justement elle !

Le principe essentiel, face à une opération délicate, est de rester parfaitement calme, de conserver cette distance qui suppose que tout sentiment personnel est relégué au second plan, derrière les exigences de la tâche à accomplir. C'est pourquoi la plupart des chirurgiens refusent d'opérer leurs proches dans des cas difficiles. Le Dr Schäfer avait toujours trouvé ce point de vue un peu exagéré, il se fiait à sa froide impassibilité. Mais maintenant, il le comprenait. La fillette de douze ans allongée là, prête pour l'intervention, sur la table d'opération, lui était très proche. Ce ventre distendu et dur comme du bois interdisait d'exclure la possibilité d'une hémorragie interne. Si Brinkmann n'arrivait pas très vite, Schäfer devrait commencer. Les autres partageaient son analyse du cas, il le savait, et sans doute s'étonnaient-ils déjà qu'il tarde ainsi.

Il tourna de nouveau les yeux vers Walter Renz, qui se tenait là, les bras croisés, dans la position d'attente classique de tous les chirurgiens du monde. C'était une chance d'être assisté par Renz. Il avait les nerfs solides et une sûreté de gestes étonnante malgré ses quelques années seulement de chirurgie générale. On pouvait aussi se fier à Wolters, l'anesthésiste. Quant aux autres, d'Ella, l'instrumentiste, à la petite Irmi, l'infirmière tournante, il les avait formés lui-même, comme la panseuse et l'infirmier. Tout le monde était prêt.

Un seul manquait.

Il regarda de nouveau Monika.

Elle respirait lentement et régulièrement sous le masque de caoutchouc noir étroitement ajusté sur son visage. Schäfer avait prescrit une intubation. Le tuyau de plastique que l'on venait d'introduire dans les voies respiratoires de la petite patiente y apportait un mélange de gaz, mais la respiration était spontanée, autonome : le ballon du masque se gonflait et se dégonflait au même rythme que la cage thoracique, souligné par les impulsions lumineuses et le tic-tac métallique du monitoring qui contrôlait le pouls.

18 h 10 ! Et toujours personne de l'autre côté de la large baie vitrée qui séparait la salle d'opération de la salle préopératoire. Brinkmann avait pourtant bien dit qu'il arrivait tout de suite. Cinq minutes ? Cinq minutes peuvent-elles durer si longtemps ?

Walter Renz leva lui aussi les yeux vers l'horloge. Ella s'assurait pour la troisième fois que tout le matériel était disposé convenablement.

18 h 14 ! Le vieux va arriver, il le faut, se dit Walter Renz. Mais qu'est-ce qui met Schäfer dans un tel état ?

Evidemment, avec une situation initiale aussi peu claire, l'opération pouvait réserver n'importe quelle surprise. Même la pire : une occlusion intestinale.

Y avait-il hémorragie abdominale ? Les radiographies ne permettaient pas de conclusions sûres. Mais c'est bien pourquoi, justement, Schäfer aurait dû commencer ! Pourquoi a-t-il un tel trac ? Ce n'est pourtant pas dans ses habitudes. Et d'ailleurs, avec son expérience en chirurgie abdominale, pourquoi a-t-il fait appel au vieux ? Ah ! Il remettait son masque. Il se décidait enfin...

Walter Renz allait gagner sa place quand, après un dernier regard à la baie vitrée, il leva la main.

– Un moment, docteur Schäfer. Je crois qu'il arrive.

Schäfer se retourna brusquement et découvrit effectivement de l'autre côté de la vitre, en pleine lumière, la tête de Brinkmann, son sourire, sa main qui saluait. Un instant plus tard, le temps nécessaire pour accomplir le rituel d'importance vitale de l'asepsie, la porte s'ouvrit enfin. Brinkmann avait déjà noué son tablier, l'infirmière lui enfila ses gants. A le voir ainsi, rayonnant d'une autorité tranquille qui bannissait toute nervosité, toute tension, Walter Renz se rappelait le surnom que les médecins et le personnel, à Bâle, donnaient à Brinkmann. Ils l'avaient baptisé « The King ». Un peu ronflant, peut-être ? A peine.

– Où en sommes-nous ? demanda Brinkmann.

Schäfer montra les radiographies accrochées au panneau lumineux. Ses explications tenaient en quelques mots brefs, lancés à la hâte : appendicite chronique, opérée un an plus tôt à l'hôpital de Landsberg. Malgré l'appendicectomie, vives douleurs récurrentes depuis. Rien d'apparent au plan gynécologique. Fièvre depuis la veille, température rectale à 37,8. Très vives douleurs abdominales, coliques, contractures abdominales, légers troubles respiratoires. Les injections d'antibiotiques pratiquées par le médecin de famille n'avaient pas entraîné d'amélioration.

Brinkmann se taisait. Toute une litanie de la souffrance ne permettait pas de poser un diagnostic. La seule conclusion qui s'imposait, c'était qu'il fallait intervenir sans perdre un instant. C'était la vieille histoire qu'il avait cent fois rencontrée dans des situations analogues : une opération bâclée, un patient esquinté, et quand on constate les dégâts, il faut opérer sans la moindre garantie. On n'a pas le choix. Même des radiographies plus précises n'y changeraient rien.

– Tout est prêt ?

La question posée à l'équipe n'était qu'une vieille recette pour se donner un dernier instant de répit. Comme un ordinateur, son cerveau triait les expériences antérieures, classait, comparait les images et les informations, toutes les données qu'il avait pu enregistrer dans le passé face à des cas semblables, tandis que ses mains palpaient précautionneusement le ventre dur et distendu. « Forts bruits intestinaux », avait dit Schäfer. L'intestin lutte contre un obstacle. La fièvre n'a pas baissé, l'infection s'étend. Les clichés révélaient une zone d'ombre dans le bas-ventre – donc de l'ascite. Une occlusion partielle ? Une strangulation incomplète de l'intestin ? Due à quoi ? Peut-être à une bride d'adhérence consécutive à l'appendicectomie, qui étranglerait l'intestin dans une boucle et provoquerait l'occlusion ? Ou, malgré l'absence de symptômes apparents à l'examen gynécologique, due à une ovarite, voire à la torsion d'un kyste ovarien ? Mais la patiente était presque trop jeune pour que cette hypothèse se vérifie. Presque ? Peut-être ?... Il fallait accepter d'avancer à tâtons dans l'obscurité. Il n'y avait qu'une solution.

– Incision ! dit Brinkmann.

Un bistouri de chirurgien doit être très tranchant. La lame qu'utilisait Brinkmann sortait du réfrigérateur : une lame à basse température coupe encore mieux.

Les premières gouttelettes de sang perlèrent. Brinkmann avait appliqué le bistouri sur la partie droite du ventre, à la hauteur du nombril. Maintenant, il descendait parallèlement à l'axe du corps, selon la technique classique de laparotomie sous-ombilicale.

Pendant qu'il incisait les tissus adipeux sous-cutanés jusqu'aux muscles de la sangle abdominale, enchaînant automatiquement les gestes selon une routine parfaitement réglée, les questions continuaient à défiler, l'incertitude ne le laissait pas en paix. Une tumeur ? Pourquoi pas ? N'avait-il pas déjà rencontré des cancers du côlon, chez des sujets très jeunes ?

La pincette hémostatique grésillait doucement en assurant point par point l'électrocoagulation des vaisseaux tandis que Brinkmann séparait les muscles. Ses yeux rencontrèrent de nouveau ceux de Schäfer. Qu'est-ce qu'il avait donc ? Il n'était pas en forme, aujourd'hui. Brinkmann s'en était immédiatement rendu compte quand le médecin-chef était allé se poster face à lui, à gauche de la table d'opération, à la place du premier assistant. Maintenant, alors qu'ils écartaient les muscles ensemble, il semblait hésiter comme un débutant. A sa droite, Renz travaillait impeccablement. Il maniait déjà l'écarteur de Roux pour soulever le péritoine, tissu aux reflets bleuâtres, dernier voile dissimulant le secret de cette maladie.

– Soulevez doucement. (Brinkmann tira délicatement avec la pincette le tissu fragile.) A vous.

Enfin, Schäfer intervint de son côté avec sa pincette. A présent, l'incision, juste assez large pour laisser passer deux doigts qui permettraient de poursuivre le travail sans risquer de léser l'intestin : le bistouri progresserait entre les doigts écartés qui lui frayaient sa voie sous le péritoine. Un peu de liquide clair s'écoula. Pas de pus.

Brinkmann agrandit l'incision, et les anses de l'intestin grêle apparurent, mates et maladives, agglutinées et adhérentes dans les courbes.

– Champ bordant !

Le carré de gaze de trente centimètres sur trente fixé aux lèvres de l'incision par les pinces à champ était comme le rideau d'un théâtre délimitant le lieu où se jouerait le drame. Les écarteurs autostatiques, maintenant ouverte la paroi abdominale, étaient eux aussi en place. Pour la première fois, Brinkmann leva les yeux vers le bout de la table.

– Poussée du diaphragme. Résolution musculaire insuffisante.

Il y avait un léger reproche dans sa voix.

– Je redonne du Succinyl, répondit l'anesthésiste.

Wolters avait dosé l'anesthésique très prudemment. C'était un produit qui, agissant selon le principe du curare – le poison dont les Indiens d'Amérique du Sud enduisent leurs flèches –, pouvait provoquer une paralysie complète des muscles striés. Après des années de travail, les chercheurs de l'industrie pharmaceutique en avaient maîtrisé les effets et en avaient fait une vraie bénédiction, un auxiliaire indispensable de la chirurgie moderne.

Le Succinyl agit instantanément. La tension musculaire disparut.

– Tension artérielle normale, annonça le Dr Wolters.

Brinkmann poursuivait son travail. Les indications de l'anesthésiste rythmaient l'opération au même titre que les pulsations du monitoring, avec leur régularité de métronome. Quant au cœur, tout semblait aller bien.

– Oh, merde !

Renz n'avait pu retenir cette exclamation. Schäfer aussi dit quelque chose, que l'on ne comprit pas... Brinkmann hocha la tête. C'était donc cela !

Où que l'on regardât, les anses étaient terriblement atteintes, la paroi de l'intestin grêle fortement enflammée, très épaissie, de même que la région du mésentère, induré et couvert d'infiltrats. Partout, l'infection contre laquelle le petit corps luttait depuis des mois déjà avait laissé ses traces sous forme de végétations.

– Vous voyez, docteur Schäfer ? Cela descend jusqu'à l'utérus. Il faut que nous enlevions toute cette partie de l'iléon.

Schäfer se taisait.

Brinkmann tendit la main sans dire un mot, et l'instrumentiste lui passa les ciseaux : elle n'avait pas besoin d'explications. Elle semblait suivre pas à pas les pensées du chirurgien, éprouver les mêmes doutes que lui devant les décisions à prendre et choisir pourtant comme il le faisait lui-même, et dans le même instant. Un vrai don du ciel, cette femme ! Quand il avait quitté Karlsruhe, Brinkmann avait songé un moment à demander à Barbara, qui l'assistait depuis si longtemps en salle d'opération, de l'accompagner à Offingen. Leur collaboration faisait à ce point partie de sa pratique, de la sûreté de ses propres gestes, qu'il osait à peine s'imaginer opérant sans elle. Il y avait quand même renoncé : s'il voulait vraiment prendre un nouveau départ, il se devait d'être conséquent.

Il tourna la tête vers Ella et lui adressa un clin d'œil reconnaissant. Peut-être avait-elle moins de savoir-faire que Barbara, peut-être n'était-elle pas aussi rapide, mais elle travaillait sans aucun doute avec plus de circonspection.

– Merci, Ella.

La situation était claire, du moins jusqu'à présent : adhérences, infiltrats, indurations, même dans le grand épiploon. C'étaient là les séquelles d'une appendicectomie bâclée par un chirurgien désinvolte.

Il allait devoir enlever une grande partie de l'intestin grêle. Il n'y avait pas d'autre solution.

– Résection de l'iléon.

Schäfer ne répondit que par un hochement de tête imperceptible. Brinkmann commença de détacher la partie malade. Même plus tard, il lui serait impossible de dire comment l'accident s'était produit, à quel endroit les tissus fragilisés avaient cédé. Au début, cela n'avait rien de dramatique : un mince filet de sang clair, coulant probablement d'une adhérence qui s'était légèrement ouverte. Mais le filet s'élargit, et ce fut bientôt comme une minuscule fontaine intermittente jaillissant par à-coups effrayants, qui noya le champ opératoire dans une mare de sang.

– Compresses !

Brinkmann contrôlait parfaitement sa voix et ses mains qui cherchaient à tâtons l'origine de l'hémorragie. De nouveaux linges – cela ne suffisait pas.

– Aspiration, bon Dieu !

Tu aurais pu garder ce « bon Dieu » pour toi. Et que font ici les mains de Schäfer ? Je n'y vois rien. Il faut que je voie ce qui se passe, tout en dépend !

– Aspiration !

Il tenait la pince hémostatique qui lui permettrait d'arrêter l'hémorragie. Mais où la placer ? Enfin, il distingua ce qu'il cherchait : un segment d'intestin, cinq ou six centimètres de structures épithéliales qui s'étaient rompues comme un mur de brique délabré. La patiente avait encore eu de la chance que cela se soit produit ici, sur la table d'opération. Si c'était arrivé chez elle... Mieux valait ne pas y penser...

– La tension artérielle chute, annonça le Dr Wolters.

C'était prévisible. Mais maintenant, Brinkmann avait repéré le vaisseau. Ses mains travaillaient comme si elles ne lui appartenaient pas, elles semblaient autonomes, et lui un somnambule. Il utilisa de nouvelles compresses puis, enfin, n'en eut plus besoin.

– La pression sanguine se stabilise.

Brinkmann se redressa. Il vit un profond soupir de soulagement gonfler le masque de Schäfer. Il vit les regards des autres, et le hochement de tête que lui adressait Schäfer.

– Bon. Voilà une affaire réglée. Maintenant, nous pouvons continuer.

Udo ferma les yeux quand Léonard Cohen reprit le thème à la guitare, lui donnant une nuance de mélancolie douce-amère qui ne s'harmonisait que trop bien à sa propre humeur. « Quand je suis arrivé, j'étais un étranger... »

Pouvoir chanter ainsi ! pensa-t-il. Pouvoir, comme Léonard Cohen, se libérer par la musique et par la voix ; oui, être libre, au lieu de travailler comme un manœuvre, comme l'esclave d'un homme qui saisit la moindre occasion pour vous démoraliser et voudrait en plus être considéré comme un père !

Les ombres sépia du soir noyaient les coins de la grande pièce. « J'ai essayé... J'étais un fou », chantait Léonard Cohen. Les mains croisées sous la nuque, Udo regardait les pulsations lumineuses de la chaîne stéréo. La mélodie plaintive s'éteignit presque à l'instant où la porte s'ouvrait sur une Käte Marek visiblement de mauvaise humeur.

Elle le contempla d'un air réprobateur, puis elle avança d'un pas décidé jusqu'au milieu de la chambre.

– Ecoute ! Tu restes vautré là, tu ne manges rien, tu fais trembler toute la maison avec ce vacarme... Qu'est-ce que ça signifie ?

Udo se leva et éteignit la chaîne.

– Il ne manquait plus que toi !

– Certainement ! Et cette cambuse ! Tu as vu à quoi ça ressemble ?

– A moi. A Udo.

– Exact ! Ça te ressemble !

– Qu'est-ce que tu viens faire ici ?

– Le repas est sur la table. Et tu ne décroches même pas le téléphone. J'ai hurlé pour t'appeler. J'ai hurlé à m'en arracher la gorge.

– Et si je n'ai pas faim, très chère ?

– Mais tu as faim, je te connais. Il y a des truites et de la salade. Et comme dessert, des bananes cuites avec de la crème fraîche.

Assis au bord du lit, les coudes sur les genoux, il se frottait les mains en observant Käte. Respirant bruyamment, celle-ci rassemblait les journaux éparpillés sur le tapis.

– Pourquoi faut-il que tu laisses traîner ça dans toute la pièce ?

Mais elle s'interrompit. Son regard était tombé sur les petites annonces. Udo en avait coché quelques-unes au crayon rouge : « Deux pièces, Lärchengasse, lut-elle. Vue magnifique. » Et plus bas : « Plus que trois studios à louer aux Terrasses de Neusteig. » Elle releva les yeux.

– Qu'est-ce que ça veut dire ?

– Tu me le demandes, Käte ?

– Oui, je te le demande.

Il s'assit près d'elle sur le tapis.

– Käte ! Est-ce qu'il ne t'est jamais venu à l'idée que je puisse finir par me sentir un peu à l'étroit, ici ?

– A l'étroit ? Alors tu cherches vraiment un appartement ?

– Oui. Et quand je dis « à l'étroit », je ne pense pas à la place disponible. C'est plutôt une question d'atmosphère.

Elle lui retourna son regard, secoua la tête, froissa

la feuille des petites annonces et jeta la boule de papier dans la corbeille.

– L'atmosphère, ce sont bien souvent deux personnes qui la créent, tu ne trouves pas ?

– C'est certain. Mais qu'est-ce que je fais de travers ?

– Tu as le culot de me poser la question ? Pourquoi faut-il toujours que tu lances des piques ? Tu pourrais quand même faire un pas vers ton père. C'est vraiment difficile, pour lui ; tu le sais bien.

– Mais ce qui m'entoure, ce que je...

Il s'interrompit et lui envoya un regard qui l'émut : elle savait bien ce qu'il signifiait. Il avait beau sourire, ses yeux appelaient à l'aide. Et cela ne s'adressait qu'à elle, c'est du moins ainsi qu'elle le ressentit, comme cela avait toujours été le cas depuis qu'Udo s'était soudain retrouvé privé de sa mère. Elle le savait, et elle avait toujours essayé de toutes ses forces de le comprendre et d'agir en conséquence. Mais elle ne pouvait admettre cette idée de chercher un appartement, de s'en aller.

– Je ne te comprends pas.

– Tu as pourtant des yeux pour voir ! Tu ne t'aperçois pas qu'il ne fait plus que me tolérer ? Tu devrais bien le sentir, quand même !... Et encore, tu n'es pas à la clinique. Tu ne sais pas ce que ça signifie de travailler avec lui.

– J'ai plutôt l'impression que, professionnellement, il a avec toi...

– Käte, changeons de sujet ! Je sais : un médecin doit apprendre son métier. Et si l'on veut apprendre quelque chose à quelqu'un, il ne faut pas lui faire de cadeaux. On peut aussi réduire le problème à cette formule. (Il rit amèrement.) Tu n'as pas idée. Veux-tu que je te raconte autre chose ? Une jolie petite histoire ? Il était une fois une jeune femme qui s'appelait Christa...

– Dès le début, ça ne me plaît pas. Et puis je connais cette jeune femme.

– Bon. Cette jeune femme qui s'appelait Christa et un jeune homme qui s'appelait Udo...

– Je t'ai dit que ça ne me plaît pas. D'abord parce qu'une fois encore tu manques de précision. Il serait plus exact de dire : il y avait des jeunes femmes – dont l'une s'appelait Christa – et Udo. Allez, explique-moi ce qui est arrivé.

– C'est à lui que tu devrais le demander. Peut-être que c'est à lui qu'il est arrivé quelque chose.

– Je ne comprends pas un mot.

Udo se leva, gagna la fenêtre et regarda les douces ondulations de la vallée qui se blottissait sous le ciel du crépuscule dans un flamboiement de pourpre et d'or si splendide et baroque qu'on aurait presque cru une carte postale. Que devait-il dire à cette vieille femme ? Qu'il l'aimait ? Qu'il avait toujours pensé qu'elle serait de son côté ? Non, il n'y avait qu'une décision à prendre : partir, déménager. Une solution nette et claire : trancher comme d'un coup de bistouri.

– Alors, que s'est-il passé ?

Il haussa les épaules.

– Je t'ai dit de le lui demander. Tout ce que j'ai à faire, c'est de me chercher un appartement. Et je préférerais que ce ne soit pas ici, mais à plusieurs centaines de kilomètres.

– Udo ! (Il entendit ses pas se rapprocher. Elle lui posa la main sur l'épaule. Et il entendit cette voix aux intonations chaudes et douces qu'elle prenait toujours pour le consoler quand il était enfant. La voix qu'elle réservait à son petit Udo.) Sois donc raisonnable, Udo !

– C'est plutôt à lui qu'il faudrait le dire, répéta-t-il. (Et il ne put garder pour lui la phrase suivante :) Pourquoi est-ce justement elle qu'il a choisie ?

– Christa ? Tu dis n'importe quoi !

– N'importe quoi ? Ils étaient ensemble à la Hornisgrinde. J'admets que c'était peut-être un hasard. Mais quand il lui accorde sans arrêt un traitement de faveur, quand il me démoralise tant qu'il peut à cause d'elle, ce n'est plus un hasard.

– Là encore, tu dis n'importe quoi. C'est complètement idiot ! Allons, Udo, viens...

Mais il ne bougea pas. Jamais encore elle n'avait éprouvé en face de lui un tel désarroi.

Dans la salle d'opération n° 2, Klaus Brinkmann jeta un rapide coup d'œil au cadran de l'horloge murale. L'opération durait maintenant depuis quatre-vingts minutes. Etant donné toutes les complications qu'ils avaient surmontées jusque-là, ils avaient fait vite. Il avait le dos douloureux. Après une phase de quatre-vingts minutes, c'était toujours pareil : le dos se raidissait. Cela lui aurait suffi pour dire combien de temps s'était écoulé.

Il remua les épaules pour se dénouer les muscles. Le plus gros du travail était fait, la section d'intestin gagnée par l'infection enlevée, les points de suture rétablissant la continuité du tube digestif posés, le saignement arrêté. La cavité abdominale avait été désinfectée, et un drain mis en place pour assurer l'évacuation des sérosités.

La tension nerveuse de l'équipe se relâchait. La petite s'en tirerait, il n'y avait aucun doute. Mais ces infiltrats étaient durs comme du cartilage. Qu'est-ce que ce charcutier avait bien pu faire pour obtenir un tel résultat ?

De la tête, il fit signe à Renz. L'assistant tenait déjà l'aiguille et le Synthofil pour refermer le péritoine. Ils avaient utilisé deux litres de sang. Là aussi, ils restaient dans les limites normales. De nouveau, Brinkmann releva les yeux vers le bout de la table d'opération. Des cheveux brillants, un cou gracile, le masque.

Le Dr Schäfer fut le premier à remarquer que le tic-tac du monitoring s'était modifié. Brinkmann, aussitôt après, leva les yeux vers la lumière verte et le tracé sur l'écran.

– Seigneur, elle ne va quand même pas...

L'appel du Dr Wolters interrompit les réflexions

angoissées de Brinkmann, comme un coup de marteau inattendu dans le silence :

– Arrêt du cœur !

Brinkmann eut l'impression que toute vie se figeait autour de lui : Ella, un porte-aiguilles à la main ; Schäfer, les yeux écarquillés ; Renz, qui se penchait en avant. Tous s'étaient arrêtés en plein mouvement, comme sur un instantané. Après l'exaltation de la victoire proche, après la satisfaction succédant à quatre-vingts minutes d'efforts physiques et mentaux des plus intenses, c'était maintenant la chute.

– Oxygène !

Au moment même où il lançait cet ordre, Brinkmann se rappela qu'il était inutile : l'ordinateur de l'appareil d'anesthésie avait déclenché les mesures de réanimation. Brinkmann se retourna vers la patiente, regarda Renz et, d'un signe du menton, lui indiqua la plaie encore ouverte. L'assistant comprit immédiatement et la referma à la hâte en rapprochant les lèvres avec des pinces à champ.

Brinkmann se penchait déjà sur le torse étroit. Il posa les mains sur la cage thoracique. « Arrêt du cœur en cours d'opération ! » Dieu du ciel, combien de fois cela t'est-il arrivé au cours de ces dix dernières années ? Trois fois. Et voilà que cette enfant...

Il commença de pratiquer le massage cardiaque, sentit la résistance élastique du corps, continua de presser : quatre-vingt-dix fois par minute. Des deux mains. Et le plus profond possible, mais en dosant la force exercée à chaque pression pour amener le cœur à reprendre son fonctionnement, sans léser les côtes, ni tirer sur les points de suture qui venaient d'être posés.

L'effort chassa la pâleur de son visage, qui devint rouge et brûlant. Quatre-vingt-dix fois ! La sueur lui coulait dans le dos. Maintenant, il était heureux d'avoir inscrit chaque matin à son programme des exercices aux haltères. Presser, relâcher, presser, relâcher ! Il avait fermé les yeux, s'imprégnait des sensations du corps sans vie et cherchait à lui insuffler ce mécanisme réflexe : presser, relâcher ! Afin qu'à chaque pression le cœur comprimé envoie le flux sanguin vers les extrémités, et d'abord vers le cerveau.

Une minute. Une autre.

Continuer ! Ne pas abandonner !

Troisième minute.

Le cœur doit pourtant se remettre à battre ! Allez !

– Arthérénol, demanda-t-il.

Le cerveau recevait assez d'oxygène. Le tonique cardiaque pouvait agir comme l'étincelle qui rallumerait la vie. Il fallait qu'il agisse...

Il observa du coin de l'œil comment la canule, guidée par Renz, se glissait entre les côtes. De nouveau – combien de fois l'avait-il déjà fait ? – il leva les yeux vers le monitoring, attendant le premier signal lumineux, le premier tic-tac.

Rien !

Continuer ! Il reprit le massage, pressant, lançant au ciel prières et jurons : Aide-moi, bon sang ! C'est une enfant. Tu te rends compte ? Douze ans !...

Et soudain, plus fort que les battements de son propre cœur, plus fort que le bruit de son propre sang dans ses oreilles, il entendit le premier signal. Jamais un son ne lui avait paru si beau, si nettement timbré. Tic. Tic. Tic.

– Pouls à cent. Pression sanguine cent dix, quatre-vingt-dix, annonça le Dr Wolters. Pouls à cent dix. Pression sanguine cent vingt, quatre-vingt-dix.

Enfin, se dit-il, le cœur battait ! De lui-même, fort et régulièrement.

Brinkmann s'écarta de la table d'opération et laissa retomber ses bras aux muscles endoloris. Il sentit les ruisseaux de sueur qui lui coulaient sur le corps, sous sa blouse.

Ils se regardèrent les uns les autres.

– Enfin ! répéta-t-il tout haut.

Peut-être était-ce injuste, peut-être était-ce aussi une sorte de réflexe conditionné, mais Brinkmann n'y pouvait rien : quand il se trouvait en présence du directeur administratif d'une clinique, il éprouvait toujours un léger malaise. C'était encore une fois le cas. Pourtant, ce Mühlmann n'était pas si mal ! Mon Dieu ! Quand il pensait à ce vieux pingre, à Karlsruhe ! Mühlmann, lui, avec ses cheveux bouclés coupés à la mode, ses lunettes à monture métallique et son sourire avenant, comprenait vite et n'ergotait pas.

Mühlmann porta la boîte de cigares à son nez, huma d'un air pensif et la reposa d'un geste décidé.

– Je ne fume pas, professeur.

Brinkmann en éprouva un vague sentiment de culpabilité.

– Ah bon ? Il y a trois jours encore, je me considérais comme non fumeur. Depuis quatre mois. Maintenant, je me suis mis à la pipe. Mais dites-moi, monsieur Mühlmann, que se passe-t-il ?

– D'abord, je voulais vous féliciter, professeur !

– Me féliciter ? Et pourquoi ?

– Vous le demandez ? L'opération de la petite Monika Grossmann a pourtant été une réussite éclatante.

– Un coup de chance, Mühlmann. La chance et le bon Dieu. Heureusement que j'avais Sa main au-dessus de moi.

– Et comment va-t-elle ?

– Eh bien, elle est toujours aux soins intensifs, mais son état s'améliore. En tout cas, il n'y a plus de risques de complications. Mais tout le monde dans la maison en parle comme s'il s'agissait d'une princesse impériale. Tout le monde me félicite. Pourtant, d'habitude non plus, je n'ai pas l'impression de me croiser les bras.

– Bien sûr que non, seulement...

– Seulement ?

– Eh bien, professeur, quand vous parlez d'une princesse impériale, vous n'avez pas tout à fait tort.

– Ah bon ! C'est donc cela ! Parce qu'elle s'appelle Monika Grossmann... (Brinkmann croisa les mains et poursuivit en élevant le ton plus qu'il ne lui semblait nécessaire pour aborder ce sujet :) Je vais vous dire une bonne chose, monsieur Mühlmann : de mon temps, quand je jouais, enfant, dans les rues de cette ville, le nom de Grossmann était complètement inconnu. Il n'existait ni usine Grossmann, ni groupe Grossmann, ni quoi que ce soit d'autre qui porte ce nom. Nous avions le vieux Wirtz, qui fabriquait des montres. Mais ce n'est pas parce que Grossmann a racheté son usine, elle aussi, que cela change quelque chose pour moi. Suis-je bien clair ?

– Tout à fait, soupira Mühlmann.

– Bien. Nous aurions donc traité la petite Grossmann exactement de la même façon si elle s'était appelée Maier ou Müller. Mais puisque nous parlons de l'empire Grossmann : voilà quelque temps, une demoiselle Grossmann est passée me voir à la maison. Je l'ai flanquée à la porte.

– Professeur ! Qu'est-ce que vous avez fait ?

– Je l'ai fichue dehors. Pourquoi faites-vous cette tête-là ? Vous vous rappelez bien quel était le problème !

– Angelika Grossmann ? murmura Mühlmann.

– Oui. Angelika Grossmann. La fiancée de ce chauffard meurtrier... Enfin, Mühlmann ! J'aurais aimé que vous la voyiez : arrogante, impertinente, affairiste. Ou plutôt dans l'ordre inverse. Non, ne me parlez plus des Grossmann.

Cette fois, le soupir de Mühlmann parut comme étouffé. Le directeur administratif avait renoncé à retrouver le sourire. Son regard exprimait la plus claire réprobation.

– Maintenant, je comprends...

– Que comprenez-vous ?

– Tout le théâtre qu'ils nous ont fait avec le scanner.

– Mais qu'est-ce que cette histoire a à voir avec le scanner ? On nous l'avait bien promis ?

– On envisageait son achat, professeur, grâce à un

don de la société Grossmann. Mais ils ont brusquement changé d'avis.

– Vous parlez sérieusement ? Je n'étais au courant de rien.

Mühlmann se leva en se frottant nerveusement les mains et se mit à arpenter la pièce. Cinq pas dans un sens, cinq pas dans l'autre.

– Excusez-moi, professeur, mais maintenant, cette affaire retombe sur moi. Vous n'étiez au courant de rien ? Peut-être devriez-vous quand même vous soucier un peu de problèmes qui sont pour nous d'une importance décisive.

– Pourquoi ai-je un directeur administratif ? (Le sourire de Brinkmann pouvait être contagieux mais, cette fois, il manqua son effet.) Ne soyez donc pas si nerveux, Mühlmann. Et maintenant, dites-moi ce que vous avez sur le cœur.

– Vous savez que, du fait de leurs subventions, les Grossmann jouent un certain rôle au conseil d'administration de la clinique.

– Je l'ai entendu dire. Mais que l'arrondissement nous promette un appareil dont nous avons absolument besoin, et que nous nous trouvions maintenant confrontés à un brusque refus, c'est...

– Professeur ! Nous n'avons pu inscrire le scanner au budget que grâce à un don. Un don consenti librement, et qui peut être révoqué. Le directeur de l'arrondissement a déjà demandé des explications. J'ai les mains liées. Grossmann fait vivre la moitié de la ville. Croyez-vous que nous devions monter à l'assaut et le mettre au pilori ? (Debout derrière le fauteuil, Mühlmann posa les mains à plat sur le dossier.) Enfin, peut-être que maintenant, après l'opération, les choses vont se modifier...

Voilà donc comment cela se passe ici, pensa Brinkmann. Il dévisagea l'homme qui lui faisait face de l'autre côté du bureau.

– Mon cher Mühlmann, résumons-nous : d'après vous, les Grossmann éprouvent une aversion à mon égard, une aversion personnelle qui a modifié leur attitude vis-à-vis de la clinique. Et vous espérez que l'opération de la petite pourrait, disons, rétablir la situation ?

– C'est cela. Mais il y a un autre problème, professeur. Tout le monde dans la maison sait que Grossmann voulait que ce soit Schäfer qui devienne le chef de la clinique.

– Ah tiens ? (Brinkmann fit pivoter son siège tournant, saisit sur une étagère une bouteille de cognac et deux verres et, l'air pensif, en emplit un à demi. Mais il ne but pas. Il contemplait le liquide ambré qui marbrait le flanc du verre ballon.) Je vous en sers un ?

– Non, merci, professeur.

– Vous ne fumez pas, vous ne buvez pas... Il est vrai que vous n'êtes pas chirurgien, mais directeur administratif. Moi, je crois que ça me fera du bien. (Il sirota une gorgée, la savoura et releva les yeux.) Vous alliez donc me parler de quelque chose que tout le monde sait, sauf moi...

– Oui. Au moment du choix du successeur de Schiermann, Grossmann a pris parti en faveur de Schäfer. Et il n'y est pas allé de main morte. Nous avons eu du mal à imposer la décision de faire appel à vous.

– Si je puis me permettre : le choix n'était pas si simple. Schäfer est quelqu'un de très capable. C'est curieux qu'il ne m'en ait jamais dit un mot.

– Vous le connaissez. Il n'est pas du genre bavard.

La pensée de Brinkmann remonta quatre jours en arrière. Il se revoyait vis-à-vis de Schäfer au-dessus du corps de la petite Monika Grossmann. Et il retrouvait le regard effrayé, les réactions ralenties d'un Schäfer qu'il n'avait jamais vu dans un tel état. Sa maladresse n'était due qu'à la peur !

– Grossmann avait-il des raisons particulières d'intervenir en faveur de Schäfer ?

Derrière les verres légèrement teintés de brun, le regard de Mühlmann appuya ses propos.

– On peut le dire, oui. Monika Grossmann est la nièce de Schäfer. Le Dr Schäfer a épousé la sœur de Grossmann...

Non, leur collaboration ne s'était modifiée en rien. Lors des conférences quotidiennes comme en salle d'opération, lors des visites comme pour les traitements consécutifs, le médecin-chef, comme toujours, assurait son travail avec cette perfection sans faille, taciturne, sobre et précise, qui semblait exclure d'emblée tout contact plus humain avec les collègues et le personnel, mais aussi la plupart du temps, malheureusement, avec les patients.

Brinkmann se surprenait sans cesse à se demander ce que Schäfer pouvait bien avoir dans la tête. La volonté d'être son rival ? Elle faisait partie intégrante de cette bizarre profession qu'ils exerçaient tous les deux et qui exigeait non seulement des connaissances scientifiques de haut niveau et une extrême habileté manuelle, mais aussi cet impondérable mélange d'intuition, de hardiesse et de brio artistique, si proche parfois de la vanité ou de la charlatanerie. Mais tout compte fait, « la compétition est le moteur de la réussite ». Encore un des dictons de son vieux maître, le Pr Keurer. « Tout peut s'apprendre. Mais sans la jalousie vigilante des collègues, ce que l'on a appris ne mûrit pas. »

C'était un des aspects de ce travail, un aspect très important. Brinkmann en était absolument convaincu. Mais un autre aspect lui paraissait tout aussi essentiel, que le médecin-chef semblait oublier : voir dans le patient sa propre image, et traiter chacun, fût-il le plus pauvre, comme s'il était un ami, un parent.

Mais tu es peut-être injuste avec lui, se disait Brinkmann. Schäfer n'est peut-être pas le pur arriviste que tu vois en lui. Que sais-tu de lui, après tout ? Son efficacité de robot n'est-elle pas un masque derrière lequel se cache un tout autre homme ? Pour être tout à fait honnête, si sa perfection froidement rationnelle te gêne, tu dois reconnaître que c'est elle qui fait les grands patrons, en un temps où l'emploi de robots dirigés par des ordinateurs se répand en médecine comme ailleurs. Et si Schäfer était à ta place, s'il exerçait tes responsabilités, on découvrirait peut-être en lui un être très différent, comme homme, et aussi comme chirurgien. Mais pourquoi te casses-tu la tête à son sujet ?

Voilà ce que se disait Brinkmann une fois de plus le jour où la petite Monika quitta la clinique, et où se produisit une scène qui, sur le moment, le frappa, mais dont le souvenir, peu de temps après, ne l'incitait plus qu'à secouer la tête et à rire.

C'était un mercredi. Il avait plu toute la matinée. Puis le soleil avait percé la couche de nuages et, dans le jardin, les feuilles humides brillaient comme si on les avait vernies.

Schäfer et Brinkmann sortaient épuisés de la salle d'opération où ils étaient entrés à 8 h 30. De quoi vous vider de votre substance.

– Je crois que nous avons bien mérité une bonne douche, Schäfer. Vous ne trouvez pas ?

– Oui, mais je voudrais d'abord préparer les prélèvements pour le laboratoire.

– Eh bien, allez-y.

Brinkmann ouvrit la porte battante et lui céda le passage. Dans la perspective du couloir qui allait se rétrécissant, un groupe de personnes venait à leur rencontre, comme une délégation en forme de triangle, la pointe en avant.

Brinkmann reconnut aussitôt Angelika Grossmann. L'homme à côté d'elle, grand, large d'épaules, plein d'assurance, en costume d'été clair et portant cravate, ne pouvait être que le père de la petite Monika : Albert Grossmann, seigneur des usines et des emplois de la contrée, philanthrope et mécène quand cela lui chantait.

Brinkmann réprima son envie de fuir. Il vit le bouquet, le sourire, la petite Monika à la tête de ce cortège solennel. Allons, se dit-il, ce n'est qu'un mauvais moment à passer.

– Voilà votre famille, Schäfer, n'est-ce pas ?

Schäfer hocha la tête, très embarrassé. Les Grossmann s'étaient arrêtés. Tous souriaient.

Echanges de regards. Albert Grossmann toussota comme pour annoncer un événement d'importance. Un instant, Brinkmann eut l'impression que toute la scène était empruntée à une pièce de théâtre absurde. Mais la petite se détachait déjà du groupe, tenant à deux mains un gros bouquet de roses rouges, regardait Brinkmann, regardait Schäfer, et s'avançait d'un pas résolu, levant son bouquet.

Vers Brinkmann ? Non, elle passait devant lui et, tendant les bras, offrait les fleurs au médecin-chef.

– C'est pour toi, oncle Hermann ! Et merci, merci beaucoup : tu m'as sauvé la vie.

Schäfer, dont le visage ressemblait à celui d'un homme en état de choc, était incapable d'émettre un son. Sa pomme d'Adam montait et descendait le long de son cou, comme s'il cherchait à déglutir quelque chose qui l'étouffait.

Tiens donc ! se dit Brinkmann, amusé. Cette fois encore, il perd tous ses moyens à cause de la petite. A cause de la petite ? Non, à cause de son clan tout-puissant.

Il se détourna pour poursuivre sa route. Du théâtre ! Il n'éprouvait ni colère ni déception.

– Un moment... Professeur !

Schäfer avait retrouvé sa voix. Brinkmann continua son chemin.

– Professeur, je suis désolé... (Puis, à l'adresse évidemment de la famille Grossmann :) Vous ne pouvez pas faire une chose pareille !

Alors, Brinkmann tourna quand même la tête.

– Que voulez-vous, Schäfer ? L'erreur est humaine, après tout.

C'est vrai, d'ailleurs, pensa-t-il. Mais même chez ces

gens-là ? Que peut-il bien se passer dans des têtes faites comme les leurs ?

Brinkmann prit une profonde inspiration en arrivant au parking. Cet air clair et pur, sa voiture, le museau enthousiaste de Molli derrière la vitre. Il ouvrit la portière et opposa moins de résistance que d'ordinaire aux assauts affectueux du chien.

– Dehors, ma vieille, nous allons faire une petite promenade. Nous n'avons pas besoin de la voiture. (Il se pencha pour accrocher le mousqueton de la laisse au collier de l'animal.) Ah, Molli ! Si tu savais comme les hommes sont parfois drôles... C'est bien que les chiens existent.

Molli renifla d'un air approbateur.

– Salut, papa !

La voix lui fit relever la tête. Il vit l'ombre, les longues jambes dans le jean, le beau visage bronzé.

– Bonjour, Udo. Tu nous accompagnes ?

– Volontiers !

Ils marchèrent un moment en silence, chacun plongé dans ses pensées. Puis Udo demanda :

– La petite Monika Grossmann sort bientôt, je crois ?

– Elle vient de partir.

– Ah bon ? Ecoute, je n'ai pas trouvé l'occasion de t'en parler, mais je voulais te dire...

– Oui ?

– Ce que tu as fait là, c'était vraiment fantastique. J'aimerais être un jour capable d'opérer ainsi. Renz m'a montré cent fois comment tu avais mené l'opération, comme tu t'étais battu...

– Battu ? N'exagérons quand même pas.

– Non, je ne crois pas que j'exagère. Je voulais te féliciter, même si c'est un peu tard.

– Tu n'as pas à me féliciter. (Brinkmann s'arrêta et posa la main sur l'épaule d'Udo.) Vraiment pas, Udo. Que quelqu'un accomplisse sa tâche, cela va de soi. Et si des complications surgissent, il ne peut s'en remettre qu'à sa chance et à son expérience. Tu as le talent, ton expérience s'accroîtra. La route est parfois longue et douloureuse – pas seulement pour toi. Tu sais, au fond, je ne suis guère partisan de cette forme de chirurgie générale que nous pratiquons ici. Cette capacité d'intervention universelle que l'on exige chez nous peut devenir dangereuse. Songe seulement à cet arrêt du cœur en cours d'opération. Plus tôt tu te spécialises, et mieux cela vaut pour tes patients.

Udo acquiesça. C'était le cheval de bataille du vieux. Et, une fois de plus, il avait raison.

– Je me réjouis quand même, papa. Avec cette opération, ta position à la clinique se trouve absolument assurée. Tu me permets de te le dire ? Plus personne ici ne peut douter de ton autorité de médecin.

– Il y a toujours place pour le doute. Un médecin qui ignore le doute n'est pas un bon médecin. Douter de soi-même signifie aussi que l'on se tient la bride, que l'on se contrôle. Dans ce métier, c'est indispensable. Mais maintenant, Udo, vite à la maison !

De Molli, on ne voyait que les deux pattes arrière qui creusaient frénétiquement, la queue brune tachée de blanc qui battait l'air, et un nuage de poussière que le vent poussait, au-dessus du champ de pommes de terre, en direction de la forêt. Molli était incorrigible, du moins quand elle cherchait à percer le mystère des taupes et des campagnols. Elle s'obstinait toujours à retourner la terre jusqu'à l'épuisement, alors que cela ne s'était jamais soldé par le moindre succès.

Brinkmann s'était arrêté. Il jouissait de tels instants, de tout ce qu'ils offraient : la fraîcheur venant de la forêt de sapins, la longue pente descendant vers la vallée, les fermes éparses sur les collines, la campagne. Il se sentait bien. Oui, ces temps-ci, chaque fois que cela lui était possible, il enfilait ses vieilles chaussures de marche, prenait son anorak, glissait soigneusement le récepteur d'appel dans la poche de poitrine de sa chemise, se rattachant ainsi lui-même à la clinique par une laisse invisible, qui ne l'empêchait cependant pas de profiter de cette illusion de liberté. Il garait la voiture en haut du Roteck, suivait le chemin longeant la forêt, passait devant les deux bancs d'où l'on dominait le paysage et que, Dieu merci, aucun touriste n'avait encore découverts, puis il gravissait la colline. L'affût perché. Les petites cabanes de bois où l'on déposait en hiver de la nourriture pour les animaux sauvages. A chaque instant, des oiseaux s'envolaient : buses, alouettes, corneilles. A chaque instant s'offrait un nouveau point de vue, qui lui faisait battre le cœur plus fort.

– Allez, viens, Molli. Laisse tomber !

Elle accourut, couverte de poussière, de la terre jusque dans les narines, avec le regard gêné des moments de défaite, qui excluait tout contact.

– Pauvre Molli.

Il s'accroupit à la lisière du champ, écarta quelques branches et accorda deux minutes à Molli, qui haletait pitoyablement, pour qu'elle reprenne son souffle.

C'est un bonheur un peu naïf, se dit-il, mais en fait, que souhaiter de plus ? Une gratitude enfantine repose sur des bases solides. Et ce que tu éprouves est vraiment du bonheur. Songe seulement à l'état dans lequel tu étais l'an dernier... Sa mémoire le ramena à Karlsruhe.

– Quoi ? Tu veux t'installer en Forêt-Noire ?

Quelle tête avait faite Bernd Rieck ce soir-là, quand Brinkmann lui avait annoncé sa décision irrévocable ! Ils étaient assis sur la terrasse, chez le chef du département de médecine interne. Le brouillard estompait les lumières de la ville, dont les contours paraissaient flous et étrangement accidentés à la fois.

– Karlsruhe, ça n'est déjà pas l'idéal, mais la Forêt-Noire ! Un homme aussi doué que toi ! Enfin, Klaus, sois raisonnable ! Si c'était pour un travail scientifique, je comprendrais, mais une clinique de province...

Une clinique de province ! Un homme aussi doué que toi !

La province ?

Le champ de pommes de terre où jouait Molli, c'était cela, la province, comme la forêt, les douces collines et leurs fermes, le village, là-bas, qui s'appelle Kleineck, et au nom duquel se rattachent déjà des visages, des gens avec leurs joies et leurs peines. Oui, ce jeune homme qu'il avait opéré la veille pour une mauvaise fracture du fémur venait de Kleineck.

La province : des gens, leurs destins, leurs petites et grandes catastrophes, leur façon de parler, de réagir, leurs peurs, leur mort aussi, tout cela composait une sorte de tableau. Ce n'était plus l'espèce de travail à la chaîne des grandes métropoles, où l'on intervient sur des maladies isolées en oubliant les visages. Un de ces jours, il prendrait la voiture pour aller à Karlsruhe. Il rendrait visite à Rieck et lui expliquerait cette découverte de la province.

– Viens, Molli !

Ils reprirent leur marche et arrivèrent au sommet de la pente, où le chemin s'arrêtait. Molli tourna la tête et dressa les oreilles. Brinkmann suivit son regard. En bas, dans les tournants de la route qui montait vers Kleineck, un homme poussait son vélo.

Un homme ? Quelle apparition !

Son maillot de sport bleu était déchiré, sa tête couronnée d'une chose indéfinissable et toute froissée qu'on aurait hésité à appeler casquette ou chapeau, son jean rapiécé et raccourci, et son corps si osseux et gauche qu'on l'aurait cru fait de morceaux maladroitement cousus bout à bout. Il allait d'un bon pas. Malgré son air affamé, il avait des réserves. Il sifflait même gaillardement un air joyeux.

Brinkmann crut qu'il avait mal entendu. Par cette chaleur, sur cette route encaissée entre les terres sablonneuses écrasées de soleil, quelqu'un sifflait en poussant son vélo ? Un touriste ? Non, plutôt un vagabond. Il éprouva quelque chose qui ressemblait à de la jalousie, salua la performance en portant deux doigts à sa tempe et s'étonna que Molli n'ait même pas grondé une seule fois. Elle aussi paraissait avoir un faible pour ce personnage.

– Allons, Guzzi, on y est presque.

Chaque fois que la route devenait difficile, Arthur Wilkins tenait une petite harangue à son vélo pour l'encourager. Après tout, les cow-boys parlent bien à leur cheval, et sa Guzzi n'était-elle pas la plus belle bicyclette du monde ? Huit vitesses, peinture rouge et noire, pratiquement neuve. Elle devait valoir une fortune. En plus, ce n'était pas lui qui l'avait enlevée, c'était elle qui l'avait racolé. Elle était si séduisante, si irrésistible, appuyée au mur devant la taverne !

– On y est presque. Et regarde donc, ce patelin s'appelle Kleineck. C'est un joli nom, tu ne trouves pas ?

Arthur Wilkins aimait la Forêt-Noire, et surtout ses villages, si petits. Et il y avait des fermes, où l'on était bien traité pour cette raison déjà que les gens se réjouissaient quand quelqu'un, venant du vaste monde, se perdait dans leur campagne et arrivait jusqu'à eux.

Nous y voilà. Même pas un bistrot. Juste quatre maisons. Mais ils se sont bâti une église. Cela s'impose, comme les vergers, les drôles de toits et les balcons fleuris de géraniums.

Seulement, où trouver à becqueter ? Arthur Wilkins ne voulait sacrifier qu'en cas d'extrême nécessité la pièce de cinq marks qui lui restait en poche pour résoudre ce genre de problèmes. Il comptait sur ses manières d'homme du monde et sur le bon cœur, facile à émouvoir, d'une paysanne. Les deux réunis le tireraient de cette impasse.

Il appuya donc sa Guzzi contre le bâti de bois où l'on déposait chaque matin les bidons de lait pour le ramassage, et gravit le chemin herbeux qui montait vers la première maison.

Rien. Trois poules. Même pas de coq. Un chat,

couché sur le rebord d'une fenêtre, lui jeta un coup d'œil endormi.

Arthur Wilkins se glissa quatre doigts entre les lèvres et déchira le silence d'un sifflement digne d'un vieux loup de mer.

Le résultat fut net et immédiat. Un homme surgit au coin du tas de bûches, en pantalon et veste de velours, le visage rubicond et tanné par le soleil, le regard menaçant. Et, tiens, ça n'est pas vrai : il a un fusil à la main ! Si, pourtant, c'est bien un fusil.

– Ici, on ne siffle pas !

– Il le fallait bien, dit gaiement Arthur Wilkins. Je pensais en effet...

– T'as pas besoin de penser, mon gars. Et il ne fallait rien du tout. Faut juste que tu foutes le camp ! Manquerait plus que ça, qu'on se laisse envahir par des trimardeurs comme toi. Sac à vin !

– Ecoutez, je ne voudrais pas être impoli, mais il me semble...

– C'est toi qu'écoutes ! Pas moi ! (Et il releva le canon de son fusil.) Dehors ! Au diable ! Ivrogne, fainéant ! Mange-merde, hippie pourri !

Dans d'autres circonstances, Arthur Wilkins aurait su quoi répondre. Trimardeur et sac à vin, passe encore. Mais mange-merde, hippie pourri ?

Il voyait bien qu'à cette distance il était vain d'argumenter. Surtout face à un homme des bois, inculte, grossier et armé d'un fusil. Il courut donc reprendre son vélo.

Sauvage ! pensa-t-il.

Dans le virage en haut de la colline qu'il avait gravie avec autant d'élégance que d'élan, il se retourna et hurla par-dessus son épaule :

– Sauvage ! Abruti !

Déjà, la route redescendait. C'était une magnifique déclivité, avec de légers tournants, et Arthur se réjouissait au vent de la course, qui lui rafraîchissait le visage, lui séchait les yeux et lui réconfortait l'âme.

Il se sentait de nouveau capable de rire. Bien sûr. Un

sauvage, un abruti, une tête de cochon agressive et obtuse, un crétin borné, un plouc, un ignorant...

La litanie d'insultes d'Arthur Wilkins en resta là. Peut-être à cause d'un caillou, peut-être à cause d'un peu de gravier sous les pneus de la Guzzi, peut-être à cause d'un brusque écart involontaire quand il s'était retourné une dernière fois pour regarder par-dessus son épaule, Arthur partit en vol plané.

Il ne sut jamais comment il avait atterri. Pendant quelques secondes, il ne vit, n'entendit, ne sentit plus rien. Il s'était fiché dans une haie, sa tête hirsute en avant, et seuls émergeaient ses pieds dans leurs chaussures de sport éculées.

– T'as vu ?

Là-bas, à l'intersection du chemin de terre et de la route, quatre forestiers avaient suivi des yeux sa trajectoire. Un homme-fusée. On n'a pas tous les jours l'occasion de voir ça !

– Sacrebleu, oui !

Paul Kammer, le contremaître, gagna les lieux de l'accident. Il commença par relever le vélo cabossé.

– Huit vitesses ! annonça-t-il, impressionné. Et qu'est-ce que c'est que ça ? poursuivit-il en ramassant sur la route un tesson de bouteille brunâtre et poisseux.

Gusti Rapp se pencha légèrement et renifla.

– Du vermouth ?

– Laisse donc. Faut quand même qu'on le tire de là.

– Y bouge pas. Tu crois qu'il a cassé sa pipe ?

– Ces gars-là, c'est du solide.

Kammer avait raison. Lentement, hésitante, la lumière se rallumait peu à peu dans le crâne douloureux d'Arthur Wilkins.

Il poussa un léger soupir. Il avait terriblement mal au bras. Il parvint à articuler :

– La Guzzi ?

– Quoi ?

– Mon vélo...

Ils chargèrent Arthur sur le tracteur, sur lequel on

accrocha également ce qui restait de la bicyclette. Et c'est ainsi qu'une demi-heure plus tard Arthur Wilkins fit son entrée à la clinique de la Forêt-Noire sur le véhicule de service du secteur forestier IV d'Offigen-Sud.

– Est-il inconscient ?
– Comment ça ?
– Il a bien une fracture du crâne ?
– Une fracture du crâne ? Il a le poignet cassé. Peut-être une légère commotion cérébrale.

Drapé dans une couverture brune, confortablement allongé sur son chariot, Arthur se laissait emporter dans le dédale des couloirs au sol de lino. Une jeune femme marchait à côté de lui, portant un sac de plastique qui contenait une paire de chaussures de sport gris et noir dont la semelle bâillait, une chemise, un jean élimé, un anorak. Le tout exigeait un nettoyage et un rapiéçage urgents. Arthur pensait avec nostalgie à sa bouteille de bitter Ramazzi. Brisée ! Il y avait longtemps que son Ramazzi avait séché sur la route.

– Où est-ce qu'on le met ?
– Au 208.
– Encore un chez moi ?
– Qu'est-ce que ça veut dire, Elke ? Serais-tu devenue snob ? Tu refuserais un malheureux vagabond ?
– Tu sais, Mischa, il y a des moments où tu es plutôt énervant.

Mischa et Elke, donc. Un infirmier et une infirmière. Arthur Wilkins entrouvrit discrètement les paupières. Cette Elke a de jolies fesses, pas mal de poitrine. Un peu potelée, mais c'est justement ce qu'il aime. D'ailleurs, même si elle était maigre, il n'irait pas se plaindre. Quand on est à l'hôpital, on ne va pas se mettre à critiquer. Il faudrait être cinglé ! L'hôpital, c'est le paradis. On est nourri, logé, chauffé, blanchi. Tout est gratuit. Même les serviettes.

– Je me demande si les autres seront très contents de le voir arriver, dit Elke.

Une longue expérience permettait à Wilkins d'en douter. Il décida donc de jouer l'esquive. C'était là sa stratégie psychologique préférée : faire le mort, feindre l'inconscience ou le sommeil et en profiter pour rassembler un maximum d'informations. Il avait mis ce procédé à l'épreuve avec succès dans toutes les situations imaginables : dans des foyers d'aide sociale et des centres d'accueil, dans des cellules de cloîtres ou de commissariats, dans des chambres et des granges.

Jouer l'esquive, cela supposait qu'il donne sans cesse de nouvelles preuves de ses talents de comédien, jouant tour à tour le rôle d'un idiot, d'un affamé à moitié mort de froid, d'un ivrogne, ou encore d'un malheureux qui ne jouit pas de toutes ses facultés mentales – soit par gâtisme, soit, comme aujourd'hui, à cause d'une commotion cérébrale.

Une fracture du crâne. Arthur Wilkins lui-même trouvait cela exagéré. Mais, par précaution, il continuait à feindre l'inconscience alors même qu'il se trouvait casé depuis longtemps dans les draps crissants, repassés de frais, d'un bon lit merveilleusement moelleux. Chambre 208. Magnifique ! Comme au *Hilton* !

Un ongle gratta les poils de son menton, et Arthur se risqua à ouvrir un œil. C'était le jeune infirmier avec sa barbichette et ses lunettes du marché aux puces. Mais il avait l'air gentil. C'était déjà ça...

– On reprend la projection du film, sir, ou on prolonge l'entracte ?

Arthur Wilkins grimaça un sourire. Drôlement futé, le petit ! Il l'avait coincé. Mais ce que Wilkins avait eu le temps d'enregistrer lui suffisait pour l'instant. Deux pépés. L'un gros, avec un nez fleuri d'ivrogne, l'autre maigre comme un coucou. Avec sa tignasse blanche ébouriffée et ses yeux noirs et perçants, il ressemblait à un vieux coq qui a perdu ses poules.

– Mischa ! Comment c'est, son nom ? demanda le vieux.

Mischa se posa l'index sur les lèvres.

– Chut, monsieur Bischle ! Vous voyez bien que M. Wilkins est encore un peu perturbé.

– Ah bon ? intervint l'autre. Qu'est-ce qu'il a ?

– Il a eu un accident, monsieur Hopf.

– Un accident de voiture ?

– De vélo.

Erwin Hopf opina :

– Je me disais bien, à le voir... Qu'est-ce que tu en penses, Jakob ?

Mais Jakob Bischle ne répondit pas. Il regardait par la fenêtre, au-delà des murs, des toits, des clochers, au-delà de la rivière et de la vieille usine d'horlogerie maintenant rachetée par Grossmann. Il regardait, sur l'autre versant de la vallée, un petit toit rouge et lumineux au milieu des arbres fruitiers. Il regardait sa maison.

Le téléphone !

Seigneur ! Pourquoi faut-il que Mme Meis passe toutes les communications ? Brinkmann se battait avec la manche de sa blouse.

– Allô ?

– Je ne vous dérange pas, professeur ?

– Quelle question, monsieur Mühlmann ! (Le directeur administratif était le seul à l'appeler directement, sans passer par le secrétariat. Mais il faudrait quand même qu'il en touche un mot à Mme Meis.) De quoi s'agit-il ? J'allais justement partir.

Brinkmann ne dissimulait pas sa mauvaise humeur, et Mühlmann alla droit au fait.

– Nous avons une nouvelle admission, professeur, un certain Arthur Wilkins. Le problème est que M. Wilkins n'a pas d'assurance-maladie.

– Wilkins ? Ça ne me dit rien.

– Non, il n'est arrivé qu'hier, avec le poignet cassé. C'est un vagabond, ou quelque chose comme ça.

« Un vagabond, ou quelque chose comme ça »... Et sur quel ton Mühlmann avait dit cela ! L'humeur de Brinkmann se rafraîchit encore de quelques degrés.

– Eh bien, dans ce cas, le bureau d'aide sociale compétent va...

– Justement, professeur : pour les personnes sans domicile fixe, il n'y a pas de bureau d'aide sociale compétent. Et vous connaissez les dispositions réglementaires quand un patient n'est visiblement pas en mesure de couvrir les frais...

– Oui, oui, je connais les dispositions réglementaires. On trouvera bien une solution. Après tout, on ne peut pas le flanquer dehors. On trouvera quelque chose.

– J'espère. Autre point, professeur : si je puis me permettre de revenir sur le cas de M. Bischle...

– Bischle ? Il reste en classe deux.

– Je ne peux pas vous suivre sur ce point... (Mühlmann avait pris ce ton diplomatique aimable et plein de sous-entendus qui alarmait toujours Brinkmann.) Professeur, je ne voudrais pas donner l'impression...

– Ne perdons pas de temps, monsieur Mühlmann !

– Bien, professeur. En ce moment, cinquante pour cent des lits de classe un sont inoccupés. Nous en avons discuté hier. La famille de M. Bischle, son fils et sa belle-fille en l'occurrence, me harcèlent sans relâche pour savoir comment il se fait que leur père ne soit pas transféré en classe un.

– La réponse est simple : parce que leur père veut rester en classe deux !

– Mais, professeur, laissons de côté la question de vos honoraires. Il s'agit de l'ensemble de nos ressources. Et cela, c'est *moi* qui en suis responsable. Il faut bien que les salaires soient payés, n'est-ce pas ?

– Maintenant, écoutez-moi bien, monsieur Mühlmann : dans cette maison, ce sont les patients eux-mêmes qui décident. Ni vous ni leur famille. Cette décision relève absolument du respect que l'on doit à un être humain. Et, à mon avis, elle correspond aussi du point de vue psychique à l'intérêt du patient. M. Bischle connaît l'autre occupant de la chambre depuis sa jeunesse. Par la fenêtre, il peut voir sa maison. Et il affirme que s'il ne pouvait plus la voir, il ne supporterait pas le séjour ici. Je respecte sa volonté. En outre, un homme de cet âge-là se remet d'autant plus vite sur pied qu'il retrouve son équilibre affectif. Je ne veux pas compromettre ce processus, et surtout pas contre son gré.

– Mais, professeur...

– Il n'y a pas de « mais » ! Excusez-moi, je dois vraiment partir ; on m'attend pour la visite.

Brinkmann raccrocha, prit sa pipe, la reposa dans le cendrier. Ah, les directeurs administratifs !

La montre était posée sur la table de nuit de Jakob Bischle ; une montre de cheminot suisse « Eisenbahner ». Il y avait une éternité qu'il l'avait achetée à Bâle. Le cadran était fêlé. Ça datait de la bagarre contre les nazis, dans la salle de réunion. C'était en 25. Ou en 27 ? En tout cas, son oignon marchait toujours. Il n'aurait plus manqué que ça ! Il l'avait toujours réparé lui-même.

Toute sa vie, Jakob Bischle avait aimé les montres. Il les démontait, les remontait, les réglait, changeait le ressort. Il le faisait déjà du temps où le vieux Wirtz avait encore l'usine, et puis il avait continué à travailler à domicile. Mais la montre de cheminot suisse restait le joyau de son cœur. Sans elle, il se sentait perdu. Il fallait qu'il la sente dans sa poche, ou posée près de lui. Surtout maintenant, car à la clinique Jakob Bischle avait découvert ce qu'était le temps, à quel point il était important de pouvoir le mesurer d'un coup d'œil, de savoir s'il était très tard ou très tôt.

9 heures ! Aujourd'hui, le soleil apparaîtrait plus tôt au-dessus du Schlechter-Au. La veille, c'était à 9 h 07. Aujourd'hui, ce serait peut-être dès 9 h 03.

Il tira ses vieilles jumelles de chasse du casier de la table de nuit. Mais il fallut qu'Erwin Hopf vînt encore se mettre en travers de ses projets.

– Dis donc, Jakob, on joue aux échecs, aujourd'hui ?

– Je ne sais pas y jouer ! Combien de fois faudra-t-il que je te le répète ?

– Tu sais déjà un peu. Et le reste, je te l'apprendrai.

– Mais je ne veux pas. Qu'est-ce que j'irais encore apprendre ? J'ai quatre-vingts ans, Erwin.

– C'est juste le bon âge pour commencer. Mais puisque tu es si têtu, on va jouer aux dames.

– Non, Erwin, pas aux dames non plus. Ecarte donc ce rideau.

Bischle regarda dans ses jumelles, comme tous les jours. Oui, c'était bien cela. Juste à 9 h 03. Là-bas, au-dessus de la coupole sombre du Schlechter-Au, les premiers rayons illuminaient les sapins de la crête, les revêtaient d'un somptueux manteau de lumière dorée. Et le soleil apparut. Ses rayons éblouissants projetaient une vaste lueur pourpre sur le versant, découpaient chaque contour, creusaient les ombres de la montagne, faisaient scintiller les rochers, tiraient la ville de la brume, arrachaient des éclairs aux clochers, aux antennes de télévision, aux voitures et aux rangées de fenêtres.

Mais rien de tout cela n'intéressait Jakob Bischle. Il pressait si fort l'oculaire contre ses yeux que cela lui faisait mal. Dans l'ovale bleuté, il découvrit le hangar à bois. Les pommiers. Celui qui avait été atteint d'une mycose semblait s'en remettre. Et les prunes ! Et la terrasse, avec la niche qui n'avait plus vu de chien depuis des années. Et puis l'escalier menant à la cuisine, sur les marches duquel Elfriede s'asseyait toujours quand elle écossait les haricots. Les rideaux brodés par Elfriede derrière les vitres miroitantes...

Sa maison.

– Dis donc, Jakob, tu n'en as jamais assez, de regarder dans tes jumelles ?

Bischle resta muet. Comment répondre à une question aussi stupide ?

Furieux, Erwin Hopf balaya les pions du revers de la main, et les fit glisser dans leur boîte, qu'il referma.

Son visage n'exprimait pas seulement la colère,

mais aussi le découragement. Un tel découragement qu'Arthur Wilkins, qui suivait la scène du fond de son lit, ne put retenir un sourire. Regarde-moi un peu ces deux vieux corniauds ! Pépé Erwin, avec ses soixante-dix ans, et pépé Jakob avec ses quatre-vingts ans... Ils s'étaient disputés toute la nuit. Qui avait été reine du Vin en 1950 ? Et quand les Français étaient arrivés, est-ce que Bischle avait vraiment mis le drapeau blanc à sa fenêtre, alors que le chef des nazis de la ville et les S.S. menaçaient de pendre quiconque agirait ainsi ?

Voilà que Jakob Bischle se levait pour mieux voir. Et Erwin Hopf faisait la grimace. Le spectacle quotidien de quelqu'un qui regarde par la fenêtre avec des jumelles n'était sûrement pas ce qu'on pouvait rêver de plus distrayant...

Les capucines vont toutes dépérir ! Pour Jakob Bischle, cela ne faisait aucun doute. Là-bas, ce foisonnement de fleurs blanches, ce ne pouvait être que le parterre de capucines. Peut-être qu'elles avaient quand même de l'eau ? C'est bien la peine d'avoir des enfants ! Ils ne sont même pas capables de donner aux fleurs de ton jardin deux ou trois arrosoirs d'eau quand tu te retrouves à l'hôpital ! « Classe un », c'est la seule idée qui leur est venue. T'envoyer dans une de ces chambres à un lit d'où l'on ne voit que la ligne de chemin de fer et la vallée. Mais aller cueillir les pommes reinettes, pas question. Les guêpes s'en occupaient, des reinettes, et toute la récolte pourrissait. Il n'en restait déjà plus qu'une espèce de bouillie jaune.

Une idée surgit alors dans la tête embrumée du vieillard.

– Dis donc, Hopf, tu as ta petite-fille, toi, la petite Louise. Tu devrais lui dire d'aller voir un peu là-haut, chez moi. Le jardin est plein de reinettes.

– Tu l'as déjà dit hier.

– Ah bon ? Vraiment... Tu es sûr ?

– Oh, oui !

– J'oublie toujours tout. Bon, alors envoie-la donc là-haut.

– Allons, Jakob ! Tu sais bien que Louise va à l'école !

C'est toujours la même chose : tu te fais des idées. Tu attends que quelqu'un vienne t'aider. Et comme personne n'y songe, tu imagines toi-même une autre solution. Mais ça ne marche pas non plus, tu te heurtes toujours au même mur gris. C'est sans espoir... Personne ne te comprend.

Et voilà en plus que le nouveau, l'épouvantail à moineaux, dans le lit du coin, voulait y mettre son grain de sel.

– Ecoutez, monsieur Bischle, dès que je peux me mettre en selle, je prends mon vélo et je règle l'affaire. Ce sera un jeu d'enfant. Des reinettes... On en fait une compote délicieuse. Et de merveilleuses confitures, n'est-ce pas ?

Qu'est-ce qu'il y connaît, celui-là, aux compotes et aux confitures ? se demanda le vieux Bischle. Mon Dieu, du temps où Elfriede était encore aux fourneaux et tournait la confiture ! Autrefois...

Ses yeux se mouillèrent. Il n'y voyait plus. Mais il continuait à regarder à travers ses jumelles.

Mischa s'était attendu à des difficultés, mais cette drôle de grande perche au visage tanné par le soleil, cet Arthur Wilkins, s'était transformé, dans la salle de bains, en une espèce de bébé joyeux et gazouillant. Il tapotait l'eau de ses dix doigts, se tournait et se retournait dans la baignoire.

– Est-ce que vous auriez par hasard un petit canard en caoutchouc rose à me donner ? Ou bleu, peu importe... (Il reniflait et soupirait d'aise. Comme il se lavait les cheveux, de la mousse lui coula dans les yeux. Il s'ébroua, plongea la tête sous l'eau, réapparut et cria :) Savez-vous que je me suis baigné au milieu des piranhas ?

– Où cela ?

– En Amazonie.

– Ah oui ! Bien sûr, que je le sais !

– Tiens ! Et comment ?
– Parce que j'ai toujours pensé que les gens qui se baignent au milieu des piranhas en Amazonie devaient avoir votre allure.
Le sourire de Wilkins fendit la mousse qui lui couvrait le visage.
– Je me disais bien : voilà un homme plein de savoir et d'intuition. On ne saurait guère en dire autant de mes deux camarades de chambrée, n'est-ce pas ? Comment vous appelez-vous, au fait ?
– Mischa.
– Ah ! Mischa. Et que fais-tu là, Mischa ? Veux-tu devenir médecin ?
– Grand Dieu ! Est-ce que j'en ai l'air ? Je fais mon service civil. Je suis objecteur de conscience, et j'étudie la musique.
– Alors, formons un orchestre. Je joue de l'harmonica et tu diriges... Tiens, j'ai quand même un petit canard. (Arthur Wilkins souleva la brosse et la laissa retomber.) Et en plus, il nage.
– Il nagera plus tard. Pour l'instant, il est de service. Une petite séance chez le pédicure, monsieur ?
– Bien sûr. Mais il vaudrait mieux laisser mes petons se ramollir un peu. Ça fait trois semaines qu'ils pédalent. De quoi durcir la peau ! Oh, regarde : un iceberg ! (La brosse surgit à la surface, perçant la mousse.) Et quelle odeur ! Un iceberg de parfum, en route pour l'Amérique. Tu es déjà allé en Amérique, Mischa ?
– Non.
– Moi, si. Je suis descendu dans les meilleurs hôtels et je prenais un bain tous les jours.
– Arrêtez de plaisanter.
– Je ne plaisante presque jamais, Mischa.
– Et comment êtes-vous arrivé en Amérique ?
– J'étais artiste. Ça se voit, non ? Je suis toujours un artiste. Maintenant, je pratique l'art de vivre. Autrefois, j'étais ténor d'opérette. Ça n'a pas très bien marché, et je suis devenu illusionniste. Oui, oui : magicien dans

un cirque. Tu ne me crois pas ? Tant pis. D'ailleurs, ça n'a pas d'importance. Mais je suis vraiment allé à Los Angeles. Et aussi à Sydney. Sais-tu où ça se trouve ? Bref, avec tous ces voyages, il m'est peut-être arrivé de temps en temps de boire un coup de trop. (Arthur Wilkins se laissa aller en arrière, ferma les yeux et proclama en fa majeur :) Alcool, alcool, quand tu nous tiens ! La bouteille et moi, je crois qu'on s'entendait trop bien.

– Assez ! s'écria Mischa.

– Ah ! c'est vrai, tu étudies la musique ! Mais il faut garder le sens de l'humour, n'est-ce pas ?

Mischa partageait tout à fait ce point de vue. Mais quand il saisit d'un geste résolu le bras d'Arthur Wilkins pour entreprendre son travail de récurage, un cri perçant retentit.

– Aïe ! Ma main ! Vas-y doucement ! Et mon vélo, hein, on ne va pas me le voler ?

– Je l'ai descendu à la cave.

Mischa continuait à brosser furieusement.

– Peux-tu le faire réparer ? Ma Guzzi, tu sais, c'est la Rolls-Royce des bicyclettes. Parfaitement ! Je vais te dire : je l'aime autant qu'un cow-boy son mustang !

– Peux-tu payer la réparation, cow-boy ?

– Payer, payer... Qui a parlé de payer ? Il y a huit ans que j'ai touché mon dernier cachet. Combien de temps est-ce que ça permet de vivre, d'après toi ? Mais on peut toujours...

– Garder le sens de l'humour ?

– Exactement. En plus, tu es psychologue, hein ? Tu es vraiment un chouette pote. Mais quand même, à ta place, je me raserais la barbe, objecteur de conscience. L'objection, c'est aussi une de mes spécialités. Avec la musique. Autrefois, l'opérette, maintenant, l'harmonica. Après...

– Après ? Pour l'instant, on se lave les oreilles. Ensuite, est-ce que tu as une brosse à dents ?

– Disons plutôt que j'en ai eu une. Mais dans un

asile de nuit de Hambourg, quelqu'un a dû avoir subitement une envie irrésistible de se laver les dents.

Ils échangèrent un sourire de connivence, l'air entendu.

Les lunettes de Mischa étaient depuis longtemps recouvertes de buée. Il les retira et essuya les verres, sans grand succès. Mais une chose était claire : ce Wilkins avait compris avant lui à quel point le rôle de clown protège des blessures. Un cinglé, mais cette sorte de cinglé te convient...

Brinkmann prit la pendule sur une des nombreuses tables de la boutique d'antiquités et la soupesa, hésitant.

– Elle est jolie, professeur, n'est-ce pas ? Et d'époque.

Non. Elle n'était pas d'époque, avec cette couronne de feuilles en laiton repoussé. Mais le boîtier de merisier aux veines flamboyantes, les chiffres romains du cadran d'émail blanc, les pieds tournés composaient un ensemble vraiment ravissant. Pour qui ? Il se posait cette question avec une obstination mêlée de mélancolie, et savait déjà qu'il ne pourrait pas répondre non plus à la seconde question : Pourquoi, à quelles fins ? Oui, que signifie exactement cette tendance qui se manifeste chez toi ces derniers temps à accumuler comme un écureuil ? Veux-tu bouleverser la maison, en revoir tout l'aménagement, te créer un « cadre », comme on dit si joliment ? Mais un cadre pour quoi ? Il n'est pas indispensable d'avoir une pendule pour supporter les soirées devant la télévision. Au fond, si tu veux être tout à fait honnête avec toi-même, tu dois reconnaître que ton seul motif d'aller ainsi chiner chez les brocanteurs, ou de dépenser ton argent à d'autres tentatives du même ordre, et sans plus de succès, c'est le besoin de te faire du bien, de t'offrir de quoi compenser le vide effrayant qui s'ouvre devant toi tous les samedis où, comme aujourd'hui, tu échappes au stress de la clinique.

– Vous devriez la faire sonner, professeur. Le mécanisme fonctionne parfaitement.

La dame en salopette rose à qui appartenait la boutique débordait d'initiative et de serviabilité.

– Puis-je vous proposer une chaise, professeur ?

– Pour que je m'y asseye, ou pour que je l'achète ?

– Pourquoi pas les deux ?

Pour la commerçante, c'était le temps des vaches maigres. Certes, les touristes s'écrasaient le nez contre la vitrine, les hôtels, maisons de cure, pensions et auberges affichaient complet, mais tous ces gens d'Allemagne du Nord attachaient leur agent avec un élastique.

– Elle vient de Vienne, voyez-vous. Regardez cette marqueterie ! Et je trouve aussi la garniture très réussie. Mais naturellement, si vous le souhaitez, vous pouvez avoir la même étoffe dans tous les autres tons...

Si vous le souhaitez... Oui, mais que souhaitait-il, en fait ? Brinkmann s'assit, déploya ses jambes, sentit un petit vent rafraîchissant qui venait, par la fenêtre ouverte, de l'arrière-cour de la vieille maison à colombage. Molli grogna doucement quand la dame en salopette s'empressa d'apporter un cendrier au professeur, pour sa pipe. Mais Molli ne voulait pas, elle non plus, se laisser entraîner à des dépenses d'énergie superflues.

– Merci, c'est très aimable... Voyez-vous, une chaise comme celle-là...

Brinkmann s'interrompit. Jusqu'à présent, la rue inondée de soleil qu'il découvrait à travers la vaste vitrine était restée vide. Soudain, une femme traversa la chaussée pavée et se dirigea vers une vieille Volkswagen cabossée. Les cheveux blonds brillaient au soleil. Apparemment insensible à la canicule, la jeune femme semblait marcher sur des nuages.

Elle n'était pas seule. Le bras tendu en arrière, elle tirait un jeune homme dans son sillage ; elle le traînait, véritablement.

Christa Meurer.

Et Brinkmann connaissait aussi le jeune homme. Christa et Mischa. Après tout, pourquoi pas ? Peut-être Mischa était-il un peu jeune, mais Brinkmann aimait bien cet infirmier au caractère rebelle, d'une profonde bonté malgré ses perpétuelles impertinences.

Un peu jeune ? Qu'est-ce que cela signifie ? se demanda Brinkmann, à demi contrarié, à demi amusé de sa réaction, qui s'accompagnait maintenant d'une stupide accélération des battements de son cœur. Et toi ? Avec tes vingt ans de plus, tu pourrais être son père. Mais te voilà furieux, et dolent de surcroît, parce qu'elle a détruit tes jolis rêves.

– Professeur, j'aurais aussi un fauteuil assorti.

– Pardon ?

– Je disais...

Dehors, un moteur de Volkswagen rétif émit une sorte de brame, se tut, protesta de nouveau puis se mit à pétarader. La voiture démarra, laissant seulement derrière elle un nuage de fumée bleue qui s'éleva lentement devant la vitrine...

Mischa avait lui aussi remarqué le nuage de fumée. Après s'être retourné, il commenta :

– Apparemment, quand Christa Meurer conduit, elle ne se soucie pas de la pollution. C'est bien la peine d'habiter en Forêt-Noire, si c'est pour asphyxier les arbres !

– Que veux-tu que je fasse, Mischa ? Je n'ai pas les moyens de m'offrir une voiture neuve.

– Achète-toi un vélo. (Il sourit.) Ou sois un peu gentille avec Mischa. Il pourrait peut-être te régler les soupapes...

– Pour l'instant, tu vas d'abord t'occuper de ma machine à laver.

– Et après ?

Elle le regarda.

– Mon petit Mischa, sois gentil. Tu auras une bière.

Il ronchonna.

– Juste une bière...

– Oui. Qu'est-ce que tu voudrais d'autre ?

– Tu le demandes ? (Il roula les yeux et lui lança un regard énamouré.) Devine. Comme tu réagis à retardement, tu as même droit à quatre réponses.

Elle rit.

– Mischa, cesse de plaisanter ! Je n'ai pas la moindre envie de jouer aux devinettes.

Elle évita un énorme car sur le flanc duquel une pancarte annonçait qu'il emmenait en excursion le personnel de la succursale Bosch de Lindau. Derrière les vitres, les passagers, le visage rouge, les saluèrent joyeusement de la main.

– D'ailleurs, comme amis, nous sommes imbattables, Mischa. Mais seulement comme amis...

– L'amitié, le bien le plus précieux !

– Exactement !

Le danger du car étant passé, Christa put se pencher vers Mischa pour déposer un baiser furtif et fraternel sur la laine blonde de ses cheveux.

– Tu sais, je n'ai jamais essayé ce barbouillage brun avec du doré dedans. D'habitude, je prends toujours du noir. Mais ça va bien avec la blouse, tu ne trouves pas ?

Christa acquiesça. Le « barbouillage brun avec du doré dedans » était de l'ombre à paupières, dont Elke étalait de telles quantités que même la petite Ulrike s'en étonna.

– Dis donc, on croirait un vapeur du lac de Constance décoré pour le dimanche.

Quoi que pût évoquer pour elle « un vapeur du lac de Constance décoré pour le dimanche », Elke semblait satisfaite. Ombre à paupières brune à paillettes dorées, chemisier brun transparent, visage brun, yeux bruns sous les sourcils soigneusement épilés.

– Voilà. Maintenant, il ne manque plus que lui.

Elle se pencha un peu à la fenêtre de la salle de garde, mais se retourna aussitôt et lança à Christa un regard anxieux.

– Tu ne m'en veux vraiment pas, Christa ?

– Tu ne vas pas recommencer ?

– Il faut que j'en sois sûre, tu comprends. Sinon, je ne me sentirais pas à mon aise. Bon sang, est-ce qu'il ne va pas se décider à arriver ?

– Tu peux compter sur une demi-heure de retard, dit Christa avec une sage tolérance.

Après tout, elle connaissait un peu Udo Brinkmann. Mais cette fois, elle se trompait.

– Le voilà ! Salut ! Bonne soirée !

Et Elke disparut. Ulrike partit également. Derrière le rideau, Christa observa la scène qui se jouait en bas : l'Alfa verte, le virage rapide, l'habituel crissement du caoutchouc quand la voiture stoppa. Naturellement, Udo sortit plein d'entrain du cabriolet, comme toujours. Comme toujours aussi, il avait relevé le col de sa veste de cuir, il souriait de toutes ses dents, affichait un air irrésistible, invincible – et incorrigible. Mais l'était-il vraiment ? Il se tenait nonchalamment appuyé au capot de la voiture, les mains dans les poches de son jean blanc, la cigarette entre les dents, sûr qu'un public caché avait le regard fixé sur lui, certain surtout de l'admiration de toute une escouade de jeunes infirmières. En le regardant poser ainsi, Christa se demanda une fois encore, comme elle l'avait fait si souvent jadis, ce qui se dissimulait derrière cette façon qu'avait Udo de parader sans cesse, derrière ses « Ne suis-je pas fabuleux ? » adressés au monde entier. Qu'attend-il donc d'une fille comme Elke ? Qu'attend-il de toutes les filles ? Le flirt, le lit ? Ne reste-t-il pas plutôt éternellement le gamin qui lutte pour se faire reconnaître ? Non, il ne lutte pas. Il a terriblement besoin de reconnaissance parce qu'il se sent désespérément en position d'infériorité devant son père.

A plusieurs reprises, elle avait tenté d'orienter prudemment la conversation vers ce sujet. Autant essayer de faire courir un escargot. Udo s'était immédiatement replié dans sa coquille, refusant d'en parler. Et n'était-ce pas compréhensible ? L'un et l'autre étaient médecins, le maître des lieux et son jeune rival, le premier qui sait, le second qui doit encore apprendre. Ce qui plongeait Udo dans l'incertitude, c'était la personnalité de son père. Le comportement d'Udo n'exprimait que son désarroi, n'était qu'une tentative maladroite de s'affirmer face à son père.

En bas, l'Alfa se mit en marche dans un grondement de moteur, comme si l'on venait de donner le départ d'un rallye. Christa allait se détourner de la fenêtre quand elle vit une moto, une lourde BMW noire, surgir du parking. Le conducteur, en veste de cuir noir elle aussi, ne portait pas de casque. Il avait même relevé ses lunettes sur ses cheveux blonds. « Je connais cette moto, se dit Christa. Oui ! Et le conducteur aussi : c'est Lukas ! »

C'était bien Lukas, désormais ex-petit ami d'Elke. Moins d'une semaine plus tôt, cet avant-centre de l'équipe de football représentait encore pour la jeune infirmière le summum de la virilité.

En tout cas, Lukas semblait ne pas vouloir perdre de vue l'Alfa. Il lança la BMW à pleins gaz dans le tournant.

Udo a Lukas sur le dos ! A cette pensée, Christa éprouva une sorte de joie maligne, ce qui ne la gêna pas outre mesure...

Du coin de l'œil, Udo détailla un nez en trompette, un casque de cheveux châtain doré, un léger duvet, un cœur de plastique écarlate qui maltraitait le lobe de l'oreille. Ainsi, c'était Elke, maintenant. Va pour Elke. Mais où pouvait-il l'emmener ?

Il accéléra. Le plus drôle, ou plutôt le plus bête, c'est qu'il ne se sentait même pas spécialement curieux. Il est vrai qu'elle était mignonne, cette petite. Et devait-il laisser passer cette chance de faire enrager Christa ? Mais ensuite, dans un brusque accès d'autocritique glacée, il ne put s'empêcher de se demander s'il ne se comportait pas justement comme un idiot. Rejouer sans cesse la même pièce ne garantit pas que l'on en tirera un plaisir accru. D'autant que, cette fois, il avait oublié sa réplique. Mais Elke se chargea de lancer le dialogue. Elle se blottit tout de go contre l'épaule d'Udo en levant vers lui un regard éperdu.

– Ah, Udo ! Est-ce que ce n'est pas magnifique ?

– Pardon ?

Elle se redressa, la fameuse petite boule en travers de la gorge, le cerveau hésitant entre tant de mots qu'elle ne savait absolument pas par où commencer.

– Je trouve cela tout simplement fantastique ! Udo, qui aurait dit que nous deux...

Nous deux ! Il n'y avait probablement rien à répliquer à cela. Udo hocha la tête. Bon Dieu, si tu savais à quel point tu as raison, ma petite ! Qui l'aurait dit ?

– Ça me fait quand même de la peine pour Christa. C'est mon amie, après tout.

– Ah oui ?

– Une vraie amie, même. Pour moi, c'est une question de principes. Je m'en tiens à la vieille règle : ne pas mettre le doigt entre l'arbre et l'écorce.

– Bien sûr, acquiesça Udo. Tu as raison.

– Mais avec Christa, on ne sait jamais. Je veux dire : peut-être qu'elle tient encore à toi ? Elle est toujours si renfermée !

Udo hocha la tête. Mais son regard passait d'un rétroviseur à l'autre.

– J'espère qu'il n'y a personne qui tienne encore à toi.

– Comment cela ?

– La moto. Le type derrière nous, sur sa BMW noire. Il ne nous a pas lâchés depuis la clinique.

Elke se décida à jeter un bref coup d'œil par-dessus son épaule.

– Ah, lui !

– Tu le connais ?

– Oui.

– Et qu'est-ce qu'il nous veut ?

– C'est juste Lukas.

– Et qui est Lukas ?

– Il y a longtemps que c'est fini, Udo.

– Eh bien, j'espère que lui aussi le sait...

Elke hocha la tête avec conviction.

– Je le lui ai dit. Pas plus tard qu'hier, encore. (Son sourire se fit rêveur.) Je trouve cela très agréable, que tu sois si jaloux.

– Ah, tu trouves ?

– Oui, et où allons-nous, maintenant ?

C'était bien la question. Il avait atteint la route des crêtes de la Forêt-Noire et se dirigeait vers l'ouest. L'embranchement était dans un virage, mais les chromes de cette damnée moto noire continuaient à lancer leurs éclairs dans le rétroviseur. Udo rétrograda, freina légèrement, s'engagea dans le chemin conduisant à l'étang. Dieu merci, la BMW passa dans un grondement de tonnerre et continua sur la route.

– Eh bien, après ces émotions, une petite cigarette pour commencer.

Udo avait garé la voiture à l'ombre de l'abri à bateaux. De petites vagues clapotaient contre les pilotis. Les parois de bois grises dégageaient une puissante odeur de poix et de soleil. Sur le poirier, les fruits mûrissaient. Des libellules voletaient au-dessus du bateau. Tout était paisible et silencieux.

Tout aurait pu l'être, pour mieux dire, si Elke... Elle souffla une bouffée de fumée pour chasser un taon qui lui tournait autour de la tête, puis dit d'un air rêveur :

– Je suis vraiment curieuse de savoir ce qu'en diront les autres.

– Les autres ?

– Ton père, par exemple.

– Ce qu'il dira de quoi ?

– Mais de nous, bien sûr !

– Que veux-tu qu'il en dise ?

– Crois-tu que cela ira vite, avec lui ? Qu'il acceptera, pour toi et moi ? Un médecin et une infirmière ?

– Qu'est-ce qu'il est censé accepter ?

– Moi ! Je veux dire, tu comprends...

— Je ne comprends rien du tout, excuse-moi. Je t'ai acceptée, c'est la seule chose qui importe.

Udo jeta sa cigarette d'un geste décidé. Finissons-en, se dit-il. C'est vrai qu'elle est mignonne, là, à contre-jour, dans son chemisier transparent.

Il tira la clé de sa poche. La serrure résista un instant. Diable ! il avait encore oublié de la changer. Elke chuchota à son oreille :

— Udo, où m'emmènes-tu ?

Il l'emmenait dans une pénombre verte, dans un jeu d'ombres noir et doré, infiniment agréable, comme l'étaient aussi cette odeur de poix, de bois et d'eau chauffés, et le léger bruit, si familier pour Udo, de son bateau qui se frottait contre les pilotis. C'était comme un salut, un chuchotement presque érotique, chargé de bien des promesses à tout le moins. Un éventail de souvenirs se déployait aux yeux d'Udo. De beaux, de doux souvenirs...

Il avait fait demi-tour à la lisière de la forêt, et parcouru les cinq cents derniers mètres après l'embranchement, moteur arrêté, laissant la BMW descendre le chemin de poussière brune desséchée et de cailloux, entre les prés, en direction de l'étang et de l'abri à bateaux. Il sentait l'odeur saumâtre de l'eau qui s'évaporait parmi les roseaux. Il voyait les arbres fruitiers, le lac.

Lukas était déjà venu là plusieurs fois, sans jamais se poser de questions au sujet de cet abri.

Maintenant, il savait à qui il appartenait ! L'ignoble individu ! Pour qui se prenait-il ? Parce que son père avait la clinique, parce qu'il faisait le coq dans cette basse-cour de jeunes infirmières, parce que Elke...

Elke ? Elle n'intéressait plus Lukas. Fini ! Mais il allait passer un savon au jeune Brinkmann. L'envoyer au tapis !

Au passage, il lança des coups de botte dans les pneus de l'Alfa. Puis, précautionneusement, sur la pointe des pieds, il gagna l'appontement qui entourait l'abri. L'eau clapotait. Quelque part, un poisson sauta. Une planche craqua sous ses pas.

Mais les deux autres, à l'intérieur, ne remarquèrent rien. C'est qu'ils étaient occupés. On pouvait bien se moquer du petit ami trompé, se tordre de rire en filant devant sa moto, la réalité était différente, épouvantable. Ces chuchotements, ces soupirs, ces rires étouffés étaient à peine supportables.

Un abri à bateaux comporte toujours des fentes dans le bois, une ouverture, un nœud évidé, assez grands pour permettre au regard de se glisser à l'intérieur. Retenant son souffle, le visage brûlant, Lukas suivait l'action qui se déroulait derrière cette cloison, haïssait les protagonistes, se haïssait lui-même, se haïssait de ne pas défoncer la porte à coups de talon, de ne pas faire voler la fenêtre en éclats à coups de poing, de ne pas mettre le feu à la maisonnette ou de ne pas tout faire sauter avec un jerricane d'essence, se haïssait de rester planté là, sans respirer, victime d'une fascination torturante, plus forte que toute idée de vengeance, plus forte aussi que sa première impulsion, qui l'aurait fait décamper, fuir, pour ne plus savoir...

Il restait donc là, les mains brûlantes pressées contre le bois, retenant son souffle, découvrant sur le plancher le chemisier arachnéen et, à côté des deux matelas gris superposés, une paire de jeans qu'il ne connaissait que trop bien, des jeans avec de petits cœurs en patchwork, eux-mêmes décorés de petits points blancs, et maintenant jeté en boule. Ils étaient tellement pressés, tous les deux, de se débarrasser de leurs vêtements !

Lukas voyait de la peau brune et de la peau blanche, une main aux ongles vernis de rouge qui se crispait, s'écartait, se détendait, se refermait, de la peau blanche et de la peau brune agitées d'un mouvement souple et fluide dont il retrouvait le rythme dans son propre sang. Et, comme ce rythme s'accélérait, il pressa les mains contre ses oreilles pour ne plus entendre, voulut de nouveau s'en aller et resta pourtant... Que voulait-il, en fait ? Pourquoi n'agissait-il pas ?

Pas encore !

Lukas ne réfléchissait pas. Aucune pensée claire ne se formait dans son cerveau. Mais il reprenait ce qu'on appelle le « contrôle » de lui-même. Tout doucement, il revint sur ses pas et s'accroupit à l'extrémité de l'appontement à l'ombre d'un pommier. Le vent rafraîchissait les champs. L'étang jouait avec le bateau. Lukas essayait de ne penser à rien, absolument rien. Tout en lui était comme mort. Il n'avait même plus le sentiment du temps qui s'écoulait.

Au bout d'un moment, il entendit le grincement d'un gond de porte rouillé.

Udo !

Udo Brinkmann, les cheveux ébouriffés, pieds nus, en slip et en chemise.

Elke n'apparaissait pas.

Lukas se leva et quitta l'ombre du pommier. Udo ne le remarqua même pas. Lukas avança encore de trois pas.

– Vous ? Qu'est-ce que vous faites là ?

Lukas avait glissé les pouces dans sa ceinture.

– Moi. Qu'est-ce que je peux bien faire là, d'après toi, hein, salaud ?

Comme il le regardait, maintenant, le jeune Brinkmann ! Il n'ouvrait plus le bec. Pas un mot. C'est qu'il avait peur, oui !

Il avança de nouveau de trois pas.

– Ce que je fais là ? Peut-être que je vais avoir une idée... Par exemple, je pourrais transformer un médecin en patient. Pourquoi ne dis-tu rien ? Qu'est-ce que tu en penses ? Allez, réponds donc !

Mais Udo Brinkmann ne répondait pas. Les commissures de ses lèvres tressautèrent, mais c'était moins un signe de peur que d'arrogance.

Exactement ce qu'il fallait pour que Lukas se décide.

Son premier coup était mal ajusté, mais assez précis

cependant pour atteindre son adversaire à la tempe et lui faire heurter du dos la paroi de planches. Udo essaya en vain d'esquiver le deuxième, qu'il reçut en plein dans l'œil. Il gémit, porta la main à sa tête, tenta de lancer un direct du gauche, mais Lukas se déroba. Devant ce visage crispé par la douleur et cet œil qui gonflait déjà, Lukas éprouva en une fraction de seconde un sentiment glacial de triomphe. Il se ramassa pour lancer un crochet qui toucha Brinkmann au menton.

Lukas le vit battre l'air de ses bras, il l'entendit tomber dans l'étang, où sa chute fit jaillir une gerbe d'eau. Il le voyait qui se débattait, puis laissait retomber ses bras, si bien que sa tête émergeait à peine.

Il n'était quand même pas question de le laisser se noyer. Lukas s'agenouilla au bord de l'appontement, se pencha en avant, tira Brinkmann vers lui, le saisit sous les bras et le hissa sur les planches.

Assis, les épaules voûtées, Udo tentait de reprendre ses esprits. Il toussa, s'étrangla même un peu et, la main crispée sur l'estomac, cracha dans l'étang de l'eau et un liquide jaunâtre, sans regarder Lukas une seule fois. Il était pitoyable.

Lukas se réjouit de ce spectacle, jusqu'au moment où il entendit des pas.

– Qu'est-ce qui te prend ? Qu'est-ce que tu lui as fait ? Espèce d'abruti, crétin !

Elke.

Lukas la regarda sans répondre. Il secoua la tête : il ne fallait pas qu'elle crie. Non. Elle n'allait pas en plus lui imposer cela. Avec elle, il suffirait d'une légère bourrade. Voilà, elle était à l'eau. Au moins, elle savait nager.

Lukas fit demi-tour. Il se dirigea vers la rive, le dos très droit, la pointe des pieds légèrement tournée vers l'intérieur, comme les cow-boys quand le spectacle est terminé, et il revint vers sa BMW.

Derrière lui, Elke continuait à battre l'eau.

– Salaud, fumier, pourri ! Je ne veux plus jamais te revoir, tu m'entends ? Plus jamais !

Après trois tentatives, Elke arriva enfin à se hisser sur l'appontement. Haletante, les yeux pleins de larmes de rage, son chemisier lui collant à la peau, elle rampa jusqu'à Udo, assis trois mètres plus loin et qui regardait l'eau.

– O Udo ! Pauvre Udo ! Mon Udo... (Quand il tourna enfin la tête vers elle, elle se sentit mal.) Mon Dieu ! Ton œil est complètement fermé ! Et tu saignes !

Il grogna, renifla et cracha un peu de sang dans le lac.

Elle posa craintivement la main sur son épaule et chuchota :

– Udo, je crois que tu as besoin d'un médecin. C'est vraiment horrible à voir.

– Horrible ? Tu sais ce qui est horrible ? Ta fréquentation !

Johannes Brahms. Opus 90. *La Troisième Symphonie en fa majeur*... La flûte, aérienne, distille sa mélancolie douce-amère, puis se tait, et les cordes reprennent le thème.

Si, parmi toutes les bénédictions de l'électronique, il en était une que Klaus Brinkmann saluait tout particulièrement, c'était bien le casque de sa chaîne stéréo. Les deux gros écouteurs garnis de caoutchouc ne lui recouvraient pas seulement les oreilles, ils protégeaient tout son être, l'élevaient en quelque sorte au-dessus des basses contingences du jour, lui faisaient oublier les tensions de la clinique, les problèmes du personnel et les conflits administratifs – au point qu'il lui arrivait de lever les bras pour diriger un orchestre visible de lui seul : « Tam – dada – dam !... »

Mon Dieu, être chef d'orchestre, s'abandonner tout entier à l'intuition, consacrer sa vie au vrai, au bon, au beau, sans tracas ni responsabilités, avec peut-être, à ses côtés, une femme qui vous comprenne... Les choses auraient pu tourner autrement, se dit-il. La vie offre tant de possibilités... Qui peut dire que la tienne devait être vouée à la chirurgie ? Trop tard ! Quand on est jeune, des choix restent ouverts, on caresse le désir d'emprunter une autre voie, mais combien se résolvent à sauter le pas ? Et puis un jour, on s'aperçoit que l'on a passé tellement de temps à la table d'opération qu'on en a les pieds plats, et que, derrière cette assurance qu'apporte la routine, et dont on est si fier, la peur guette toujours : l'éternelle peur d'un échec, d'un geste malheureux ou d'une décision erronée, la peur de laisser échapper la dernière chance de sauter le pas, la peur de continuer alors qu'il est déjà trop tard. Tout le monde en est là : la roue des contraintes tourne, tourne, et l'on est cloué sur cette roue.

Une main se posa sur sa nuque. Käte Marek lui ôta le casque des oreilles, et sourit de son air irrité.

– Maintenant, ça suffit, non ? Voilà déjà une heure que tu es assis là dans le noir.

– C'est mon affaire, il me semble. Et si ton intervention signifie que le repas est prêt, j'ai une nouvelle à t'annoncer : tu mangeras sans moi !

– Tiens !

– Oui.

– Tu n'as rien d'autre à me dire ?

– Non. (Le casque pendait autour du cou de Klaus Brinkmann. La tempête du destin cosmique qui tonnait à ses oreilles un instant auparavant s'était réduite à un pitoyable piaillement. Il se frotta les yeux.) Ah, Käte ! Pourquoi faut-il que tu arrives toujours au mauvais moment ?

– Il n'y a pas de mauvais moments, sauf ceux que nous nous créons. Et il n'est pas du tout certain que ce soit maintenant le cas.

Elle prit le verre de bourgogne posé à portée de la main du professeur, le leva, le regarda à la lumière du lampadaire, le huma, en goûta une gorgée et le reposa.

– Maintenant, écoute-moi, Klaus ! Cette attitude est insensée. Parle-moi franchement : est-ce qu'elle vient, oui ou non ?

Il leva vers elle un regard pitoyable :
– Elle vient.
– Je le savais. Quand Eléna Bach s'est mis quelque chose en tête, elle va jusqu'au bout. Mais ce qui est nouveau, c'est que cela te mette dans un tel état. Serais-tu amoureux ?
– Ne dis pas de bêtises !
– Je ne dis pas de bêtises ; je me rends compte de ce qui se passe. Est-ce que c'est cette infirmière blonde, Christa ?
– Tais-toi donc.
– Alors qui ?
– Personne. Fiche-moi la paix avec ces sornettes.
Elle hocha la tête comme si elle avait obtenu la confirmation qui lui manquait encore. Puis elle but le reste du vin, prit Brinkmann par la main, le tira de son fauteuil et le conduisit à travers le salon jusqu'à la porte de la salle à manger. Mais, arrivée là, elle lui lâcha la main et se figea.
– O mon Dieu ! bredouilla-t-elle.
– Qu'y a-t-il ? demanda Brinkmann.
Udo, entré par l'autre porte, était debout au milieu de la pièce. Un pansement lui couvrait en biais le tiers du visage, du front à la joue. Et comme questions et réponses ne pouvaient apparemment pas être différées plus longtemps, il arbora aussitôt son sourire le plus amer.
– Je dois ça au type de l'infirmière avec qui j'étais sorti. Je vais porter plainte contre lui.
– Ah oui ?
– Tu crois que je ne devrais pas ? C'était une agression caractérisée, et très brutale.
– C'est certain.
– Peut-être que je devrais... (Udo réfléchissait, non pas à l'agression de Lukas, manifestement, mais à la réaction de son père.) Et tu ne dis rien d'autre ?
Brinkmann se frotta le menton.
– Eh bien, si. Par exemple : Tel est pris qui croyait prendre. Qu'en penses-tu ? Ou bien : Qui chasse sur les

terres d'autrui... Ce sont les risques du métier, n'est-ce pas ?

– Bon ! Maintenant, c'est dit. Je craignais que tu ne t'en étouffes de fureur.

Prompte à réagir, comme toujours, Käte Marek se jeta dans la brèche.

– Vous êtes vraiment terribles, tous les deux ! Vous n'allez quand même pas recommencer ! D'ailleurs, Klaus, pourquoi Udo se laisserait-il faire sans réagir ?

Brinkmann reprit, impitoyable :

– Très juste. On pourrait aussi faire crier cette histoire sur la place publique ; comme ça, tout le monde serait au courant.

– Je vais y réfléchir encore.

La bouche pincée, le visage exprimant toute la misère du monde, Udo tourna les talons. Käte s'empressa de demander :

– Où vas-tu ? Tu ne dînes pas avec nous ?

– Non, merci, je n'ai pas faim.

– On dirait que c'est contagieux, aujourd'hui.

Mais une Käte Marek ne se résigne pas. Elle dîna donc avec Klaus Brinkmann. Ils mangeaient en silence, chacun plongé dans ses pensées. Après une délicieuse soupe à la moelle, une de ses spécialités, Käte servit une énorme omelette cuite à point.

– Ecoute, Käte ! Tu trouves bien toi aussi, je pense, qu'Udo...

– Je ne trouve rien du tout ! Il y a longtemps que j'y ai renoncé. Mais si tu avais la gentillesse de me dire que toi, tu trouves mon omelette bonne...

– Elle est délicieuse. Et ça, qu'est-ce que c'est ?

– Des reinettes au sirop. Des reinettes précoces. Et sais-tu qui les a apportées ? Christa et un patient. Ce drôle d'homme à vélo, qui a l'air échappé d'un cirque.

Brinkmann sourit.

– Arthur !

– Oui. Et le plus beau, c'est qu'il est allé les chercher dans le jardin d'un autre patient, le vieux monsieur que ses enfants ont envoyé à Francfort, dans une maison de retraite.

– Bischle ? Ah, bon Dieu, oui...

Les fruits clairs et dorés flottaient dans un épais sirop. Pensif, Brinkmann se servit. Ce sujet n'avait rien pour améliorer son humeur. Il avait tout tenté pour éviter cela. En vain. Comment le vieil homme pourrait-il se sentir bien dans une de ces épouvantables usines de gériatrie ? Brinkmann essaya d'écarter cette pensée.

– Si c'est ainsi, si Arthur aime tellement les jardins, je vais lui demander de s'occuper du nôtre. Cela lui permettra de payer ses dettes en travaillant. Au moins en partie...

L'homme vit trop longtemps, et le moment vient où il ne sert plus à rien. Autrefois, c'était différent. Les enfants ne partaient pas passer deux mois en Floride. Et l'on n'avait pas besoin d'envoyer les vieux en maison de retraite. On vivait et parlait ensemble, on se racontait des histoires. Et il y avait toujours à faire, ne serait-ce que fendre le bois ou travailler au jardin, ou garder les enfants. Mais maintenant ?

J'ai vécu trop longtemps, se disait Jakob Bischle. Je suis trop vieux. Et celui qui est trop vieux, on le met dans un coin. On le jette, plutôt, on se débarrasse de lui. Je suis quelqu'un qu'on met au rebut.

Il se leva, gagna la fenêtre et remonta son pantalon de pyjama.

– Mais ça ne va pas du tout, monsieur Bischle ! Vous ne pouvez quand même pas rester toute la journée en pyjama.

Et pourquoi pas ? Il n'avait pas besoin de sortir de sa chambre, même pas de quitter son lit, d'ailleurs. De quoi était-il censé parler avec les autres ? Il n'avait pas envie de manger avec eux, dans la gigantesque salle où ils étaient tous attablés, comme un troupeau de moutons, et où les femmes en rose pastel, avec leur petit tablier blanc, les « assistantes », lui disaient ce qu'il devait manger, comment il devait s'habiller, et même comment il devait se comporter.

C'était un rêve. Un rêve effrayant, et qui ne voulait pas se terminer. Et quand on fait des cauchemars aussi terribles, est-ce qu'on a encore besoin de manger ?

Jakob Bischle regardait fixement la ville, une mer de toits, des immeubles qui montaient jusqu'au ciel. Bien que de verre et d'acier, ils ressemblaient pourtant à des caisses qu'on aurait oublié de remplir et d'emporter. Pas un seul arbre, pas de montagnes. Jaune ou laiteux, le ciel était sale. On n'y distinguait presque jamais de bleu.

– Tu te rends compte, la maison de retraite s'appelle *La Roseraie*, lui avait dit sa belle-fille.

Il s'était rendu compte...

– Tu seras très bien ici. Ils ont les meilleurs médecins, c'est vraiment ce qui se fait de mieux. Et le personnel aussi est parfait. Une fois que tu auras pris tes habitudes, tu seras comme un coq en pâte.

Prendre ses habitudes ? Comme si c'était possible !

Jakob Bischle appuya son front contre la vitre. Son regard plongeait dans la cour, douze étages plus bas : un petit étang, avec un jet d'eau. L'étang ressemblait à un estomac de porc, bleu et gonflé.

Jakob se disait parfois : Plie bagage ! Finis-en. Saute !

Peut-être l'aurait-il fait, s'il n'y avait pas eu l'espèce d'estomac de porc.

Un homme mis au rebut ! Seulement, la benne à ordures ne veut pas de lui. Il a froid, si froid ! Même l'été semblait s'être enfui. Il recommençait à pleuvoir. Bientôt, les gouttes crépitèrent comme des rafales de mitrailleuse contre la « baie vitrée offrant le panorama grandiose de Francfort ». Jakob Bischle s'allongea de nouveau sur son « matelas spécialement conçu par des experts pour répondre aux besoins des personnes âgées » et tira sur lui sa couverture. Si seulement c'était déjà le soir !

Le téléphone sonna, et Jakob Bischle décrocha. Une

voix qu'il connaissait lui parla, comme venue d'une étoile lointaine.

– Jakob ? C'est toi ?

C'était la voix d'Erwin Hopf.

– Tu ne t'y attendais pas, hein ?

Non, il ne s'y attendait pas.

Erwin lui demandait comment il allait, s'il pensait encore à son vieux copain, s'il avait appris à jouer aux échecs, comment était sa nouvelle cambuse. Et s'il n'aurait pas des fois envie de revenir à Offingen, à la clinique de la Forêt-Noire, dans la chambre 208.

Jakob cherchait ses mots. Il ne parvenait guère à répondre que par oui ou par non. Non, la nourriture n'était pas si mauvaise. Oui, les collègues étaient ennuyeux. Oui, il aimerait bien rentrer chez lui. Non, ils n'avaient même pas d'infirmières, juste des bêtasses tout habillées de rose comme les coiffeuses du salon *Ranecker* sur la place du Marché d'Offingen. Et les échecs ? Avec qui aurait-il bien pu jouer aux échecs, ici ? Qui lui aurait appris ?

Silence. La main de Jakob Bischle se crispa sur l'écouteur comme pour retenir encore la voix de Hopf, avec ses questions. Rappeler cette voix à la vie. Mais soudain, c'est une autre qui parla.

– Monsieur Bischle ? C'est Arthur.

– Oui.

– Monsieur Bischle, vous vous souvenez de moi, n'est-ce pas ?

– Oui.

Oh oui, il se souvenait de lui. Et comment ! L'épouvantail à moineaux de la chambre 208, le globe-trotter à vélo, le vagabond ! Mais peut-être s'était-on trompé sur son compte. Et même s'il s'agissait d'un trimardeur, il était gentil, il avait bon cœur.

– Ecoutez, monsieur Bischle...

C'était bien ce qu'il faisait. Mais il avait du mal à suivre cet accent du Nord. Il ne comprenait même pas la moitié de ce que disait Arthur. Mais un des mots qu'il entendit le secoua comme une décharge électrique.

– Monsieur Bischle, on a besoin de vous, ici. D'abord à cause des reinettes.

– Les reinettes ?

– On les a ramassées.

– Ah ?

– Ramassées, triées, mises en conserve. Les infirmières m'ont aidé. Christa et Elke. On s'est occupé de tout. Ça a fait du profit ! De la compote, de la confiture. Et quelle confiture ! Monsieur Bischle, vous êtes toujours là ?

– Oui.

– Est-ce que vous voulez que je vous en envoie un pot ?

– Non.

– Non ? Et pourquoi ?

Pourquoi ? Il réfléchit un instant, et trouva sans peine la réponse...

Mais cette réponse, Arthur, là-bas à Offingen, ne devait la connaître que plus tard.

Jakob Bischle avait raccroché, transporté par l'idée qui germait en lui, une idée qui se développa en quelques secondes et prit des formes si nettes qu'il voyait clairement tout ce qu'il devait faire. Il était si enthousiasmé, si soulagé, que, sans même s'en apercevoir, il avait brutalement reposé l'écouteur.

Trois heures plus tard, peu après 9 heures du soir, donc, ce vendredi du mois d'août, un grand vieillard maigre sortait par la porte de derrière de la maison de retraite *La Roseraie*.

Après avoir ouvert précautionneusement le battant d'acier fermant les sous-sols du bâtiment, il inspecta les alentours d'un œil méfiant, puis gravit d'un pas rapide la rampe d'asphalte, regarda la place plantée de buissons et gagna la rue en longeant le bassin en forme d'estomac de porc.

Il pleuvait. Sous la lumière des lampes, les gouttes scintillaient comme des cristaux. Personne en vue.

Le vieil homme leva une nouvelle fois les yeux vers le gigantesque bâtiment dont il lut le nom. Il tourna les talons et se redressa. Il semblait maintenant bien plus grand encore : Jakob Bischle rentrait chez lui d'un pas martial.

Au bout d'un moment, un autobus passa, qui se dirigeait vers la gare, et Jakob Bischle y monta. Puis quelqu'un lui dit qu'on était arrivé au terminus, et Jakob Bischle descendit. Une femme en uniforme leva brièvement la main et dit quelque chose qu'il ne comprit pas. Mais il suivit la direction indiquée par la main. Ensuite, les impressions qui affluaient vers lui se mêlèrent, s'embrouillèrent. Il était si fatigué ! Penser était si difficile ! Les gens lui répondaient quand il s'adressait à eux, mais il ne comprenait pas leurs explications. Tout ce qu'il savait, c'était qu'il rentrait chez lui. Cette pensée ne le quittait pas. J'y arriverai, Elfriede, se répétait Jakob Bischle. Je suis en route, Elfriede.

– On a ramassé toutes les reinettes, monsieur Bischle.

« Tes reinettes, Elfriede ! » murmurait-il, loin sous terre, en appuyant son dos fatigué contre un mur de béton. L'air était étouffant, comme dans une gare.

Il y avait là des vitrines brillamment éclairées, mais les boutiques étaient fermées. Le sol était jonché de journaux, de mégots, de sacs en papier. La ville souterraine était immense, mais peu peuplée. Des adolescentes, presque des enfants, les yeux maquillés et les cheveux teints, la cigarette aux lèvres, en jeans si serrés qu'ils leur collaient aux fesses, étaient accompagnées de garçons du même âge qui les regardaient et qui semblaient s'ennuyer. Il y en avait aussi de plus âgés. Tas de clochards, aurait dit Erwin Hopf. L'un d'eux dormait par terre au milieu des boîtes de bière et des peaux de bananes.

Des êtres jetés au rebut, eux aussi...

Les battements accélérés de son cœur signifièrent à Jakob Bischle qu'il lui fallait respirer. Mais où trouver de l'air, ici ? Il cherchait à reprendre son souffle, la bouche ouverte.

La gare. Il faudrait qu'il prenne un billet. « Pour Offingen. Un aller simple. » Surtout pas de retour !

Quand Jakob Bischle rouvrit les yeux, il découvrit une paire de bottes de cow-boy éculées, éraflées, un jean crasseux et une boucle de ceinturon en laiton, puis, en relevant la tête, le visage verdâtre et boutonneux d'un adolescent au nez cassé, et dont le regard semblait très vieux. Un autre adolescent se tenait à côté du premier. Il n'avait pas dix-sept ans, de longues mèches de cheveux blonds bouclés, les yeux bleus. Il portait une chaîne autour du cou.

Jakob Bischle respirait très calmement. Un instant auparavant, il se sentait mal, mais maintenant il y voyait clair. Il distinguait ce que le blond portait en pendentif au bout de sa chaîne. C'était une décoration, une croix de fer de la dernière guerre. Et il se rendait compte que ces deux-là ne lui voulaient pas de bien.

– T'as pas une cigarette pour nous ?

Jakob Bischle voulut s'en aller, mais en fut empêché. Le grand au nez cassé le repoussa contre le mur, tout doucement.

– Quelle soirée dégueulasse, hein, grand-père ?

Jakob hocha la tête. C'était bien vrai.

– Alors ? Qu'est-ce que tu fais là tout seul ? Tu t'es trompé de métro ? Ta fiancée t'a plaqué ? Et t'as vraiment pas de cigarettes ?

L'autre se mit à rire, et la croix de fer tressauta à son cou. Comment pouvait-on permettre ça ? On devrait les enfermer. Une croix de fer ! Quand on sait ce que cela signifiait, ce qu'il fallait faire pour l'obtenir !

Un troisième voyou s'approcha. Gros, blond lui aussi, il n'était pas rasé, et ses yeux comme délavés semblaient ne rien voir.

– Allez, donne-nous cinq marks, grand-père.

– Quoi ?

– Du fric, des sous, grand-père. Cinq marks. Tu piges ?

Jakob Bischle se tut. Il ne parlait pas à ce genre de personnages. Il se tairait tant que ce serait possible. Mais il avait peur. De nos jours, tout le monde a peur de ces jeunes bandits. Pourquoi la police n'était-elle pas là ? Pourquoi n'était-elle jamais là quand on avait besoin d'elle ? Niveau B. Il lisait les grandes lettres noires sur la paroi de béton gris. Niveau B : une pharmacie, des boutiques, mais pas de police.

Le garçon au nez cassé pressa le bout de son index au creux de l'estomac de Jakob Bischle.

– Allez, grand-père ! Tu te décides ? Qu'est-ce que tu nous donnes ?

Jakob Bischle referma les yeux. Que pouvait-il faire d'autre ?

Les aiguilles des montres continuaient à avancer, fidèles à la mesure que les hommes ont inventée pour elles, et à laquelle elles se tiennent, bien que les étoiles puissent en sourire, et bien que chacun sache à quel point le temps est chose fluctuante et relative.

10 h 30 au niveau B de la station « Hauptwache » du métro de Francfort.

10 h 30 en salle d'opération à la clinique de la Forêt-Noire. On s'est battu pour sauver une vie. Le corps a maintenant disparu, mais les traces du combat restent visibles : linges sanglants, seringues vides, visages épuisés.

L'homme, un routier de trente-huit ans, était arrivé dans les éclairs de lumière bleue et les hurlements de sirène de l'ambulance. A demi inconscient, il ne pouvait plus parler. Douleurs insupportables, sang dans les selles, vomissements, sang... Perforation d'un ulcère de l'estomac.

L'opération avait imposé à l'équipe plus de deux heures d'un travail exténuant, sans une seconde de répit. La pression sanguine s'effondrait, le pouls se ralentissait de plus en plus. Et l'on n'avait bien sûr pas eu le temps de procéder à des examens de laboratoire approfondis.

La laparotomie, l'incision médiane du haut de l'abdomen et l'ouverture de l'estomac avaient été assurées par Schäfer, assisté d'Udo. Quand ils avaient découvert les adhérences reliant l'estomac à la face inférieure du foie, et les caillots de sang, ils avaient appelé le patron. L'ulcère avait rendu fragile la paroi de l'estomac. Et tous ceux qui observaient comment les mains de Brinkmann exploraient le terrain lui étaient reconnaissants du calme qu'il leur avait communiqué en entrant dans la pièce. Quoi qu'il puisse encore advenir, il y avait maintenant quelqu'un pour y faire face.

Or les choses se présentaient mal. Du bout de ses pinces, Brinkmann indiqua les éminences en forme de petits pois sur la paroi stomacale. Bénignes ou malignes ? Elles conservaient leur secret. Il aurait été absurde d'envisager un examen histologique d'urgence, d'envoyer un prélèvement au service de pathologie de Fribourg et d'attendre les résultats pour décider de la suite. Le temps pressait, il fallait agir. Cancer ou pas, l'estomac rongé par les ulcérations présentait un risque mortel pour le patient. La décision tomba.

– Gastrectomie selon la technique de Billroth deuxième procédé.

Etancher le sang en permanence. Réagir en permanence à des situations nouvelles. Lutter en permanence pour conserver son calme, « éviter la panique », selon l'expression consacrée.

Schäfer se donnait toutes les peines du monde. Mais quand, finalement, l'estomac eut été enlevé et la continuité digestive rétablie, c'est Udo qui se chargea de recoudre la plaie.

Cent trente minutes ! Ce n'était pas un record de vitesse, mais vu les circonstances...

Le Pr Brinkmann jeta encore un coup d'œil au dossier du malade, que les ambulanciers avaient pris soin d'apporter.

– C'est incroyable ! Cet homme était en traitement depuis trois ans. Pouvez-vous imaginer une chose pareille ?

Ils le pouvaient peut-être, mais ils n'en avaient aucune envie. Où le vieux trouvait-il encore la force de leur faire un cours sur les erreurs commises avec ce patient ?

Udo regarda ses mains, et s'étonna qu'elles ne tremblent pas. Puis il tourna de nouveau les yeux vers la table d'opération. Aux endroits où le sang les tachait, les parties chromées semblaient usées, ternies. Fini. Terminé. Les acteurs sortaient, laissant la scène vide.

Marks, l'infirmier, éteignit la lumière, et la pièce fut plongée dans l'obscurité. Il y avait longtemps qu'Udo avait retiré ses gants, son tablier de caoutchouc et sa blouse. Mais il avait l'impression que ses mains continuaient à travailler.

Il suivit Schäfer au bureau.

– Voulez-vous que je vous apporte une bière ? Ou un café ?

– Je préférerais un jus de fruits.

Udo alla donc chercher au distributeur du palier une bière et une boisson fruitée, et décapsula les bouteilles. Revenu dans le bureau, il but une gorgée de bière et contempla pensivement la bouteille.

– Savez-vous ce que je viens de comprendre, docteur Schäfer ?

– Non. Mais vous allez me le dire.

– Pourquoi on trouve tant d'alcooliques parmi les chirurgiens ? Ce n'est pas à cause du trac avant, ni du stress pendant l'opération. Le plus terrible, c'est après.

Le médecin-chef approuva de la tête et alluma la lampe de bureau. L'ombre de son crâne étroit se détacha, noire et dure, sur le bloc-notes où il allait rédiger le compte rendu de l'opération.

Udo tira sur sa cigarette. Seigneur, quel bloc de glace !

– Je présume que pour vous, ce n'est guère imaginable.

– Quoi ?
– Eh bien, un chirurgien qui boit.
– Naturellement. De même que je ne peux m'imaginer un pilote de ligne ivre aux commandes.
Udo se tut. Qu'attendait-il d'autre ?
Mais Schäfer fit pivoter sa chaise tournante et regarda Udo. Et cette fois, ses grands yeux gris n'exprimaient pas la moindre ironie. Ils étaient graves, pensifs.
– Il est logique que cela nous affecte tous. J'en ai connu qui ne se contentaient pas de boire. Ils fumaient du hasch. Vraiment. Et si cette nuit, dans telle ou telle ville, tel ou tel médecin-chef est appelé d'urgence pour une opération au milieu d'une partie arrosée au champagne, le résultat est le même.
– Ce n'est pas ce que je voulais dire.
– Je sais bien. Après l'opération ! La tension. Et puis on rentre à la maison flirter avec sa petite amie ou jouer avec les enfants, on écoute sa femme qui explique ses soucis... Pour nous, ça n'est pas si facile, n'est-ce pas ? Autrefois, après une opération comme celle-là, j'allais me promener une demi-heure, n'importe où, en marchant rapidement. Quand j'étais assistant, à Dortmund, j'ai même eu l'idée de m'installer un punching-ball dans ma chambre. Vous savez, un de ces sacs sur lesquels on peut taper tant qu'on veut...
Schäfer sourit de ses lèvres minces.
Impressionné, Udo restait sans voix. Jamais encore Schäfer ne lui avait parlé ainsi. Ni autant, ni sur un ton aussi personnel.
– Et maintenant ? Où est le punching-ball ? Je serais enchanté de pouvoir m'en servir.
– Je n'en ai plus.
– Vous n'êtes plus aussi sportif ?
– Je ne peux plus me le permettre.
Schäfer fit de nouveau pivoter sa chaise et se retourna vers son bureau. Il leva sa main, la considéra brièvement et la laissa retomber.
Il y avait dans ce geste quelque chose qui alarma

Udo. « Sa main », se dit-il. Aujourd'hui, pendant l'opération, Schäfer lui avait semblé vieilli. Mais il ne voulait pas poser de questions.

– Le vieux est en pleine forme, n'est-ce pas ?

Schäfer acquiesça.

– Le vieux. Au fait, pourquoi ne dites-vous jamais « mon père » ?

– Oh ! Est-ce que cela vous gêne ?

– Cela me frappe, simplement.

– Je pourrais vous l'expliquer, mais ce serait trop long. Eh bien... Je crois que je vais aller me chercher de quoi remplacer un punching-ball au comptoir de la première taverne venue.

Schäfer leva les sourcils, ses lunettes étincelèrent et il reprit son ton habituel, amusé, ironique :

– Déjà ? Alors qu'on vient juste d'enlever votre pansement ? En outre, j'aurais une question à vous poser : le Dr Eléna Bach...

– C'est une vieille amie de mon père. Du genre : Où tu iras, j'irai.

– Hum ! Elle semble très capable.

– Certes. Très capable.

Il hésita un instant, puis se décida quand même à préciser :

– Comme le vieux.

Sur le chemin du parking, Klaus Brinkmann s'arrêta et respira le lourd parfum des roses. Pas une feuille ne bougeait. Un éclair de chaleur zébra le ciel au-dessus de la vallée.

Bon. Ils avaient fait ce qu'ils pouvaient. Demain, on en saurait davantage. Pour autant qu'il ait pu voir, même si c'était un cancer, il n'y avait pas de métastases. Peut-être le cas du malheureux n'était-il pas désespéré...

Brinkmann se sentait fatigué. Il était soutenu par la conscience d'avoir accompli convenablement une tâche nécessaire.

En s'approchant de la maison, il entendit le toussotement hésitant d'un démarreur. Le moteur se mit en route. Une Volkswagen. Les phares s'allumèrent.

Il s'arrêta. Molli partit comme une flèche dans la nuit, fit un brusque crochet, bondit vers la Volkswagen verte, et tambourina des pattes avant contre la portière gauche jusqu'à ce que le conducteur baissât la vitre. Christa !

– Tiens, quelqu'un que je connais !... dit Brinkmann. J'ai parfois quand même de la chance.

L'éclat de ces yeux ! Pourquoi ne disait-elle rien ? Et pourquoi restait-il maintenant sans voix, lui aussi ?

Brinkmann plongea la main dans sa poche et en tira deux rectangles jaunes où l'on pouvait lire : *Concerts d'été de Villingen*. Son cœur battait plus fort.

– Vous voyez, je suis quand même arrivé à avoir des billets.

Il sourit, fier comme un enfant.

– Eh bien, qu'en dites-vous ?

Elle ne répondit pas. Maintenant, Brinkmann distinguait les traits de la jeune femme. Un léger sillon lui creusait le front entre les sourcils. Brinkmann écarta Molli et posa la main au bord de la vitre baissée de la portière.

– Qu'y a-t-il ?

– Rien.

– Est-ce que cela ne vous fait pas plaisir ? Vous aviez pourtant très envie d'aller écouter du Vivaldi, Christa ?

– Oui.

– Alors ?

– Maintenant, je préférerais y renoncer.

– Mais c'est vous qui aviez proposé...

– Je sais. Et je vous prie de m'excuser. Depuis, j'ai réfléchi, et j'ai changé d'avis.

– Comment cela ?

Elle se tut.

– Christa, je n'ai peut-être vraiment pas le droit de vous demander une explication ou une justification, mais...

– C'est... c'est simplement parce que...

Sa voix était presque inaudible.

– Oui ?

– Croyez bien que j'apprécie la sympathie que vous me témoignez. Mais aller au-delà ne serait pas bon. Cela n'entraînerait que des complications. Vous le savez bien mieux que moi.

Aller au-delà ne serait pas bon ? Qu'est-ce qu'elle s'imaginait ? Non : qu'est-ce qu'il s'imaginait, qu'est-ce qu'il espérait ?

Brinkmann, tout en cherchant ses mots, regardait par-dessus le toit bombé de la voiture en direction des montagnes dont les sommets noirs se découpaient nettement dans la nuit sur un ciel éclairé par les lueurs diffuses d'un orage lointain. Des complications ? Evidemment, la jeune femme ne pouvait réagir autrement.

– Est-ce bien tout ce que vous avez à dire, Christa ? Si vous avez changé d'avis, n'est-ce pas aussi pour d'autres raisons ? Peut-être ai-je fait ou dit quelque chose...

– Mais non.

– Vraiment ?

– Rien, absolument rien. Excusez-moi, il faut maintenant que je rentre.

Elle mit le moteur en marche. Cette fois, il tourna aussitôt, docilement. Elle adressa à Brinkmann un dernier signe de tête et débraya. Il recula d'un pas, entendit le grincement du changement de vitesse, regarda le profil de la jeune femme et laissa retomber sa main, la main qui tenait les billets pour le concert...

Molli, elle, fit une dernière tentative. Elle courut après la voiture avec des cris plaintifs. Puis elle renonça elle aussi et revint, la tête basse, penaude.

Brinkmann hocha la tête à son adresse. L'attitude du chien correspondait à son propre état d'esprit. Il caressa la tête de Molli. Les premières gouttes de l'orage lui frappèrent le visage.

Ai-je fait quelque chose, Christa ?...

Elle conduisait lentement, très lentement. La pluie d'orage qui tombait à flots ruisselait sur le pare-brise, et les essuie-glaces n'y pouvaient pas grand-chose. Une moto qui roulait au milieu de la chaussée fonça sur elle, le conducteur penché sur le guidon, son casque rouge brillant dans la lumière des phares.

Christa l'évita d'un coup de volant.

Ai-je fait quelque chose ? Quelle question ! Ne vivons-nous pas tous dans la dépendance des autres ? Chacun ne fait-il pas « quelque chose » aux autres ? Il s'agit seulement de savoir comment on peut s'en arranger.

Elle s'arrêta au bord de la route et prit ses cigarettes dans la boîte à gants. La pluie tambourinait sur le toit.

Le patron et l'infirmière, le dieu de l'Olympe et l'étudiante ratée, Christa Meurer, qui poussait devant elle le monceau de ruines de ses illusions et de ses rêves détruits, et que cela rendait plus sceptique qu'il ne convenait à son âge. Mais lui ? Pour elle, ni l'âge de Brinkmann, ni sa position, ni ce qu'il représentait pour les autres, rien de tout cela n'avait jamais compté. Ce qui comptait, c'était qu'il lui avait pris la main, c'était son sourire, dans le couloir, c'étaient les mots par lesquels il avait écarté comme en se jouant les défenses dont elle s'entourait. Son regard, sa voix, les quelques promenades qu'ils avaient faites ensemble.

Et maintenant, ce doute éternel : A quoi bon ?

Ne pas y penser ! Cela aurait été beau. Beau comme tous ces espoirs dont on a peur.

La pluie se calmait. Christa desserra le frein, mais ne remit pas le moteur en marche. Elle laissa la voiture descendre en roue libre vers la ville. Ne pas y penser. Ni à Eléna Bach. Qu'avait dit Udo ? « L'ombre de mon père. » Une ombre dont, très visiblement, il ne pouvait se défaire.

Ce chapitre était terminé avant même d'avoir commencé. Adieu, pensa-t-elle. Adieu, mes rêves. S'il est difficile de vous abandonner, c'est peut-être justement parce que vous étiez si insensés.

– On ne veut rien dire, on ne veut pas rire... Qu'est-ce qui ne va pas, grand-père ?

Jakob Bischle chercha à repousser la main du voyou, mais celui-ci était tellement fort ! Il l'obligea sans peine à baisser le bras, écarta les pans de sa veste et en palpa l'étoffe. Il puait la bière.

– Tiens, voilà déjà quelque chose. Un porte-monnaie ! Tu l'ouvres toi-même, grand-père, ou tu préfères qu'on s'en charge ? Et ça ?

Jakob sentait le mur contre lequel il pressait son crâne. Il voyait les visages des autres, ce hall vide, effrayant. Il voyait les néons, les réclames, mais personne qui puisse lui venir en aide.

– Une montre. Ça aussi, c'est intéressant.

Ce ne fut ni la peur ni la fureur qui donna au bras de Jakob Bischle assez de force pour écarter d'un seul coup bref la main crasseuse, aux ongles noirs. Non, c'était autre chose : personne n'avait le droit de toucher à sa montre de cheminot suisse. C'était sa montre. Il ne permettrait même pas que l'on tripotât la chaîne. Ces doigts crasseux sur le boîtier ? Qu'est-ce que ce bandit pouvait connaître aux montres ? Et comment ce type osait-il encore sourire ?

– Hé, grand-père, c'est que tu es vif ! Bon, alors on reprend tout depuis le début. Ecoute, maintenant, tu vas me dire quelle heure il est. D'accord ?

Le gros gloussa, le petit blond grimaça un sourire, et le voyou au nez cassé prit un air innocent. Mais leurs visages devinrent flous, et Jakob ne sentit plus que les battements douloureux de son cœur. Il ferma les yeux, inspira profondément sans en éprouver de soulagement. Son cœur ne lui faisait pas seulement mal, il se gonflait, l'oppressait jusqu'à la gorge, paraissait sur le point de s'arrêter, puis repartait à toute allure.

Elfriede ! C'était la seule pensée de Jakob Bischle. Il secoua la tête pour chasser le vertige qui lui avait brouillé la vue et, quand il réussit enfin à rouvrir les paupières, il fut témoin d'un miracle.

Ce miracle prit la forme d'une grande et puissante main d'homme, comme surgie du néant, dont l'effet fut aussi prodigieux qu'immédiat. Elle libéra d'un seul coup Jakob Bischle, catapulta à travers les airs le voyou au nez cassé qui s'écrasa cinq mètres plus loin et resta bras en croix.

Jakob s'aperçut alors que la main appartenait à un homme grand, moustachu, coiffé d'une casquette de soldat, vêtu d'un treillis d'uniforme gris clair. Il portait aussi un ceinturon de l'armée.

Il soutint Jakob Bischle par les épaules.

– Est-ce que ça va, grand-père ?

Jakob sentit qu'enfin il pouvait de nouveau parler.

– Je m'appelle Bischle. Jakob Bischle. Je ne suis pas votre grand-père. Je ne suis le grand-père de personne.

– Bien, monsieur Bischle. Ne vous fâchez pas.

Un deuxième homme en treillis, barbu, arrivait à grands pas.

– Est-ce que ces types vous ont fait quelque chose ?

Jakob secoua la tête.

– Qu'est-ce qu'ils voulaient ?

– Mon « Eisenbahner ».

Le barbu regarda son camarade.

– Qu'est-ce qu'il veut dire, Aloïs ?

– Ma montre, expliqua Jakob.

– Les salauds ! Comment vous sentez-vous ? Est-ce que vous pouvez marcher ? Où voulez-vous aller ?

– A la gare, pour rentrer chez moi. Et je crois que je peux marcher, oui.

– Bon, alors allons-y.

Ils le conduisaient. Le moustachu, celui qui se nommait Aloïs, rappelait à Jakob Bischle son fils aîné, qui n'était plus. Il avait été tué à la guerre. Lui, il n'aurait jamais permis qu'on l'envoyât à Francfort, dans un repaire de brigands.

Aloïs plongea la main dans une des grandes poches

rapportées de son pantalon de treillis et en sortit une flasque.

– Un petit coup de gentiane ? Ça vous fera du bien.

La gentiane lui fit du bien. Aloïs en but également une gorgée. Et son sourire aussi fit du bien à Jakob.

– Maintenant, le mieux est que nous vous conduisions à la gare : là-bas, il y a le centre d'accueil, la mission, où on pourra s'occuper de vous.

Jakob secoua la tête.

– Ah, non, pas question !

– Alors, où voulez-vous aller ?

– Chez moi. Je rentre à la maison, à Offingen. Vous allez m'aider, hein ?

– Bien sûr.

Quarante minutes plus tard, Jakob Bischle était installé dans le train pour Bâle. La grande horloge de la gare indiquait 11 h 45. Par la fenêtre baissée, il voyait les visages des deux soldats. Son Bernhard aussi était sous-officier, comme Aloïs. Il y avait longtemps. C'était la dernière année de la guerre. Là-bas, en France, la mitrailleuse d'un avion en piqué l'avait atteint d'une balle dans la tête. Maintenant, les sous-officiers se promenaient en treillis, comme des éboueurs.

Le train s'ébranla. Jakob Bischle adressa aux deux hommes un signe de la main. Il souriait. Il avait les yeux un peu humides, et ne savait même pas très bien pourquoi.

Minuit. Rentrée chez elle, Christa Meurer prenait sa douche quand il lui sembla entendre une sonnerie lointaine, assourdie par le bruit de l'eau. Le téléphone ? Impossible. Pourtant...

Elle ferma le robinet, s'enveloppa les cheveux d'une serviette, traversa la salle de bains, suivit le couloir à grands pas précautionneux mais en laissant derrière elle de petites flaques d'eau, ouvrit la porte du séjour. C'était bien le téléphone ! Peut-être Albert. Son frère avait parfois ce genre d'idées stupides.

Elle décrocha. La serviette lui tomba sur les épaules. Christa écarta de son visage une lourde mèche mouillée.

– Christa ?

C'était la voix de Brinkmann. Elle ne pouvait en croire ses oreilles.

– Vous m'entendez, Christa ?

Un éclair bleu illumina la fenêtre, immédiatement suivi d'un coup de tonnerre qui fit tressauter les vitres. Dehors, la tempête secouait les branches des arbres.

– Christa, je suis désolé, mais il fallait encore que je vous parle. Allô, Christa ?

– Oui.

– Chez vous aussi, il y a un orage épouvantable ?

– Nous ne sommes pas si loin l'un de l'autre !

– Pardon ? Ah, oui !

Elle resserra la serviette autour de son cou et regarda la petite mare qui se formait entre ses pieds.

– Vous êtes peut-être déjà au lit ?

Quelle réponse attendait-il ? Devait-elle lui dire : « Non, je ne suis pas au lit, je suis debout à côté d'un fauteuil, en train de tremper ma salle de séjour ; je regarde l'orage par la fenêtre avec des idées de fin du monde, de suicide, ou du diable sait quoi ? » Que voulait-il entendre ?

– Il est tard.

– Bien sûr. Et cela m'est extrêmement pénible, Christa. Mais je peux vous assurer que je ne vous aurais pas appelée si je ne me cassais pas la tête, depuis tout à l'heure, à me demander ce qui vous a conduite à changer d'avis, pour ce concert...

Vingt ans de différence d'âge, et ils en étaient là : ils se compliquaient la vie, se répandaient en explications et en excuses, s'embarrassaient de manières à la mode d'autrefois.

– Il ne faut pas que cela vous soit pénible. Vous êtes bien en droit de vous poser des questions. Et puis minuit, c'est l'heure de la vérité, n'est-ce pas ?

– Vraiment ? De quelle vérité, Christa ?

– Je disais cela juste comme ça. Un peu ironiquement, King.

– King ?

– N'est-ce pas ainsi que l'on vous surnommait, à Bâle ?

– Il y a longtemps.

– Quand même. Un roi a le droit d'exiger que les choses soient claires. Cela fait même partie de ses tâches. Alors, vous n'avez pas à vous excuser... Voyez-vous, peut-être que nous nous sommes un peu monté la tête, tous les deux. Ce n'est ni grave ni interdit. Mais maintenant, il faut que nous cessions. Vous m'avez demandé s'il y avait une raison à mon changement d'avis. Il y en a une. Elle a un nom, et même un titre.

– Eléna Bach ?

– Le Dr Eléna Bach.

– Christa...

– Bonsoir, professeur.

Elle raccrocha. Elle avait soudain très froid. Elle écouta la tempête qui, dehors, continuait à se déchaîner. Un tumulte bien en accord avec ce que tu éprouves. Mais ne te mets pas à pleurer, ce serait trop mélodramatique.

Christa Meurer se jeta sur son lit et tira la couverture par-dessus sa tête.

Une grisaille humide noyait le paysage. 7 h 32. De grosses gouttes tombaient encore du toit sur le perron.

Alfons Hofegger vérifia une fois encore les indications du poste d'aiguillage, puis il releva le col de son ciré et quitta le bureau du chef de sécurité de la gare d'Offingen. Damné service de nuit ! Et aujourd'hui, le temps ne te permet même pas d'éteindre l'éclairage des voies. Il regarda vers l'ouest, suivant des yeux les rails luisants. C'est de là qu'arrivait le train du matin. Deux lumières encore estompées par le brouillard, mais très vite plus grosses et plus claires. L'air sous pression chuinta dans les canalisations des freins. Les portes s'ouvrirent. Une demi-douzaine de passagers descendirent. Pas un seul touriste parmi eux.

Hofegger longea le train, referma les portières et s'apprêtait à donner le signal du départ quand, en se retournant encore une fois comme l'exige le règlement, il aperçut un voyageur qui descendait ! Une longue silhouette maigre, tout en queue du train.

Hofegger courut le long des wagons, aida le retardataire, un vieil homme, à descendre, claqua la portière et siffla. Puis il se retourna.

– Pas possible ! Bischle ! Mais d'où sors-tu ?

Jakob Bischle ne répondit pas. Le visage aussi gris que la pluie, hérissé de poils de barbe, il paraissait malade.

– Qu'est-ce que tu fais donc dans le train du matin, Jakob ?

Bischle avançait lentement, pas à pas, les bras légèrement écartés, comme un automate.

Alfons Hofegger lui emboîta le pas.

– Jakob, assieds-toi donc ! Tiens, il y a un banc juste là. Maintenant, Jakob, dis-moi d'où tu viens !

– De Francfort. (Bischle s'arrêta, tourna la tête comme si cela lui demandait un énorme effort, inspira profondément, ferma à demi les yeux. Mais c'est d'une voix claire et distincte qu'il dit :) Maintenant, me voilà revenu...

– Viens, Jakob, assieds-toi.

Mais Jakob ne s'assit pas. Il reprit sa marche, à petits pas incertains. Il était si faible que Hofegger dut le soutenir. De temps à autre, il murmurait quelques mots inaudibles. Puis il dit :

– Il me faut un taxi.

– Je vais te chercher Rau. Il est déjà garé dehors. Tu veux rentrer chez toi ?

– Non, je vais à la clinique.

Le mot semblait plaire à Jakob. Il écarquilla ses paupières rougies.

– Oui, je retourne à la clinique. Ils m'ont gardé mon lit.

C'était simple : s'installer dans le taxi, rouler, payer, descendre. Mais ensuite, tout parut si difficile à Jakob Bischle que son courage l'abandonna. Il était devant l'entrée de la clinique. Il avait froid. La pluie tombait toujours. A l'intérieur du bâtiment, les lumières étaient allumées, mais il ne voyait personne. Et la grande porte de verre était fermée à clé. Ce n'était tout de même pas pour l'empêcher d'entrer ? On allait lui ouvrir, il le fallait ! Il chercha en vain à se rassurer sur ce point. Et ses jambes aussi lui refusaient leurs services. Seules les gouttes de pluie glacées le maintenaient éveillé. Va, se dit-il. Essaie, au moins.

La façade qu'il longeait n'en finissait pas. Enfin, il tourna le coin et poursuivit vers la droite, en direction des terrasses. Là-bas, il y avait aussi un petit escalier. Il n'essaierait pas de le gravir, ce serait trop demander à son corps exténué, mais il regarderait en haut des marches.

Toutes les chambres étaient éclairées. Partout, on tirait les patients de leur lit. Il voyait des gens en robe de chambre, des infirmières en blouse blanche. C'était l'heure du petit déjeuner. Et là, c'était la chambre 208... Il cria :

– Hopf !

Ce qui, pour Jakob Bischle, ressemblait encore à un nom n'était en réalité qu'un pitoyable croassement plaintif, le gémissement d'un animal blessé. Le bruit de la pluie étouffa son appel. Il voyait Erwin derrière la fenêtre.

– Hopf !

Il voyait aussi l'autre, l'épouvantail à moineaux. Ils vont se laver les dents, on refait les lits. Après, il y aura le café, le thé, les petits pains frais...

Il se représentait tout cela aussi nettement que s'il avait été lui-même à l'intérieur, bien au sec. L'odeur de la cire et du savon.

Et la sueur de Hopf. Et les cigares de Hopf.

Mais Jakob Bischle aperçut ensuite un troisième

homme. Il vit un pyjama bleu et un gros visage blême qui riait.

Un troisième ? Les pensées se formaient lentement dans la tête de Jakob. Mais le troisième, c'est moi !...

Et il comprit : Ils m'ont pris mon lit pour le donner à un autre !

Il était à bout de forces. Il ne voulait pas aller plus loin, il ne l'aurait d'ailleurs pas pu. Ses genoux se dérobèrent. Il lui semblait qu'il n'avait plus de jambes, plus d'os, que tout son corps n'était qu'une masse froide et gélatineuse. Il s'effondra contre le mur, la pluie ruisselant dans ses cheveux gris.

On le trouva une demi-heure plus tard, grâce à Molli. Faire le tour de la maison figurait à son programme matinal, auquel elle tenait dur comme fer. Cette fois, pourtant, elle avait d'abord eu peur de la pluie, mais elle s'était vite ravisée. Elle avait suivi le mur en reniflant, gagné l'arrière du bâtiment, et s'était mise à aboyer furieusement.

– La sale bête ! Qu'est-ce qui lui prend encore ?

L'infirmière en chef contrôlait la distribution des petits déjeuners. Elle détourna son regard réprobateur des élèves infirmières et gagna la fenêtre.

– Molli ! Tiens-toi tranquille !

Molli n'en fit rien. Ses aboiements se transformèrent en un glapissement aigu, strident comme une sirène.

– Je sais bien qu'elle est folle, mais elle ne hurle pas comme ça tous les jours. Il doit vraiment y avoir quelque chose qui ne va pas.

D'un geste décidé, Hildegard prit une serviette dont elle se couvrit la tête par-dessus sa coiffe et sortit dans la pluie, sur la terrasse. En même temps, à dix mètres d'elle, Mischa se penchait pour inspecter le terrain, si bien qu'ils découvrirent ensemble comme un tas de vêtements trempés, en bas, au milieu des tulipes...

– Qui est-ce, Mischa ?

– Le vieux Bischle !

– M. Bischle ? Mais il est à Francfort !

– Apparemment, non ! cria Mischa.

Il enjamba la balustrade de la terrasse et sauta dans le jardin. Hildegard se précipita au téléphone.

Aux soins intensifs, le masque à oxygène s'abaissa sur le visage osseux de Jakob Bischle, des aiguilles percèrent ses veines fragiles, des couvertures chauffantes enveloppèrent son corps transi de froid. Tous les moyens techniques furent mis en œuvre pour la réanimation.

Jakob Bischle ne se rendait compte de rien. Il était prisonnier de son cauchemar. Il se sentait enfermé dans un cercueil où poussaient des plantes tropicales toutes noires qui montaient vers sa poitrine, l'enserraient, lui coupaient le souffle. Il entendait déjà le fracas des coups de marteau enfonçant les clous dans le bois du couvercle. Elfriede... Aide-moi donc ! Dis-leur que je ne suis pas mort ! Dis-le-leur donc, Elfriede !

– Je ne suis pas mort ! cria Jakob Bischle.

Et il ouvrit les yeux. Un visage flottait au-dessus du sien. Un bon visage, dont les yeux clairs lui rendirent son regard. Ces yeux brillaient tant que Jakob se mit à trembler. Il avait vu le bon Dieu ! Et Dieu avait les traits du professeur. Mais si le bon Dieu le regardait ainsi, avec tant d'indulgence, tant de pitié, avec un sourire si plein d'amour, tout était bien, et Elfriede ne pouvait être loin...

Il fallut attendre huit jours pour que Jakob Bischle pût quitter le service de soins intensifs de la clinique de la Forêt-Noire. Mais il était entre-temps venu à bout d'une pneumonie.

– Incroyable ! Et regardez un peu comme les résultats des examens se sont améliorés ! Coriace comme du vieux cuir à chaussures !

Le médecin-chef du service de médecine interne, le Dr Brückner, ne pouvait dissimuler sa surprise. Et tout le monde était d'accord sur ce point : le vieux Bischle avait vraiment l'âme chevillée au corps !

– Eh bien, Jakob, te revoilà enfin !

Le jour où Jakob avait retrouvé sa chambre, Erwin Hopf rayonnait. Et Arthur avait chapardé des fleurs, des marguerites jaunes, dans le jardin de la clinique.

Ainsi, Jakob était de nouveau dans son lit de la chambre 208.

L'homme qui le lui avait pris avait quitté la clinique. Jakob Bischle permit à Hopf de le serrer dans ses bras, à Arthur de lui passer la main dans le dos. On emplit les verres et on tailla de belles tranches de jambon cru. Pour fêter son retour, on ouvrit une bonne bouteille de Ruländer.

Puis Arthur se dirigea vers l'armoire et en sortit solennellement trois pots de conserve où flottaient des fruits dorés.

– Regardez ! Des reinettes !

Ses reinettes. Jakob en goûta, approuva poliment. Il ne raconta rien de ce qu'il avait vécu à Francfort. Il ne voulut pas non plus parler de ses enfants.

– Ceux-là, je ne les connais plus.

On en resta là.

Mais, dès le premier jour, Jakob demanda à Hopf de lui apprendre à jouer aux échecs. Silencieux et pensif, il contemplait les pions en écoutant les explications sans en perdre un mot. Cela dura toute la journée mais, le soir même, ils jouèrent leur première partie.

Hopf l'avertissait :

– Jakob, si tu ne fais pas attention, ta reine est foutue.

Jakob secouait la tête.

– Comment ça, non ?

– Le cavalier, répondait Jakob.

Hopf se frottait le nez. Pas possible ! Le vieux Jakob avait si adroitement caché son cavalier qu'Erwin Hopf n'avait rien vu venir.

Arthur gloussa.

– Il t'a possédé ! Regarde-moi ça ! Jakob, tu es le plus fort.

– Monsieur Wilkins, je vous prie !

Sans s'émouvoir de ce rappel à l'ordre, Arthur caressa la tête grise de Jakob, et celui-ci toléra cette familiarité.

– Monsieur Bischle, vous êtes le plus fort !

Ils étaient presque au complet : la gynécologie, l'orthopédie, le personnel des services de chirurgie, le Dr Brückner, du service de médecine interne, et naturellement Wolters, l'anesthésiste, dont le large visage bronzé rayonnait d'amabilité.

Brinkmann tendit la main en direction de la femme élancée, vêtue d'un ensemble de cuir brun, qui occupait la place d'honneur à l'extrémité de la table de conférence.

– Mesdames et messieurs, je suis heureux de pouvoir vous présenter aujourd'hui le Dr Bach, notre nouvelle anesthésiste. Ainsi, se termine, Dieu soit loué, la triste époque où le corps médical de cette clinique ne comptait que des hommes !

Sourires, applaudissements. Brinkmann leva la main.

– J'ai travaillé pendant de nombreuses années avec le Dr Bach à l'hôpital de Karlsruhe. Et si elle n'a pas, depuis, oublié tout ce qu'elle savait je puis vous assurer que vous aurez, en sa personne, une anesthésiste de tout premier plan.

Tout le monde applaudit, jusqu'à ce qu'Eléna Bach se levât. Elle sourit à la ronde, charmante.

– Je suis très heureuse d'être parmi vous.

Elle poursuivit, très à l'aise, d'une voix tranquille et bien timbrée. Puis on se serra la main, et Eléna promit solennellement d'arroser bientôt son entrée en fonctions. Wolters lui baisa la main. Elle sourit à Udo, qui se montrait à son égard d'une amabilité étonnante.

Quand Brückner prit congé, Eléna gagna la fenêtre. Enfin, se dit-elle, voilà une affaire expédiée. Elle regarda la ville, les montagnes, les pentes noyées dans la brume rougeoyante du crépuscule. Bien qu'émue par la beauté du paysage, elle éprouvait un très léger doute.

Avait-elle pris la bonne décision ? Quoi qu'elle pût en attendre, bien des points d'interrogation subsistaient. Ce n'était pas le travail qui lui faisait peur. A Karlsruhe, on avait pourtant essayé à maintes reprises de la dissuader de renoncer à la machinerie énorme et bien huilée d'un grand hôpital, qui offrait la garantie de toutes les ressources technologiques, pour aller travailler dans une aussi petite clinique. Ici, elle exercerait son métier sous toutes ses formes, devrait répondre aux cas les plus divers – en première ligne, en somme.

Un autre aspect du changement l'inquiétait davantage : Offingen, la Forêt-Noire, la province. Qu'avait-elle à faire du bon air, de la beauté des paysages, des sentiers de randonnée ? Au moins, Karlsruhe était une grande ville. Heidelberg était tout près... Et indépendamment de la fameuse « vie culturelle », on y avait à chaque coin de rue la possibilité de rencontrer des gens intéressants, de se faire des amis, de trouver des collègues avec qui discuter si nécessaire. Ici, toute son existence tournerait autour de la clinique. Et autour de l'homme qui la dirigeait. Etait-ce ce qu'elle avait voulu ?

Comme répondant à une invocation magique, la voix de Brinkmann demanda derrière elle :

– Eh bien ! Est-ce que notre équipe est à ton goût ?

– Il est un peu tôt pour le dire, tu ne trouves pas ?

– C'est vrai. Mais tu verras : ils sont très bien.

Il posa la main sur l'épaule d'Eléna, qui sentit tout son corps se tendre à ce contact. Mais avant que puisse se répandre en elle la sensation qui lui faisait peur et que pourtant elle aimait, Brinkmann retira sa main.

– La première impression est affaire d'instinct, comme bien des choses. Mais je tombe presque toujours juste. La plupart du temps, je peux dire à vue de nez : Cela s'annonce bien. Ou : Il y a quelque chose qui cloche.

– C'est le cas.

Il rit.

– Vraiment ?

– Nous deux. (Elle soupira et poursuivit sur un ton presque plaintif :) Avec les autres, je me débrouillerai, tu ne crois pas ?

– Bien sûr. Et avec moi aussi. Nous formons toujours un attelage idéal.

Comme il se donnait du mal pour trouver le ton de la camaraderie ! La distance était toujours son arme miracle. Quant au reste, le travail est capable de remettre n'importe quelle tête à l'endroit. Pour lui, c'était aussi simple.

– Comment est ton appartement ?

– Très joli. Et du séjour, on voit jusqu'au Feldberg.

– Si tu as besoin de quelque chose...

– Oh, ne t'en fais pas ! dit-elle d'un ton moqueur. J'y arriverai bien toute seule.

– Tu sembles d'humeur combative.

Le regard de Brinkmann irritait Eléna. Etait-ce à cause de l'indifférence qu'elle y lisait, de tout ce qui n'était pas dit ? Avait-il vraiment réussi à adopter cette fameuse position de « neutralité confraternelle » ?

– Allez, viens, Eléna ! Käte a fait du café et un gâteau pour te souhaiter la bienvenue.

Elle acquiesça. Il n'y avait rien de changé.

Des nuages d'orage couvraient le ciel. Elke essayait de préserver, en se réfugiant à l'ombre, ce qu'il lui restait d'énergie vitale. Mais elle pensa à Udo, et il lui sembla que tout courage l'abandonnait.

Udo pouvait bien aller au diable, elle n'avait pas l'intention de se torturer les méninges pour comprendre ce qu'il ressentait. Pourquoi l'aurait-elle fait, d'ailleurs ? Mais il avait une façon de la traiter... Un petit salut de la tête. Au mieux, parfois, un « Bonjour, Elke »... Au chevet des patients ou lors des concertations, il n'avait pas un regard pour elle. Elle n'existait pas plus qu'un courant d'air ou qu'un meuble. Quelque chose que l'on prend, que l'on utilise et que l'on jette.

– Tu devrais plutôt te réjouir que ça se soit passé de cette façon, Elke. Udo est ainsi. Peut-être qu'un jour il finira par devenir un homme, mais pour l'instant il n'est pas encore né. Tu ne t'en es pas aperçue ?

Même Christa ne la comprenait pas : c'était en accord avec le reste du tableau. Qui la comprenait, en fait ? Personne !

Quand Elke en venait à cette conclusion, les larmes ne tardaient jamais à couler. Alors elle s'enfuyait en courant, allait se cacher n'importe où, dans le parc, aux toilettes, dans la salle de bains, répétait d'innombrables malédictions, écrivait en pensée d'interminables lettres, se frappait la tête contre un mur imaginaire qui ne voulait pas céder, et se faisait finalement houspiller par Hildegard, l'infirmière en chef. Ce qui était aussi assez logique.

– Elke ! Je suis quelqu'un de patient ! Mais je commence à en avoir par-dessus la tête de vous !

– Et moi aussi, j'en ai marre de vous ! Et pas seulement de vous !

Une fois encore, Christa avait évité la catastrophe à la dernière seconde. Est-ce qu'il fallait en plus lui en être reconnaissante ? Tout allait de travers. Comme mercredi dernier.

Ce jour-là, Elke n'était pas de service. Il faisait soleil, et elle était allée à la piscine avec quelques collègues. Juste au moment de se mettre à l'eau, Lukas Schneider, l'avant-centre du football-club d'Offingen, avait surgi en haut de l'échelle. L'eau ruisselait sur sa peau brune, ses boucles noires lui retombaient sur le visage. Il la foudroya du regard de ses yeux clairs.

S'enfuir en courant ? Impossible. Trop tard. Sourire ? Surtout pas, après ce regard. Donc, à l'attaque !

– Pourquoi ne me jettes-tu pas à l'eau ? Tu es pourtant spécialiste.

En guise de réponse, Lukas se contenta de secouer la tête, puis il s'éloigna. Elke ne souhaitait plus qu'une chose : partir. Rentrer chez elle.

Mais, dans le couloir des cabines, il fallut encore qu'elle rencontrât Berti, un autre garçon de l'équipe de foot.

– Salut ! Mais où vas-tu par ce beau temps ?

– Je m'en vais !

– Pourquoi ?

– Tu n'as qu'à demander à ton capitaine.

– Lukas ? (Berti sourit en secouant la tête.) Vous êtes cinglés, tous les deux. Et si tu veux que je te dise, il tient quand même encore à toi.

Le Dr Brückner avait expliqué en cours que les chagrins d'amour, comme la joie, la dépression et l'amour lui-même étaient étroitement liés au métabolisme des hormones. Peut-être qu'elle devrait demander à Hildegard de lui donner des comprimés, ou au Dr Brückner de lui faire une piqûre ? Est-ce que ça l'aiderait ? En tout cas...

La voix de Hildegard gronda :

– Nom de nom, Elke, où avez-vous la tête ? Il manque vingt draps de lit. Vous savez pourtant bien que la réserve devait être complétée ce matin !

Soit. Elke partit donc « compléter la réserve ». Elle poussa le chariot à linge vers le monte-charge. Les portes s'écartèrent – sur Udo Brinkmann, le regard nerveux, les mains fiévreuses au bout de ses bras ballants. Quel comédien ! Il était si pressé, des tâches si importantes l'attendaient, qu'il accorda juste à Elke le temps d'un signe de tête. Elle sentit son cœur se figer comme un bloc de glace. Enfin le monte-charge s'enfonça dans les profondeurs de la clinique.

Au sous-sol, au moins, elle était seule. Elle entendait le bourdonnement des canalisations et, de temps à autre, du côté des bains, le battement de l'installation de recyclage des eaux. Dans la chaleur, sous la lumière des néons, elle sentait le léger parfum de citron du linge frais et sec.

Elke pressa du coude la poignée de la porte conduisant à la lingerie, où une nouvelle surprise l'attendait : au milieu de la pièce, entre les étagères chargées de draps, de housses et de couvertures soigneusement stérilisés, d'un blanc de neige, un homme était accroupi devant un vélo.

– Arthur ? Mais qu'est-ce que vous faites là ?

Il releva les yeux. Des taches de cambouis lui marbraient le visage.

– Partout ailleurs, on me flanque dehors.

Elke hocha la tête, compatissante. N'était-elle pas dans le même cas ?

– Il faut encore que j'aille chez le professeur tailler les haies et tondre la pelouse. Je vais le faire ! Arthur se charge de tout. Mais maintenant, c'est le tour de ma Guzzi.

Il donna une petite tape à la roue avant, qui se mit à tourner en scintillant. Arthur souriait, comme perdu dans un rêve.

– C'est un beau vélo, dit Elke.

– Et surtout, il est sympathique. Comme toi, petite Elke !

Il s'était relevé et tendit la main vers elle. Elle protesta :

– Arthur ! Attention, j'ai ma blouse blanche.

Mais Arthur ne l'entendit pas. Son regard s'était reporté de la jeune fille sur les jantes chromées de son vélo.

– Tondre les pelouses, tailler les arbres et les haies, couper le bois... Ah, Elke, comme les gens sont bêtes...

– Pas seulement bêtes. Méchants !

– Ils sont méchants parce qu'ils sont bêtes. Et nous voilà, nous, tout tristes dans cette cave. Enfin, toi, tu es triste, moi non. Je remets à neuf mon tapis volant, et bon vent ! Je m'en vais. Pourquoi es-tu triste, Elke ?

– Je ne sais pas.

Que pouvait-elle bien expliquer à ce drôle de bonhomme ? Il ne la comprendrait pas, évidemment !

– Tu manques d'imagination, petite Elke.

– Ah ? Qu'est-ce qui vous permet de dire ça ?

– Parce que tous ceux qui sont tristes manquent d'imagination. Ils ne savent pas quoi faire d'eux-mêmes et restent là à ruminer sans arrêt la même chose. Et ils ont peur.

Elke hocha la tête. Avait-il raison ? Maintenant, elle ne voyait plus d'objection à ce que cette main graisseuse se posât sur son épaule. Mais Arthur regardait toujours en souriant la roue qui tournait.

– Elle m'emmènera encore loin, ma Guzzi ! Jusqu'où, d'après toi ?

– Je pars avec vous, Arthur.

– Impossible, malheureusement. Crois-moi, petite, je t'emmènerais volontiers, mais tu n'y es pas vraiment prête. Pourtant, il ne faut pas non plus que tu sois triste. Tout passe, on oublie. C'est vrai. Et si un jour ça te reprend, dis-toi juste : On n'a pas besoin d'un vélo pour s'en aller. On peut aussi voyager en pensée. Tu n'auras qu'à penser à moi, et ça ira mieux.

Elle le regarda. Les yeux d'Arthur lui souriaient gentiment.

– Oui, Arthur, je penserai à toi...

Trois jours après, au terme d'une matinée épuisante en salle d'opération, Klaus Brinkmann allait déjeuner avec Eléna Bach quand il s'arrêta soudain au milieu du hall et lui saisit le bras.

– Attends un peu !

Dehors, derrière les baies vitrées, lui était apparue la bizarre silhouette d'Arthur, avec ses longues jambes osseuses de cigogne, son short rapiécé, ses chaussures de sport. Le gaillard était coiffé d'une casquette de golf qu'il portait à l'envers, la visière sur la nuque.

– Ce n'est pas possible. Arthur s'en va !

C'était pourtant vrai. Arthur poussait son vélo dans la rampe. Arrivé à la porte, Brinkmann cria :

– Arthur !

Le visage émacié se fendit en un sourire chaleureux bien qu'un peu forcé.

– Bonjour, professeur ! Bel après-midi, n'est-ce pas ? Je voulais justement vous...

– Tu voulais me dire adieu ? Vraiment ?

– Oui, en quelque sorte. C'est-à-dire que...

– Oui ?

– Eh bien, je me disais qu'il suffirait peut-être que je le fasse par lettre. Je me demandais en effet s'il serait judicieux d'aller vous déranger chez vous, professeur. Mais puisque vous arrivez à point nommé...

– Chez moi, tu n'aurais dérangé personne. Tout au plus une pile de bois, qui t'attend. Et ma pelouse un peu hirsute. Pour ne rien dire des haies. Mais tu le sais bien, n'est-ce pas ? Qu'en dites-vous, monsieur Wilkins ?

– Ah, professeur... Comment vous expliquer ?

Ses yeux d'oiseau maintenant inquiets, Arthur Wilkins leva son nez vers le ciel, comme un bec.

– Voyez-vous, peut-être que l'on pourrait quand même parler dans mon cas d'une certaine perturbation mentale. Il se trouve que quand je suis en bonne santé et que je regarde comme ça le monde autour de nous...

Il contemplait dans le ciel les lourds nuages gris ardoise bordés de franges jaune soufre. Brinkmann l'observa, suivit son regard, et une image se forma dans son esprit.

– Laissons ces problèmes de bois et de jardin. Mais j'aurais une question à te poser, Arthur : es-tu jamais allé à Kleineck ? Un petit village, de l'autre côté de la vallée, juste derrière la colline. Une dizaine de maisons et une église.

– Bien sûr, professeur. C'est là que j'ai fait mon atterrissage en catastrophe.

Brinkmann sourit.

– C'était donc bien toi ! Il va pleuvoir. Filez, monsieur Wilkins, avant de vous faire tremper. Ou avant que je ne change d'avis.

Arthur Wilkins se mit en selle, en un mouvement lent et gracieux, plein de dignité. Puis il rectifia la position, salua en portant la main à son front et pédala vers la sortie. Brinkmann le regarda qui s'éloignait en agitant la main.

– Qu'est-ce que c'est que cette histoire de Kleineck ? demanda Eléna Bach.

– Pardon ? Ah oui ! C'est là que je l'ai vu pour la première fois. Ce jour-là, il faisait une chaleur épouvantable, et j'ai vu arriver un type qui montait la colline en poussant son vélo et en sifflant. Et un peu plus tard, Arthur est arrivé ici, blessé. Mais je n'avais pas fait le rapprochement, je n'avais pas eu l'idée que c'était lui. Tu t'imagines ? Parcourir le monde à vélo, en sifflotant...

– Tu l'as probablement envié ? C'est cela ?

– Oui. Et maintenant, je l'envie de nouveau. (Il eut un sourire mélancolique.) Sinon, crois-tu que je l'aurais laissé filer ? Avec tout l'argent qu'il me doit... Mais je l'envie, c'est vrai. Il est libre. Libre comme un oiseau.

Eléna le tira par la manche.

– Allez, rentre à la maison avant de te mouiller le poil, chat casanier.

Il ne fallait pas qu'il rate le chemin, qui pouvait facilement passer inaperçu. Les bandes blanches de la chaussée étaient effacées, les buissons débordaient sur la route. Et par cette pluie...

Le Dr Ignaz Marker, médecin de campagne à Kirchstett, rétrograda en seconde et engagea sa vieille Mercedes sur les cailloutis du chemin herbeux qui gravissait la colline entre les troncs des arbres. Les ornières étaient pleines d'une boue foncée. Maudite humidité ! Cela ne finirait donc jamais ? L'été ! On pouvait faire une croix dessus, oui ! Enfin, la pluie faisait du bien à la forêt, au moins. En tout cas, c'est ce que prétendaient les forestiers et les sylviculteurs.

La visite à la ferme là-haut, sur la colline, était la dernière inscrite à son programme de la journée. Ignaz Marker avait l'estomac dans les talons, il se sentait rompu. Aujourd'hui, il avait effectué trente visites, sillonnant le canton en tous sens. Encore le vieux Lutz, pour finir...

La voiture tanguait. Si au moins quelqu'un rempierrait ce chemin ! Mais qui s'en souciait ? Le fils Lutz vendait des voitures japonaises à Offingen. Naturellement, c'était plus important.

Marker ralentit, mais il conduisait encore trop vite pour l'étroit chemin glissant. Les roues bloquées, la Mercedes se mit à déraper. Il accéléra, contre-braqua, en vain. La voiture bascula doucement dans le fossé.

Marker arrêta le moteur. Il ne se sentait même plus la force de se répandre en jurons. Il inspira profondément, fit jouer les articulations de ses épaules pour dénouer sa nuque raidie, se cala le dos contre son siège et ferma les yeux. Tu devais bien t'y attendre ! Une journée pareille !...

Son optimisme fataliste, son impassibilité optimiste – une attitude mêlant espoir et résignation –, c'est ce qui avait permis à Ignaz Marker, ces trente dernières années, de venir à bout de son travail de médecin de campagne. D'une façon ou d'une autre, tout finissait par s'arranger. Et il réussissait à faire partager cette conviction à ses patients.

Depuis quelque temps, cependant, les étoiles de l'espoir menaçaient de disparaître derrière les nuages de la résignation. Depuis quelque temps, Marker se disait fréquemment que le plus simple était de toujours s'attendre au pire. Dans le cas précis, cela signifiait qu'il allait descendre de voiture et continuer à pied, sous la pluie, jusqu'à la ferme Lutz. Le vieux Lutz avait besoin de lui, il fallait qu'il le voie.

Au bout de cinq minutes, Ignaz Marker se résolut donc à retirer la clé de contact et à ouvrir la portière de la voiture. Mais ce qui se produisit alors fit renaître l'optimisme en lui. A travers le brouillard qui étouffait les sons sous son voile humide, il entendit le moteur Diesel d'un tracteur. Et, bientôt, apparut son ombre noire, juchée sur d'énormes roues chenillées, qui s'approchait du chemin en se dandinant.

oui... La signature, c'est toujours le principal. C'est bien la mienne. Tu comprends ?

Marker relut les trois lignes. *Je veux mourir ici chez moi. Je ne veux pas qu'on m'emmène à l'hôpital. C'est ma volonté. Otmar Lutz.*

Il se rassit près du lit, fut sur le point de parler, mais ce n'était pas si simple. Le vieux chef indien, pensa-t-il. De fait, c'était un profil de vieil Indien, ce nez saillant dans un visage émacié dont la mort accusait maintenant les structures. Marker avait lu quelque part que les chefs des Cheyennes, quand ils sentaient venir la fin, se faisaient préparer un lit de branchages dans un arbre, et s'y couchaient les mains jointes, la face tournée vers l'est, d'où venait la nef du soleil, qui les emporterait vers le Grand Esprit.

C'était une fin en accord avec eux-mêmes et la nature qui les entourait. Ils s'ordonnaient de mourir, et mouraient. Comment appeler cela ? Une mort d'origine psychosomatique ? Arrêter la pendule ?

Le vieux Lutz en était arrivé là, lui aussi. Cependant, son agonie n'était pas la répétition de la loi de la nature, mais la dernière protestation contre une vie qui avait perdu sa signification. Sa femme était morte, la ferme et l'étable vides, la dernière vache vendue depuis des années.

Marker se rappela comme Lutz était fier de ses pintades, autrefois. Il élevait aussi des canards, et toute cette volaille s'affairait sur le grand tas de fumier qui s'élevait alors sur l'emplacement où s'accumulaient maintenant, sous la pluie, de vieilles choses hétéroclites et des ruines. Même la forêt, que le vieux Lutz aimait tant, était en train de crever. Maintenant, il gisait dans son lit comme le Cheyenne dans son arbre. Non, ce n'était pas une protestation, son heure était vraiment venue. Il le sentait et s'y pliait. Les aiguilles des sapins tombaient des branches malades. Le temps était passé sur les gens comme le vieux Lutz. Un temps malade.

– Tu as lu, docteur ?

– Oui. Mais je vous dis tout de suite que ça n'a pas de valeur légale.

– Qu'est-ce que ça signifie ? Pas de valeur légale ! Qu'est-ce que tu me veux encore ?

– A vrai dire, je me le demande.

Marker plia son stéthoscope et le rangea dans sa trousse. Il se sentait mal, si mal qu'il dût s'appuyer à la table.

– J'ai faim, père Lutz, il faut que je mange quelque chose. Je vais rester près de vous, mais ça fait dix heures que je suis en route. Maintenant, il faut que je me mette quelque chose dans l'estomac.

Le vieux hocha la tête, mais il semblait ne pas avoir vraiment entendu. Le peu de lueur qui subsistait sous ce crâne osseux continuait à se consumer, le cerveau consacrait son travail à d'autres problèmes, les lèvres desséchées formaient des mots.

– Des tuyaux, des câbles... L'hôpital... J'ai entendu dire à quoi ça ressemble. On vous empêche de mourir, et vous n'êtes plus un homme. C'est comme ça... D'abord, ils ne veulent pas vous laisser vivre, après ils ne veulent pas vous laisser mourir. Deux guerres, docteur. Là, je ne voulais pas mourir, mais il fallait y aller. Et les guerres, c'était fait pour qu'on meure. Il meurt des gens partout, dans le monde entier. Des femmes et des enfants... Et eux ils ne veulent pas. Maintenant, moi, je veux. Je suis vieux et malade. J'y ai droit.

– Oui, père Lutz.

– Alors ! Tu vois ! Et je n'ai pas trop à me plaindre non plus. Sur quatre-vingt-trois ans, j'ai eu des années meilleures et des années pires. Maintenant, c'est fini. La femme n'est plus là... Est-ce que tu l'as connue ?... Mais pour mes petits-enfants, ça va bien...

Marker ne put comprendre la suite, un chuchotement aussi léger qu'un bruissement de feuilles sèches dans un arbre.

Pourtant, le vieillard tourna de nouveau la tête vers lui, rouvrit ses yeux voilés, bleu pâle, et le regarda.

yeux qui la regardaient, ce front qui se penchait vers le sien...

Epuisé, Marker serait bien rentré se coucher, or il restait assis au chevet du mourant.

La pluie avait cessé, mais il ressentait presque physiquement l'humidité de la nuit comme un mur de silence autour d'eux. De temps à autre, quand le cri d'un oiseau nocturne le faisait sursauter, ou quand les mains posées sur le drap bougeaient tandis que la respiration sifflante du vieillard s'accélérait, Ignaz Marker se levait, faisait cinq pas, posait la main sur un front trempé de sueur et glacé, puis retournait s'asseoir dans le vieux fauteuil d'osier qui craquait, et il laissait aller sa tête en arrière contre le mur, juste en dessous de la vue de San Francisco en 1910.

A un moment ou à un autre, dans la matinée, il tirerait de sa poche le certificat de décès. La troisième rubrique, en chiffres romains, avait trait à la cause du décès : « naturelle », « non naturelle », ou « indéterminée ». Il cocherait d'une croix la case « naturelle ». Ce mensonge serait sa dernière contribution personnelle à cette longue agonie tranquille et courageuse dont il s'était rendu complice.

Assister un mourant lui avait rarement paru aussi simple. Il y avait tant de variantes, si pénibles : les prières interminables du prêtre, l'impatience froide qu'exprime le visage de bien des proches. Il fallait assener des proverbes creux, inventer des mensonges, chercher des mots de consolation. Mais le pire, c'était quand, dans un service de soins intensifs, pris dans un réseau de câbles, de tubes, d'électrodes, devenus à leur heure dernière un simple élément d'une machinerie, les malheureux renonçaient à vivre, ne comprenaient plus. Quelle effrayante protestation dans leurs yeux !

Il arrivait aussi que cela fût beau, comme la semaine précédente, quand Marker avait parlé à une vieille femme, qu'un cancer emportait, des palmiers qui poussent en Espagne sous un ciel toujours bleu et qu'elle verrait bientôt, car ses petits-enfants venaient la chercher. Et à la fin, en lui tenant la main, il avait chanté « A la fontaine, devant la porte ».

Auprès du vieux Lutz, il n'avait pas besoin de chanter. Il n'y avait pas non plus de prêtre. Il n'y avait que l'attente et une harmonie qu'il n'avait jamais éprouvée : son entente avec un être qui laissait consciemment la vie le quitter.

Le claquement de la porte d'entrée déchira le silence comme un coup de feu. Marker se leva d'un bond et s'approcha du lit. Les ailes du nez palpitaient encore, mais le visage était déjà celui d'un mort.

Le Dr Marker regarda vers la porte de la chambre.

L'homme qui entra avait une quarantaine d'années. Un costume beaucoup trop serré boudinait son corps lourd et gras. Il portait même un gilet. Et une cravate à pois blancs. Marker le connaissait : Michael, le fils du vieux Lutz.

– Docteur, qu'est-ce qui lui arrive ? Mme Körber m'a appelé.

– Pas si fort, Michael, ne faites pas tant de bruit.

Michael Lutz le dévisagea en silence, puis s'approcha du lit sur la pointe des pieds. Il laissa retomber ses bras.

– Mais il est mort !

– Non. Pas encore.

– Et vous restez là sans rien faire ? Il faut l'emmener immédiatement à la clinique !

– Ça n'y changerait rien. Et il ne veut pas.

– Il ne veut pas ! Qu'est-ce que ça signifie ? Vous êtes là, et vous ne faites rien ! Depuis quand ?

– Hier soir, à 8 heures.

Marker se frotta les yeux.

Michael Lutz le regardait fixement.

– Depuis hier soir ? Mais c'est incroyable ! Voilà un homme, mon père, qui est en train de mourir, et le médecin reste assis là à se tourner les pouces !

– C'est ce qu'il voulait. Il l'a même écrit.

Mais Michael Lutz n'entendit pas cette réponse. Il

s'était déjà précipité vers le téléphone accroché au mur près de la porte du séjour. Il sortit de sa poche une paire de lunettes, déchiffra le numéro des urgences et le composa.

– Allô ? Je m'appelle Lutz, Michael Lutz. Allô ? Vous m'entendez ? J'ai besoin d'une ambulance, vite. A Bichenbach. Oui, on descend à droite après Oberstwald. C'est urgent. Avec un médecin. C'est vraiment une question de secondes.

Il raccrocha. Marker l'entendit respirer lourdement.

– Pourquoi n'avez-vous rien entrepris ?

– Je vous l'ai déjà dit, Michael.

– Non, vous ne me l'avez pas dit !

– Et pourquoi n'êtes-vous pas venu plus tôt ?

– J'étais chez un client. Je n'étais pas au courant. Mais vous ? Vous êtes censé être médecin ? Vous n'allez pas vous en tirer comme ça. Je vous assure que ça va vous coûter cher, docteur, je vous le garantis ! Ça va vous coûter très cher !

Il était à peu près 4 heures quand Brinkmann entra dans son bureau. Il lut les messages que Léna Meis avait notés pour lui. Puis, sans y penser, il saisit le téléphone. Appeler Christa, lui demander de venir ? Non. Cela entraînerait encore plus d'ennuis pour elle que pour lui.

Il se carra dans son fauteuil et caressa la tête de Molli. Le patron et l'infirmière. C'est toi qui l'as voulu ; maintenant, à toi de te débrouiller. Trouver une stratégie pour rester discrets, ne pas éveiller l'attention quand ils se parleraient ?... Non. Il fallait qu'il en discute avec elle. Peut-être aurait-elle une idée. Mais il était hors de question de faire comme si rien n'était arrivé. Tu as passé l'âge où certains mensonges semblent tolérables.

Brinkmann soupira et pressa la touche de l'interphone.

– Léna ? Faites donc entrer tout de suite le Dr Renz, s'il vous plaît.

– Il y a encore un monsieur qui attend. M. Lutz. C'est le fils du patient qui est décédé ce matin pendant son transport à la clinique.

– Justement ! C'est à cause de cela que je voudrais d'abord parler au Dr Renz. Il était bien dans l'ambulance ?

Il entendit toussoter dans son dos.

– Oui, professeur ! J'étais là.

Brinkmann n'avait pas remarqué que Renz était déjà entré. Il fit un signe de tête au grand jeune homme roux et lui indiqua le fauteuil d'un geste de la main.

– Eh bien, comment cela s'est-il passé ?

– Oh ! Comme cela peut se passer quand on tire un cadavre de son lit. L'homme était déjà aux trois quarts mort, vraiment. Il était dans le coma. Quatre-vingt-trois ans, professeur ! Diabétique depuis dix ans, artériosclérose très prononcée, le cœur à bout, les reins fichus. Et dans cet état, il avait pris des barbituriques, en plus.

Brinkmann hocha la tête.

– Dans ces conditions, pourquoi son fils veut-il me parler ? Vous avez bien signé le certificat de décès, n'est-ce pas ?

Walter Renz contempla ses ongles.

– Il perd les pédales et fait l'imbécile. Hier soir, déjà. Il considère que tout est la faute du médecin de famille, qui n'a pas fait hospitaliser le vieux immédiatement.

– Et qui est le médecin de famille ?

– Un certain Dr Marker. Le fils Lutz veut porter plainte contre lui pour non-assistance à personne en danger. Et il y a autre chose : le patient aurait interdit par écrit qu'on le transporte dans un hôpital. En outre, comme je le disais, il a pris beaucoup de somnifères. On ne sait pas très bien si c'était dans l'intention de se suicider.

Brinkmann regarda la fenêtre, au-delà de Renz.

– Marker, avez-vous dit ?

– Oui.
– Est-il vrai qu'il est resté toute la nuit au chevet du malade sans rien entreprendre ?
– Oui. J'ai parlé avec lui. Il le reconnaît expressément. Il est possible qu'au point où en étaient les choses...
Renz s'interrompit et se replongea dans la contemplation de ses ongles.
– Qu'est-ce que le malade a écrit, exactement ?
– Aucune idée.
– Marker... répéta lentement Brinkmann. Bien, faisons entrer le fils.
Renz se disposa à sortir.
– Non, restez, Walter. Après tout, vous seul êtes au courant.

Michael Lutz ne s'embarrassa pas de préalables, et Brinkmann attendit patiemment que la pression fût un peu retombée.
– Je comprends votre douleur, monsieur Lutz ! Mais si vous reconsidériez votre jugement sur le Dr Marker...
– Moi ? Reconsidérer mon jugement ? Il a tué mon père ! Qu'est-ce que vous feriez à ma place ?
– Tué... Vous devez bien comprendre qu'il me faudrait davantage d'éléments pour...
– Quels éléments vous faut-il encore ? Il l'a laissé crever ! Oui, tout simplement crever !
– Calmez-vous, monsieur Lutz, je vous en prie. Voyez-vous, mon collègue, le Dr Renz, dit aussi que votre père était déjà dans le coma.
– Mais avant ? Qu'est-ce qui s'est passé ? Le Dr Marker est arrivé à 8 heures du soir, il me l'a dit lui-même. Et quand je suis arrivé à la ferme, moi, il était 3 heures du matin. Vous n'allez quand même pas me dire que lorsqu'on se prétend médecin, on regarde crever son patient ? Pendant sept heures !
– Maintenant, calmez-vous !
Mais Michael Lutz ne voulait pas se calmer.

– Bien sûr ! Les médecins se soutiennent entre eux, et les proches sont priés de se calmer. C'est comme ça que ça marche. Les loups ne se mangent pas entre eux, hein ? Reconnaissez-le donc ! Mais Dieu merci, j'ai des preuves. Oui, je peux prouver que le Dr Marker a enfreint la loi. Et je porte plainte contre lui. Personne ne pourra m'en empêcher, même pas vous, professeur !

Brinkmann appuya la tête contre le dossier de son fauteuil et se croisa les mains.

– Maintenant, écoutez-moi. (Sa voix était très douce, parce que l'expérience lui avait appris que ce ton avait un réel effet calmant.) Je connais le Dr Marker. C'est un bon médecin, conscient de ses devoirs. Nous avons fait nos études et notre stage ensemble. En outre, et vous le savez aussi bien que moi, il jouit d'une excellente réputation dans la région.

– Ça ne m'intéresse pas. J'ai vu ce que j'ai vu. Et son devoir aurait été d'aider mon père. Il ne l'a pas fait. Ah, c'est bien vrai : pour étouffer une affaire, vous vous y entendez. Les médecins, vous êtes bien tous pareils. Les loups...

Brinkmann se leva. La méthode douce n'avait pas fonctionné. Eh bien, il pouvait s'y prendre autrement.

– J'ai entendu assez de sottises !

– Son devoir aurait été...

– C'est à l'enquête de déterminer si le Dr Marker a fait son devoir ou non. Quand nous aurons les résultats, nous en reparlerons. Au revoir, monsieur !

Ignaz Marker n'avait rien contre le lierre. Au printemps, c'était même très beau. Mais quand il se mettait à proliférer aussi effrontément, engloutissant toute la maison sous sa verdure parasite, entretenant l'humidité des murs, il fallait bien se décider à intervenir. Même un dimanche.

Depuis trois heures, il s'affairait avec son sécateur pour libérer les murs de leur gangue végétale. Il faisait chaud. Cet été pluvieux avait permis à toutes les plantes de croître sans retenue. C'est seulement maintenant, dans les premiers jours de septembre, que le soleil commençait à faire son travail.

Marker glissa le sécateur dans sa ceinture pour monter à l'échelle, mais il interrompit son geste et regarda vers le portail du jardin. Une Mercedes s'était arrêtée. Et quelle merveille ! Etincelante, splendide ! Le conducteur descendit et tira la sonnette. Apparemment, il n'avait pas encore aperçu Marker, qui leva la main.

– Klaus ?

– Hé oui, c'est bien moi. Bonjour, Ignaz !

Marker alla vers lui, ouvrit le portail, s'essuya les mains sur son pantalon.

– Bonjour, Klaus. Il t'a fallu du temps pour te décider à passer me voir !

– Ah, cher confrère, tu sais ce que c'est, toi aussi : pas le temps !

– Mais aujourd'hui, tu as quand même trouvé un instant !

Brinkmann hocha la tête, puis regarda autour de lui.

– Beau jardin ! Chez moi, il pousse surtout des mauvaises herbes. Mais ici ! Oh ! Et ces salades !

– Entre donc.

Marker se demanda si Brinkmann souhaitait qu'ils s'installent dans la maison. Non. Pas par ce beau temps ! Il le conduisit donc vers le petit banc sous les rosiers.

– Tu bois quelque chose ?

Brinkmann refusa et dévisagea Marker.

– Il y a vraiment une éternité que nous ne nous sommes vus.

– Est-ce que cela t'étonne ? Tu as fait une brillante carrière, et moi, je suis resté médecin de campagne. (Marker posa ses mains entre ses genoux et suivit des yeux, au-delà de la route, les pylônes de la ligne électrique qui se dirigeait vers la forêt.) Et si tu passes me voir maintenant, ce n'est pas un hasard non plus,

Klaus. Tu ne peux pas me faire croire ça. Alors ne tourne pas autour du pot.

Brinkmann mordilla sa pipe, puis dit :

– Le conseil de l'ordre a demandé un rapport. Au sujet de la mort du vieux Lutz.

Marker hocha la tête.

– Je sais. Est-ce que tu l'as déjà signé ?

– Non. C'est pour cela que je suis ici. Je voulais d'abord en discuter avec toi. Je ne peux tout simplement pas m'imaginer...

– Quoi ?

– Eh bien, que tu n'aies pas pris soin du patient. Pourquoi ne l'as-tu pas fait transporter à la clinique ? Un médecin comme toi ne reste pas assis toute la nuit à regarder mourir quelqu'un que l'on pourrait encore maintenir en vie !

– Maintenir en vie... Quelle vie ? Sais-tu ce qu'était sa vie ? Le vieux Lutz voulait mourir.

– Il voulait mourir ? Faut-il que je te rappelle que notre devoir est d'entretenir la vie, non de l'abréger ?

Marker se leva et glissa ses pouces dans les passants de sa ceinture.

– Non, tu n'as pas besoin de me le rappeler. Mais seul peut parler ainsi un ignorant qui laisse des gens agoniser pendant des mois de souffrances dans de grandes cliniques au lieu de leur accorder une mort rapide et paisible.

– Ecoute...

– Je ne m'attendais vraiment pas à autre chose de ta part, Klaus. Il faut bien amortir toutes tes machines, sinon, ce ne serait pas rentable.

Il exagérait ! C'était un coup bas !

Pourtant, malgré sa colère, Brinkmann reconnut que, dans la situation de Marker, les réalités mêmes de leur métier devaient sembler bien différentes. Ces yeux en avaient tant vu ! Depuis trente ans que Marker exerçait, il avait dû vivre bien des épisodes propres à le rendre amer et furieux.

Longeant un carré de poireaux, puis la citerne d'eau

de pluie, il suivit Marker qui l'avait planté là, et le rejoignit près d'un petit appentis. Cette fois-ci, ce fut Brinkmann qui passa à l'offensive.

– Cela ne change rien, Ignaz ! Ce n'est pas le cœur, ce ne sont pas les reins, qui ont provoqué la mort. Ce sont les médicaments qu'il avait pris. Et il te l'avait dit, tu l'as reconnu. Tu as accepté cela comme un décret du ciel, et tu n'as rien fait !

– Rien fait ? Qu'est-ce que ça signifie ? Il souffrait horriblement. Chez lui, plus rien n'était curable. Ni le cœur, ni les reins, sans parler du pancréas, ni de la circulation. Il voulait mourir, rejoindre Ida, sa femme !

– Et toi, en tant que médecin, tu es maître de la vie et de la mort, naturellement ? C'est à toi d'en décider ?

– A moi, non. A toi, peut-être.

Brinkmann vida sa pipe en tapotant le fourneau contre une des planches de la paroi de l'appentis.

– Cessons donc enfin de parler de moi ! Dis-moi, toi : où places-tu la limite ? A quatre-vingt-trois ans, à quatre-vingts, à soixante-quinze ? Est-ce que tu as le numéro de téléphone du bon Dieu pour qu'il te donne son avis ? Est-ce qu'il te dit combien de temps une vie doit encore être vécue ?

– Chez moi, c'est le patient qui le dit.

– Allons donc ! La peur, la douleur provoquent des réactions que nous ne pouvons pas contrôler. Je le sais, tu le sais, Ignaz, et une discussion ne me fera pas oublier ce que l'expérience m'a appris. Si tu écartes sa peur, tu peux soigner le malade. C'est ton travail de médecin. Et tu es un médecin, pas le bras de Dieu le père.

– Toi, tu n'en es plus un.

– Ignaz...

Ignaz prit une bêche et la planta dans le sol.

– Fais ton rapport et laisse-moi tranquille.

– Ignaz, il s'agit de ton existence.

– Et alors ? Tu crois que ça m'impressionne ? Qu'est-ce que j'ai à perdre, après tout ? Je ne gagne pas des millions, tu sais. Certains patients me paient, certains m'envoient un panier de victuailles, et d'autres ne font ni l'un ni l'autre. Je ne t'apprendrai pas qu'il y a encore des régions, en Allemagne, où les gens ne sont pas couverts par les assurances sociales. Ici, par exemple. J'arrive juste à m'en sortir. S'ils m'interdisent d'exercer, je m'arrêterai et j'aurai enfin la paix. Je pourrai courir la campagne, aller dans les fermes perdues au fond des forêts, dans des villages que je n'ai jamais vus, pour mettre des enfants au monde et masser le dos des grands-pères.

Brinkmann n'éprouvait plus de colère, mais de la résignation.

– Mais, Ignaz, il ne s'agit pas de cela. Le problème est que tu as pratiqué l'euthanasie. Euthanasie active si tu as favorisé médicalement la mort, euthanasie passive si nous pouvons prouver que c'est à ton insu que les derniers médicaments...

– Nous ? Qui, nous ? Qu'as-tu à voir là-dedans ?

– La justice aura à se prononcer, Ignaz. Et je devrai témoigner en tant qu'expert.

– Ah ! Et naturellement, tu tiens à formuler des conclusions équitables, n'est-ce pas ? Toi qui branches des moribonds sur tes machines, et qui es tout fier de chaque journée où tu les prolonges dans leur délire. Mais tu es d'emblée contre moi ! Tu es bien forcé, puisque c'est ce qui te fait vivre. Pour toi, ce qui compte, ce sont tes succès médicaux et l'amortissement de tes appareils. Et pas la grâce d'une mort digne et humaine !

C'en était assez, c'en était trop. Il n'y avait rien à faire. Brinkmann hocha la tête.

– J'étais venu pour t'aider, Ignaz, pas pour te nuire.

Il s'apprêta à s'en aller.

– Epargne ta salive, et fais ce que tu veux ! lui lança Marker. Pour moi, la mort d'un homme de plus de quatre-vingts ans est un phénomène naturel. Et je vais te dire autre chose : quand je serai vieux et malade, je n'irai pas dans ta clinique de tortionnaires !

Brinkmann s'arrêta.

– Tu n'as rien à ajouter ?

Marker secoua la tête.

– Non, Klaus, c'était tout...

– Je crois que nous l'avons mérité, tous les deux. Nous devrions nous offrir quelque chose de bien, tu ne trouves pas ?

Après la concertation, Brinkmann avait tout simplement traîné Eléna Bach vers la voiture, sans admettre d'objection. Maintenant, assise dans la Mercedes, elle l'observait. Le « King ». Non, l'« Ex-King ».

Il conduisait à travers la Forêt-Noire, la tête un peu rejetée en arrière, son visage arborant une expression rêveuse et vigilante à la fois, qui donnait à Eléna la certitude qu'il enregistrait tout, chaque arbre, chaque nouveau point de vue, chaque prairie, chaque vieille maison, chaque ruisseau. Elle retrouvait un Klaus Brinkmann détendu et heureux dans la brume rouge et or du soir.

Eléna Bach ne parlait pas non plus. Elle ne voulait pas rompre le charme de ces instants où se mêlaient, comme en surimpression, les souvenirs et le présent, les souvenirs l'emportant de plus en plus. Elle se rappelait d'autres voyages en voiture, sous le ciel lourd de la Normandie, au pied des falaises de craie du Jura bernois, ou sur la route de Genève à Locarno. Le Simplon, Centovalli, cette merveilleuse entrée en pente douce du jardin enchanté qu'était pour elle le Tessin.

Ce n'étaient pas le lac Majeur et Centovalli. C'était la vallée de la Kinzig ! Ici, il ne poussait aucun palmier, mais des sapins, dont on disait qu'ils ne vivraient plus très longtemps. Cette pensée était liée à un autre sentiment, qui accompagnait chaque minute de sa rêverie : le sentiment d'une menace, d'une fin imminente et inéluctable. « Nous devrions nous offrir quelque chose de bien. » Elle ne se faisait pas d'illusions. Aucune, vraiment. Au contraire. Au fond d'elle-même,

Eléna avait peur. C'est aussi pourquoi elle ne demandait ni où ils allaient, ni pour quelle raison.

Ils avaient dépassé Hornberg et Nussbach. A Sankt-Georgen, ils avaient obliqué vers l'ouest. A Schönwald, ils avaient bu un café, lui fumant tranquillement sa pipe, elle plongée dans ses pensées. Maintenant, ils roulaient sur la route fédérale 31 en direction de Triberg. Les versants étaient couverts de maisons de campagne, d'hôtels, de pensions. A gauche, un terrain de sport. Plus loin, le cimetière.

Il tourna la tête vers elle, sourit.

– Et maintenant ? Un goûter ? Un petit dîner ? Un grand dîner ? Qu'est-ce que ce sera pour vous, docteur ?

– Ni viande fumée, ni alcool de framboises. Une bonne salade et un peu de conversation. Qu'en dis-tu ?

– Mais volontiers...

Il y eut quand même de la viande fumée. Brinkmann en engloutit des quantités incroyables. Quand, consciente de ses devoirs, elle lui rappela les risques de cancer attachés à la consommation excessive d'aliments fumés, il se contenta de répondre que, le cas échéant, il s'enlèverait l'estomac lui-même. Un jeu d'enfant ! Même de la main gauche !

– Sale vantard !

Avec sa salade, elle commanda une truite.

– Non fumée, et au bleu si possible.

Tandis qu'elle sirotait son vin clair et sec, Brinkmann contemplait la place du Marché de la petite ville. Pendant qu'il se livrait à quelques remarques mordantes sur les autres hôtes du *Wehrle's Parkhotel*, elle émiettait son pain, attendant qu'il ait terminé son troisième alcool de framboises, attendant la suite avec un sentiment d'impuissance.

Rien ne venait. Il mordillait sa pipe et traçait des lignes sur la nappe du bout de son couteau.

Elle éprouva soudain une grande tendresse, qui se renforça encore quand elle regarda la tête penchée de Brinkmann : il avait de plus en plus de cheveux blancs.

Toujours ses mèches rebelles, mais elles s'éclaircissaient sur le dessus du crâne. Toucher ces cheveux, y enfouir ses doigts, l'attirer à elle... Comme autrefois !

– Qu'y a-t-il ?

– Rien, pourquoi ?

– Mais si.

Il ruminait quelque chose. Elle l'avait vu si souvent assis ainsi, affaissé, l'air désorienté, le front plissé par le doute. La dernière fois, c'était chez elle à Zurich. Et cette tension douloureuse ne l'avait abandonné que lorsque Eléna l'avait pris dans ses bras...

Elle posa la main sur la sienne.

– Allez ! Raconte-moi ce qui ne va pas, Rossi...

– Mais c'est toi qui voulais...

– C'est vrai, mais maintenant ça n'est pas si important.

Il sourit faiblement, du coin des lèvres.

– Tu connais cela : des coups de projecteur sur un horizon sombre. C'est peut-être aussi que je suis physiquement épuisé, Eléna. La mise en route, à la clinique, m'a bien plus éprouvé que je ne l'aurais cru.

– Des ennuis avec le conseil d'administration ?

– Allons donc ! Les ergoteurs, les pinailleurs sont inévitables. C'est comme les pucerons, il suffit de s'y habituer. Non, ce n'est pas cela qui me préoccupe.

– Alors quoi ?

– Toujours la même chose : le travail. Cette satanée profession. Les confrères. L'opération de la poitrine, ce matin, en chirurgie plastique.

– Mme Obrecht ? Il faut reconnaître que ça n'était pas rien !

– Pas rien ? C'est vite dit. Tu échanges quelques mots aimables avec une charmante vieille dame, tu lui fais une piqûre et pour toi, c'est fini.

– Arrête ! Tu exagères !

– Excuse-moi, Eléna.

Maintenant, c'était lui qui lui caressait la main. Maladroit, il repoussa du coude son couvert, qui tomba sur le sol, entraînant dans sa chute le verre d'alcool à moitié plein. Brinkmann n'entendit pas le bruit, il ne vit pas le serveur qui arrivait en hâte pour réparer les dégâts. Il la regardait fixement, de ses grands yeux implorants.

– Réjouis-toi de ne pas savoir, Eléna. Il y a de quoi faire des cauchemars !... Je vous ai épargné l'exposé du cas, à vous tous. Mais la pauvre femme a déjà été hospitalisée chez moi, à Karlsruhe. Et à l'époque, j'ai reconstitué l'histoire comme j'ai pu à partir du maigre dossier que j'avais en main...

– Quand la tumeur a-t-elle été détectée ?

– Il y a trois ans. Elle habitait alors en Hesse. Je ne veux pas citer de noms. Ce n'est d'ailleurs pas nécessaire. Ne serait-ce que parce qu'on trouve des cas semblables partout, c'est bien ce qui m'exaspère. Nous avons besoin d'une nouvelle réglementation de la chirurgie, de nouvelles lois : il faut des cliniques spécialisées, avec des médecins qui ne fassent rien d'autre.

– Ne reprenons pas toute cette discussion, Klaus. Qu'est-il arrivé à Mme Obrecht ?

– La même chose que d'habitude. Le gynécologue décèle des nodules. Elle se fait admettre au premier hôpital venu. Pas dans une petite clinique de province comme la nôtre, non, dans une *grande* clinique. Elle avait pleinement confiance. Si elle avait su... Mais tu connais cela. Palabres chez le médecin-chef, elle signe tous les papiers, il a les mains libres. Lors de la concertation, tout le monde est d'accord : puisque cette femme ne peut plus avoir d'enfants, ne lésinons pas. Il faut bien que les assistants apprennent, d'accord, mais pas une chirurgie faiblarde ! La biopsie indiquait une tumeur. A son âge, avec la perspective d'une évolution très ralentie... La tumeur était grosse comme une prune, Eléna. En position médiane. Il y avait en outre quelques modifications mastopathiques. Tu sais bien quel est le problème, avec ces biopsies. Si tu n'as pas une très grande habitude de ce genre de cancers, tu risques de nager en cours d'opération. Pour moi, on ne prend jamais assez de garanties. Et ces gens de la Hesse, voilà qu'ils pratiquent immédiatement un Holsted ! Ils veulent tout éliminer. Ils enlèvent les muscles de la poitrine jusqu'aux côtes, comme l'indique le manuel, curent les cavités axillaires pour supprimer d'éventuels ganglions lymphatiques cancéreux. Avec ce diagnostic-là... Mais l'opération de Holsted est une des plus difficiles qui soit ! Laisser une équipe de novices s'en charger au lieu de faire appel à quelqu'un de très rodé, c'est un crime ! Et tu as vu le résultat...

– La gêne respiratoire ?

– Bien sûr. Toute la cage thoracique est couverte de cicatrices indurées. Et, comme si tout cela n'avait pas suffi, ils ont encore traité la pauvre femme aux rayons X. Résultat : des brûlures. Si maintenant elle ne peut plus respirer et souffre de troubles cardiaques, ça n'a rien d'étonnant. Tu sais, il y a vraiment de quoi devenir fou quand on voit comment certaines femmes sont réduites à l'état d'infirmes.

Elle se taisait. A la table voisine, on riait. Brinkmann disparut derrière un rideau de fumée de pipe.

– On tire au canon sur des moineaux. Oui, le cas n'est pas rare.

– Au canon ? Avec des bombes atomiques, oui ! Et il ne faut plus que ça se produise, il faut que ça change.

– Mais toi aussi, dans ta clinique, tu dois traiter tous les cas qui se présentent.

– Et crois-tu que cela me plaise ?

– Quand même. C'est une chance qu'il existe des chirurgiens comme toi. Sérieusement, Klaus.

– Moi ? Tu me considères peut-être comme un médecin béni des dieux ? Je ne suis qu'un vieux routier. Mais au moins je sais ce que je fais. Et je sais aussi de quoi je ne dois pas me mêler.

Il prit le verre de vin, vit qu'il était vide. Mais avait-il vraiment envie de boire ? Il fit tourner le verre entre ses doigts en observant la lente progression des gouttes de vin sur la paroi.

Eléna commençait à s'inquiéter : opérerait-il le lendemain ?

Il avait repris le fil de ses propos.

– L'illustre corporation des médecins ! Les seigneurs par la grâce de Dieu ! Nous pouvons tout, personne ne peut rien contre nous ! Sur la route, si quelqu'un conduit sans avoir appris ou sans faire attention, il en supporte les conséquences. Mais nous ? Chez nous, les spécialistes doivent se contenter des miettes. Après dix ans de formation. Mais les géniaux improvisateurs de la chirurgie générale, eux, se chargent de tout, des oreilles aux orteils. Quand va-t-on se décider à interdire ça ? Quand vont-ils enfin se réveiller, ces idiots ?

– Qu'est-ce que j'entends ? Ai-je droit à une de tes conférences ?

– Non. C'est une conversation avec quelqu'un dont j'espère qu'il me comprend. Je n'ai pas d'autre interlocuteur.

Elle sentit la chaleur lui monter au visage. Elle hocha la tête. Et lui, se réveillait-il ? Etait-il enfin en mesure de comprendre ce qui lui manquait le plus ? Une partenaire. Pas seulement pour le lit, ce que lui offrait peut-être Christa, la petite infirmière blonde. Non, une partenaire qui soit au moins de taille à saisir ses pensées. Et Brinkmann était ainsi fait que ses pensées tournaient toujours autour du même thème : la chirurgie.

– Ici, il faut que je fasse tout. Et je peux me l'imposer. Je le peux *encore.* Une clinique comme la nôtre, c'est la même chose qu'un hôpital de campagne pendant la guerre. Nous devons assurer nos soins à vingt mille personnes, l'équivalent de deux divisions. Quand il y a un gros problème, que c'est une question de minutes, que quelqu'un est en danger de mort, nous intervenons. Udo aussi a progressé. Il est doué. Juste un peu trop sûr de lui, quand même. Pourtant, quand je réfléchis à tout cela, je me dis que mon ami Ignaz a raison sur bien des points.

– Ignaz Marker, ce généraliste de campagne ?

– Il m'a traité d'ignorant, il m'a reproché de diriger une clinique de tortionnaires, et je me suis fâché.

Ces accusations, ce cynisme derrière lequel se cachait une juste colère, maintenant cette mélancolie : ce mélange était bien typique de Brinkmann ! Il avait toujours été un solitaire, mais jamais encore il n'avait formulé de façon aussi radicale ce qui le préoccupait.

– Où en est la procédure contre Marker ? Tu devais bien intervenir comme expert ?

– Je l'ai fait. Le procès a eu lieu hier.

C'était donc cela, se dit Eléna. Il n'en avait pas parlé.

– Vous étiez camarades de classe, n'est-ce pas ?

Brinkmann sourit amèrement.

– Oui. Des camarades de classe se soutiennent, hein ? Je l'ai soutenu. Et comment ! Son avocat m'a serré la main. S'il avait osé, il m'aurait sauté au cou. Mais Ignaz ne m'a même pas regardé. Il m'a tout simplement planté là, il est monté dans sa voiture et il est parti. Il ne s'est pas retourné une seule fois.

Ils se turent un moment.

– Liquide cette histoire avant qu'elle ne t'étouffe, dit soudain Eléna.

– Comment ?

– Parle à Marker.

– Mais comment lui parler ?

– En lui téléphonant, par exemple.

Regardant fixement devant lui, Brinkmann restait silencieux. Puis il sourit, se leva, traversa la salle, franchit les portes de verre pour gagner le hall où se trouvaient les cabines téléphoniques, en ouvrit une et consulta l'annuaire.

Mahler... Malzer... MARKER, IGNAZ, Dr.

Au moment de composer le numéro, il hésita un instant. Par la porte ouverte de la cabine, il voyait les lambris, les appliques, les tapis, et la statue de bois d'une madone dont il croisa le regard. Le manteau bleu, la couronne, ce sourire. Style baroque du lac de Constance. De première qualité, sans aucun doute. Pourtant, il y avait dans le visage rose de la Sainte Vierge quelque chose qui gênait beaucoup Brinkmann : il exprimait de la compréhension, certes, mais aussi une certaine distance. Une ironie qui comprenait tout, mais ne voulait s'attacher à rien, ne voulait surtout rien avoir à faire avec un imbécile comme Klaus Brinkmann !

Il referma la porte et composa le numéro. Et tandis que son index pressait les touches et qu'il entendait la sonnerie dans l'écouteur, il revit la scène.

Le vestibule ensoleillé du tribunal de grande instance, le tableau d'affichage où était annoncée l'audience en cours. CONTRE LE Dr IGNAZ MARKER ACCUSÉ DE NON-ASSISTANCE À PERSONNE EN DANGER PAR EUTHANASIE PASSIVE À LA DEMANDE DU PATIENT.

Assis sur un banc à côté du tableau, Brinkmann fumait des cigarettes en attendant qu'on l'appelât à comparaître. NON-ASSISTANCE À PERSONNE EN DANGER ?

Dans la salle, sa tête grise enfoncée entre ses épaules, Ignaz Marker était assis au banc des accusés. Il n'avait pas bougé, il ne lui avait pas accordé un seul regard quand le déroulement du procès avait été accéléré par la requête de la défense qui souhaitait récuser le Pr Brinkmann pour cause de suspicion légitime et demandait que l'on nommât à sa place un expert scientifique indépendant et sans préjugés. Requête rejetée. Interpellations bruyantes de la partie civile, cet imbécile de Michael Lutz, naturellement incapable de se taire. Puis les questions habituelles : antécédents médicaux du défunt, état de santé, cause de la mort. Cela n'avait pas duré longtemps. Les juges avaient immédiatement abordé le problème de l'empoisonnement par une dose excessive de somnifères.

Ils avaient demandé à Brinkmann s'il était difficile à un médecin de diagnostiquer une telle intoxication.

Il dut évidemment répondre que non. Ignaz était d'ailleurs un excellent diagnostiqueur. Et pas seulement si on le comparait à d'autres généralistes de la région.

Enfin, on arriva au cœur de la question. Le juge avait demandé :

– Pour expliquer les choses autrement, professeur, n'était-il pas absolument inévitable que la mort de M. Lutz survienne ce jour-là ?

– Non. Il n'est presque jamais possible de dire cela. Mais il *aurait pu* mourir. L'état général de M. Lutz était très mauvais, même sans l'empoisonnement par les somnifères.

– Ayez l'obligeance de nous expliquer cela plus en détail, professeur.

– Un lavage d'estomac entrepris à temps aurait peut-être permis de réduire l'intoxication. Mais il est tout à fait légitime de penser qu'une telle intervention aurait tué le patient. Dans son état d'insuffisance rénale grave, de faiblesse cardiaque constante, avec un diabète élevé, la mort risquait de survenir à tout moment. Tout ce que l'on pourrait dire d'autre relève pour moi du domaine des suppositions gratuites.

– Mais si le Dr Marker avait fait immédiatement transporter M. Lutz à la clinique, quelles auraient été les chances du malade ? Combien de temps M. Lutz aurait-il encore pu être maintenu en vie ? Quelle était son espérance de vie ?

– Espérance de vie ? Je préférerais parler d'espérance de mort.

– Mais ce faisant, vous introduisez une certaine confusion, professeur. Nous n'avons pas à envisager ici l'ensemble du contexte moral de cette affaire.

Mais si ! Brinkmann avait trop ruminé le problème, il s'était rappelé trop de choses. Pas seulement la scène dans le jardin de Marker, mais aussi tout ce qu'il avait vu et vécu, toutes les expériences accumulées depuis des dizaines d'années. Pour lors, Ignaz était assis là, détaché de tout et de tous. En le voyant ainsi, Klaus

Brinkmann se demandait comment, cet après-midi-là, il avait pu ne pas comprendre immédiatement l'attitude de Marker. C'était le moment de réparer. Face à ce que le juge appelait « l'ensemble du contexte moral », il n'y avait qu'une position à prendre : celle de Marker. Et lui, Brinkmann, s'en ferait le porte-parole.

– On aurait peut-être pu prolonger pendant des jours, voire des semaines, l'agonie du malade et ses tourments. D'après tous les critères de jugement et toute l'expérience dont je dispose, ç'aurait été une mort inhumaine. Ce ne sont pas seulement les normes morales qui déterminent le comportement du médecin, mais aussi la mission dont il est chargé par un malade qui a confiance en lui. La tâche d'un médecin est de prolonger la vie, non l'agonie des patients ! Surtout pas quand il doit répondre à la demande d'un malade qui refuse d'être maintenu dans une infirmité inhumaine.

Oui, il se revoyait debout à la barre, il revoyait Marker, qui n'avait même pas levé la tête une seule fois, et dont il entendait maintenant la voix dans l'écouteur, après un toussotement.

– Oui ?

– C'est moi, Klaus.

De nouveau, Marker se racla la gorge. Brinkmann attendait. Après un moment, la voix reprit, un peu rauque comme toujours :

– C'est drôle, j'aurais parié que c'était toi.

– Ah oui ?

– Oui. Peut-être qu'après tout il existe quelque chose comme la télépathie, n'est-ce pas ? Parce que j'ai déjà essayé de t'appeler, mais tu n'étais pas chez toi. Où es-tu, au fait ?

– A Triberg.

– Ah, c'est donc ça !

– Et pourquoi as-tu appelé ?

– Pourquoi ? J'ai trouvé cela fantastique. Vraiment,

Klaus, ta déposition à l'audience, c'était très bien. Inutile que je te le dise, d'ailleurs, vieux coq vaniteux !

Brinkmann rit.

– En tout cas, moi, je ne picore pas toujours dans le même tas de fumier, comme toi.

– Oui, tu peux changer de basse-cour. Tu peux t'adapter, il faut le reconnaître. Allons, pas de grandes phrases. Viens me voir sans tarder. Tu sais, j'ai encore un bon vieux Ruländer à la cave. Qu'en dis-tu ?

– Excellente idée, Ignaz. Eh bien... à bientôt.

– A bientôt, Klaus, dit Marker. A bientôt, et merci...

Maintenant, c'était Brinkmann qui souriait à la Madone, et il continua de sourire en traversant le hall, jusqu'à l'entrée du restaurant, jusqu'à ce que la porte s'ouvrît.

– Klaus ! Bonjour !

L'homme portait une culotte de cuir, bavaroise comme sa veste, et une cravate cramoisie. Brinkmann le connaissait : Schachner, Friedrich Schachner, si sa mémoire ne le trompait pas. Encore un camarade de classe. Décidément, il y en avait un peu trop dans la région...

– Excuse-moi, Klaus ! Je t'ai aperçu tout à l'heure, mais je ne voulais pas vous déranger pendant le repas, toi et cette dame.

Ils se serrèrent la main.

– Mais tu ne me déranges pas.

Ce n'était que pure politesse.

Schachner clignait les yeux. Il avait les paupières rouges. Il était grand et maigre. Son costume folklorique haut en couleur faisait un contraste plutôt comique avec son visage blême, surmené, confus. Que me veut-il ? se demanda Brinkmann. Ah oui ! Il est maire de Kirchstett ! Et la « source miraculeuse » de Finingen est sur le territoire de sa commune.

– C'est au sujet de ton interview dans le *Kinzigtal-Echo*.

– Oui ? Eh bien ?

– Eh bien ! Eh bien ! répéta Schachner, haussant un peu le ton. Tu n'aurais pas pu t'en dispenser ?

– Un journaliste m'a posé des questions, j'ai répondu. Tu sais comment ça se passe, tu le sais mieux que personne.

– Tu as répondu, bon. Mais on ne peut pas dire que tes propos aient été favorables à ma commune et à l'exploitation de la source.

L'« exploitation de la source ». Brinkmann pensa aux coliques de Käte. La source ne lui avait pas fait de bien ! Il se rappela les analyses que Schäfer avait demandées au laboratoire régional d'hygiène. Les résultats étaient consternants. Ce bouillon de culture grouillait de colibacilles.

– Ecoute, Klaus, mets-toi un peu à ma place, ça n'est pas bien difficile. D'un seul coup, avec la source, les touristes se sont intéressés à Finingen, ou plutôt à toute la commune de Kirchstett. Tout le monde a augmenté son chiffre d'affaires. On prévoit même la construction d'un hôtel de cure. Cela suppose de gros investissements. Et naturellement, après de telles attaques, nos bailleurs de fonds...

– Eh bien ! Les pauvres...

– Que veux-tu dire ?

– Tu le sais bien. Cette eau ne vaut rien, Friedrich.

– Nous avons des rapports d'experts qui disent le contraire. Et les succès thérapeutiques sont indiscutables.

– Les succès thérapeutiques ? Jusqu'à présent, je n'ai entendu parler que d'un imbécile qui s'est cassé une cheville dans la bousculade. Ce n'est pas l'eau miraculeuse qui l'a guéri, mais notre service d'orthopédie. A part cela, un vieil homme a eu un infarctus après avoir fait la queue toute la nuit devant la source. Et nous n'avons pas réussi à le sauver.

– C'est que les gens ne sont pas raisonnables. Tu sais ce que c'est, toi aussi. Nous n'y pouvons rien. En outre, Klaus, tout sera mieux organisé à présent, crois-moi. J'ai la responsabilité de toute la planification. Et nous avons monté le projet comme une opération de grande envergure, en travaillant comme un état-major, vraiment.

– Comme un état-major...

Brinkmann regardait les paupières de Schachner qui continuait à cligner les yeux.

– Alors, je t'en prie, à l'avenir, ne nous tombe plus sur le dos, d'accord ?

– Ecoute, les gens apportent même de cette eau à la clinique.

– Et alors ? Est-ce que ça porte préjudice à quelqu'un ?

– A ma gouvernante. Elle a eu des coliques terribles.

– Ah, ça n'a rien à voir ! Nous sommes pourtant de vieux amis, Klaus... D'ailleurs, est-ce que ta clinique n'en profite pas, elle aussi ? Avec ces masses de gens qui viennent... Et puis tu sais bien...

Brinkmann se massa l'aile droite du nez, qui le démangeait. C'était mauvais signe. Qu'était-il censé dire ? Qu'y avait-il à objecter à un Friedrich Schachner ? Son rapport avait déjà été transmis à l'inspection sanitaire. S'il le fallait, il en rédigerait un second.

– Tu sais bien ce qui se passe, dans ces cas-là.

La voix de Schachner était presque implorante.

– Oh oui, je le sais, dit Brinkmann avec un soupir. Au revoir.

Il regagna sa place au restaurant. Entre-temps, on avait éteint les lumières. Sur sa table, une bougie était allumée. Eléna lui parut très mince. Elle avait un air pensif, un peu perdu. En se dirigeant vers elle, il sentit la mauvaise conscience monter en lui. Quel damné égoïste il faisait ! A part deux ou trois dîners en présence de Käte, il s'était dérobé à toute rencontre avec Eléna. Pourtant, il lui avait semblé tout naturel de faire appel à elle pour cette soirée entre « vieux amis » qui ont des « rapports tout à fait clairs ». Comme si c'était le cas !

Elle leva à peine les yeux quand il se rassit. Il fit un signe au serveur.

– Encore deux !

– Non, Klaus.

– Ecoute, demain je n'ai pas à opérer.

– Mais ce soir, tu as un bon bout de route à faire pour rentrer.

Brinkmann grimaça et modifia sa commande.

– Une bouteille d'eau minérale ! Ah ! Eléna, on n'a que des soucis, et en outre, on n'a plus droit au vin.

Eléna eut un bref sourire.

– Marker ?

– Oh non ! Avec lui, c'est réglé. Mais je suis tombé sur un autre camarade de classe, là-dehors. Le maire de Kirchstett. Complètement tourneboulé. Il pense que sa source miraculeuse le rendrait millionnaire si je ne lui mettais pas sans arrêt des bâtons dans les roues.

– Et qu'est-ce qui lui fait croire ça ?

– Demande-le-lui. Peut-être qu'il a raison, d'ailleurs. Mais sa source est un danger public. Dire qu'il faut se battre pour des âneries pareilles ! Tu sais, parfois, on aurait vraiment envie de tout envoyer paître. Pourquoi a-t-il fallu que je devienne chirurgien ? J'aurais dû étudier la pédiatrie. Non, la psychologie, c'est ce qui m'aurait le mieux convenu.

– Tu es très mauvais psychologue.

– Je sais... Bon, voilà que je parle encore de moi... Excuse-moi.

– Tu n'as pas à t'excuser, ça ne fait rien. J'aime bien sortir avec toi. Mais tu ne dois pas te sentir obligé...

– Obligé ?

– Bien sûr. C'est pour cela que tu m'as invitée. A moins que ce ne soit une promenade d'adieu ?

– Je ne comprends vraiment plus rien. (Brinkmann but. L'eau gazeuse lui piqua la langue.) Si seulement nous pouvions passer une soirée ensemble sans ruminer des problèmes !

– Dans mon cas, il ne s'agit pas de les ruminer, mais de les nommer par leur nom.

– Ah ? Eh bien, nomme-les !

Elle se redressa sur sa chaise et regarda autour d'elle.

– C'est joli. Une belle promenade, et cet hôtel... (Elle s'interrompit et le regarda droit dans les yeux.) Maintenant, réponds-moi tout à fait sincèrement, Klaus. Tu t'es senti obligé de m'inviter, n'est-ce pas ? Tu aurais préféré de beaucoup être ici avec Christa. Est-ce que je me trompe ?

Brinkmann avait soudain la bouche sèche.

– Eléna, à Karlsruhe, nous avons décidé...

– De nous séparer en restant bons amis. Nous l'avions déjà décidé cent fois, et nous ne l'avions jamais fait. Je t'en prie, maintenant, ne fais pas comme si nous avions vraiment dit cela sérieusement. Mais il y a eu un élément nouveau. Tu as une liaison avec cette infirmière.

– Qu'est-ce qui t'amène à cette conclusion ?

– Klaus ! Nous avons toujours été honnêtes l'un vis-à-vis de l'autre. Mais quand tu me demandes maintenant... (Elle avait parlé plus haut, d'une voix métallique et étouffée à la fois, dont le ton irrita Brinkmann.) Si tu veux le savoir, ce sont les autres qui m'ont ouvert les yeux. Je ne suis pas du genre à aller fouiller dans les poches des gens pour chercher des preuves. Tu le sais. Je n'ai pas mené d'enquête. Ce sont les autres qui me l'ont prouvé avec leur pitié. Même ton fils.

– Qu'est-ce qu'Udo a à voir là-dedans ?

– Il a quelque chose à y voir, tu le sais bien. Pendant des années, je n'ai pas pu lui parler. Pendant des années, il m'a poursuivie de son antipathie. On pourrait presque dire de sa haine.

– Eléna, tu n'ignores pas que, pour lui, tu as une part de responsabilités dans la mort de sa mère. Mais ce vieux problème ne permet pas de conclure...

Elle se tenait très droite et arborait l'expression

inflexible qu'il connaissait si bien. Il n'y avait plus à discuter. Il fit signe au maître d'hôtel.

– L'addition, s'il vous plaît.

Les joues d'Eléna s'empourprèrent comme si elle avait reçu une gifle. Oubliant tout à fait sa froideur habituelle, le contrôle d'elle-même et la discrétion qui la caractérisaient d'ordinaire, elle ne se soucia pas le moins du monde du jeune homme en costume noir qui, haussant les sourcils, alignait des chiffres.

– Toute la clinique en parle.

– Eléna, je t'en prie !

– Pourquoi ne me dis-tu pas tout simplement que c'est la première fois que nous nous séparons vraiment ?

Il la regarda sans répondre, et son regard était si suppliant qu'elle se tut elle aussi.

– Soixante-six marks vingt, professeur. Voulez-vous des additions séparées ?

Brinkmann leva les yeux.

– Pardon ? Ah, non, merci.

Le silence était difficile à supporter. La voiture descendait dans la vallée, entre les pentes couvertes de forêts sombres. Il se concentrait sur la conduite, prenait les virages comme s'il n'y avait rien de plus important au monde. Elle s'était renfermée dans son cocon de reproches et de souvenirs.

Il ne put supporter cela plus longtemps.

– Sais-tu à quel point je tiens à toi, à ton amitié ?

Elle se tut. Le point rouge de sa cigarette brilla.

– Oh oui ! dit-elle enfin.

Ce fut tout.

– Ecoute, Eléna, si je réglais mon comportement en fonction des commérages des gens à mon sujet, où crois-tu que cela m'aurait mené ? Et la même chose est valable pour toi... Christa et moi n'avons pas de liaison ou d'« aventure », comme on dit, mais il est vrai que je l'aime beaucoup.

– Tu ne me dois pas d'explications.

– Encore une belle phrase ! Mais je *veux* m'expliquer ! Si seulement je le pouvais ! Moi-même, je n'y vois pas très clair. Ce n'est pas évident, à mon âge. Réfléchis un peu : elle est si jeune. Et puis elle est infirmière, et moi médecin. La vieille histoire. Tu ne comprends pas que ce n'est pas simple ?

– Pourquoi cries-tu ?

– Je crie parce que j'en ai envie. Que veux-tu, enfin ? Est-ce que je dois perdre la tête sous prétexte que je l'aime bien ? Tout cela a quand même besoin de mûrir, non ?

– Alors, laisse-le mûrir. (Eléna écrasa sa cigarette dans le cendrier.) Tu aurais voulu devenir psychologue ? Pauvre Klaus ! Réjouis-toi d'être chirurgien. Psychologue, il y a longtemps que tu aurais fait faillite. Tu ne vois donc pas ce qui t'arrive avec elle ?

– Laisse-moi trouver la réponse moi-même, s'il te plaît.

– Pourquoi tiens-tu à te mentir ainsi ?

Il tourna la tête vers elle. La lumière blême du tableau de bord révéla son sourire pincé.

– Parce que je suis un être humain, Eléna. Et parce que l'homme est le seul animal qui soit en mesure de se tromper lui-même. Mais il est aussi en mesure de réfléchir sur lui-même.

– Tu devrais essayer, Klaus. (Elle laissa aller sa tête en arrière contre son siège et poursuivit :) Tu disais que tu tenais à mon amitié. Je tiens aussi à la tienne. S'il y a quelque chose que je déteste, ce sont les drames compliqués de la jalousie, les demi-mesures et les hypocrisies.

– Bien. Maintenant, les choses sont claires, non ?

– Oui, Klaus !

– Est-ce que ça va durer encore longtemps ? cria Susi.

– Quoi ?

– Cette cavalcade. Je n'en peux plus.

Eh bien, c'était son affaire. Udo roulait à cent quarante sur cette damnée route. Ils avaient laissé le Salzkammergut, traversé le sud de la Bavière, puis l'Allgaü. Droit devant eux, ils apercevaient déjà à l'horizon les pentes sombres des premiers contreforts de la Forêt-Noire. Il était 8 h 30 quand Udo avait quitté dans son Alfa-Romeo le garage de l'hôtel à Balzano. Il avait battu un record de vitesse. Et elle rouspétait !

– Tu as une cigarette, Susi ?

– Tu sais bien que je ne fume pas, idiot.

Exact. Il était idiot. Mais il ne suffisait pas de le constater. Ce n'était pas la première fois, ces quinze derniers jours, au cours de ce voyage insensé, qu'Udo se demandait ce qui le rendait idiot, pourquoi tout allait de nouveau de travers, pourquoi il reviendrait encore une fois riche de quelques expériences nouvelles, mais les mains vides. Il avait fait une tentative. S'il y avait renoncé, cela non plus n'aurait servi à rien. Mais s'il avait échoué, c'était sa faute. Tout homme normal, quand il cherche du travail, commence par écrire quelques lettres, mobilise ses relations, s'installe à son téléphone. Lui, il avait pris un congé, s'étais assis dans sa voiture, et il s'était mis en route.

Il revoyait des visages interloqués, ironiques, des sourires compatissants : « Ah, vous venez de la clinique de la Forêt-Noire ? Oui, nous avons appris... » Pis encore, le lapidaire : « Ah oui ? » L'ironie était supportable, mais pas la froide indifférence d'un : « Désolé, nous n'avons besoin de personne. »

Il avait oublié les noms, et même les lieux. Il ne se rappelait que l'odeur de renfermé du vestibule de l'hôpital de Feldkirch, et le visage d'une employée de l'administration.

– Mais qu'est-ce que vous croyez ? Si n'importe qui débarquait ici à l'improviste...

N'importe qui ?... Mais toi, tu es encore moins que n'importe qui. Finalement, c'était à cette conclusion qu'il fallait aboutir. Udo avait renoncé, il avait continué à rouler vers le sud, presque en aveugle, franchissant des cols qu'il ne connaissait pas, traversant des localités dont il n'avait jamais entendu le nom, en Autriche d'abord, puis en Suisse, pour aboutir finalement sur une plage au sud de Cesenatico. Les détritus abandonnés par les touristes de l'été s'y étalaient comme sur un dépôt d'ordures. Il s'était déshabillé, s'était jeté à l'eau, avait nagé à perdre haleine. L'eau était parcourue de courants froids mais, en faisant la planche, les bras écartés, c'était supportable. Il s'était laissé flotter, le regard perdu dans un ciel étranger, très haut au-dessus de lui. Ne pas bouger, ne pas penser. Ni même te rappeler que tu es déjà passé une fois devant cette côte, quand tu étais enfant, avec ta mère, sur un vapeur italien tout blanc qui reliait Venise à Ancône. Elle était près de toi sur le pont, sur une chaise longue. Sa main, son visage, sa voix.

– Tu sais, mon petit, un jour, nous viendrons peut-être nous installer en Italie. A Venise. Ou là-bas dans les montagnes. Est-ce que ça te plairait ?

Il se souvenait qu'il tenait un paquet de chips. Il se souvenait de leur goût salé, du bruit des vagues, des mouettes qui volaient en rond au-dessus de leur tête et piquaient soudain pour voler des chips. Il se souvenait de la voix douce de sa mère :

– Est-ce que ça te plairait ?

Tout ce qu'elle proposait lui plaisait. Mais elle n'était plus là. Ni ses rêves d'Italie, ni sa voix.

Avant-hier soir, dans un café de la plage éclairé au néon, il avait commandé du vin. Il avait offert un verre à un serveur qui bâillait, caressé le chat et, comme il commençait à manquer d'argent, il avait dormi – tenté de dormir – dans la voiture.

Le lendemain matin, il avait rencontré Susi.

Elle était au bar d'une station-service. Ses cheveux roux coupés court brillaient au soleil. Elle lui sourit et lui demanda s'il rentrait en Allemagne. Il avait d'abord hésité puis, en se rasant au lavabo des toilettes, il s'était dit : Pourquoi pas ? Ses cheveux faisaient penser à un écureuil, ses lèvres charnues et son nez retroussé lui donnaient un air rieur. Les formes que moulait son jean n'étaient pas désagréables à regarder. Alors...

Mais ce n'était pas seulement cela. Ce n'était pas non plus qu'il eût besoin d'une femme. C'était qu'il ne voulait plus rester seul.

Plus tard, quand elle ouvrit la bouche, il comprit qu'il serait seul tout de même. La nuit à Bolzano n'y avait rien changé. L'air résigné – « puisqu'il faut y passer » – de Susi, son regard froid, la maladresse d'Udo, trempé de sueur, qui avait tenté de faire l'amour avec elle plutôt par défi que par désir... Finalement, il l'avait tenue dans ses bras jusqu'à ce qu'elle s'endorme. Deux égarés sur la route du retour...

– Qu'est-ce que c'est, comme bled, Offingen ?

– Tu verras bien.

– La Forêt-Noire... dit-elle en traînant sur les mots. Plein d'arbres, hein ? Ils ne sont pas tous morts ? Et le bon air pur ?

Le bon air pur...

Ils longèrent une allée de peupliers, Udo obliqua à droite. Là-bas se dressait la masse sombre du château de Donaueschingen. Le bon air pur, hein !

De nouveau, Udo sentit un poids sur son estomac. Exclu, battu. Il était un raté. Il lui semblait que ses pensées oscillaient devant lui comme au bout d'un fil. Il ne pouvait rien en faire. Il revoyait son père, son sourire. Il songeait aux questions de Renz.

Il passa le bras autour des épaules de Susi. Il ne connaissait même pas son nom, mais éprouvait pour elle un sentiment fraternel. Elle aussi avait fui, tout aussi puérile et frénétique, à la recherche d'une vie meilleure. Elle avait eu l'idée de devenir serveuse à Rimini, elle n'avait pas cherché mieux. Et lui ? Assistant en Bavière ou dans le Vorarlberg ? Cela faisait-il une grosse différence ?

– Arrête-toi donc enfin ! J'ai une faim de loup ! Tu es vraiment si pressé ?

Oui, il l'était. Il voulait en finir avec cette équipée. La route commençait à monter : ils abordaient le Rohrhardsberg. Schönenbach. La région semblait plaire à Susi. L'Alfa vrombissait sur la route des crêtes. Ils avaient franchi le col entre Elz et Kinzig quand Udo freina si brusquement que Susi dut s'appuyer des deux mains au tableau de bord.

– Tu ne peux pas faire attention ? Tu es aveugle, ou quoi ?

Il s'abstint de répondre.

– Qu'est-ce que c'est que ça ? Qu'est-ce qu'ils veulent ?

Deux fourgonnettes de police étaient garées derrière une barrière qui obstruait la moitié de la chaussée. Un agent muni d'un disque réglait la circulation. Udo pensa d'abord à un accident, puis il vit les cars. Plus loin, sur le parking, il y en avait une demi-douzaine. Des voitures individuelles occupaient tout le bord de la route.

Udo passa au point mort et laissa l'Alfa descendre en roue libre.

Le spectacle était incroyable : comme une gigantesque chenille, une colonne de gens gravissaient la pente depuis la route, parmi les arbres. Il en arrivait sans cesse de nouveaux. La plupart portaient de petits bidons de plastique ou des bouteilles qui scintillaient au soleil. Avec de grands gestes nerveux, le service d'ordre les poussait à l'écart de la chaussée, comme des moutons égarés.

Udo s'arrêta près du policier qui lui avait fait signe de passer.

– Dites-moi, qu'est-ce que c'est que ça ? Ils cherchent de l'or, ou des œufs de Pâques ?

– Vous êtes drôle ! Ils cherchent la santé, répondit l'homme sans sourciller.

– C'est nouveau ! Dans la forêt ?

– A la source. C'est pourtant écrit. Vous ne savez pas lire ?

Sur un panneau de carton gris en forme de flèche et cloué en haut d'un piquet, Udo lut, en grandes majuscules bleues : SOURCE D'EAU MINÉRALE. La flèche indiquait la forêt, la pente où de vieilles femmes et des retraités aux cheveux blancs peinaient aux côtés de jeunes gens.

– Jamais entendu parler de la source miraculeuse ?

– Je vois juste « SOURCE D'EAU MINÉRALE ».

– C'est une source miraculeuse. Même le journal l'appelle comme ça. Un aveugle de Rastatt a recouvré la vue grâce à elle. (L'agent grimaça un sourire.) Après, les gens ont commencé à arriver de partout. Et c'est pour ça qu'on piétine là toute la journée... Vous n'étiez pas au courant ?

– J'étais en vacances, répondit Udo en passant la première.

Susi se retourna sur son siège. Elle ne pouvait détacher les yeux de la foule qui s'épuisait à grimper parmi les arbres.

– Eh bien !... Qu'est-ce qu'il a dit ? Recouvré la vue ?

– C'est la formule consacrée quand on parle d'un miracle.

Käte lui avait demandé, s'il pouvait, de rapporter des œufs frais. Brinkmann n'était pas sûr que cela lui serait possible. Les réunions du conseil d'administration se transformaient en marathons que l'on aurait pu réduire de soixante-dix pour cent. Il devait trouver un système permettant d'en finir avec cette perte de temps. Peut-être pourrait-il se faire représenter par Schäfer ? Ensuite, il avait à son programme une discussion qui n'était pas inscrite sur son agenda. Il aurait pu au moins consulter l'emploi du temps de Christa ! Mais quand on le veut, quand les sentiments l'exigent, on trouve toujours un moyen...

Il repoussa Molli dans le vestibule et gagna l'escalier, mais n'alla pas plus loin. Une voiture contournait la maison, s'arrêtait. Il avait reconnu ce style de conduite : Udo !

Evidemment, il y avait une fille avec lui ! Les cheveux roux coupés court, sexy, mais d'un genre qui le surprenait – malgré tout – de la part d'Udo. Elle resta assise dans la voiture pendant que le jeune homme ouvrait le coffre et en extrayait les bagages.

Käte a raison, se dit Brinkmann : en quoi cela te concerne-t-il ? Quand te décideras-tu à prendre Udo tel qu'il est, comme un phénomène naturel aux effets imprévisibles ? Il s'approcha de la balustrade. En bas, une dispute semblait commencer.

– Qu'est-ce qu'il y a, Susi ? Sors ton fourbi. La voiture est à bout, elle ne fera pas un kilomètre de plus. Il faut que je la conduise au garage.

Susi restait obstinément assise.

Udo avait aperçu son père. Il posa son sac de voyage.

– Bonjour !

– Bonjour, Udo.

Udo tenta de sourire, en vain.

Bien que Brinkmann eût l'habitude de ce curieux tremblement au coin des lèvres, Udo lui fit de la peine. Il pouvait au moins l'aider en feignant de ne pas voir la fille assise dans la voiture.

– Comment était-ce ?

– Je ne sais pas très bien. J'ai pris aussi quelques jours de vacances. Je suis descendu jusqu'à Cesenatico.

– Non ! Et tu as trouvé un nouveau poste ?

– Rien. Dans les petites cliniques, il n'y a rien de libre, et dans les grandes je n'ai de toute façon aucune chance.

Brinkmann hocha la tête.

– C'était prévisible. (Il lut une question muette dans les yeux d'Udo et ajouta précipitamment :) Ici, en tout cas, ta place est assurée.

– Merci. Si ça ne te fait rien, je vais continuer à habiter ici. Provisoirement, bien entendu. Je continuerai à me chercher un appartement.

– Bien sûr, bien sûr.

Par chance, Udo eut l'idée de s'occuper des valises. Brinkmann, lui aussi, prit un sac, et ils portèrent ensemble les bagages jusqu'à la porte d'entrée. Udo avait rougi. Quand il sourit, son père retrouva soudain en lui le petit Udo qui ne savait jamais comment se tirer du pétrin où il s'était mis. Udo indiqua la voiture d'un signe de tête et cligna les yeux.

– Si tu savais comme elle me tape sur les nerfs, celle-là !

– Eh bien !...

– Regarde-la un peu ! Je ne sais pas à quoi ça tient, mais avec les femmes, je tombe toujours mal.

Comme pour lui apporter une confirmation, Susi cria depuis la cour :

– Qu'est-ce que tu fabriques encore, espèce de taré ?

Udo prit une profonde inspiration, puis descendit l'escalier quatre à quatre.

– Je t'ai dit que la voiture n'en pouvait plus. Et je n'ai plus d'essence. Il faudra que tu fasses le reste de la route en auto-stop.

– Sale maquereau ! Rends-moi au moins l'argent que je t'ai prêté pour l'essence à Bolzano. Tu crois que je vais t'offrir le voyage ? Tu es bien, toi ! Tu fais des dettes, et puis tu te défiles...

– Mais je n'ai pas...

Devant le visage désespéré d'Udo, Brinkmann décida d'abandonner son attitude distinguée d'observateur neutre. Il tira de son portefeuille un billet de cent marks et le tendit à Udo qui reprenait péniblement son souffle. Puis il attendit que tout soit fini et que la porte du jardin se referme enfin sur les glapissements furieux de Susi. Quel phénomène, cette fille ! Pour la première fois depuis longtemps, il éprouvait une profonde compassion pour son fils.

– Merci, papa, dit Udo. C'est vraiment très gentil, ce que tu as fait là.

– Inutile d'en parler. Les hommes doivent se serrer les coudes.

Ils échangèrent un sourire.

– Mais où est donc Käte ?

– Elle est couchée, et elle souffre.

– Elle est malade ?

– Oh oui ! Elle a eu de terribles coliques, dues à des colibacilles et à une bonne dose de bêtise de sa part. Tu sais, toute la région est sens dessus dessous à cause d'une nouvelle source prétendument...

– A Finingen ? La source miraculeuse ? J'ai vu ça. Il faut que les gens soient tombés sur la tête ! Il y a tellement de cars et de mémés qu'on ne peut plus passer.

– Exactement. Il fallait absolument que Käte soit de la fête. Elle s'est fait apporter de l'eau à domicile. Ils en ont vendu jusque dans les kiosques et dans les bistrots.

Udo s'appuya à la balustrade et leva les yeux vers la façade de la maison, vers la chambre de Käte. Malgré les mauvaises nouvelles, il semblait tout heureux.

– Ah, cette Käte ! Et pourquoi ne lui as-tu pas versé cette cochonnerie sur la tête ?

– Moi ? Et comment ? Tu la connais, non ? Sais-tu ce qu'elle m'a dit ? « J'en ai bu une gorgée, et ma migraine a disparu comme par enchantement. As-tu jamais pu faire quelque chose contre ma migraine, toi ? Non ! »

Udo rit à s'en étouffer. Son père souriait mélancoliquement.

– Et maintenant ?

– Nous allons faire fermer boutique aux bons génies de la source. C'est à moitié fait, déjà. Mais je suis bien sûr que Käte a encore au moins deux douzaines de bouteilles cachées à la cave. Quant à ses coliques, elle est naturellement convaincue que la source n'y est pour rien. Elles sont dues à des prunes que je lui ai apportées. Il paraît qu'elles n'étaient pas mûres.

La Hardtstrasse était dans cette partie de la ville où subsistaient encore des îlots de maisons vénérables et patinées par le temps qui avaient résisté à la fièvre de constructions nouvelles des années 70. Beaucoup de grès brun, d'encorbellements, de pignons, de fenêtres blanches à petits carreaux, de boules de verre étincelantes dans les jardins où les poireaux poussaient entre les marronniers en fleur.

Brinkmann laissa sa voiture au parking, près de l'escalier, puis il marcha lentement, les mains dans les poches, dans le soir d'été. Marcher lui faisait du bien. Cela dissipait la fatigue accumulée au cours de l'interminable réunion de l'après-midi. Au-dessus de la porte d'une maison, il lut « 46 ». C'était donc plus haut. Puis il vit la Volkswagen verte de Christa. Son cœur se mit à battre un peu plus fort, et il s'avoua pour la première fois que ce qui l'avait fait venir là n'était pas seulement la conversation qu'il projetait, mais aussi la curiosité. Dans quel cadre vivait-elle ? Comment était-elle installée ? Comment passait-elle ses journées, que faisait-elle tout ce temps où il ne la savait pas près de lui ?

MENDICITÉ ET COLPORTAGE INTERDITS. La plaque de métal éraflée était fixée par des vis rouillées aux lattes grises d'une porte de jardin. A côté, il lut les noms des habitants. Parmi eux, C. Meurer.

Brinkmann refréna l'impulsion qui lui disait de rebrousser chemin, de retourner à la voiture, de tout oublier. Pas de fleurs, pas de bouteille de vin, pas de livre, il arrivait les mains dans les poches – et la gorge serrée. Qu'était-ce ? De la timidité ? Non, un sentiment qui n'était déjà plus qu'un souvenir, quoiqu'il l'eût éprouvé trop souvent : un mélange de crainte et d'espoir, avec une dose de complexes d'adolescent. La peur quand on se rend compte qu'une femme a pris plus d'importance qu'on ne voulait se l'avouer.

– Hé, renvoie-nous la balle !

Il n'avait pas vu les jeunes garçons. Les jambes maigres dans leurs jeans élimés, ils sortaient d'un garage. Ils tenaient des crosses de hockey. L'expression furieuse et résolue de leurs visages rougis par l'effort lui rappela l'époque où il jouait au football avec Udo. Il y avait longtemps.

L'entrée de la maison se trouvait sur la façade

opposée à la rue. Un vieil orme poussait ses branches jusqu'au mur taché de gris. Par la fenêtre ouverte d'une cuisine, il entendit une femme criailler, puis une voix d'homme qui lui répondait avec un calme agaçant.

Des sacs de plastique dépassaient des poubelles. Un chat s'était trouvé une place au soleil sur le mur. Un tricycle d'enfant aux roues voilées, aux rayons rouillés, un ballon bleu déchiqueté. Le linge accroché aux balcons claquait dans le vent qui montait de la vallée.

Ce n'était pas très propre, et désespérément ennuyeux. Comment supportait-elle cet endroit ? Cette pensée ne le quitta pas quand il ouvrit la porte et chercha de nouveau le nom de Christa sur les boîtes aux lettres. C. Meurer. Dans la pénombre, il déchiffra : « Deuxième étage. »

Il grimpa l'escalier aux marches cirées. Deux portes. Il appuya sur le bouton de la sonnette et attendit. Rien. Pas un bruit. Il n'entendait que son cœur qui battait stupidement.

Brinkmann sonna une deuxième fois, sans plus de succès. Il lui fallait se rendre à l'évidence, et il en fut accablé. Il avait tout mûrement pesé, remonté toute la rue porté par cette curieuse et terrible attente, et voilà qu'elle n'était pas là. Par révolte inconsciente, ou par défi, il posa la main sur la poignée, qui céda. La porte s'ouvrit.

Sur le seuil, Brinkmann toussota comme s'il se préparait à devoir s'excuser sur-le-champ, puis se décida pourtant à entrer.

– Christa ?

Rien. Rien que le tic-tac d'un réveil.

Brinkmann était dans un petit couloir où un peu de lumière parvenait par la porte vitrée de la cuisine. Un trench-coat clair pendait au portemanteau. L'imperméable de Christa. Il y avait aussi son foulard vert. Brinkmann y passa la main en un mouvement furtif et inconscient, comme si cela lui permettait un contact avec elle.

– Christa ? Il y a quelqu'un ?

Pas de réponse. Mais il sentit le parfum de la jeune femme l'envelopper, ce qui la rendait plus réellement présente que les voisins qui continuaient à se disputer. Le petit tapis rouge du couloir. Chaque jour, elle y passe pour aller à la cuisine, se dit-il. Ces associations d'idées étaient vraiment dignes d'un collégien.

Brinkmann essayait péniblement d'introduire une certaine logique dans le chaos des émotions qui l'envahissaient. Il devait pourtant bien être possible de réveiller l'autre homme en lui, l'observateur rationnel. Il était là, il le voyait dans le miroir.

Klaus Brinkmann ! Un patron qui s'égare ! Il avait les lèvres gercées. Son regard semblait froid, mais ne voyait rien. Et ces rides ! Ces tempes grises ! Et la main de ce Klaus Brinkmann continuait à caresser le châle d'une jeune femme qui avait bien vingt ans de moins que lui, et dont il savait si peu de chose...

Il ne bougeait pas. L'étroit couloir était comme une cellule dont les murs étouffaient ses pensées, mais arrêtaient aussi le temps. Instant zéro. Le présent se dilatait entre le passé et l'avenir.

Mais cet instant zéro n'existait pas. Tout bien considéré, la notion de « présent » est vide de sens, se dit Brinkmann. Il n'y a que l'avenir et le passé. Non, le présent n'est qu'une illusion.

C'était l'heure du café de l'après-midi, et des commérages des infirmières. Rires étouffés autour de la petite table ronde dans un coin de la salle de repos. Fumée des cigarettes et boîtes de pralines ouvertes. Gâteaux préparés par les infirmières elles-mêmes ou offerts par des patients. Oh, elles sont en verve ! En plus, elles ont de la visite venue des autres services. Celle qu'on entend, justement, c'est bien la grande brune de la gynécologie ? Oui, c'est Lydia.

Dans la pièce voisine, Christa retirait la blouse qu'elle avait salie en changeant les pansements. Elle allait en saisir une propre quand elle laissa retomber son bras.

– Une pour le lit, l'autre pour la représentation. C'est quand même pratique.

– Pour le lit ?

– Les eaux dormantes... Vous savez bien ! Même si c'est difficile à croire avec Christa.

Christa s'appuya de la main sur l'armoire et sentit le froid du métal couler de ses doigts jusqu'à son cœur. Elle avait fermé les yeux.

Les phrases volaient de tous côtés, chicaneries, mélange d'ennui, de frustration, de jalousie, même pas assez intelligentes pour toucher juste. Vraiment ?

– Le Dr Bach, cette arrogante, c'est bien fait pour elle !

– C'est vrai qu'à Karlsruhe le vieux et elle ?...

– A Karlsruhe ? D'où est-ce que tu sors ? Tu tombes de la lune ? Pas seulement à Karlsruhe ! Partout, et depuis des années.

Cela faisait pourtant mal. Le dos de Christa se raidit. Entrer, flanquer ces filles à la porte ? Son regard tomba sur une pile de magazines. A côté d'une publicité pour des montres, elle lut : C'EST LE MOMENT D'ENTRER EN SCÈNE.

– Alors Christa est dans un beau pétrin. Qu'est-ce que tu ferais, à sa place ?

– Oh, ça reste dans la famille. D'abord le jeune, ensuite le vieux.

Cela suffisait ! Elle voulut se redresser, mais en fut incapable.

Elle entendit la voix claire et ferme d'Elke dominant les ricanements.

– Vous êtes méchantes ! Vous êtes trop moches ! Je ne veux plus vous voir !

– Qu'est-ce qui t'arrive, Elke ? Ne prends pas la mouche ! Après tout, ça te concerne aussi, non ?

– Fichez le camp ! Dehors !

Elles continuaient à rire, ne pouvant s'empêcher de détruire ce qu'elles ne comprenaient pas. Les yeux de

Christa brûlaient. Elle cherchait à rassembler ses idées, sans y parvenir. Elle s'assit dans le fauteuil d'osier, la tête appuyée sur les mains, souhaitant être très loin.

Elle ne savait pas depuis combien de temps elle était assise là quand Elke entra. Elle releva la tête.

– Christa ! Tu étais là ? (Elke blêmit, puis rougit jusqu'aux oreilles. Elle regardait fixement Christa.) O mon Dieu ! alors tu as ?...

– Oui, j'ai tout entendu.

Elke prit une profonde inspiration, approcha un tabouret et s'assit lentement.

– Zut ! Quelle tuile ! Je peux m'imaginer ce que ça te fait. Mais tu ne prends pas leurs âneries au sérieux, hein ?

Christa se tut.

– Allons, Christa. Tu pleures... Ecoute, on ne pleure pas à cause de sales bonnes femmes comme elles. Tiens.

Elle lui tendait un mouchoir de papier. C'était vrai : il n'y avait pas lieu de pleurer. Christa prit le mouchoir et dit :

– Peut-être qu'elles ont raison.

Elle pensa à son appartement. Elle ne l'avait jamais aimé. Pourtant, elle éprouvait maintenant une envie presque incoercible de se retrouver chez elle. 7 heures ? Mischa avait promis que sa voiture serait réparée et qu'il la laisserait devant la porte du jardin. Elle pourrait la prendre pour aller se promener.

– Elke, j'aimerais tellement partir. Tu veux me remplacer ?

– Bien sûr ! Tu as besoin d'air, hein ?

– Tu n'as pas idée à quel point...

Mais elle n'était pas encore au bout de ses peines. Peu après 7 heures, elle attendait l'ascenseur pour descendre dans le hall. Les portes s'ouvrirent et le Dr Eléna Bach, les mains dans les poches de son tailleur de soie grège, sortit de la cabine. Son visage étroit, ses grands yeux adressèrent à Christa un sourire froid.

Seules peuvent se sourire ainsi des femmes qui se sentent rivales, se dit Christa. Puis elle se rappela : UNE POUR LE LIT, L'AUTRE POUR LA REPRÉSENTATION !

– Ah, mademoiselle, avant que j'oublie : pour demain matin, je vous ai affectée au service tournant, en salle d'opération.

– Je croyais que les affectations étaient du ressort de Hildegard, l'infirmière en chef.

Les yeux d'Eléna, qui continuait à sourire, étudiaient le visage de Christa.

– C'est exact. C'est du ressort de l'infirmière en chef, mais elle a accepté ma proposition.

Christa cherchait une réplique, Eléna la devança :

– Si vous m'en demandez la raison, mademoiselle, je ne peux que vous renvoyer aux dispositions prises par le professeur. Vous les connaissez certainement mieux que moi.

Elle aurait peut-être dû se contenter d'enregistrer et de s'en aller, d'accepter la situation telle qu'elle était : Oui, docteur ; très bien, docteur. Pourquoi ne le disait-elle pas ? Pourquoi restait-elle plantée là ?

– Il me semblait que ces dispositions étaient destinées à permettre aux jeunes infirmières de se familiariser avec la salle d'opération. Peut-être dois-je vous signaler que je suis infirmière depuis trois ans déjà dans le même service ?

– Et vous pensez que, par conséquent, vous n'avez plus rien à apprendre ?

– Rien à apprendre ? Que voulez-vous dire, docteur ? (Ce n'était pas la condescendance d'Eléna, son visage blême et distant qui poussaient Christa à répondre. Il s'agissait maintenant d'elle-même, du peu de confiance en elle qui lui restait.) Cela ne vous intéresse sans doute pas, docteur Bach, mais j'ai étudié la médecine. J'ai réussi mes examens de troisième année. Et je peux vous assurer que j'aime mon métier.

Je m'y intéresse beaucoup. Mais je me vois vrai mal en salle d'opération.

Bien qu'elle se fût exprimée de façon aussi neu que possible, les vibrations de sa voix révélaient son énervement. Ce qui la surprit, ce fut la transformation que provoquèrent ses paroles. L'expression du visage d'Eléna passa de l'arrogance froide à l'étonnement. Puis Christa eut l'impression de lire dans ses yeux un semblant de compréhension.

– Ah bon ? Je l'ignorais.

Christa garda pour elle la réplique qu'elle avait au bout de la langue : Il y a bien d'autres choses que vous ignorez. Elle dit :

– Si la répartition est déjà faite, je serai en salle d'opération demain matin, docteur.

Dehors, devant le bâtiment de la clinique, Christa respira à s'en faire éclater les poumons. 7 h 10. Elle regagnerait son appartement à pied. Marcher lui ferait du bien.

Klaus ! Sa voix, son sourire lui manquaient. Et elle aurait eu besoin, maintenant, de sa façon prudente, pointilleuse, mais toujours si exacte, de considérer les choses, qui parfois l'irritait... Elle aurait eu besoin de lui.

On appelait ce processus couper le cordon ombilical. Ou rompre les amarres ?... Si difficile que cela puisse être, il était temps qu'elle cesse de se cramponner à ses rêves. Elle le lui dirait. Sinon aujourd'hui, du moins demain.

Elle descendit lentement vers le portail en passant devant la rampe d'accès aux urgences. Elle entendait, derrière elle, les bruits de vaisselle et les rires des cuisinières. Quelque part, les canalisations d'eau gargouillaient, des chariots roulaient, des gens parlaient. Sa douleur restait silencieuse. Mais les bruits infimes de la clinique se tissaient en un tout qui lui était devenu aussi familier qu'une seconde peau.

La clinique.

N'avait-elle pas parfois pensé : « Ma clinique » ?

C'était fini. Ce serait pareil dans la prochaine clinique. Que lui restait-il d'autre à faire ?

Brinkmann jeta un coup d'œil au petit réveil de voyage, près du lit. 7 h 20. Où était donc Christa ?

Il regarda autour de lui. La chambre le surprenait. Il ne savait pas très bien à quoi il s'attendait. En tout cas, pas à une pièce d'une clarté aussi simple et convaincante.

Les rayons obliques et dorés du soleil du soir sur les étagères. Quelques pelotes de laine où étaient piquées des aiguilles à tricoter. Un bouquet, quelques branches seulement, mais disposées de telle sorte que leur jeu d'ombres pouvait donner une impression de foisonnement. Un large canapé, des livres.

Le faible tic-tac du réveil renforçait encore son sentiment d'avoir fait irruption dans l'intimité d'un être.

Que fais-tu là ? Que veux-tu exactement ?

Bon : tu la cherches. Tu peux te dire cela. Tu cherches probablement ce qui jusqu'à présent t'est resté caché d'elle. Tu cherches une jeune fille – non : une femme que tu aimes et dont tu ne sais pourtant presque rien.

Le rayonnage était si bas que Brinkmann dut s'agenouiller pour déchiffrer les titres des livres. Quelques volumes de Tucholsky, des romans sud-américains de Marquez et de Llosa, et même des essais de C. G. Jung. Beaucoup de livres qu'il connaissait, beaucoup qu'il aurait aimé lire. Et une quantité d'ouvrages de médecine, naturellement. Il y avait même un manuel de chirurgie : *Spécialisation en fonction des organes. Une nouvelle définition de la chirurgie,* par Klaus Brinkmann. Où était-elle allée pêcher ça ?

Quand Brinkmann se releva, la pièce se mit à tourner autour de lui. Il dut respirer profondément pour que son cœur se calmât. Etait-ce dû à la situation ? Un problème neurovégétatif ? Quoi d'autre ?...

Le soleil s'était retiré derrière les cimes des arbres.

Des ombres violettes se glissaient dans la chambre. En bas, les voisins avaient cessé de crier. Quelque part, une radio était allumée. Il était temps de partir.

Pourtant, Brinkmann n'arrivait pas à s'en aller. C'était comme si quelque chose le retenait dans cette pièce. Il passa la main sur le bureau, s'assit sur la belle chaise ancienne. Un carton à dessin était posé sur la table. Il l'ouvrit. Des aquarelles : des rochers, des arbres. Toutes étaient empreintes de la même clarté simple et sûre que cette pièce. La partie qui révèle le tout, pensa-t-il. Quelque chose de très austère, aussi. Ah, c'est absurde !...

Comme il repoussait le carton vert au milieu du bureau, une feuille s'en échappa. Elle était couverte d'une fine écriture au crayon. Toutes les lignes étaient barrées.

Il se pencha, chercha ses lunettes, ne les trouva pas et approcha le papier de ses yeux.

Il déchiffra : *Cher patron de mes rêves*; et cela lui fit plaisir. Mais ensuite, il cessa de sourire. *Je voudrais pouvoir t'appeler ainsi. Je ne peux pas. Cela ne ferait que renforcer le trouble que j'éprouve depuis le soir où tu m'as quittée devant chez moi : le sentiment de t'être livrée...*

Il hocha la tête. Maintenant, il savait.

Il replaça soigneusement le feuillet dans le carton. Il regrettait presque de ne pas avoir ses gants de chirurgien, pour ne pas laisser d'empreintes digitales...

Le matin, dès l'instant où elle entra en salle d'opération, Christa sut qu'elle s'était trompée et qu'Eléna Bach avait raison. C'était là que se trouvait la réalité la plus profonde de son métier, dans un univers séparé de tous les autres. Même l'horloge au mur exprimait une loi particulière. Chaque minute avait son poids, mesurait le savoir-faire, l'échec ou la négligence. Chaque seconde, composée des millièmes de seconde qui donnaient le rythme des impulsions électroniques des appareils, pouvait se dilater à l'infini et décider du destin d'un être humain, parfois aussi de sa fin.

Dans cet univers de carrelages étincelants, plongé dans une lumière impitoyable, contrôlé par les instruments les plus perfectionnés, on se sentait comme dans une capsule spatiale. Là, il n'existait ni mensonge ni tromperie. Là régnait le bistouri. Chaque minute en salle d'opération comptait davantage que des heures passées à faire les lits, changer les pansements ou nettoyer les plaies.

Outre Christa, il y avait deux autres « volantes ». Elles étaient les plus petits rouages dans la machinerie des opérations, chargées des gestes certes indispensables, mais que l'infirmière de salle d'opération aurait pu exécuter. Les autres, des élèves infirmières, venaient du service de gynécologie. Christa ne connaissait même pas leur nom. Leurs gestes heurtés et craintifs montraient à quel point le cadre les oppressait.

Les médecins aussi étaient en nombre. Schäfer s'était fait excuser, et Christa se rappela le bruit qui courait : il avait demandé quelques jours de disponibilité parce qu'il ne se sentait pas bien. Brinkmann avait comme assistants non seulement Udo et Renz, mais aussi Rebhagen, le chef du service de gynécologie : c'était une difficile opération de l'abdomen. Une hernie inguinale étranglée, mal opérée, avait provoqué des adhérences et des tumeurs. L'intervention, compliquée et dangereuse, portait donc sur une zone qui concernait également les gynécologues.

Eléna Bach avait déjà commencé l'anesthésie.

Brinkmann venait de terminer son examen des radiographies quand il découvrit Christa. Il se retourna, vint vers elle, tendit les mains.

Elle prit une paire de gants en caoutchouc et les lui enfila, avec le sentiment qu'il n'existait plus rien d'autre que ces mains brunes et fortes, à la paume large, aux doigts écartés, avec leurs ongles coupés court et leur duvet blond-roux où jouait la lumière des projecteurs. Ses mains !

Ses mains de chirurgien, dont il était probablement fier, sans quoi il n'en aurait pas parlé si souvent – sans pathos, il est vrai, plutôt avec une ironie aimable, comme s'il s'agissait d'êtres vivants distincts de lui.

– Elles font encore ce que je leur demande. Et j'espère qu'elles continueront longtemps.

Christa elle aussi portait des gants. La mince membrane de caoutchouc ne transmettait rien, pas la moindre étincelle, pas le moindre contact. Mais elle perçut son sourire, et le regard qui la dévisageait était si intense et si prolongé qu'elle comprit soudain : Eléna Bach avait menti. Ce n'était ni à elle ni à Hildegard que Christa devait d'être ce matin en salle d'opération. C'était une idée de Klaus Brinkmann !

Elle sentit son cœur battre plus fort. N'avait-il pas raison ? C'était là son univers. Et s'il pouvait lui donner une preuve de sa confiance, c'était bien en essayant de l'incorporer à l'équipe, de l'avoir près de lui...

Ils souriaient chacun sous leur masque, d'un sourire que l'autre percevait sans le voir. Sans même regarder vers la table d'opération, Christa fut certaine qu'Eléna, elle aussi, avait remarqué leurs sourires.

– Merci, Christa. (Brinkmann se retourna et gagna le haut de la table d'opération.) Où en sommes-nous ? Pouvons-nous commencer ?

– Prêts, répondit Eléna Bach.

Septembre.

Les jours s'étaient écoulés, uniformes, imbriqués comme les maillons d'une chaîne. Après une période de chaleur étouffante, des orages nocturnes, puis des journées entières de pluie, l'été mourant semblait vouloir rassembler une dernière fois toutes ses forces. Sur les champs moissonnés ou sur les blés couchés et trempés par les intempéries, sur les pommes qui mûrissaient, les poires qui devenaient blettes, sur les pentes couvertes de vergers, sur les pieds de tomates et les asters des jardins, le soleil brillait jour après jour dans un ciel d'un bleu éclatant.

Ce n'était pas seulement le temps qui mettait à l'épreuve l'équipe de la clinique. Ni le travail, malgré les événements épuisants. Selon une mystérieuse loi des séries, insondable et presque fantastique, les décès s'étaient multipliés : infarctus, accidents, cancers, catastrophes sur la route.

Pendant des jours, les deux salles d'opération de la clinique de la Forêt-Noire avaient vraiment ressemblé à un poste de secours sur le front, travaillant vingt-quatre heures sur vingt-quatre. Schäfer avait repris son poste, bien qu'il laissât opérer Renz en tenant lui-même le rôle secondaire d'assistant, tandis qu'Udo, dans la deuxième équipe, pratiquait de plus en plus d'opérations importantes sous sa propre responsabilité.

Encore une chance que Brinkmann ait pu remporter sa lutte opiniâtre pour la création d'un nouveau poste d'assistant ! Le « nouveau », Manuel Ortega, un Chilien maigre et endurant, avait accumulé suffisamment d'expérience dans divers pays, au service de la Croix-Rouge, pour qu'on l'insérât immédiatement à part entière dans l'équipe.

Tout cela déterminait extérieurement le cours des choses. Restait la nervosité. Ainsi, l'équipe naviguait tant bien que mal sur le flot montant des catastrophes.

Mais Christa se sentait épuisée, abattue, à bout de forces. Elle avait besoin de repos, de distance, de temps pour réfléchir. Comme si elle voulait se prouver à elle-même la contradiction dans laquelle elle vivait, elle travaillait le plus souvent possible en salle d'opération, attirée par un champ magnétique dont Brinkmann était le centre. Quant à lui, il paraissait considérer de plus en plus que la présence de Christa allait de soi.

Comment tiens-tu le coup ? Elle avait beau se poser

la question cent fois, elle ne trouvait pas de réponse. Pourquoi ne demandait-elle pas au moins des vacances ? Bien sûr, le travail d'équipe et le sentiment d'appartenir à une communauté que Brinkmann insufflait à chacun permettaient à la machine de continuer à fonctionner. C'était comme une drogue. Mais finalement, ne devait-elle pas partager avec tous les autres ? Avec chacun d'eux – et surtout avec Eléna Bach ?

Au terme d'une matinée en salle d'opération, pourtant, Christa se décida : elle s'assit et rédigea sa demande de congé. Alors, pour la première fois, elle se sentit libérée. Elle recommença de courir les couloirs, réconfortant les grands-mères, rassurant les nouveaux admis qui gémissaient quand elle changeait les pansements, et cela ne la gênait plus de voir messieurs les chirurgiens se retirer dignement dans leurs quartiers en fumant une cigarette et en parlant métier.

Mais Brinkmann lui lançait toujours un dernier regard avant de disparaître. Il levait la main. « Merci, Christa. » Son sourire était comme une caresse secrète, un bonbon qu'il lui jetait et qui devait adoucir le reste de sa journée.

Et les nuits ? Qui en parlait ? C'était une alternance épuisante d'espoir, de rêve, et d'une amertume dont Christa s'effrayait parfois elle-même. Peut-être es-tu injuste, se disait-elle alors. Efforce-toi enfin de considérer froidement toute la situation, y compris de son point de vue à lui.

Elle savait pourtant qu'elle n'y parviendrait pas. Il était vain de s'illusionner, cela n'y changerait rien : l'ancienne Christa, sceptique, raisonnable, aux sentiments si ordonnés, si contrôlés, l'ancienne Christa n'existait plus. Tu es amoureuse ! Irrémédiablement et dans le plus complet chaos. Plus encore : tu es plongée jusqu'au cou dans une tragi-comédie dont le scénario ne te plaît pas, ne serait-ce que parce que le dénouement est imprévisible.

Amoureuse. Et de qui ? D'un homme mûr, dont s'occupe une vieille dame, mais qui ne peut pas renoncer à son ancienne maîtresse. Et qui s'efforce à l'occasion de te montrer à quel point tu fais partie de sa vie. Par exemple par des invitations plutôt originales.

– Viens donc à la maison ce soir. Vraiment, Käte y tient. Elle veut absolument te revoir chez nous.

Elle ? Käte ?...

En sa présence, tout se dissipait.

– Il est à bout, Christa, il perd les pédales. Il a tellement de soucis, en ce moment. Il faut être patiente avec lui, Christa.

Il n'y avait rien à objecter. Encore moins au sourire maternel de Käte. Pour Käte, elles étaient toutes les femmes de Klaus. C'était bien ce qu'il y avait de stupéfiant, chez elle : elle ne faisait pas de différences, elle ne portait pas de jugements de valeur. Toutes lui convenaient, pourvu qu'elles veuillent le bien de Klaus.

Parfois, il la raccompagnait jusqu'à sa porte. Et les mains qui jouaient un si grand rôle dans les rêves de Christa se posaient sur son corps, la serraient. Un baiser maladroit sur la joue, dans le cou. La présence, la proximité, la tendresse de Christa semblaient si importantes pour lui, et il restait si réservé, si contrôlé. Il était pourtant un homme, et elle une femme ! Mais pour elle ne savait quelles raisons, il paraissait refouler l'homme en lui. Avait-il peur ?

– Christa, as-tu déjà songé à reprendre tes études ? Tu pourrais. Tu ferais un excellent médecin...

Cela aussi faisait partie de ces soirées. Sa voix persuasive, l'horizon professionnel dont il décrivait les possibilités avec une précision douloureuse pour Christa.

AS-TU DÉJÀ SONGÉ À REPRENDRE TES ÉTUDES ? Pendant des années, elle n'avait pensé à rien d'autre. Que faire d'un homme qui débite de telles bêtises ? Il savait pourtant bien... Que faire d'un homme qui se fige ainsi dans un rôle de père, et qui prend visiblement un tel plaisir à ce qu'on le traite comme un enfant ? Que faire d'un Brinkmann qui ne veut pas quitter ses gants de velours et se comporte en amour avec une gravité si antique qu'on le croirait sorti tout droit du siècle dernier ?

Bon Dieu, n'y a-t-il donc vraiment rien à tirer d'un chirurgien, surtout quand il appartient non seulement à un autre monde, mais à une autre génération ?

JE L'AIME.

La réponse était d'une simplicité si effrayante que c'en était absurde. Et pourtant, il n'y avait rien à y changer. Tu l'aimes irrémédiablement et sans espoir. Un petit rouage ? Non, Christa, tu n'es plus un petit rouage. Tu es tombée dans l'engrenage.

– Christa, est-ce qu'on se voit, ce soir ?

– Je ne sais pas.

– Pourquoi ? J'ai à travailler au bureau, et tu es bien de service cette nuit ?

De nouveau le service de nuit. Parcourir les couloirs, ouvrir les portes, les refermer, thermomètres, pansements, écume de l'eau oxygénée sur la croûte d'une plaie, visages déformés par la douleur, blêmes ou souriants. Ils la dévisagent, hochent la tête, soulagés, quand elle prononce les paroles qu'ils attendaient. Certains lui prennent la main. Propos malicieux, impudents ou obscènes entendus dans les chambres des hommes. Cela aussi fait partie du métier.

Nous jouons tous le rôle que nous avons appris, se disait-elle. Les médecins, les infirmières, les patients. Et pourtant, aucune nuit ne ressemble à une autre. Et les mots qui te paraissent depuis longtemps usés, redits cent fois, restent éternellement efficaces, gardent une espèce de pouvoir magique, comme des incantations. Et c'est ce qui est bien.

La lumière était allumée dans le bureau du patron. L'antichambre que l'on devait traverser pour y parvenir était plongée dans l'obscurité. Il était assis, la tête penchée sur les registres et les tableaux, rédigeant des rapports, rattrapant le travail en retard.

EST-CE QU'ON SE VOIT, CE SOIR ?

Bien sûr. Quand il l'appelle sur la ligne intérieure et lui annonce qu'il a fini. Ou quand il ose descendre bavarder un peu dans la petite cuisine de la salle de repos. Ou dans son bureau, ainsi que la semaine précédente.

Christa souffrait comme d'un harpon enfoncé dans sa chair. Comment peux-tu te rendre si dépendante de lui ? N'était-ce pas une réédition du jeu classique : être prête et disponible quand cela lui chantait ? Ce qui lui faisait mal, c'était une tristesse qui se tournait contre elle plutôt que contre lui.

La salle de repos. Fauteuils de plastique et philodendrons.

Au mur, dans le couloir, sous la lumière mate, une plage espagnole. On y voyait des bateaux, des barques de pêcheurs, brunes, jaunes, rouges. Et la mer.

Des vacances !

Voir autre chose. Se plonger dans un nouvel univers.

Mais à vingt mètres à gauche, une plaque de laiton, vissée sur une porte : PROFESSEUR BRINKMANN. Ne pense plus à l'Espagne ni aux barques de pêcheurs, cela vaut mieux. Songe plutôt à ta situation, regarde les choses telles qu'elles sont, et consulte les petites annonces pour te trouver un nouveau poste.

Christa ouvrit la porte suivante. Dans la flaque de lumière de la lampe de chevet, une femme la regardait. Une incroyable chevelure d'un blanc éclatant, merveilleusement vigoureuse, encadrait son visage déjà marqué par la mort. La peine que devait donner à la malade, atteinte d'un cancer, le simple fait de sourire, fit mal à Christa. Elle posa son plateau à l'entrée de la chambre, tira une chaise au chevet du lit, s'assit et prit la main de la patiente. Sa peau était chaude et sèche, comme un parchemin prêt à se consumer.

– O Christa, j'ai attendu si longtemps...

– Je suis désolée, madame Scheufele.

– Ça ne fait rien, Christa, vraiment. Aujourd'hui, je suis heureuse. (Hedwig Scheufele ferma les yeux.) Aujourd'hui, il était là.

Son sourire était aussi doux que le reflet de la lumière sur les eaux d'un étang.

– Vraiment ?

– Oui, tout l'après-midi. Il est resté trois heures. Et il m'a aussi apporté des fleurs.

Il n'y avait pas de fleurs dans la chambre, ni devant la porte. Mais « Il » avait un nom : Ralf. Il était grand, distingué, il avait réussi dans la vie. Ingénieur chez Dornier. Il habitait au bord du lac de Constance avec sa femme et leurs trois enfants. Ralf Scheufele, le neveu de la patiente.

– Vous savez, Christa, j'ai toujours été si seule ! Toute ma vie. Je n'ai pas d'autre famille que Ralf, et s'il n'était pas là pour me rendre visite...

Il était venu la voir. Une seule fois, quatre mois plus tôt. Christa se rappelait très bien ce géant blond au sourire embarrassé. Depuis, il n'était plus revenu... Mais pour Hedwig Scheufele, il était là toutes les semaines. Ralf, un fantôme qui l'accompagnait, la guidait à travers le royaume des ombres de ses derniers moments.

Maintenant, elle avait laissé aller sa tête de côté. Elle continuait à parler, indistinctement et sans suite. Sur la pointe des pieds, Christa retourna chercher le plateau et prépara la piqûre de morphine. Hedwig Scheufele ne tressaillit pas, elle n'avait rien senti, même quand Christa avait planté l'aiguille.

– Christa ?

Elle ne bougea pas, ne se laissa pas interrompre dans ses soins, ne leva même pas les yeux quand Brinkmann traversa la pièce et s'approcha du lit. Pendant un moment, il contempla en silence la malade. Christa n'avait pas besoin de le regarder pour connaître l'expression de son visage. La règle d'or de toutes les cliniques est : « On ne peut partager toutes les souffrances, toutes les agonies. » Brinkmann ne se tenait pas à cette règle. Il partageait tout. C'était peut-être une des raisons qui faisaient qu'elle l'aimait.

– Est-ce qu'elle tient encore le coup ?

Christa hocha la tête. Elle savait à quoi il pensait.

– Oui. Elle a son Ralf.

– Pardon ?

– Non, rien.

Elle se sentait trop fatiguée pour lui expliquer.

– Tu viens ?

Elle viendrait. Elle n'avait plus rien à faire là. Tu viens ? Où ? Il l'attendait dehors, en tirant sur sa pipe, devant cette maudite affiche espagnole avec ses barques de pêcheurs. Il lui sourit, et cela décida Christa à ne pas hésiter davantage.

– J'ai demandé un congé.

– Je sais. Tu y avais droit depuis longtemps. Où iras-tu ?

Elle regarda les barques et répondit soudain :

– A Sylt.

– Bonne idée. Sylt en septembre...

Oui, Sylt en septembre ! Était-elle censée lui révéler qu'elle aimerait aller en Espagne, mais qu'elle n'avait pas assez d'argent ? Qu'elle préférerait l'Australie, l'Amérique du Sud ou le Canada ? Et qu'elle n'avait indiqué Sylt que parce qu'il y avait sur cette île une maison dont elle connaissait depuis son enfance les murs massifs en brique, et qui avait toujours été pour elle une sorte de forteresse ?

Il souriait toujours.

– Mon congé pourrait se prolonger, Klaus.

Son sourire disparut, son regard traduisit son incompréhension.

– Se prolonger ? Comment cela ?

Son étonnement, le ton presque enfantin de son « Comment cela ? » ôtèrent à Christa la force de lui avouer la vérité.

Christa revint dans la salle des pas perdus de la gare d'Offingen et se dirigea vers le kiosque. Elle fureta parmi les journaux, choisit quelques magazines féminins. Elle avait trop de problèmes pour s'occuper en plus de ceux de l'humanité. En s'approchant de la caisse pour payer, elle aperçut le chien : une boule de poils bruns et blancs, trop gros pour sa taille, et doté d'un tempérament qui lui permettait d'attirer tous les regards de l'assistance. Visiblement, le chien avait décidé qu'il pouvait se passer de son maître. Sa laisse qui pendait encore à son collier se tordait comme un serpent sur le sol tandis que l'animal reniflait en frétillant les jambes de pantalon, les valises et les sacs de voyage qu'il trouvait à sa portée.

Christa eut l'impression que son cœur s'arrêtait. Molli !

Au même instant, elle entendit hurler :

– Molli !

Et il arriva, son manteau de poil de chameau négligemment jeté sur les épaules, l'air furieux. Oui, lui en personne, le patron, le chef de la clinique. Pourquoi diable fallait-il que Brinkmann surgît justement au moment où elle le fuyait, où elle cherchait à le fuir, du moins ?

Il l'avait vue. En fait, c'était plutôt Molli qui l'avait découverte. Molli posa ses pattes poussiéreuses sur le jean de Christa, leva vers elle ses yeux ronds et implorants, tira sa langue rouge. Le masque de colère de Brinkmann s'effaça et fit place à un sourire.

– Tiens ! dit-il. Te voilà !

– Hé oui ! Mais toi, que fais-tu là ?

– Il fallait bien que je te dise adieu.

– Mais je n'aime pas les adieux. Surtout pas sur un quai de gare.

Cela ne sembla pas l'impressionner le moins du monde. Il sourit aimablement à la vendeuse de journaux qui l'avait gratifié d'un « Bonjour, professeur ! » sonore, regarda autour de lui la salle où tout le monde le connaissait. Christa n'avait pas encore payé, mais il la devança. Il avait déjà sorti son porte-monnaie. Il prit même le paquet de magazines multicolores, si maître de la situation que Christa eut le plus grand mal à contenir sa fureur.

Oui : adieu.

Tout ce qui s'était passé ce matin-là était déjà un adieu. Se lever, faire ses valises, jeter un dernier coup d'œil à l'appartement, entendre la clé tourner dans la serrure, regarder défiler le paysage par la vitre du taxi qui la conduisait à la gare, contempler, au-delà de la place du Marché, les hauteurs où était bâtie la clinique, prendre son billet : « Un aller simple pour Sylt. » Elle était venue à bout de tout cela, et même du sentiment pathétique et étouffant que ce départ était définitif.

Et il fallait qu'il vienne tout saboter !

– J'espère qu'il fera beau, sur ton île.

SUR TON ÎLE. Le ton était légèrement malicieux.

Christa hocha la tête énergiquement. Oui, elle irait à Sylt, où, enfant, elle construisait ses châteaux de sable quand la plage était encore déserte, quand ses parents vivaient encore ensemble, quand le monde était en ordre. Elle irait à List, à Kampen, à Morsum, à Westerland, parlerait avec Erika Harmsen, se promènerait, irait voir les oiseaux dans la volière. C'était un adieu. Après Sylt, le camion de déménagement s'occuperait du reste.

– C'est ta valise ?

Elle hocha la tête. Elle ne pouvait en faire plus. Elle se sentait épuisée et soudainement replongée dans son désarroi. Mais ce qui l'irritait le plus, c'était que sa colère se trouvait submergée par une vague de bonheur enfantin qui s'enflait sans cesse. Finalement, n'était-ce pas une merveilleuse marque d'attention de la part de Brinkmann ? Oui, il se comportait avec une grande gentillesse. Il la précéda sur le quai, crispant sa main fragile de chirurgien sur la poignée de la lourde valise. Elle tenait la laisse de Molli, et les journaux coincés sous son bras.

Brinkmann posa la valise sur un chariot et chercha à reprendre son souffle.

– Ah ! Klaus. Je ne sais que dire. C'est vraiment trop gentil. Mais était-ce vraiment nécessaire ?

– Je ne pouvais pas te laisser partir comme ça, répliqua-t-il d'un ton très sérieux.

– Pourquoi pas ?

Il ne la quittait pas des yeux, et elle se sentit rougir. Cela rendait les choses plus difficiles encore.

Que lui restait-il à dire ? Merci, professeur, pas seulement pour la valise, pour tout, mais ce n'était vraiment pas nécessaire. Bon Dieu, qu'attendait-elle ?

Le bourdonnement des haut-parleurs la libéra. « Le rapide pour Offenburg... » Les portières s'ouvrirent. Christa allait prendre sa valise, mais Brinkmann secoua la tête, s'empara du bagage, monta dans le wagon, ouvrit un compartiment, hissa la valise dans le filet d'un seul mouvement énergique et se laissa choir sur un siège en soupirant. Puis, détendu, il flatta la tête de Molli, regarda par la fenêtre et rendit son salut à un passant.

Christa chassa Molli de sa place et s'assit.

– Klaus ! Le train n'a que trois minutes d'arrêt. Je crois que tu devrais...

– Rien ne presse.

Elle tapota la tête de Molli.

– Je t'aime beaucoup, ma belle, tu sais. Allez, porte-toi bien... (Elle réussit son plus beau sourire et regarda Brinkmann.) Et toi aussi.

La voix gronda dans le haut-parleur.

– En voiture, s'il vous plaît. Le train va partir dans quelques instants.

– Tu as entendu ? Le train va démarrer. Dépêche-toi !

Il haussa les épaules.

– Il ne part jamais à l'heure.

Elle sentit la pression du siège dans son dos quand le train s'ébranla. Des visages défilaient de l'autre côté de la vitre. Un homme en uniforme. Puis le panneau : Offingen. Christa dévisagea Brinkmann.

– Je t'accompagne jusqu'à Hornberg, et puis je prendrai un taxi.

– Tu es fou ! A quoi cela t'avance-t-il ?

Il sourit.

– Je serai avec toi un quart d'heure de plus. Et puis tu vois bien que Molli aime le train.

Molli... Christa ferma les yeux un instant. Vaincue ? Heureuse ? Emue ? Non. Il avait de nouveau réussi à semer la confusion dans ses idées. Ce qui l'énervait le plus, c'est qu'il semblait s'en moquer. Il souriait à son reflet dans la vitre.

Le monde pourrait être si beau, se dit-elle. Pourquoi te complique-t-il ainsi la vie ? Pourquoi ne disait-il rien ? Pourquoi se contentait-il de la regarder ? Avec ces yeux...

Un tunnel. Des maisons. Le bruit saccadé du train sur les voies. Une gare. Des voyageurs chargés de sacs à dos couraient le long du train. Par la porte du compartiment, Christa vit passer dans le couloir des manteaux de loden, des T-shirts, des chemises de scouts, de jeunes visages couverts de sueur. Mais Brinkmann ne bougeait toujours pas et continuait à sourire.

– Klaus, dit Christa, ne fais pas de bêtises !

– Moi ? Comment cela ?

– Mais il faut bien que tu descendes ! A moins que tu ne veuilles continuer jusqu'à Offenburg ?

Il se carra sur son siège et croisa les mains.

– Non, jusqu'à Sylt. A Westerland.

Elle en resta sans voix. La surprise l'empêchait même de poser la moindre question.

– Pour le congrès des chirurgiens. Trois jours. A première vue, cela semblait impossible, mais finalement, j'ai pu m'arranger avec le confrère de la clinique de Villingen...

– Mais tu n'as pas de valise !

– Si, si ! En bagage accompagné.

Elle secoua la tête.

– Qu'est-ce qu'il y a ? Tu ne trouves pas que je méritais des vacances, moi aussi ? De Westerland à Kampen, il n'y a que quelques kilomètres, comme tu sais. Et puis, petite, les séances du congrès ne durent pas de l'aurore à la nuit...

Petite ! Elle cherchait à reprendre son souffle.

– Tu es impossible.

Il hocha la tête solennellement.

– Je sais.

– Et menteur.

– Que voulais-tu que je fasse ? En fait, c'est la faute de Molli. Tu sais ce qu'elle veut ? Courir le long de la plage, creuser le sable, sauter dans l'eau, trouver des poissons crevés et beaucoup d'autres jolies choses...

Le cognac qui devait couronner leur petit déjeuner plantureux leur fut servi entre Baden-Baden et Rastatt. Il était nécessaire.

Ils avaient manifesté non seulement de l'appétit, mais une faim de loup. Brinkmann, le visage épanoui, rayonnait d'une joie d'enfant qui a réussi à faire l'école buissonnière.

Christa offrit à Molli, dissimulée sous la table, un dernier morceau de gruyère, ce qui déclencha aussitôt une catastrophe : le serveur découvrit d'abord la queue qui battait l'air, puis le reste de l'animal. Non, non, ça n'allait pas ! Impossible ! Les chiens n'étaient pas admis au wagon-restaurant.

Ils se retirèrent dans leur compartiment en protestant, s'indignèrent un moment, puis finirent par en rire. A quoi bon faire un éclat ?

Brinkmann regardait par la fenêtre. Christa l'observait, et éprouvait un sentiment de détente qu'elle n'avait pas connu depuis longtemps. Elle croyait flotter dans les airs. Oui, c'était cela. La veille encore, elle s'était sentie emportée par les orages du destin, elle s'était vue longeant l'abîme, cherchant à prendre de la distance pour trouver un nouvel équilibre. Et maintenant ? Maintenant, il n'y a plus que nous deux, se disait-elle. Même si ce n'est que pour trois jours. Nous avons décollé. Quant à la distance à prendre, qu'elle aille au diable !

Le pont d'une autoroute. La sonnerie d'un passage à niveau. De grands immeubles gris. Des villes sur les collines. Ce devait être Karlsruhe. La ville où Brinkmann avait longtemps vécu.

La tête tournée, il observait par la fenêtre Christa suivit son regard.

– Où est la clinique ?

Il haussa les épaules.

– Quelle importance ? Par là...

Son indifférence était-elle feinte ou mensongère ? Christa pensa à Eléna Bach. Quelque part, sous un de ces innombrables toits, Klaus et elle s'étaient aimés, s'étaient disputés, avaient dormi ensemble : NOTRE RELATION N'EST PLUS CE QU'ELLE A ÉTÉ. ELLE EST MAINTENANT PUREMENT AMICALE...

Peut-être, se dit-elle en caressant la tête de Molli. Et même si... Quelle importance désormais ?

Jusqu'à Hambourg, ils avaient été seuls dans le compartiment. A présent, il y avait des gens jusque dans les couloirs. Dans les dernières lueurs roses du crépuscule, Christa voyait les polders de la Marsch, des bouées, la ligne violette des îles, un chalutier qui s'engageait dans un chenal, des mouettes, et le ciel qui s'obscurcissait.

Elle prit le plat de plastique vert de Molli et l'emplit encore une fois d'eau au lavabo des toilettes. Mais Molli n'avait plus soif. Accompagnée de la chienne, Christa se fraya un chemin dans le couloir bondé.

– Klaus, nous sommes déjà sur la digue Hindenburg !

Les autres passagers du compartiment lui sourirent. Brinkmann hocha la tête.

– Tu te rends compte !

Une demi-heure plus tard, Christa était assise sur un banc près de la gare de Westerland, Molli sommeillant dans ses bras. Un taxi s'arrêta devant elle après un large virage et un appel de phares. Klaus Brinkmann en descendit.

Christa se leva.

– Fantastique ! dit-elle, très impressionnée.

– Comment ça, fantastique ? Tu ne me faisais pas confiance ?

– Non. Après tout, tu es professeur.

– Mais pas du genre savant dans la lune ! On n'en trouve plus que dans les mauvaises bandes dessinées.

Il était heureux, il était fier, et cela se voyait. Il se réjouissait de sa reconnaissance, il était le héros qui, malgré l'afflux des hordes de touristes, avait réussi à s'emparer d'un taxi, à trouver des porteurs, à enfourner les bagages dans le coffre.

Ils n'allèrent pas loin.

Ils avaient faim, et se retrouvèrent derrière des fenêtres aux vitres serties de plomb, sous des roues de chariot pendues à des poutres sculptées, dans une pièce qui tenait du musée et de la grange, à une table de bois rustique sur laquelle brûlaient des bougies. Ils burent un vin effroyable au lieu d'une bonne bière, mangèrent du poisson abominablement cher et terminèrent par une omelette norvégienne dont ils ne purent pas vraiment déterminer ce qu'elle contenait. Ils entrelacèrent leurs mains entre les couverts argentés, le pain de campagne et un reste de fromage, et se regardèrent en souriant.

Trois jours ! se dit Christa.

– A quoi penses-tu ?

– Oh ! à rien.

– Mais si. On pense toujours à quelque chose.

Presque avec émerveillement, elle s'était abandonnée au flot du sentiment que provoquait en elle le contact de ces mains, un sentiment où se mêlaient l'espoir, l'amour et le désir. L'homme en costume bleu, le col de chemise ouvert, cet homme dont les yeux clairs la scrutaient, lui faisait passer un frisson dans tout le corps.

– Ma pension sera fermée, si nous restons encore trop longtemps. Et toi aussi, il faudrait que tu songes à t'annoncer à ton hôtel.

– Où est ta pension ?

– A Kampen, tu sais bien.

– C'est tout près. Nous trouverons bien un taxi.

De fait, ce n'était pas loin. A quinze ans, Christa avait logé pour la première fois à la pension de famille *Rotsand*. Elle se rappelait la salle des petits déjeuners, le ton chantant d'Erika Harmsen quand elle invitait ses hôtes à faire honneur à son thé, à son café et à ses incroyables assiettes de charcuterie et de fromages. Comme elle était gentille, Erika Harmsen ! Mais elle tenait aux règles de la maison : ne pas oublier la clé, rentrer tôt, « sinon, ça ne marchera pas. Il faut que nous allions au lit. Nous nous tuons au travail ». Mon Dieu ! Christa ne lui avait même pas téléphoné.

Elle se hâta de le faire. Erika répondit en dialecte, amicalement, mais ne put s'empêcher de demander sur un ton de reproche :

– Si tard ?

Pourquoi diable n'avait-elle pas appelé plus tôt ? On l'avait attendue toute la soirée, on lui avait préparé la plus belle chambre, celle d'autrefois.

– Comment ? Tu dînes encore à Westerland ? Mais, Dieu du ciel...

Christa regagna la table.

– Il y a urgence ! Il faut que j'y aille tout de suite.

Il la regarda.

– Tout de suite ?... Tu sais, à l'hôtel, j'ai une...

– Une chambre double ?

Il hocha la tête, l'air embarrassé. Elle s'abstint de lui dire que « la plus belle chambre », chez Erika Harmsen, était aussi une chambre double.

– Bien, dit-il. Un hôtel a toujours un portier de nuit. Je t'accompagne d'abord à Kampen.

L'asphalte s'interrompait brusquement, remplacé par des graviers, puis le chemin se perdait sur une terre sablonneuse.

– Nous y sommes, dit Christa.

Elle se rappelait la clôture de lattes peintes en vert, devant la maison qui, pour autant qu'elle pouvait en juger dans la nuit claire, n'avait pas changé depuis l'époque où elle y logeait avec son frère Albert et ses parents.

Son cœur battait plus fort. Il lui sembla entendre le bruit des vagues. La mer. S'était-elle trompée ? En tout cas, elle en sentait l'odeur. Et le fond de l'air était agréable, aussi agréable qu'une caresse.

Brinkmann prit la valise de Christa et se tourna vers le chauffeur taciturne qui les avait conduits là en fumant sa pipe.

– Pouvez-vous attendre un moment ?

– Oh ! j'ai tout mon temps.

Ils marchèrent péniblement sur le sol mou jusqu'à la porte du jardin. Il l'ouvrit. Avec un léger serrement de cœur, Christa se demanda ce que dirait Erika Harmsen. Qu'avait-elle dit, autrefois, du temps où Christa vivait à Göttingen et où elle était venue avec Uwe ? Autrefois... Il y avait si longtemps !

Ni la porte du jardin ni celle de la maison n'étaient fermées. La lumière était allumée dans la petite entrée où pendaient quelques clés.

Brinkmann regarda autour de lui.

– Hmm ! C'est tout à fait charmant.

Elle lui fit un clin d'œil, posa un doigt sur ses lèvres et chuchota :

– Et que prendra monsieur ? Thé, café, eau minérale ?

Il avait toujours ce même regard mi-embarrassé, mi-incrédule qui amusait Christa. La couleur était annoncée, mais c'était elle qui battait les cartes. Ce n'était pas l'effet du vin – elle n'avait bu que deux verres – mais d'une audace qui renversait toutes les barrières et l'étonnait elle-même. L'air de la mer, dehors, la maison silencieuse, Sylt, l'atmosphère de vacances, la curiosité, tout cela avait joué...

– Un instant, chère madame, je vous prie. Il me semble qu'il faudrait d'abord prévenir le chauffeur.

Trois minutes plus tard, Christa entendit un moteur démarrer, et Brinkmann revint.

– Il est très gentil. Un type en or. Et il a l'air tellement honnête que je lui ai dit de garder ma valise et de la laisser à mon hôtel à Westerland.

– Non ?

– Oh, si ! Et puis, chère madame, j'ai réfléchi. Vous avez eu la bonté de me proposer du thé, mais je crois que je préférerais une bière.

Elle alla en chercher à la cuisine, dans le réfrigérateur d'Erika Harmsen. Elle rapporta aussi deux verres. L'escalier était raide, les marches de bois craquaient. La chambre 8 était mansardée et tapissée d'un papier à fleurs. Christa ouvrit une des étroites fenêtres ménagées dans le toit et écouta. Cette fois, pas de doute : on entendait la mer.

Il y avait deux lits, une table, deux chaises – et Klaus Brinkmann. Les mains dans les poches de son manteau, debout à côté de la valise, rêveur et incrédule, il arborait l'expression d'un homme qui aurait assisté à l'arrivée d'extraterrestres, ou au moins à un phénomène inclassable dans le répertoire des expériences humaines.

– Tu ressembles au petit garçon du film *E.T.*

– Je *suis* ce petit garçon, non ?

Elle ne put s'empêcher de rire.

– Comme tout, c'est une question de perspective. (Il ôta son manteau et le jeta sur un des lits, s'y assit, les mains entre les genoux, et leva les yeux vers elle.) Et maintenant, à quoi est-ce que je ressemble ?

– A un de tes patients. (Elle versa la bière dans les verres et ajouta :) Comme tous les gens à qui il arrive quelque chose qu'ils ne comprennent pas.

– Mais je n'en ai pas envie. Tu comprends, toi ?

Elle secoua la tête et vint vers lui. Il lui prit les mains.

– Non, dit-elle. Et je n'en ai pas envie non plus. Mais c'est justement ce qu'il y a de bien.

Elle baissa les yeux vers lui, vers sa tête, ses mains qui caressaient les siennes. Il lui baisait les doigts l'un après l'autre. La répartition des cartes n'avait plus d'importance, ni le jeu lui-même.

– Que vont dire les gens quand je ferai mon apparition demain matin ? demanda-t-il soudain.

– Que veux-tu qu'ils disent ? Mme Harmsen me connaît. Elle sait que je suis quelqu'un de sérieux. Cela signifie que les messieurs qui m'accompagnent sont aussi des gens sérieux.

– Les messieurs ? Viens-tu souvent ici ?

– Pas depuis longtemps.

– Et tu étais ?...

– Ecoute ! Il y a plus important : tiens, voilà une brosse à dents.

Il s'était levé et considérait l'étui de plastique transparent en plissant les paupières.

– Tu as pensé à ça ?

– Oui. Même à ça. Je l'ai achetée à la gare de Westerland.

– Christa, tu es un phénomène. Un phénomène de prévoyance.

– Peut-être, dit-elle d'un ton hésitant tandis que Brinkmann l'attirait à lui et l'embrassait sur les tempes. Plus maintenant, vraiment plus...

– Comment es-tu, maintenant ?

– J'ai peur.

– Réellement ?

– Non, je n'ai même plus peur.

Un bateau ! Un cargo, ou un pétrolier ? Il n'y connaissait rien. Par la baie vitré de la salle de conférences, Brinkmann observait le navire qui, loin en mer, progressait vers l'ouest, vers l'horizon bleuté, comme un crabe opiniâtre. Il avait maintenant dépassé la ligne blanche du mât où flottait le drapeau français et se dirigeait vers la suivante, celle du drapeau italien. Les drapeaux n'avaient rien à voir avec le congrès des chirurgiens, ils restaient là toute l'année, accueillaient tout un chacun. Mais tout le reste du décor portait l'emblème de l'association : non seulement le porte-documents du congrès posé sur les genoux de Brinkmann, mais aussi les élégants uniformes bordeaux des hôtesses.

Les haut-parleurs rabâchaient :

– C'est pourquoi, mesdames et messieurs, le moment est probablement venu, dans le domaine de la dégénérescence des tissus glandulaires...

Brinkmann hocha la tête en ronchonnant. C'était bien le moment, en effet. Il se leva, se glissa entre les rangées de sièges, passant devant des visages étonnés ou compréhensifs. Il fut heureux de sentir les grandes portes se refermer derrière lui et de quitter le hall du palais des congrès.

Et maintenant ? Kampen ? Bien sûr, mais d'abord la baignoire. Quand il entra dans sa chambre, le bateau blanc, à l'horizon, poursuivait tranquillement sa route vers une destination inconnue. Le navire n'était pas pressé, Brinkmann non plus. Le journal et la baignoire ? Jusqu'à présent, il s'en était fait une joie, mais l'idée perdit de son attrait : il n'avait plus envie de lire le journal. Les négociations de Genève sur le désarmement le laissaient tout à fait indifférent. Et il se souciait tout aussi peu de savoir si Neubert allait faire une pré-publication de son rapport sur « Les nouvelles méthodes d'intervention sur le processus de coagulation ». Il existait. Klaus Brinkmann existait de nouveau. Et il avait réussi à couper les fils qui le faisaient d'ordinaire se mouvoir comme une marionnette. Il revivait. Ne fût-ce que pour trois jours.

Christa !

En évoquant ce nom, il se sentit empli d'une tendresse et d'une gratitude si profondes qu'il s'en effraya. Et, tandis que l'eau lui coulait sur la tête et dans le dos, un autre Brinkmann s'éveilla ailleurs en lui, le Brinkmann qui devait sans cesse observer, contrôler. Ce Brinkmann-là le regarda, assis sur le carrelage vert de la cabine de douche, se masser les hanches un peu trop épaisses, se tâter les muscles, sourire, heureux et détendu. Bon sang ! Est-ce qu'il suffit d'une seule nuit pour te mettre ainsi hors de toi ? Est-ce vraiment si bouleversant ? Oui ! Bouleversant, même si ce mot pouvait paraître ridicule, même si le mot « amour » était équivoque et difficile à cerner.

Que s'était-il donc passé de grandiose ? N'était-ce pas lui qui prêtait aux événements cette couleur dramatique ? Dramatique ? Non. C'était plutôt une sensation de liberté, la satisfaction de faire un pied de nez aux autres : nous deux, conjurés contre ce monde en folie, hostile de surcroît. Notre forteresse : une chambre mansardée...

C'était grandiose !

Christa l'avait mené par la main ? Peut-être. Ces dernières années, quand en avait-il été autrement ? Eléna, et même Käte, toutes semblaient toujours guetter le moment de prendre l'initiative.

Il revoyait Christa entrant dans la chambre : son ombre sur le mur, son corps brillant, si clair, qui paraissait irradier sa propre lumière. Il revoyait ses yeux, son sourire. Ses cheveux défaits retombaient sur ses épaules, suivant une courbe délicate. D'ordinaire, ils étaient noués ou cachés par sa coiffe d'infirmière. Maintenant, ils s'animaient d'une vie propre, faisaient comme un rideau vivant devant ce regard, ce sourire...

Il y a des instants, se dit-il, qui sont aussi accomplis qu'une œuvre d'art. La plupart des hommes ne vivent que rarement de tels moments, mais on ne les oublie jamais. Ils prouvent qu'il existe quelque chose comme un présent. Ce que la vie nous donne est emporté dans notre mémoire, avec tout le reste, et s'y estompe jusqu'à devenir indistinct, comme les visions de nos rêves. Mais de tels instants font partie de nous-mêmes...

Mon Dieu, que tu peux être sentimental ! Brinkmann se leva, se sécha, chercha le savon, se prit les pieds dans une serviette et faillit tomber, s'assit sur le bord de la baignoire et considéra son visage dans le miroir. Prendre l'initiative ? Quelle bêtise ! Elle t'a fait un cadeau. Alors qu'elle s'enfuyait, elle est revenue une dernière fois sur ses pas pour te faire un cadeau...

Le sable, le vent, la mer. Et Molli. Les vagues mordaient la dune et projetaient leurs embruns blanchâtres et tourbillonnants. Le vent était chargé de grains de sable qui les frappaient en salves douloureuses comme des piqûres d'aiguille. Et Molli bondissait dans le creux des vagues, le reflux l'entraînait, à leur grande peur, mais elle réapparaissait, courait dans l'écume en aboyant comme une folle, recrachait l'eau de la mer du Nord, et s'empressait d'y retourner.

– Allez, maintenant, ça suffit.

Brinkmann tira Molli le long de la plage. Hors d'haleine, haletante, la chienne s'assit dans le sable, la langue pendante.

– Regarde !

Christa tendait un coquillage d'un blanc laiteux teinté de rose, si délicat que, dans la lumière, il était transparent, comme les longs cheveux fins que le vent renvoyait sur son visage et ses épaules.

Elle lui faisait face en souriant. Et il avait du mal à tout percevoir à la fois : la plage déserte, la mer, Christa...

– Tiens, et ça !

Cette fois, ce n'était pas un coquillage, mais un morceau de bois recouvert d'une croûte noire.

– Du mazout, dit-il.

– Saloperie de pétroliers !

– On en trouve partout. Jusque dans les mers du Sud. Il faut s'y faire.

– Non, justement, il ne faut pas s'y faire.

– Exact !...

Il sourit. Cette réaction était bien caractéristique de Christa. Elle ne pouvait s'en empêcher. D'ailleurs, elle avait raison.

Elle jeta le morceau de bois.

– Maintenant, je vais te montrer comment on se creuse un nid.

Le matin, Brinkmann avait exploré tous les magasins pour touristes autour du palais des congrès. Il avait d'abord acheté une pelle et deux cirés jaunes. Puis, résolu, comme s'il s'agissait d'équiper une expédition pour des terres inconnues, il s'était procuré du pain, du beurre, une bouteille Thermos, du thé, de la charcuterie, des œufs durs, et même deux couteaux. A la fin, il lui avait fallu un sac de marin pour y stocker tous ces trésors. Et à présent, il s'essoufflait à porter le lourd bagage malcommode dans le sable de la plage, en longeant la limite des vagues. Christa riait.

– Allons, professeur, il ne faudrait pas présumer de vos forces !

– Je le fais toujours.

– Alors donne-moi au moins la pelle.

– C'est le rôle des hommes.

– Pas pour l'instant. Allez, donne. D'ailleurs, tu as l'habitude qu'on te gâte, non ?

En quelques minutes, avec une incroyable dextérité encouragée par les aboiements de Molli, Christa creusa dans le sable un grand trou en forme de baignoire. Satisfaite, elle essuya sur son front quelques gouttes de sueur.

– Voilà. Maintenant, la couverture, et ce sera terminé, et tout à fait confortable pour s'allonger.

– Comme les naturistes qui se promènent là l'été ? Tout nus ?

– Après tout, tu es chirurgien.

Il lui sourit.

– Après tout ? Peut-être... Quand je pense aux têtes des confrères, dans la salle des congrès...

Elle enleva son ciré jaune, dégrafa dans son dos le

soutien-gorge de son bikini blanc et s'étendit dans le trou.

Brinkmann, toujours assis au bord, regardait Christa, les collines délicates et fermes de ses seins, les mamelons bruns, tout ce corps lisse et lumineux, et il était convaincu que, de toute sa vie, il n'avait jamais rien vu d'aussi beau... Ma Christa !

– A quoi penses-tu ?

Il ne pouvait s'empêcher de lui poser sans cesse la même question. Elle sourit, les yeux fermés.

– A l'Espagne. A des barques. A la plage d'Alicante ou de Valence. Ou d'Ibiza, tout aussi bien. Ou de Majorque. En tout cas à une plage où l'on ne soit pas obligé de se creuser un trou.

– Tu y es déjà allée ?

– Je suis allée quelquefois en Espagne.

– Et ?

Elle sourit.

– C'était beau.

Il en éprouva comme un petit pincement douloureux. De la jalousie ? Se demandait-il avec qui, là-bas, elle s'était allongée sur la plage, avait nagé, avait dormi ? Non, ce n'était pas cela. Mais peut-être enviait-il la plénitude des expériences de la jeunesse, et leur insouciance. Combien de temps t'es-tu accordé, ces dernières années ? Tu as couru, comme un hamster dans sa petite roue, et réussi à grand-peine quelques échappées. Comme si elle avait deviné le cours de ses pensées, Christa ajouta :

– Et je me disais que ce serait vraiment bien de ne plus jamais voir une clinique.

Il se tut.

– Allons, Klaus, à toi aussi, il t'arrive de rêver...

– Rarement.

Il dut s'avouer que c'était un mensonge. Il rêvait souvent. Il se souvint des innombrables orchestres qu'il avait dirigés en imagination, des tableaux qu'il voulait peindre, des voyages qu'il voulait entreprendre. Trop tard ! Pourquoi, en fait ? Qu'est-ce qui l'empêchait de réaliser au moins ceux de ses rêves qui lui semblaient importants ? Qu'est-ce qui l'en empêchait ? Une clinique ? Une vieille femme aux soins de qui il s'en était remis ? Un fils qui le rejetait et attendait le jour où il pourrait le lui dire ? Tout ce réseau de liens de dépendance qu'il avait noués lui-même, cette course de fond où il s'accordait de temps à autre une pause quand il était vraiment à bout de souffle ? Il se l'accordait ? Non, il devait la conquérir, cette pause... Il ouvrit le sac.

– On commence le pique-nique ?

– Oh ! Tu as même pris du vin !

Il espérait que ce rosé français serait bon. Il l'était. Brinkmann coupa le pain, Christa le beurra et le garnit. Et il oublia tout ce qu'il avait laissé derrière lui : la clinique, sa tournette de hamster, la course six jours sur sept.

Christa riait, et il lui rendait son rire. Leurs lèvres se rapprochèrent. Puis il noua ses bras autour du cou de Christa et se lova contre elle, dans la sécurité douce et chaude de son étreinte. Il était en elle et hors de lui-même, éperdu et ravi. Il voyait le visage de Christa se crisper de plaisir, il entendait son souffle, ses chuchotements, et murmura :

– Je t'aime. Je t'aime tellement.

Non, ce n'étaient pas des bêtises, ce qu'il disait. Maintenant, c'était la vérité. Il ne se séparerait plus jamais d'elle. Il ne la quitterait plus, il ne permettrait plus jamais qu'elle s'enfuie !

Plus tard, allongés sur le dos, ils regardèrent les nuages qui passaient dans le ciel et les mouettes curieuses qui volaient en rond au-dessus d'eux.

Ultérieurement, il fut impossible d'établir qui avait fait courir le bruit qu'Eléna Bach avait provoqué son accident afin de se suicider. Mais cette rumeur servit de toile de fond à toutes les conversations, à tous les commentaires sur sa mort.

Si l'on avait pu émettre cette supposition, cela tenait d'abord au fait que, le soir de la catastrophe, Eléna était seule à bord de son cabriolet Golf ; c'était au crépuscule, et la visibilité était mauvaise, car il y avait de la brume. Mais cela était probablement dû, par ailleurs, à l'étourderie d'un des policiers qui avaient préparé le procès-verbal de l'accident.

Le procès-verbal que reçut la compagnie d'assurances deux semaines après l'accident ne laissait en tout cas place à aucun doute. La Golf avait quitté la chaussée à la sortie d'une série de virages et s'était écrasée contre un arbre. Mais la route ne portait pas seulement les marques noires du violent coup de frein qu'Eléna Bach avait donné au dernier moment. On y voyait également d'autres traces de freinage, celles d'une moto qui, venant en sens inverse, avait coupé le virage et surgi face à la Volkswagen.

Le formulaire rempli sur les lieux de l'accident par le brigadier Schimanski indiquait : « Longueur des traces : deux mètres quatre-vingts. Distance du bord de la chaussée : trois mètres vingt. » Ces données, jointes aux autres constatations, auraient permis qu'on se fasse une idée exacte des circonstances du drame. Mais le brigadier, appelé dès son retour au poste pour une autre intervention, avait oublié de joindre cette pièce au dossier, et peu après, il avait pris un bref congé pour raison familiales.

Ainsi, quinze jours après la mort d'Eléna, tout était clair. Mais sur le moment...

Parmi les premiers à arriver sur les lieux de l'accident, il y eut un médecin : le Dr Marker. Plissant les yeux, penché sur le volant, il jurait entre ses dents contre l'invraisemblable abruti qui conduisait l'Opel marron, devant lui, et qui freinait à tout bout de champ dans la descente en lacet vers Elzbach. Son humeur était exécrable. Un paysan l'avait appelé d'Oberprechtal, pour une urgence. En effet : une vache n'arrivait pas à vêler, et il n'y avait pas moyen de mettre la main sur le vétérinaire.

Marker s'était donc épuisé, jusqu'à en avoir les bras paralysés, pour tirer le veau du ventre de sa mère. Finalement, tout s'était bien passé et il avait pu prendre la route du retour. Et à présent cette brume !

Il avait d'abord eu l'intention de faire un saut jusqu'à Offingen pour passer voir Brinkmann, mais la secrétaire lui avait annoncé que le professeur participait à un congrès de chirurgiens à Sylt. Cette information n'était guère de nature à améliorer l'humeur de Marker.

Alors, le chauffeur de l'Opel, devant lui, était devenu complètement fou. La brume s'était levée, et pourtant il freinait si violemment que Marker faillit ne pas s'arrêter à temps.

La portière de l'Opel s'ouvrit brusquement. Un homme blond en pantalon de chasse et anorak sortit, jeta un bref regard à Marker, lui fit signe de le suivre et se mit à courir.

Diable, se dit Marker, que se passe-t-il ? Il descendit de voiture et se lança sur les traces de l'inconnu.

Puis il vit. Mon Dieu ! Ce fut tout ce qu'il put penser. Les branchages lui fouettant le visage et lui déchirant les mains, il se laissa glisser le long de la pente raide couverte de buissons et courut vers l'effrayant tas de ferraille fumante, tordue, déchiquetée, qui avait été une voiture. L'homme à l'anorak se cramponnait à une poignée de portière, en vain. Il se redressa. Il avait un bon visage rond et semblait sur le point de se mettre à pleurer.

– Il y a une femme, là-dedans.

– Une femme ?

– Oui. Mon Dieu, c'est horrible !

– Avez-vous une lampe de poche ?

– Là-haut, dans la voiture.

Il contemplait Marker avec le regard confiant d'un homme qui, plongé dans des difficultés inattendues, est heureux de trouver quelqu'un capable de le guider. Sous ce regard, Marker songea soudain : Idiot ! Tu es descendu sans même penser à prendre ta trousse !

– Ecoutez : allez à ma voiture. Derrière, sur le siège, il y a une serviette. Je suis médecin.

– Médecin ? (L'homme grimpait déjà dans les buissons. Il se retourna.) Médecin ? Quelle chance, alors !

On verrait bien. Mais il était difficile de s'imaginer que la femme coincée dans cette épave vivait encore. Et si c'était le cas, pensait Marker tout en brisant la vitre avec une pierre, survivrait-elle ?

Puis il la vit. Le siège de la conductrice avait été arraché à ses boulons par la violence du choc. Du sang sur les sièges clairs. Une jambe sur laquelle le pantalon est déchiqueté, l'autre qui fait un angle bizarre avec le haut du corps, vêtu d'une veste de cuir. Il ne distinguait qu'une partie du visage, livide, encadré par des cheveux foncés collés par le sang.

Marker rassembla toutes ses forces, mais la portière résistait. Il haletait. Maudite voiture ! Mais l'autre homme revenait déjà. Il alluma sa lampe de poche et tendit la trousse à Marker.

– Est-ce que je peux vous aider ? (Le rai de lumière explora l'intérieur de la voiture.) C'est terrible ! Vous avez vu ce sang ? Moi, ça me rend toujours malade, quand je vois du sang... Il faut que vous la tiriez de là, docteur !

Bien sûr, mais comment ? En toute hâte, il ouvrit sa trousse. Il chercha à tâtons parmi les seringues, les pansements, les boîtes de médicaments, les instruments. Oui, il était là : son vieux scalpel.

– Bravo ! dit l'homme, tandis que Marker découpait l'épais tissu de la capote du cabriolet.

Ils tirèrent ensuite pour élargir la fente, afin que Marker pût se pencher sur le corps tordu et saignant.

Le bras. Sous la peau froide et couverte de sueur, le pouls frénétique mais à peine perceptible, comme un faible appel au secours.

– Est-ce qu'elle vit ?

Marker se redressa.

– Oui, elle est encore vivante...

– Que fait-on maintenant ?

C'était bien la question.

– Ecoutez : prenez votre voiture. De l'autre côté des virages, sur la droite, il y a une borne d'appel.

L'homme hocha la tête, regarda Marker, puis de nouveau l'intérieur de la voiture.

– Allez-y, bon sang ! cria Marker. Il n'y a pas de temps à perdre !

Ils voulaient tout, du moins tout ce qu'il était possible de faire en l'espace de trois jours : les promenades entre les dunes, l'amour dans les oyats de la plage, courir sur l'estran avec Molli en lui lançant des morceaux de bois à rapporter, nager, évidemment, même si l'eau était si froide qu'ils en ressortaient transis, avant de rougir comme des écrevisses. Parler, interminablement, partir en bateau, manger du poisson, ou plutôt des crevettes fraîchement pêchées, rouges à l'extérieur, blanches à l'intérieur, comme des pommes sous leur eau salée.

– Eh bien, si vous voulez...

Sur l'embarcadère métallique des bateaux de location, le pêcheur retira sa pipe d'entre ses dents, et Brinkmann lui tendit sur-le-champ sa blague à tabac en lui proposant de goûter son mélange préféré.

Mais le grand gaillard au visage plissé par les rides et aux cheveux comme délavés n'avait pas envie d'essayer. Il se contenta de secouer la tête et reprit son propos.

– Eh bien, si vous voulez... Des crevettes, hein ? J'en apporte tout de suite un panier à ma femme.

– Ah, et elle les fait cuire ? Ça ira ?

Il leur jeta un regard réprobateur.

– Si ça ira ? Vous pouvez me croire que oui. Elle vous en cuira une pleine casserole. Vous passerez les chercher chez moi.

Il était 9 heures. La girouette de l'église brillait, aussi claire que le soleil, les fenêtres scintillaient, le temps était magnifique. Dans la lumière du matin, les toits des maisons du port et la mer d'huile qui s'étendait à l'infini semblaient repeints de neuf.

Brinkmann voulut aider Christa à monter dans le petit bateau sûr et stable, mais elle rit et, le devançant, y sauta d'un bond. Il la suivit précautionneusement. Debout sur le débarcadère, l'homme aux crevettes les salua de la main.

– Larguez les amarres !

Quand ils furent installés, Brinkmann tira d'un geste décidé le câble du démarreur. A part une brève toux asthmatique du moteur, il n'obtint aucun résultat.

Le pêcheur grimaça un sourire. Mais Christa intervint. Elle saisit cette maudite poignée de plastique, se pencha en arrière, et le Johnson se mit à ronronner. Décrivant une large courbe, le bateau mit le cap vers le large.

– Tu es vraiment quelqu'un ! ronchonna Brinkmann.

– Ah oui ? Qui ?

– Je ne sais pas... Un sac à malice, une pochette surprise, la femme aux mille talents.

Il plissait les paupières. Christa ne put s'empêcher de rire en percevant dans sa voix une certaine exaspération.

Au bout d'un moment, elle déboutonna sa chemise en jean et offrit sa peau au soleil. Cependant, comme souvent ces temps-ci et toujours avec la même gravité analytique, Brinkmann songeait qu'il avait vraiment de la chance. A Westerland, au palais des congrès, c'étaient aujourd'hui les spécialistes de la chirurgie vasculaire qui avaient la parole. Intéressant, certes, mais il commençait à se faire un peu trop vieux pour travailler à la loupe. Et de toute façon, le mot « chirurgie » était pour l'instant rayé de son vocabulaire. Et c'est Christa qui en était cause. Sa chemise ouverte battait au vent, et Brinkmann contemplait tendrement ce qu'elle découvrait.

– Laisse-moi un peu la barre, dit soudain Christa.

– Ah, ah ! Tu veux déjà reprendre la direction des opérations ?

– Non, je veux te voir. Comme ça, j'ai toujours le soleil dans les yeux.

Elle lui tendit la main pour changer de place. Vraiment, elle exagérait. Il aurait pu se débrouiller seul ! Il fit une espèce de saut de côté, assez élégant, pour gagner le milieu du bateau.

– A quoi penses-tu ?

– Tu as promis de ne plus me le demander.

Elle réduisit la vitesse du moteur. Le bateau tangua doucement sur la houle. Il n'avançait presque plus. Christa souriait et regardait les phares rayés de rouge et de blanc qui s'élevaient sur une bande de sable plat.

A quoi penses-tu ?

Ils avaient tant parlé ! Et pourtant, il y avait un sujet qu'ils avaient toujours laissé de côté, comme si tous deux le redoutaient. « La femme aux mille talents » ? Il aurait sans doute préféré dire « aux mille visages ». Elle se pencha en avant.

– Klaus, honnêtement : c'était à cause d'Udo, que tu étais toujours si prudent ? Est-ce que tu avais des scrupules parce que je...

Elle ne termina pas sa phrase.

– Des scrupules ? Oh, c'est un bien grand mot. Mais j'éprouvais un certain malaise, oui. Il y a des situations, entre père et fils, dont on ne vient pas si facilement à bout.

– Klaus, je veux te donner la réponse à une question que tu n'as pas posée. Je n'ai jamais eu de relations intimes, comme on dit, avec Udo. Peut-être...

– Oui ?

– Peut-être que cela aurait pu arriver si...

– Si tu ne l'avais pas trouvé dans le jardin avec une fille à moitié nue ?

– Oui, c'est à peu près cela. Ou bien si Udo n'était pas Udo. Ce jour-là, je crois que je l'ai découvert tel qu'il est. Mais c'était probablement inévitable, tôt ou tard.

Il sourit.

– Alors, je suis content que cette fille à moitié nue soit venue s'allonger au jardin.

– Moi aussi. Aujourd'hui, j'en suis très heureuse.

Elle quitta le gouvernail, se pencha sur lui, lui prit la tête entre les mains et lui déposa un baiser sur le nez. Puis elle tourna de nouveau son regard vers les phares.

– Tu as des rapports, disons, assez compliqués avec ton fils, n'est-ce pas ?

Il répondit sans la regarder.

– Oui. On peut le formuler ainsi. Nos relations ont commencé à se compliquer quand ma femme est morte.

Il se tut. Il sentit qu'elle attendait qu'il poursuive. Il se demanda comment les choses s'étaient vraiment passées à l'époque et quels mots simples lui permettraient de rendre compte d'une réalité qui présentait tant d'aspects, des aspects difficiles et pénibles.

Il commença, hésitant.

– J'étais parti pour un congrès, à Münster. Et là, il y avait... il y avait une jeune consœur. A cause d'elle, je suis resté un jour de plus que prévu. Elle venait de faire à San Francisco un séjour d'études consacré aux méthodes modernes d'anesthésie, et ça m'intéressait. Cela ouvrait vraiment des perspectives tout à fait nouvelles. En tout cas, nous avons dîné ensemble, nous avons beaucoup parlé, et finalement je l'ai raccompagnée à son hôtel parce qu'elle y avait son matériel et que je voulais en savoir plus.

– C'était Eléna Bach, évidemment ?

– Oui. Quand mon fils a appelé pour prévenir que Brigitte – sa mère – allait très mal, on n'a pas pu me joindre.

– Et ?

– Rien. En fait, c'est tout. Pour autant que je sache, du moins. Le reste, ce ne sont que des spéculations. Je peux seulement supposer qu'il croit que j'ai trompé ma femme la nuit où elle mourait.

– Et qu'est-ce qui te le fait supposer ?

– C'est à partir de ce jour-là que son attitude à mon égard s'est modifiée. Elle a changé du tout au tout.

– Et pourquoi n'as-tu pas rétabli la vérité ?

Oui, pourquoi ? C'était en effet la question. Pourquoi fallait-il qu'elle le forçât à se la poser ? Mais n'avait-elle pas raison ? Elle voulait que les choses fussent claires. De son côté, elle avait fait le nécessaire, et il devait lui rendre la pareille. D'ailleurs, ce serrement de cœur qu'il éprouvait chaque fois qu'il abordait ce problème n'était au fond qu'une stratégie de l'esquive ! Dans ce cas, ne refoule pas cela plus longtemps, sois honnête, au moins vis-à-vis de toi-même. Veux-tu continuer à fuir ? N'est-ce pas justement ce qui te rend si impatient à l'égard d'Udo ?

Mais, même en cet instant, Brinkmann ne put rassembler suffisamment ses forces pour donner une réponse claire. Peut-être parce que lui-même n'en avait pas. Il commença :

– Tu sais, Christa, quand un reproche n'est même pas formulé...

– Tu ne rectifies pas ?

– Tu dois essayer de te mettre à ma place. Protester de mon innocence devant mon fils... Quelle image cela lui donnerait-il de moi ?

– L'image d'un être humain, à mon avis.

C'était vrai. Tout à fait ! Et lui n'avait songé qu'à se cramponner à son rôle.

– Tu as raison. Mais cela s'est passé différemment. Vois-tu, c'est seulement plus tard, un an après, environ, qu'Eléna Bach et moi sommes devenus amis. Avant, j'étais trop accaparé par ma tristesse et mes propres difficultés pour pouvoir en plus aider Udo, bien qu'il ait dû terriblement souffrir de ce conflit. J'ai été lâche, je le reconnais. Mais à l'époque, je me disais : Comment pourrais-tu accepter que ton fils te juge ? Il n'a aucune raison de te condamner. Oui, c'est ce que je pensais... (Il s'interrompit, avant de prononcer la phrase à laquelle Christa s'attendait, que même elle espérait :) Si je ne voulais pas l'accepter, c'était peut-être parce que je m'étais moi-même condamné depuis longtemps.

– Ainsi, tu t'es accusé, toi aussi.

– Oui, c'est cela. Vois-tu, Eléna... m'a plu immédiatement, et l'intérêt scientifique, même si ce qu'elle m'exposait était fascinant, n'était qu'un prétexte pour mieux la connaître.

Il espérait que c'était terminé. Il détacha ses yeux des phares et regarda Christa. Il chercha à sourire, mais ce fut un échec complet. Elle se montra impitoyable.

– Les scènes d'Udo, son comportement perturbé, quelle que soit la façon dont on appelle cela, n'étaient donc pas sans fondement ?

Il hocha la tête.

– Vraisemblablement. Mais, Christa, je suis chirurgien, pas psychanalyste. En fait, à l'époque, j'aurais moi-même bien eu besoin d'une psychanalyse.

Christa se leva de sa banquette, vint s'asseoir devant lui et lui prit les mains.

– Klaus, est-ce que ça te rend triste d'en parler ?

Il enfouit son visage dans les cheveux de Christa.

– Non, je suis content que ce soit sorti. Maintenant, je me sens libéré. Avec toi, je peux parler de tout, et c'est précieux.

La nouvelle du grave accident qui s'était produit près d'Elzbach arriva à la clinique peu après 19 heures. Pour l'équipe des urgences, cela réduisait à néant le faible espoir de passer une soirée tranquille.

Anneliese Happel, la deuxième infirmière de salle d'opération, qui était de service cette nuit-là, n'écrirait pas à ses parents la lettre prévue depuis longtemps. La partie de skat de Renz, Mischa et Udo Brinkmann serait remise à plus tard. Et ce n'était pas encore ce soir que le Dr Wolters, qui devait dîner avec sa femme et son agent d'assurances au *Wälderstüble*, près de la clinique, arriverait à s'y retrouver dans le calcul de ses primes.

Ils avaient depuis longtemps renoncé aux jurons, et ils n'avaient même plus envie de lancer les remarques ironiques habituelles, sous lesquelles l'équipe avait coutume de dissimuler ses déceptions et son apitoiement sur elle-même.

A 19 h 30, Mischa annonça :

– Les voilà.

Quand ils sortirent précipitamment sur la rampe des admissions d'urgence, l'ambulance, parvenue au terme de sa course folle, venait de stopper dans un crissement de pneus. Renz, devançant l'ambulancier, ouvrit les portes arrière. Il connaissait l'homme qui descendit le premier.

– Docteur Marker ! Vous ?

– Oui. Je suis passé par hasard sur les lieux de l'accident. Une femme...

Le brancard glissa hors de la voiture. Sous la lumière crue des projecteurs encastrés dans le toit de l'entrée, ils regardèrent le visage cireux et taché de sang et chacun sut qu'il n'oublierait pas ces instants de sitôt. La voix de Marker commença d'énoncer ce qu'il avait vu et ce qu'il craignait.

– Etat de choc. Enfoncement de la cage thoracique. J'ai quand même pratiqué un massage cardiaque. Il le fallait, sinon elle n'avait aucune chance. Deux arrêts du cœur. Il y a probablement compression par épanchement de liquide dans le péricarde. Et attention au bassin !

Renz restait pétrifié.

– Il ne manquait plus que ça !

– Qu'y a-t-il, docteur Renz ?

– Ce qu'il y a ? C'est notre anesthésiste, voilà ce qu'il y a !

Udo le premier réussit à se ressaisir.

– Vite, allez, en salle d'opération. L'oxygène, tout de suite. Pour le plasma, il faut attendre. Son groupe sanguin, personne ne l'a ? Anneliese ! Regardez dans le fichier du personnel, vite ! Et appelez immédiatement Villingen. Le Dr Brösinger. Racontez-lui ce qui s'est passé. Dites-lui que nous avons besoin de lui, qu'il vienne sur-le-champ !

Marker pensa : Ce jeune homme a peur. Et pas seulement lui, les autres aussi. Ils n'ont pas tort. Lui non plus n'accordait pas la moindre chance à la malheureuse. Et Klaus ? A l'un de ces stupides congrès de médecins. Allons, bonne nuit !

– Vous n'avez probablement plus besoin de moi, dit-il d'un ton las.

Udo le regarda fixement, les yeux écarquillés.

– Oh si, docteur Marker ! Je vous en prie, si cela vous est possible, restez. Nous avons besoin de tous les confrères susceptibles de nous aider.

– Où est donc le Dr Schäfer ?

– Ah ! Schäfer, inutile d'en parler. Il a un lumbago, ou une névrite. Il ne peut pas poser un pied par terre.

Le regard désespéré d'Udo Brinkmann toucha Marker. Il était bien compréhensible que le jeune homme fût éprouvé. Une consœur. Et puis, Klaus et l'anesthésiste n'avaient-ils pas autrefois travaillé ensemble, à Karlsruhe ? Que dire d'autre ? Prier, peut-être ! Prier que le médecin-chef de Villingen soit bientôt là. Mais il faudrait compter au moins quarante minutes.

– Allons, pressons.

Pour la première fois, Marker éprouva quelque chose comme de l'admiration. Quoi que l'on pût dire de la clinique, Brinkmann avait su former ses gens. Ils semblaient connaître leur affaire. En tout cas, ils ne traînaient pas.

– Udo ! Le cœur ! Adrénaline ?...

Le plus important, c'était d'assurer la circulation. Si, à la suite de l'accident, il y avait eu effectivement un épanchement dans le péricarde, qu'arriverait-il ? Fallait-il tout miser sur une seule carte ? Udo tenait la longue aiguille qui lui permettrait de libérer le cœur en aspirant le liquide. Un cathéter instillait déjà de l'oxygène dans les poumons d'Eléna. Udo hésitait, et Marker le comprenait parfaitement : quoi que l'on entreprenne dans une telle situation, cela pouvait être aussi bien le geste qui sauve que l'erreur décisive, celle qui rendrait tous les efforts inutiles.

Ils écoutaient les faibles battements du cœur dans la cage thoracique dilatée et déformée. On était allé chercher des flacons de sang. Pour l'instant, on continuait à perfuser du plasma déspécifié, utilisable pour tous les groupes sanguins.

– Contrôle le débit d'oxygène, Walter.

Renz s'en occupa aussitôt. Ils travaillaient sans perdre un instant. Il ne fallait pas qu'elle manquât d'oxygène, cette substance vitale qui aiderait aussi à éliminer les toxines et les déchets produits par la catastrophe. Les pupilles ne réagissaient qu'insuffisamment à une lumière vive, mais elles réagissaient. Le cerveau fonctionnait donc toujours.

Udo Brinkmann considéra de nouveau les paupières fermées, bleues et gonflées. Tant de souvenirs étaient liés pour lui à ce visage, au nom d'Eléna Bach ! Des nuits à ruminer, les cauchemars qui le tourmentaient, ces années de souffrances...

Et le vieux n'était pas là, aujourd'hui non plus !... Comme autrefois !

Il avait enregistré depuis longtemps ce que les autres, eux aussi, considéraient avec panique : ce gonflement sous l'arc des côtes, cet abdomen enflé. Marker avait raison. Il y avait une forte hémorragie interne, et cela chez une patiente plongée dans le coma !

– Anneliese ! Où en est-on, avec Villingen ?

Anneliese Happel secoua la tête. Elle était la seule à paraître calme.

– Le Dr Brösinger ne peut pas se libérer. Il y a eu un accident, là-bas aussi. Un avion de tourisme qui s'est écrasé. Pour l'instant, ils n'ont personne à nous envoyer.

Udo eut l'impression d'avoir reçu un coup. Tiens

bon ! Mais à quoi se raccrocher ? Quelles possibilités restait-il ? Une radio, déjà, serait problématique. Ouvrir l'abdomen ? Que ferait le vieux, à sa place ?

« D'abord stabiliser, puis inciser. » Mais bien sûr, professeur ! Seulement, pour stabiliser, par où commencer ? Ah, qu'il aille au diable !

– Anneliese ! (Udo Brinkmann posa les mains sur les épaules de l'infirmière.) Anneliese, je n'y arriverai pas. Maintenant, tout dépend de vous. Il faut que vous trouviez mon père. Après tout, c'est son amie. Qu'il loue un avion, qu'il se débrouille comme il voudra, il faut qu'il vienne. Appelez Westerland. Dites-lui tout. Dites-lui où nous en sommes. Dites-lui que c'est une question de vie ou de mort.

Les autres avaient entendu. Ils hochaient la tête. Il leur rendit leurs regards et ajouta :

– Et dites-lui qu'il s'agit aussi de nous...

Un des aspects remarquables de ces moments fut que, plus tard, Udo Brinkmann devait se souvenir de chaque détail, comme si dans sa conscience une seconde piste magnétique avait enregistré non seulement les impressions visuelles, les visages désemparés, la fièvre péniblement contenue par la maîtrise professionnelle, mais aussi chaque mot prononcé. Les événements, leur succession, le temps lui-même, semblaient se concentrer comme dans un miroir parabolique.

Par exemple, on n'avait pas réussi à joindre tout de suite le Dr Klein, le radiologue. Puis il appela pour signaler qu'il était chez des amis. Quand il surgit enfin dans la salle d'opération, il prit immédiatement la responsabilité de tout ce qui concernait son domaine.

– Il faut que nous y voyions clair ! Pour l'installer ? J'ai l'habitude, elle ne souffrira pas. Elle peut le supporter. Je prends ça sous mon bonnet.

Ils contrôlèrent de nouveau les dosages. La teneur du sang en oxygène avait continué à baisser.

– Le cœur fonctionne. Une chose est sûre : nous ne pouvons pas lui donner davantage d'adrénaline.

Puis on avait apporté les radiographies. Udo se revoyait devant le panneau lumineux du négatoscope, il revoyait Klein, avec sa mine de joueur de poker, étudiant les structures grisâtres des clichés.

– Là ! Il faut faire très attention à cette fracture du bord de l'aile iliaque, à cause du risque d'hémorragie supplémentaire. Quant à l'hémorragie en cours... Probablement la rate. Peut-être aussi l'intestin. Je ne peux pas l'exclure. En tout cas, ça se présente mal.

– Et la gêne respiratoire ? demanda Renz.

– Atélectasie. Un corps étranger a dû s'introduire dans les poumons... Mais comment savoir sans opérer ? Et d'un autre côté, si nous ne savons pas ce qui se passe, toute opération est vaine.

Vaine ! C'était bien le mot ! Et le temps passait...

A cet instant, Anneliese entra, accompagnée d'Elke, qu'on avait tirée de son lit. Il y avait du nouveau.

– Le Dr Brösinger pourra venir au plus tôt dans deux heures.

C'était une condamnation sans appel. Au cas où un doute aurait subsisté, Anneliese le leva.

– La température est montée à 41,5. Est-ce que nous devons la faire baisser artificiellement ?

– Le cœur ne le supporterait pas.

A cette seconde, Udo sentit en lui une vague d'admiration, de respect devant ce corps mince qui se défendait si courageusement contre la mort. Tant d'énergie, tant de force dans chaque cellule – et tout cela pour rien.

– Si nous ne faisons pas baisser la température, l'hyperthermie la tuera.

– Et alors ? Pourquoi devrions-nous encore la tourmenter ?

Ces mots prenaient un poids particulier du fait qu'ils avaient été prononcés par Wolters, le médecin calme, raisonnable, mais aussi passionné, qui voulait toujours lutter jusqu'à la dernière minute.

POURQUOI DEVRIONS-NOUS ENCORE LA TOURMENTER ?

Et pourquoi, quand cette phrase eut été énoncée, les autres avaient-ils regardé Udo ainsi ? Parce qu'il s'appelait Brinkmann ? Parce qu'il ne s'agissait pas seulement d'une consœur, mais aussi de l'amie de son père ? En quoi cela le concernait-il ? Allait-il quitter la salle d'opération, claquer la porte derrière lui, se débarrasser de ses vêtements stériles et partir en courant dans la nuit ? Pourquoi pas ? Ne plus savoir, ne plus devoir supporter leurs regards, et surtout leur attente !

Il s'appuya au mur. Contrôlant sa voix, il demanda :

– Qui est d'avis que nous ne devrions pas attendre l'arrivée du Dr Brösinger pour opérer ?

Personne ne dit mot. Que pouvaient-ils répondre ? Devant leur silence, il avait hoché la tête.

– Bon, je me rallie à votre point de vue.

En bas, au standard, on cherchait toujours à joindre Klaus Brinkmann.

Pas de crustacés, pas de poisson. Ni plie, ni turbot, ni cabillaud, ni crevettes... Ils n'iraient pas au restaurant, ni surtout dans une des discothèques de Kampen, comme Christa en avait eu l'intention.

Non : ils resteraient à la maison ! Ils étaient assis à la table d'angle, dans le salon d'Erika Harmsen, entre le téléviseur et les étagères chargées de vieux magazines et de livres abandonnés par les clients. Sur la nappe à carreaux étaient posés un grand plateau de fromage et une théière fumante pleine d'un thé brun foncé où Erika avait versé force sucre candi. Ils sentaient encore la chaleur du soleil sur leur peau et, dans leurs membres, cette fatigue détendue que peut provoquer une journée sur la plage, ou plutôt le bonheur. Ils jouissaient de la bienveillance d'Erika. Avec ses yeux bleus, ses cheveux coiffés en bandeaux, son visage de madone sur un corps massif comme une armoire frisonne, elle était bien différente de Käte. Pourtant, quand elle annonça, les mains sur les hanches, qu'ils allaient boire un petit alcool aux frais de la maison, elle rappela à Brinkmann sa vieille gouvernante. Un petit alcool ! C'était le troisième, tous aux frais de la maison.

Oui, une Käte nordique, et de vingt ans plus jeune !

Erika regagna la cuisine. Elle avait quelque chose de « tout à fait spécial » à leur faire goûter, elle allait le chercher. Elle revint aussitôt, sans bouteille. Elle ne souriait plus, son visage était grave.

– Il y a quelqu'un au téléphone. Pour vous, professeur.

Brinkmann et Christa se regardèrent. Ils lurent dans les yeux l'un de l'autre la même question : Qui, diable, pouvait savoir qu'ils se cachaient dans la maison au pied des dunes ?

– L'appel vient d'Offingen, de la clinique, et le monsieur a l'air plutôt nerveux. Il dit que c'est très urgent.

Brinkmann eut l'impression qu'un vent glacé soufflait par la fenêtre. Il se leva.

– Mme Meis a mon adresse de vacances, dit Christa. Ils auront sans doute appelé d'abord ton hôtel, et puis ça les aura fait réfléchir.

Il se contenta de hocher la tête et quitta la pièce en silence. Le téléphone était posé sur le comptoir, dans la petite entrée. Dans un sous-verre, l'île de Sylt, dont la forme générale rappelait une silhouette de danseuse. Quand il saisit l'écouteur, il eut l'impression que son bras pesait soudain très lourd.

– Brinkmann.

– Enfin !

C'était la voix d'Udo.

– Qu'y a-t-il ?

– Eléna a eu un accident de voiture.

Il sentit son sang refluer vers son cœur. Il eut du mal à énoncer sa question :

– C'est grave ?

– Presque désespéré. Nous avons cherché à te joindre à ton hôtel, mais tu l'avais quitté.

– Oui. Donne-moi un bref diagnostic.
– Lésions abdominales graves, peu claires. Atélectasie pulmonaire. Fractures de l'aile iliaque.
Il tenta de se faire une idée d'ensemble, mais en vain.
– Brösinger ne peut pas venir ?
– Il a lui-même trois opérations en urgence.
– Et Schäfer ?
– Il est au lit. Lumbago.
Klaus Brinkmann ferma les yeux, chercha à rassembler ses idées. Réfléchis ! Il faut que tu trouves quelque chose, concentre-toi ! « Désespéré », avait dit Udo...
Quand il rouvrit les yeux, son regard tomba sur l'horaire des trains, affiché à côté du panneau des clés. Il s'entendit dire :
– Je n'ai plus de train. Tout ce que je peux faire, c'est essayer de prendre un avion demain matin.
– Demain ?
Udo semblait épuisé et amer.
– Est-ce que tu opères ?
– Non. Si tu étais là... (Dans le silence qui suivit, Brinkmann perçut des voix énervées, puis Udo reprit :) On vient de me dire que Brösinger est arrivé.
– Est-elle consciente ?
– Non. Elle est en état de choc. En outre, nous soupçonnons une commotion cérébrale. Sans les massages cardiaques pratiqués par Marker, elle n'aurait pas survécu. Il est passé par hasard sur les lieux de l'accident.
– Marker... murmura Brinkmann.
– Est-ce que je dois t'appeler s'il y a du nouveau ? Tu tiens peut-être à profiter de tes vacances ?
Evidemment, il n'allait pas rater ça ! Brinkmann eut du mal à répondre :
– Tu aurais pu t'épargner la dernière phrase, Udo. Rappelle-moi. Je viens dès que possible.
Il regarda la lourde porte de chêne aux panneaux finement sculptés. La distance à parcourir lui parais-

sait infinie. Il avait posé les mains sur la plaque de verre du comptoir. Quand il les souleva, elles laissèrent des traces humides. Il retourna au salon.

Christa le regarda comme si elle savait déjà tout. Ses yeux étaient pleins d'effroi.

– Qu'y a-t-il ?

– Eléna Bach. Un accident de voiture.

– Il faut que tu rentres ?

Il ne put que hocher la tête. Il n'avait plus la force de prononcer une phrase.

L'armoire à dossiers vert mousse. Le grand bureau au plateau brillant. Son fauteuil. Le fauteuil des visiteurs. Les peintures au mur, et la photo aérienne de la clinique. Et la vue sur la ville, sur les trois grands bouleaux, sur la vallée, sur la baie vitrée... Tout était à sa place, comme avant. Et pourtant, d'une façon incompréhensible et inquiétante, tout était différent, comme étranger, aussi étranger que le visage d'Udo, appuyé dans l'embrasure de la porte, et qui le fixait.

Brinkmann pressa ses mains contre ses tempes. Devant lui s'étalait sur le bureau le dossier du « cas Bach » : des enveloppes contenant les radiographies, des tableaux, les colonnes et les courbes des données enregistrées par les appareils quand Eléna respirait encore, quand son corps luttait encore.

Brinkmann cherchait à les déchiffrer, à reconstituer la terrible dynamique de la catastrophe. Il n'y était pas parvenu. Il reprit un des clichés, le leva devant ses yeux, le reposa.

Et, sur le pas de la porte, le jeune médecin qui avait fait tout son possible, même si sa marge de manœuvre était très limitée, l'observait de ses yeux épuisés et cernés.

– Les clichés que tu as ne sont pas très clairs. Mais étant donné la situation ! Klein est en train de trier les meilleurs ; tu les auras plus tard.

– Oui, dit Brinkmann.

– Tu veux les voir ?
– Non. Ça n'y changera rien. Comment Brösinger s'est-il comporté ?
– Quand il est arrivé, il était trop tard, de toute façon.
– Je sais, je lui ai téléphoné.
Un silence, de nouveau. Il existe une limite au-delà de laquelle le contrôle qu'exerce un homme sur ses sentiments se dissout de lui-même. Tout se fige, plus rien ne s'écoule dans un vide où plus aucune force ne peut se déployer. Brinkmann avait atteint cet état.
– Est-ce que tu aurais opéré ? demanda Udo.
Il réussit quand même à relever la tête.
– Non.
– Alors, pas de reproches ?
Des reproches ? Le mot continua de hanter la pièce bien longtemps après que la porte du bureau de Brinkmann se fut refermée derrière son fils.

Il y avait à Lüneburg un vieux monsieur, un président de tribunal d'instance en retraite. Brinkmann se rappelait très bien son visage maigre. Il avait vu trois fois la photo du père d'Eléna, qu'elle gardait dans son passeport. Elle avait aussi un frère qui vivait à l'Est, à Leipzig. Et, si sa mémoire était bonne, une sœur mariée en France. Mon Dieu ! Elle savait tout de lui, et il n'avait même pas compris sa solitude.
Quelque part dans la maison, l'aspirateur de Käte bourdonnait. Le bruit s'enflait, diminuait, signe irréfutable que tout continuait comme avant, que la mort d'un être ne peut contraindre la machinerie de la vie à marquer une pause. Une image traversa l'esprit de Brinkmann : Christa. La mer du Nord. Les vagues, le rire de Christa...
Il jeta un coup d'œil à sa montre. Midi. Non, il ne se sentait pas en état de reprendre le travail à la clinique. Il n'avait même pas convoqué de réunion de concertation. Et il était encore moins disposé à répondre à des questions, à émettre des commentaires, à soutenir les

regards. Mme Meis devait s'occuper de l'enterrement. Les confrères de Karlsruhe arriveraient, ils lui serreraient la main. Ils s'assiéraient ensemble et parleraient d'Eléna.

C'est exclu ! pensa-t-il. Tu ne le supporteras pas.

Il quitta la pièce et descendit l'escalier, se demandant s'il irait s'asseoir sur la terrasse ou s'il ne devrait pas plutôt courir au jardin, monter dans la forêt, chercher un endroit, n'importe où, pour se cacher et réfléchir à tout encore une fois.

Sur les marches, mince, encore plus blême que la veille dans le jeu des ombres projetées par la fenêtre de la cage d'escalier, Udo s'appuyait des deux mains à la rambarde de bois. Brinkmann passa devant son fils, comme un spectre devant un spectre, et descendit au jardin.

– Il ne m'a même pas regardé, Käte, dit Udo.

Käte arrêta l'aspirateur.

– Moi non plus. Hier, il est resté toute la journée enfermé dans sa chambre, dans le noir.

– Il est très touché, hein ?

Elle tourna la tête vers lui.

– Pourquoi dis-tu cela sur ce ton ? Pourquoi le dis-tu ?

– Tu le demandes, Käte ? Tu n'y as jamais réfléchi ? La tragédie, n'est-ce pas ? Si terrible qu'il faut se taire ? D'abord, on provoque des catastrophes, et puis on se tait. Le grand taciturne.

– Cela me déplaît, Udo.

– A moi aussi.

– Je parle du ton que tu prends !

Il secoua la tête, s'assit près de l'aspirateur, l'alluma, le fit rugir en augmentant le régime, l'éteignit. Puis, sans regarder Käte, il reprit :

– Tu n'as toujours pas compris ? Dis-moi, Käte, sais-tu ce qu'on appelle un doublé ? Je vais t'expliquer. Ce qui vient de se passer avec Eléna correspond exactement à ce qui est arrivé il y a douze ans avec ma mère. Les éléments sont les mêmes. A : une nouvelle femme. B : on ne peut pas le joindre, il est dans un autre hôtel. C : le grand deuil.

– Udo, qu'en sais-tu ? Et quant aux femmes, tu es mal placé pour...

– Quant aux femmes... J'ai eu des femmes les unes après les autres, même s'il y en a eu beaucoup. Pas en même temps, comme lui.

– Tu ne sais pas du tout ce qui s'est passé, à l'époque.

– Oh si, je le sais. Il était à l'hôtel d'Eléna Bach. Exactement comme cette fois avec Christa. Dans un autre hôtel.

Brinkmann ne s'était pas donné la peine de ne pas faire de bruit, il n'avait même pas écouté réellement ce que disaient Udo et Käte. Mais quand le nom de Christa fut prononcé, il tendait l'oreille depuis un instant.

Il referma la porte violemment derrière lui. Elle claqua comme un coup de feu. Les voix se turent.

Il monta lentement l'escalier. Son cœur lui faisait mal. Il regarda Käte, puis son fils, et dit :

– Dans une pension, Udo, pas dans un hôtel. Qu'y a-t-il ? Pourquoi ne dis-tu plus rien ? Je n'ai pas très bien entendu ce que tu expliquais au sujet d'un doublé.

Udo était toujours assis sur le sol, mais il se leva d'un bond.

– Je t'en prie ! Eléna a reçu trois informations en très peu de temps. Premièrement, tu étais à Sylt. Deuxièmement, Christa était aussi à Sylt. Troisièmement, elle ne pouvait pas retrouver son poste à Karlsruhe en quittant la clinique. Elle m'en a parlé, peu avant de se tuer en voiture, peu avant d'aller se jeter contre un arbre. Sans avoir mis sa ceinture.

Tout était calme. Quelque part, un oiseau chantait, et son chant semblait irréel. Tout est irréel, pensa Brinkmann. Son cœur reprit son rythme normal.

– Je ne te dois pas de comptes, Udo. Mais puisque tu joues maintenant les accusateurs et veux que je sois coupable, permets-moi de te dire que pour Christa et moi, Eléna était au courant, et qu'elle l'avait accepté.

Udo s'appuya contre la rampe de l'escalier en secouant la tête si violemment que ses cheveux lui retombèrent en boucles sur le front et sur les yeux. Brinkmann en fut frappé, car sa mémoire lui présenta comme en surimpression les situations où Udo avait déjà réagi par le même mouvement, qui rappelait celui d'un cheval effarouché. Sa voix se modifiait, devenait plus aiguë, tendue, fiévreuse.

– Quelle excuse ! J'appelle ça un faux-fuyant. Sais-tu ce que tu dirais, si c'était moi qui utilisais ce genre d'arguments ? Que je cherche à me protéger ! Maintenant, Eléna ne peut plus dire le contraire !

– Et toi ? Tu le peux ?

– Moi ? Ce que je peux faire, en tout cas, c'est juger.

– Juger ? Condamner, plutôt !

Udo n'avait pas compté avec Käte. Elle se glissa devant lui, dérobant à Brinkmann la vision du visage de son fils, déformé par la passion – par la haine.

Il ne voyait plus. Il ne voyait plus que Käte, qui intimait à Udo l'ordre de se taire. Käte dont la voix tremblait en lui demandant si la situation n'était pas déjà suffisamment terrible. Mais Käte non plus ne put étouffer cette voix cinglante et tremblante.

– Laisse-nous, Käte. J'ai encore quelque chose à lui dire...

Brinkmann l'interrompit, amer :

– Bien sûr, juge suprême.

– Ça n'est pas parce qu'on comprend ce qui se passe qu'on se prend pour un juge suprême. Et sais-tu ce que j'ai compris ? J'ai d'abord cru que c'était par grandeur d'âme que tu m'avais épargné le reproche de ne pas avoir opéré. Mais tout le temps que nous sommes restés là-haut en salle d'opération, alors que je regardais son visage et que je m'assurais en tremblant que ses poumons recevaient assez d'oxygène, que son cœur tenait, pendant tout ce temps, je me disais que tu aurais pu empêcher qu'elle ne meure, que tu aurais pu au moins lui offrir une chance.

Brinkmann avait du mal à respirer. Il se représentait la situation telle que le jeune homme la décrivait. Non seulement il la voyait, mais il partageait maintenant la souffrance d'Udo. Udo avait raison. Brinkmann n'avait pensé qu'à sa propre douleur, il n'avait pas songé une seconde à ce qu'avait dû subir l'équipe.

– Je comprends, Udo. Je peux m'imaginer...

– Non, tu ne peux absolument pas t'imaginer ! Tu m'as si généreusement aidé ! Tu m'as déclaré innocent de toute faute, de toute insuffisance professionnelle, n'est-ce pas ? Mais pourquoi as-tu fait cela ? Pourquoi ? Parce que ça t'arrangeait ! Maintenant, tu as Christa, non ? Comme il y a douze ans, quand ma mère est morte, tu avais Eléna.

Ma mère, disait-il. Tu avais Eléna. Pourquoi ne se taisait-il pas ? Pourquoi n'obéissait-il pas au moins à Käte, qui lui criait, qui le suppliait de se calmer, de cesser ?

– La paix, Käte ! Laisse-moi ! (Puis, se campant devant Brinkmann, si près que celui-ci pouvait percevoir sa respiration, Udo, ouvrant de grands yeux brûlants, poursuivit d'une voix basse, plus pénible encore que ses cris :) Tu prends ce que tu veux, tu détruis ce dont tu n'as plus besoin, et les autres doivent se taire. C'est bien ça ?

C'en était assez.

Brinkmann tourna les talons. Il avait de la peine à conserver son équilibre, de la peine à se mouvoir. Comme la porte était loin ! L'atteindre, la claquer derrière lui, s'enfermer. Mais était-ce la solution ? Que faire ? Rester là, répliquer, lever la main, frapper ?... Oh non, ce n'était pas qu'il se sentît trop faible pour cela.

Udo avait parlé de justice. Cela n'aurait pas été juste. Mais qu'est-ce qui le serait ?

Il fit de nouveau face. Il regarda Udo, son visage, ses yeux, sa bouche qui demandait :

– Et maintenant ? Est-ce que tu vas poser la photo d'Eléna sur le piano, à côté de celle de maman ?

Ce fut Käte Marek qui leva la main. Elle le gifla. Une vieille femme qui depuis des années consacrait sa vie, au fond, à tenter d'éviter que ne soient tenus ces propos, et qui n'avait pu l'empêcher.

Elle n'avait d'abord entendu que la pétarade assourdie du moteur. Puis l'engin apparut en haut de la dune : une baignoire montée sur quatre grosses roues à crampons, un insecte dément, rugissant et bondissant. Le soleil brilla sur les filets dorés de la carrosserie rouge framboise quand le buggy décrivit un virage à droite sur la crête de la dune. Le sable projeté par les pneus se mêla à la fumée noire de l'échappement. Les deux types qui étaient à bord se mirent à beugler. L'un d'eux, dont la tête grasse était coiffée d'un petit chapeau de coton, se leva et fit de grands gestes de la main. L'autre, un jeune homme portant des lunettes de soleil, se cramponnait au volant. Ils dévalèrent la dune à toute allure en direction de Christa.

Elle eut grand-peine à retenir Molli, dont l'échine se hérissa. Hurlant, bondissant de fureur, les babines retroussées sur des dents menaçantes, la chienne semblait tout à fait féroce.

– Hé, mignonne, on t'emmène à Kampen ?

Christa leur tourna le dos et tira Molli derrière elle au bout de sa laisse. Du sable, soulevé en tourbillons par le buggy, lui retomba dans le cou.

– Laisse tomber ! Qu'est-ce que tu veux faire d'une fille qui traîne un clébard pareil ? On ne peut plus rien pour elle !

Le vacarme avait fait fuir les oiseaux. Longtemps après que le calme fut revenu parmi les dunes, ils continuèrent à tourner dans le ciel en criant, au-dessus de leurs nids, des vagues, de la mer...

Christa s'assit dans le sable. Elle se sentait glacée. « On ne peut plus rien pour elle »... La formule était assez exacte.

Avec un petit gémissement, la chienne pressa sa tête contre le genou de la jeune femme, qui posa la main sur le crâne rond de l'animal, en suivit la courbe, le caressa entre les yeux.

Est-ce qu'on peut encore quelque chose pour nous, Molli ? Que veux-tu ? Rentrer à la maison ? Tu ne comprends pas : il aurait dû appeler depuis longtemps. Il va mal. Tu vois, si nous comptions un peu pour lui, il aurait téléphoné. Trois jours, Molli. Trois jours.

Le pire, ce n'étaient pas les jours, c'étaient les nuits. Le jour, on pouvait courir sur la plage jusqu'à en avoir les pieds douloureux et les yeux brûlants. Mais la nuit ?

Non, elle n'appellerait pas, et continuerait à mentir à Erika Harmsen : Tout va bien, Erika. Mais bien sûr ! Aucun problème... Le professeur ? On l'a rappelé pour une opération urgente. Dans son métier, c'est comme ça. S'il reviendrait ? Peut-être. Oui, elle restait. Tout faisait tellement plaisir au chien, ici !

Au chien !

Et Erika Harmsen servait le thé ou allait chercher la bouteille d'aquavit.

– Tu as une bien petite mine, ma jolie. Il est pourtant si gentil, ton professeur !

Erika Harmsen était tout à fait sûre que le professeur se serait très bien entendu avec Christian...

Christian ? Erika Harmsen parlait du père de Christa, elle ne faisait jamais allusion à sa mère. Mais son père ! Christian et Christa... Erika aimait bien Christian.

Ne s'était-elle pas dit la même chose dans le train qui les emportait vers le Nord, en traversant la Ruhr, quand Klaus essayait de comprendre l'origine de sa fragilité, les blessures affectives qu'elle avait reçues ?

– Je crois que tu te serais bien entendu avec mon père, Klaus ! Il a tout laissé tomber, mais il croyait en moi. Maintenant, il a un bistrot, et il est son meilleur client. Mais moi, il voulait que j'aille loin.

Klaus aussi le voulait. Comme les mots se ressemblaient, comme les sentiments se recouvraient : la brillante Christa, l'acrobate qui réussissait toujours, n'avait pas le droit de s'arrêter en route !

Klaus Brinkmann n'acceptait pas, lui non plus, qu'elle eût depuis longtemps enterré ses rêves.

– Reprends tes études !

– Parce que, en infirmière, je ne te conviens pas ?

– Ne dis donc pas de bêtises ! La question est...

– Oui ?

– De savoir si tu veux un jour devenir ma femme, ou médecin ? Ou les deux...

MA FEMME, OU MÉDECIN. OU LES DEUX !

Et maintenant ? Maintenant, elle traînait un chien à travers les dunes, la mer grondait à ses pieds et le vent lui soufflait au visage comme s'il avait un compte à régler avec elle. Ce qui la ramenait toujours au même point : Est-ce ta faute, s'il t'a suivie jusqu'à Sylt ? Y es-tu pour quelque chose si une Golf blanche rate un virage et se fracassse contre un arbre ? Comment appelle-t-on cela ? Le destin, le tragique, un sac d'embrouilles ? Non ! Une plaisanterie féroce ! Il n'y avait ni culpabilité, ni responsabilité, ni tragédie, mais cette plaisanterie éculée que la vie se plaisait à répéter chaque fois qu'elle était heureuse ou se reprenait à espérer.

Elle s'était arrêtée. Elle ne put retenir ses larmes, ni résister à la faiblesse qui la contraignit à s'allonger. Elle ne lutta plus, elle s'abandonna aux sanglots, aux tremblements, jusqu'au moment où elle fut enfin calmée.

Puis elle retourna au village. Elle ne voulait pas utiliser le téléphone d'Erika Harmsen. Elle entra dans la cabine proche du supermarché, glissa des pièces dans l'appareil et composa le numéro de Brinkmann.

– Allô ?

– Käte ? C'est moi, Christa.

Dans l'écouteur, elle perçut un crépitement, mais pas de réponse.

– Käte, je suis toujours à Kampen.

– Oui ?

– Je voulais juste demander... je veux dire : je m'attendais à ce qu'il me donne des nouvelles.

Une nouvelle pause.

– Eléna est morte, Christa. Nous l'avons déjà enterrée.

Il fallut longtemps à Christa pour reprendre ses esprits, et elle fut reconnaissante à Käte d'être restée au bout du fil. Elle s'attendait à ce qu'elle raccrochât. Cela aurait bien cadré avec le reste.

– Pensez-vous qu'il ne veut pas me parler ?

– Comment savoir ? Il faut comprendre, Christa... Il a eu aussi une scène horrible avec Udo. Depuis, il ne parle plus à personne.

– Mais vous me comprenez, n'est-ce pas ? Je me demande si je dois interrompre mes vacances. Je veux dire... Peut-être qu'il a besoin de moi ?

De nouveau, la vieille dame se tut un moment avant de répondre.

– Une minute, Christa. (Elle l'entendit appeler.) Klaus ! Klaus, c'est Christa au téléphone !

Elle entendit des pas qui s'approchaient, puis sa voix :

– Christa ? C'est toi ?

Le ton las, la froideur de la question... C'était pire que tout ce qu'elle avait imaginé.

– Christa, excuse-moi de ne pas t'avoir appelée.

– Tu n'as pas à t'excuser. Tu dois être plutôt à bout, non ?

– Oui. Tu n'as pas de problèmes avec la chienne ?

– La chienne ? Ah, Klaus, qui te parle de la

chienne ? Le problème, c'est que je ne sais pas si je dois rentrer.

– Non, non.

– Qu'est-ce que ça veut dire ? Tu es sûr ?

– Naturellement. Tu as bien mérité de prendre des vacances, Christa. Et tu sais, en ce moment, il n'y a de toute façon rien à tirer de moi.

– Mais la question n'est pas là. Rien à tirer de toi... Je veux seulement savoir si je peux t'aider. Si cela te ferait du bien que je sois maintenant près de toi. C'est ce que je veux savoir.

Elle l'entendait respirer.

– Christa ?

– Oui ?

– Près de moi... Vois-tu, je reste assis au jardin, tout seul, et je réfléchis, en me disant qu'il n'y a rien à quoi je puisse réfléchir, en fait.

– Et qu'est-ce que cela signifie ?

– Que je n'ai pas encore surmonté le choc. Comprends-moi, Christa...

– Bien sûr. Bien sûr, Klaus, je vais essayer.

Le Dr Brösinger venait de Villingen deux fois par semaine, le mardi et le vendredi. On gardait les interventions difficiles pour ces jours-là. Brösinger travaillait avec un sang-froid, un brio et une assurance qui frappaient l'équipe d'admiration et la soulageaient d'autant plus qu'elle ne pouvait toujours pas compter sur Schäfer.

Le chirurgien de Villingen, un homme grand et massif, ne disait guère que le strict nécessaire, mais chacun songeait que si Brösinger avait ainsi pris la relève, ce n'était pas seulement par gratitude envers Brinkmann, son ancien maître, mais aussi dans une certaine mesure par mauvaise conscience, pour n'avoir pas été disponible à temps la nuit où Eléna Bach était morte.

– Que veux-tu ? disait Renz. A Villingen, la clinique tourne toute seule. Il a trois médecins-chefs, tous des as. Mais quand même... Combien de temps ça va durer, Udo ? Quand ton père va-t-il reprendre ?

C'était bien ce qu'ils se demandaient tous les jours. Combien de temps ? Combien de temps Brinkmann laisserait-il la clinique aller à vau-l'eau ?

Udo se contenta de regarder Walter Renz, qui haussa les épaules et quitta la pièce. Le capitaine avait quitté le pont, l'homme de barre n'était plus apte au service...

La fenêtre de la salle de repos des médecins donnait sur le jardin, que l'automne commençait à teinter de rouge et de jaune. Quelque part là-haut, sur la colline, son père devait être assis, un livre à la main. Il avait fait en sorte que la clinique continue à fonctionner sans lui. Mais pour aller où ? Le savait-il lui-même ?

Au cours des nuits précédentes, Udo n'avait pas eu besoin de la voix inquiète de Käte pour prendre conscience de ce que signifiaient pour lui non seulement la mort d'Eléna Bach, mais aussi l'étrange changement qu'il avait remarqué chez son père.

Pourquoi le vieux ne s'était-il pas défendu ? Bon Dieu, si seulement il m'avait envoyé une gifle ! Pourquoi avait-il dit : « Je te comprends... » ? Comment fallait-il l'interpréter ? Comment suivre le cours d'une telle pensée ? Négation de soi ? C'est pourtant *ta* spécialité, devait reconnaître amèrement Udo. Et c'est bien pourquoi tu sais que c'est une méthode certes lente, mais sûre, non seulement pour ne plus pouvoir penser, mais aussi pour ne plus pouvoir vivre. Aussi sûre qu'un accident de voiture mortel.

Toi, tu t'es libéré, c'est fait. Et il t'a même aidé à tout lui crier au visage. Qu'est-ce que tu attends ?

Udo annula sa consultation, quitta la clinique, traversa le jardin. Käte lui confirma ce dont il se doutait déjà.

— Ton père ? Là-haut, comme toujours.

Comme toujours. Les marches de travertin, les rosiers, puis la prairie avec les trois grands bouleaux, sous lesquels il s'était allongé, naguère avec Yvonne... C'était étrange, comme tout se tenait, comme les événements s'enchaînaient.

Udo marchait très lentement. Il voyait la chaise longue, les livres posés dans l'herbe, la main de son père tenant une pipe.

Les derniers mètres furent difficiles à franchir, mais il y parvint. Klaus se redressa. Son visage bronzé resta impassible, il regarda Udo de ses grands yeux attentifs, un sourire figé au coin des lèvres.

Udo s'assit à côté de la chaise longue.

– J'aurais dû venir depuis longtemps. (Son embarras s'était dissipé. Si complètement, de façon si inattendue, qu'il en était lui-même surpris. Il arracha une tige d'herbe et la glissa dans sa bouche. Il se sentit capable de sourire, de regarder son père, d'avouer :) Je suis heureux d'être enfin assis là.

– Ah oui ?

– J'ai pas mal de choses à te dire...

Son père ne répondit que par un regard, où passa peut-être quelque chose comme un sourire. Mais il se tut.

– Je veux m'excuser. Il le faut.

Brinkmann leva la main, comme pour écarter un insecte importun. Mais Udo secoua la tête.

– Non, laisse-moi continuer. Je veux que cela soit bien entendu : je m'excuse.

– Mais il y a longtemps que je n'y pense plus, Udo !

– Je ne suis pas sûr que tu comprennes bien... Toutes ces rumeurs, ces bruits qui ont couru, juste après l'accident, auxquels j'ai cru, que j'ai moi-même colportés...

– Faut-il vraiment que...

– Oui ! Je voulais te dire : il existe un procès-verbal. Le dossier n'était pas complet. En un mot, il est prouvé qu'Eléna a cherché à éviter une moto. C'est ce qui a provoqué l'accident. Rien d'autre.

Il s'était demandé comment faire pour annoncer

cela à son père. Mais avant tout, il savait ce qu'il en espérait : si le vieux se tourmentait ainsi, c'était certainement dû, au moins en partie, aux rumeurs de suicide. Mais il pouvait le délivrer de ce terrible soupçon. Si Eléna Bach était morte, ce n'était pas parce qu'elle avait voulu se tuer. C'était pour avoir voulu sauver une autre vie.

Dans sa chaise longue, Brinkmann avait fermé les yeux. Il ne répondait pas. Il était infiniment loin.

– Est-ce que je peux encore te dire autre chose ?

– Tu sais bien que oui.

– Je voulais te remercier de m'avoir laissé parler, l'autre soir. Maintenant, tu sais au moins ce qui se passait en moi. C'est sorti.

– Et comment te sens-tu ? Soulagé ?

– Oui. Je crois qu'on peut comprendre, en lisant les psychanalystes, ce qui nous est arrivé. Ils ont écrit des bibliothèques entières à ce sujet, non ?

Cette fois, son père sourit vraiment.

La pendule le regardait. Elle était montée au centre du Scialytique, entourée d'une batterie de projecteurs. Son cadran triangulaire, entouré de chrome, ressemblait à un œil, un œil vert de cyclope. Mais ce n'était pas tout ce qu'elle avait d'étrange. Le plus effrayant, c'était qu'elle pivotait sur elle-même, et que chaque fois que l'œil aux reflets verts fixait Brinkmann, celui-ci sentait tout son corps se figer. Il ne pouvait plus bouger ni ses bras ni ses jambes. Tandis que les aiguilles tournaient, son cerveau restait paralysé, une lourdeur de plomb l'envahissait, prenait possession de lui. Même longtemps après qu'il se fut réveillé de son rêve, Brinkmann se sentit comme paralysé. Il s'était pourtant rappelé immédiatement où il se trouvait : dans la chambre à coucher du pavillon de chasse des Schäfer. De Mme Schäfer plutôt, une des héritières Grossmann. La pièce était décorée en conséquence : lambris aux murs, fauteuils de cuir, tapis, gravures de chasse dans leurs cadres dorés. Un téléphone. De l'autre côté de la porte, l'immense salle de séjour avec sa cheminée de pierre, la cuisine, les chambres d'amis, les salles de bains, la terrasse, le garage pour la Land Rover. Devant les fenêtres, la forêt et les prairies, les collines aux couleurs de l'automne.

Brinkmann respira profondément et glissa ses mains sous sa nuque. Le coucou de la Forêt-Noire accroché au mur de la salle de séjour était bien réel. Dix coups ! Il était donc tard. La lumière du soleil avait déjà traversé la terrasse.

Au cours des six derniers jours, il avait rêvé deux fois à cette pendule effrayante, à cet œil qui le paralysait. C'était la répétition d'un cauchemar ancien, qu'il avait oublié. Cela remontait à vingt ans, à l'époque où il avait pris son premier poste d'assistant à Göttingen, après la grande dispute avec son père, et où il s'était juré de ne plus jamais revenir à Offingen... Il n'avait pas respecté son serment, il n'avait plus fait ce rêve. Jusqu'à ces dernières nuits. Mais si oppressantes que fussent ces images, elles lui avaient permis de se rendre compte que sa propre évolution et celle d'Udo avaient à bien des égards suivi un cours identique ! L'œil du surveillant, du père, ou plutôt de l'œil de Dieu, sous le regard duquel tout se fait... Tous les deux en avaient éprouvé les effets.

Brinkmann soupira, se leva et s'habilla. Il se sentait vidé, épuisé. Il passa à la cuisine, se prépara du café et sortit des œufs du réfrigérateur. Mais, quand l'odeur de graisse chaude de la poêle lui monta aux narines et que le blanc d'œuf se mit à brunir en grésillant, son estomac se révolta et il dut se précipiter à la salle de bains pour vomir. Il jeta les œufs au plat dans la poubelle et but un verre de jus d'orange. Puis il retourna vers la cheminée de la salle de séjour.

Sa machine à écrire était posée sur la table de chêne devant la fenêtre, à côté d'une rame de papier à laquelle il n'avait pas touché. Pas plus qu'à son dictaphone. Il avait songé à profiter de son séjour au pavillon de chasse perché au-dessus de Menzenschwand pour rédiger un article qu'il avait promis depuis longtemps sur les opérations de la hanche, mais il avait renoncé à ce projet. Non, pas maintenant. Comme la veille, il porta le fauteuil de rotin sur la terrasse, s'assit, laissa son regard errer sur la clairière et sur la courbe douce de la colline où était bâtie la maison, suivit un moment le couple d'autours qui survolaient les cimes des arbres, puis referma les yeux.

Même s'il ne voyait rien, il participait à ce qui l'entourait. Il écoutait le vent souffler dans la forêt, le bois mort qui craquait, un oiseau qui s'envolait. Et Eléna était très présente, comme toujours...

Il pensait beaucoup à elle. Et à la mort, tout autant. Il avait toujours conçu la mort en médecin, c'est-à-dire comme un défi. Mais son point de vue se modifiait. Il se transformait du tout au tout. Il cueillait une feuille de noisetier, contemplait une fleur, et étudiait leur structure, impressionné par les ramifications des vaisseaux, ravi par leur forme et par l'harmonie qui se dégageait de chaque fonction. Il songeait au cycle inexorable de déstructuration et de renouveau qui régissait la vie de la forêt, et cherchait à lui attribuer un sens. Les bouddhistes croient à l'éternel retour non de l'individualité, mais du principe, des idées qui se dissimulent derrière chaque individualité. Pour eux, le monde est un jeu de l'esprit, la réalité n'est qu'une apparence, une illusion de l'homme, qui se trompe lui-même en jugeant d'après sa propre mesure et le mécanisme de ses sens.

Cette pensée avait quelque chose d'effrayant et de réconfortant à la fois. Mais elle ne menait pas Brinkmann très loin. Lire ? Qu'est-ce que cela changerait ?

Quand il se promenait, il cherchait toujours à se frayer son propre chemin, et il se perdait. Et à la fin, seule lui restait la conscience d'être perdu. Si au moins Molli était là ! Molli... Où pouvait-elle bien être, en ce moment ?

Il s'interdit de continuer à penser à elle. Il repoussa

même le nom de Christa, car il savait que cela non plus ne changerait rien, que seule subsistait la nostalgie. Et le sentiment d'avoir commis une nouvelle faute.

Udo appelait de temps en temps. Il parlait du travail à la clinique. Ses comptes rendus étaient sobres et précis. Mais à la fin, il y avait toujours dans sa voix quelque chose d'enfantin quand il demandait :

– Est-ce que tu trouves que j'ai bien fait ? Tu es peut-être d'un autre avis ?

Il était du même avis, Udo avait bien fait.

– Mais bien sûr, tu t'en sors très bien. Et si tu penses qu'il faudrait modifier le programme, je t'en prie, fais-le.

Fais-le. Udo cherchant sa voie. Passage de relais. En était-on déjà là ? Non, pas encore.

Brinkmann se levait pour prendre les jumelles quand il entendit la voiture. Parfois, un garde forestier ou un bûcheron montaient. Mais la plupart du temps, ils se déplaçaient en camionnette. Or le bruit qui venait de la forêt était celui d'une Volkswagen.

Brinkmann s'immobilisa. La hauteur sur laquelle était construite la maison était étayée par un lourd mur de soutènement en grès, si haut et si massif, selon le désir des Schäfer, que l'on ne pouvait distinguer que les toits des véhicules qui passaient sur le chemin forestier.

Le toit qu'il voyait était vert et bombé. Une vieille « coccinelle » ! Le cœur de Brinkmann se mit à battre : la voiture de Christa ! Christa...

Il recula dans l'ombre d'un des piliers soutenant le toit. Il ne la vit pas descendre de voiture, mais elle avança, s'arrêta en bas devant le portail, leva les yeux. Et lui – pourquoi, mais pourquoi ? – restait toujours en retrait, caché : il n'avait pas la force d'avancer, de se montrer.

Un bandeau vert brillait dans les cheveux de Christa. C'était le fameux foulard. Brinkmann se revit dans l'appartement, devant le portemanteau, caressant l'étoffe.

Et il se mit à courir, descendit un escalier, puis le petit chemin en lacet entre les jeunes sapins, un autre escalier, courut, courut, ne remarqua pas la racine qu'il avait déjà si souvent maudite, trébucha, se sentit décoller, retomba, et la douleur qui lui vrillait la cheville le fit grimacer.

Il se redressa pourtant, secoua la tête, chercha à se relever, mais sa cheville se déroba. Christa était à dix mètres de lui, derrière la grille, les mains serrant les barreaux, et le regardait les yeux écarquillés.

– Klaus ! Qu'y a-t-il ?

– Que veux-tu qu'il y ait ? Je me suis tordu la cheville !

– Tu étais donc si pressé ?

– Evidemment !

– Mais pourquoi ?

Il ne le savait pas. Vraiment pas. Il se releva en soupirant.

– Tu as raison, dit-il tout étonné. Pourquoi ?

Elle le regarda en hochant la tête, tandis qu'il parcourait à cloche-pied les dix derniers mètres. Et quand il se mit à débiter tous les jurons de son répertoire, elle éclata de rire. Ils étaient maintenant face à face, séparés par la grille, et ils se regardaient tandis que Molli entonnait l'hymne de retrouvailles le plus beau et le plus émouvant qu'elle ait pu imaginer.

– Molli, chuchota Brinkmann. Comment vas-tu ?

– Bien, dit Christa. Encore mieux si tu nous laisses entrer, je présume.

– Bien sûr. (Il plongea les mains dans les poches de son pantalon, et toute sa joie s'effaça de son visage, faisant place à la fureur.) Sapristi ! Les clés !

Christa le regarda sans dire un mot, comme elle le faisait toujours quand elle s'inquiétait pour lui, puis demanda :

– Où sont-elles, Klaus ?

– Là-haut, à la maison. Sur la terrasse. Je suis... Je veux dire... C'est seulement la surprise, et...

Mais déjà elle escaladait la grille. Elle resta suspendue entre ciel et terre le temps d'un battement de cœur, puis sauta sur le chemin à côté de lui et s'élança en courant vers la maison.

Il la suivit du regard, vit ses cheveux et le foulard vert qui brillaient dans le soleil. Il songea à l'étrange façon dont joie et douleur, faiblesse et force se juxtaposent dans la vie. Il se dit que tout cela constituait un ensemble, et que l'existence, malgré toutes les défaites, méritait d'être vécue...

Littérature

extrait du catalogue

Cette collection est d'abord marquée par sa diversité : classiques, grands romans contemporains ou même des livres d'auteurs réputés plus difficiles, comme Borges, Soupault. En fait, c'est tout le roman qui est proposé ici, Henri Troyat, Bernard Clavel, Guy des Cars, Frison-Roche, Djan mais aussi des écrivains étrangers tels que Colleen McCullough ou Konsalik.

Les classiques tels que Stendhal, Maupassant, Flaubert, Zola, Balzac, etc. sont publiés en texte intégral au prix le plus bas de toute l'édition. Chaque volume est complété par un cahier photos illustrant la biographie de l'auteur.

ADAMS Richard	**Les garennes de Watership Down** 2078/**6***
ADLER Philippe	**C'est peut-être ça l'amour** 2284/**3***
	Les amies de ma femme 2439/**3***
AMADOU Jean	**Heureux les convaincus** 2110/**3***
AMADOU J. et KANTOF A.	**La belle anglaise** 2684/**4***
ANDREWS Virginia C.	Fleurs captives :
	-Fleurs captives 1165/**4***
	-Pétales au vent 1237/**4***
	-Bouquet d'épines 1350/**4***
	-Les racines du passé 1818/**4***
	-Le jardin des ombres 2526/**4***
	-Les enfants des collines 2727/**5***
ANGER Henri	**La mille et unième rue** 2564/**4***
APOLLINAIRE Guillaume	**Les onze mille verges** 704/**1***
	Les exploits d'un jeune don Juan 875/**1***
ARCHER Jeffrey	**Kane et Abel** 2109/**6***
	Faut-il le dire à la Présidente ? 2376/**4***
ARTUR José	**Parlons de moi, y a que ça qui m'intéresse** 2542/**4***
ATWOOD Margaret	**La servante écarlate** 2781/**4*** (Avril 90)
AUEL Jean M.	**Les chasseurs de mammouths** 2213/**5*** et 2214/**5***
AURIOL H. et NEVEU C.	**Une histoire d'hommes / Paris-Dakar** 2423/**4***
AVRIL Nicole	**Monsieur de Lyon** 1049/**3***
	La disgrâce 1344/**3***
	Jeanne 1879/**3***
	L'été de la Saint-Valentin 2038/**2***
	La première alliance 2168/**3***
	Sur la peau du Diable 2702/**4***
AZNAVOUR-GARVARENTZ	**Petit frère** 2358/**3***
BACH Richard	**Jonathan Livingston le goéland** 1562/**1*** Illustré
	Illusions / Le Messie récalcitrant 2111/**2***
	Un pont sur l'infini 2270/**4***
BALLARD J.G.	**Le jour de la création** 2792/**4*** (Mai 90)
BALZAC Honoré de	**Le père Goriot** 1988/**2***
BARBER Noël	**Tanamera** 1804/**4*** & 1805/**4***
BARRET André	**La Cocagne** 2682/**6***
BATS Joël	**Gardien de ma vie** 2238/**3*** Illustré
BAUDELAIRE Charles	**Les Fleurs du mal** 1939/**2***
BÉARN Myriam et Gaston de	**L'Or de Brice Bartrès** 2514/**4***
	Gaston Phébus - Le lion des Pyrénées 2772/**6*** (Avril 90)
BEART Guy	**L'espérance folle** 2695/**5***

BEAULIEU PRESLEY *Priscilla*	***Elvis et moi*** *2157/**4**** *Illustré*
BECKER *Stephen*	***Le bandit chinois*** *2624/**5****
BELLONCI *Maria*	***Renaissance privée*** *2637/**6**** *Inédit*
BENZONI *Juliette*	***Un aussi long chemin*** *1872/**4****
	Le Gerfaut des Brumes :
	-Le Gerfaut *2206/**6****
	-Un collier pour le diable *2207/**6****
	-Le trésor *2208/**5****
	-Haute-Savane *2209/**5****
BERG *Jean de*	***L'image*** *1686/**1****
BERTRAND *Jacques A.*	***Tristesse de la Balance...*** *2711/**1****
BEYALA *Calixthe*	***C'est le soleil qui m'a brûlée*** *2512/**2****
	Tu t'appeleras Tanga *2807/**3**** *(Juin 90)*
BINCHY *Maeve*	***Nos rêves de Castlebay*** *2444/**6****
BISIAUX *M.* et **JAJOLET** *C.*	***Chat plume (60 écrivains...)*** *2545/**5****
	Chat huppé (60 personnalités...) *2646/**6****
BLIER *Bertrand*	***Les valseuses*** *543/**5****
BOMSEL *Marie-Claude*	***Pas si bêtes*** *2331/**3**** *Illustré*
BORGES et BIOY CASARES	***Nouveaux contes de Bustos Domecq*** *1908/**3****
BORY *Jean-Louis*	***Mon village à l'heure allemande*** *81/**4**** *(Mai 90)*
BOULET *Marc*	***Dans la peau d'un Chinois*** *2789/**5**** *(Mai 90) Illustré*
BOURGEADE *Pierre*	***Le lac d'Orta*** *2410/**2****
BRADFORD *Sarah*	***Grace*** *2002/**4****
BROCHIER *Jean-Jacques*	***Un cauchemar*** *2046/**2****
	L'hallali *2541/**2****
BRUNELIN *André*	***Gabin*** *2680/**5**** & *2681/**5**** *Illustré*
BURON *Nicole de*	***Vas-y maman*** *1031/**2****
	Dix-jours-de-rêve *1481/**3****
	Qui c'est, ce garçon ? *2043/**3****
CARRERE *Emmanuel*	***Bravoure*** *2729/**4****
CARS *Guy des*	***La brute*** *47/**3****
	Le château de la juive *97/**4****
	La tricheuse *125/**3****
	L'impure *173/**4****
	La corruptrice *229/**3****
	La demoiselle d'Opéra *246/**3****
	Les filles de joie *265/**3****
	La dame du cirque *295/**2****
	Cette étrange tendresse *303/**3****
	L'officier sans nom *331/**3****
	Les sept femmes *347/**4****
	La maudite *361/**3****
	L'habitude d'amour *376/**3****
	La révoltée *492/**4****
	Amour de ma vie *516/**3****
	La vipère *615/**4****
	L'entremetteuse *639/**4****
	Une certaine dame *696/**4****
	L'insolence de sa beauté *736/**3****
	Le donneur *809/**2****
	J'ose *858/**2****
	La justicière *1163/**2****
	La vie secrète de Dorothée Gindt *1236/**2****

	La femme qui en savait trop 1293/2*
	Le château du clown 1357/4*
	La femme sans frontières 1518/3*
	La coupable 1880/3*
	L'envoûteuse 2016/5*
	Le faiseur de morts 2063/3*
	La vengeresse 2253/3*
	Sang d'Afrique 2291/5*
	Le crime de Mathilde 2375/4*
	La voleuse 2660/3*
CARS Jean des	*Sleeping Story* 832/4* (Mai 90)
	Elisabeth d'Autriche ou la fatalité 1692/4*
CASSAR Jacques	*Dossier Camille Claudel* 2615/5*
CATO Nancy	*L'Australienne* 1969/4* & 1970/4*
	Les étoiles du Pacifique 2183/4* & 2184/4*
	Lady F. 2603/4*
CESBRON Gilbert	*Chiens perdus sans collier* 6/2*
	C'est Mozart qu'on assassine 379/3*
CHABAN-DELMAS Jacques	*La dame d'Aquitaine* 2409/2*
CHEDID Andrée	*La maison sans racines* 2065/2*
	Le sixième jour 2529/3*
	Le sommeil délivré 2636/3*
	L'autre 2730/3*
CHOW CHING LIE	*Le palanquin des larmes* 859/4*
	Concerto du fleuve Jaune 1202/3*
CHRIS Long	*Johnny* 2380/4* Illustré
CLANCIER Georges-Emmanuel	Le pain noir :
	1-Le pain noir 651/3*
	2-La fabrique du roi 652/3*
	3-Les drapeaux de la ville 653/4*
	4-La dernière saison 654/4*
CLAUDE Hervé	*L'enfant à l'oreille cassée* 2753/2*
	Le désespoir des singes 2788/3* (Mai 90)
CLAVEL Bernard	*Le tonnerre de Dieu* 290/1*
	Le voyage du père 300/1*
	L'Espagnol 309/4*
	Malataverne 324/1*
	L'hercule sur la place 333/3*
	Le tambour du bief 457/2*
	L'espion aux yeux verts 499/3*
	La grande patience :
	1-La maison des autres 522/4*
	2-Celui qui voulait voir la mer 523/4*
	3-Le cœur des vivants 524/4*
	4-Les fruits de l'hiver 525/4*
	Le Seigneur du Fleuve 590/3*
	Pirates du Rhône 658/2*
	Le silence des armes 742/3*
	Tiennot 1099/2*
	Les colonnes du ciel :
	1-La saison des loups 1235/3*
	2-La lumière du lac 1306/4*
	3-La femme de guerre 1356/3*
	4-Marie Bon Pain 1422/3*
	5-Compagnons du Nouveau-Monde 1503/3*

	Terres de mémoire 1729/2*
	Qui êtes-vous ? 1895/2*
	Le Royaume du Nord :
	-Harricana 2153/4*
	-L'Or de la terre 2328/4*
	-Miséréré 2540/4*
	-Amarok 2764/3* (Avril 90)
CLERC Christine	L'Arpeggione 2513/3*
CLOSTERMANN Pierre	Le Grand Cirque 2710/4*
COCTEAU Jean	Orphée 2172/2*
COLETTE	Le blé en herbe 2/1*
COLLINS Jackie	Les dessous de Hollywood 2234/4* & 2235/4*
COMPANEEZ Nina	La grande cabriole 2696/4*
CONROY Pat	Le Prince des marées 2641/5* & 2642/5*
CONTRUCCI Jean	Un jour, tu verras... 2478/3*
CORMAN Avery	Kramer contre Kramer 1044/3*
	50 bougies et tout recommence 2754/3*
CUNY Jean-Pierre	L'aventure des plantes 2659/4*
DANA Jacqueline	Les noces de Camille 2477/3*
DAUDET Alphonse	Tartarin de Tarascon 34/1*
	Lettres de mon moulin 844/1*
DAVENAT Colette	Daisy Rose 2597/6*
	Le soleil d'Amérique 2726/6*
DHOTEL André	Le pays où l'on n'arrive jamais 61/2*
DICKENS Charles	Espoir et passions (Un conte de deux villes) 2643/5*
DIDEROT Denis	Jacques le fataliste 2023/3*
DJIAN Philippe	37°2 le matin 1951/4*
	Bleu comme l'enfer 1971/4*
	Zone érogène 2062/4*
	Maudit manège 2167/5*
	50 contre 1 2363/3*
	Echine 2658/5*
DORIN Françoise	Les lits à une place 1369/4*
	Les miroirs truqués 1519/4*
	Les jupes-culottes 1893/4*
	Les corbeaux et les renardes 2748/5*
DUBOIS Jean-Paul	Tous les matins je me lève 2749/3*
DUFOUR Hortense	Le Diable blanc (Le roman de Calamity Jane) 2507/4*
	La garde du cocon 2765/4* (Avril 90)
DUMAS Alexandre	Le vicomte de Bragelonne 2298/4* & 2299/4*
DYE Dale A.	Platoon 2201/3* Inédit
Dr ETIENNE et DUMONT	Le marcheur du Pôle 2416/3*
EXBRAYAT Charles	Ceux de la forêt 2476/2*
FIELDING Joy	Le dernier été de Joanne Hunter 2586/4*
FLAUBERT Gustave	Madame Bovary 103/3*
FOUCAULT Jean-Pierre & Léon	Les éclats de rire 2391/3*
FRANCK Dan	Les Adieux 2377/3*
FRANCOS Ania	Sauve-toi, Lola ! 1678/4*
FRISON-ROCHE Roger	La peau de bison 715/2*
	La vallée sans hommes 775/3*
	Carnets sahariens 866/3*
	Premier de cordée 936/3*

	La grande crevasse 951/3*
	Retour à la montagne 960/3*
	La piste oubliée 1054/3*
	Le rapt 1181/4*
	Djebel Amour 1225/4*
	Le versant du soleil 1451/4* & 1452/4*
	Nahanni 1579/3* Illustré
	L'esclave de Dieu 2236/6*
FYOT Pierre	Les remparts du silence 2417/3*
GEDGE Pauline	La dame du Nil 2590/6*
GERBER Alain	Une rumeur d'éléphant 1948/5*
	Les heureux jours de monsieur Ghichka 2252/2*
	Les jours de vin et de roses 2412/2*
GOES Albrecht	Jusqu'à l'aube 1940/3*
GOISLARD Paul-Henry	Sarah :
	1-La maison de Sarah 2583/5*
	2-La femme de Prague 2661/4*
	3-La croisée des Amours 2731/6*
GORBATCHEV Mikhaïl	Perestroïka 2408/4*
GRAY Martin	Le livre de la vie 839/2*
	Les forces de la vie 840/2*
	Le nouveau livre 1295/4* (Mai 90)
GRIMM Ariane	Journal intime d'une jeune fille 2440/3*
GROULT Flora	Maxime ou la déchirure 518/2*
	Un seul ennui, les jours raccourcissent 897/2*
	Ni tout à fait la même, ni tout à fait une autre 1174/3*
	Une vie n'est pas assez 1450/3*
	Mémoires de moi 1567/2*
	Le passé infini 1801/2*
	Le temps s'en va, madame.... 2311/2*
GUIROUS D. et GALAN N.	Si la Cococour m'était contée 2296/4* Illustré
GURGAND Marguerite	Les demoiselles de Beaumoreau 1282/3*
HALEY Alex	Racines 968/4* & 969/4*
HARDY Françoise	Entre les lignes entre les signes 2312/6*
HAYDEN Torey L.	L'enfant qui ne pleurait pas 1606/3*
	Kevin le révolté 1711/4*
	Les enfants des autres 2543/5*
HEBRARD Frédérique	Un mari c'est un mari 823/2*
	La vie reprendra au printemps 1131/3*
	La chambre de Goethe 1398/3*
	Un visage 1505/2*
	La Citoyenne 2003/3*
	Le mois de septembre 2395/2*
	Le harem 2456/3*
	La petite fille modèle 2602/3*
	La demoiselle d'Avignon 2620/4*
HEITZ Jacques	Prélude à l'ivresse conjugale 2644/3*
HILL Susan	Je suis le seigneur du château 2619/3* (Mai 90)
HILLER B.B.	Big 2455/2*
HOLLANDER Xaviera	Prisonnière de l'Oiseau de Feu 2629/3* Inédit
	Nouvelles aventures pimentées 2758/3* Inédit
HORGUES Maurice	La tête des nôtres (L'oreille en coin/France Inter) 2426/5*
ISHERWOOD Christopher	Adieu à Berlin (Cabaret) 1213/3*

***JAGGER** Brenda*	*Les chemins de Maison Haute* 1436/**4*** & 1437/**4***
	Antonia 2544/**4***
***JEAN** Raymond*	*La lectrice* 2510/**2***
	Transports 2790/**2*** (Mai 90)
***JONG** Erica*	*Les parachutes d'Icare* 2061/**6***
	Serenissima 2600/**4***
***JYL** Laurence*	*Le chemin des micocouliers* 2381/**3***
***KASPAROV** Gary*	*Et le Fou devint Roi* 2427/**4***
***KAYE** M.M.*	*Pavillons lointains* 1307/**4*** & 1308/**4***
	L'ombre de la lune 2155/**4*** & 2156/**4***
	Mort au Cachemire 2508/**4***
	Mort à Berlin 2809/**3*** (Juin 90)
***KENEALLY** Thomas*	*La liste de Schindler* 2316/**6***
***KIPLING** Rudyard*	*Le livre de la jungle* 2297/**2***
	Simples contes des collines 2333/**3***
	Le second livre de la jungle 2360/**2***
***KONSALIK** Heinz G.*	*Amours sur le Don* 497/**5***
	La passion du Dr Bergh 578/**4***
	Dr Erika Werner 610/**3***
	Aimer sous les palmes 686/**2***
	Les damnés de la taïga 939/**4***
	L'homme qui oublia son passé 978/**2***
	Une nuit de magie noire 1130/**2***
	Bataillons de femmes 1907/**5***
	Le gentleman 2025/**3***
	Un mariage en Silésie 2093/**4***
	Coup de théâtre 2127/**3***
	Clinique privée 2215/**3***
	La nuit de la tentation 2281/**3*** Inédit
	La guérisseuse 2314/**6***
	Conjuration amoureuse 2399/**2***
	La jeune fille et le sorcier 2474/**3***
	Pour un péché de trop 2622/**4*** Inédit
	Et cependant la vie était belle 2698/**4*** Inédit
***KOUSMINE** Dr*	*Sauvez votre corps !* 2712/**7***
***KREYDER** Laura*	*Thérèse Martin* 2699/**3***
***L'AMOUR** Louis*	*L'envol de l'Aigle* 2750/**5***
***L'HOTE** Jean*	*Confession d'un enfant de chœur* 260/**2*** (Mai 90)
	La Communale 2329/**2***
***LACLOS** Choderlos de*	*Les liaisons dangereuses* 2616/**4***
***LAHAIE** Brigitte*	*Moi, la scandaleuse* 2362/**3*** Illustré
***LANE** Robert*	*Une danse solitaire* 2237/**3***
***LANGE** Monique*	*Histoire de Piaf* 1091/**3*** Illustré
***LAPEYRE** Patrick*	*La lenteur de l'avenir* 2565/**3***
***LAPOUGE** Gilles*	*La bataille de Wagram* 2269/**4***
***LASAYGUES** Frédéric*	*Bruit blanc* 2411/**3***
***LAVAL** Xavier de*	*Le songe de Thermidor* 2528/**6***
***LAXER** Gloria*	*Les vendanges du silence* 2647/**4***
***LEFÈVRE** Kim*	*Métisse blanche* 2791/**5*** (Mai 90)
***LEVY-WILLARD** Annette*	*Moi, Jane, cherche Tarzan* 2582/**3***
***LOTI** Pierre*	*Le roman d'un Spahi* 2793/**3*** (Mai 90)
***LOWERY** Bruce*	*La cicatrice* 165/**1***
***LUND** Doris*	*Eric (Printemps perdu)* 759/**4***
***LYLE** Eva*	*Eros 1900* 2304/**3***

2752

Photocomposition Assistance 44 - Bouguenais
Impression Brodard et Taupin
à La Flèche (Sarthe) le 13 février 1990
1390C-5 Dépôt légal février 1990
ISBN 2-277-22752-8
Imprimé en France
Editions J'ai lu
27, rue Cassette, 75006 Paris
diffusion France et étranger : Flammarion